MIRA®

Der Preis dieses Bandes versteht sich einschließlich der gesetzlichen Mehrwertsteuer.

Umwelthinweis:
Dieses Buch wurde auf chlor- und säurefreiem Papier gedruckt.

Linda Howard

Tödliche Verlockung

Roman

Aus dem Amerikanischen von
Christiane Meyer

MIRA®

MIRA® TASCHENBUCH
Band 25698
1. Auflage: Oktober 2013

MIRA® TASCHENBÜCHER
erscheinen in der Harlequin Enterprises GmbH,
Valentinskamp 24, 20354 Hamburg
Geschäftsführer: Thomas Beckmann

Deutsche Erstveröffentlichung

Titel der nordamerikanischen Originalausgabe:
Now You See Her

erschienen bei: Pocket Books, New York

Published by arrangement with
Pocket Books, a division of Simon & Schuster, Inc., New York

Konzeption / Reihengestaltung: fredebold&partner gmbh, Köln
Umschlaggestaltung: pecher und soiron, Köln
Redaktion: Mareike Müller
Titelabbildung: Thinkstock / Getty Images, München; pecher und soiron, Köln
Autorenfoto: Brian Velenchenko
Satz: GGP Media GmbH, Pößneck
Druck und Bindearbeiten: CPI – Ebner & Spiegel, Ulm
Printed in Germany
Dieses Buch wurde auf FSC®-zertifiziertem Papier gedruckt.
ISBN 978-3-86278-826-2

www.mira-taschenbuch.de

PROLOG

Clayton, New York

Der dritte September war einer dieser perfekten, wolkenlosen Tage zwischen der Hitze des Sommers und der allmählich hereinbrechenden Kälte des Winters. Der Himmel war so blau, dass Sweeney auf dem Supermarktparkplatz aus ihrem Wagen stieg und erst einmal stehen blieb, um nach oben zu schauen. Regungslos betrachtete sie den unglaublich klaren Himmel, als hätte sie ihn noch nie gesehen. Tatsächlich hatte sie das Gefühl, ihn noch nie gesehen zu haben – jedenfalls nicht so.

Wenn es etwas gab, von dem sie Ahnung hatte, dann waren es Farben. Und noch nie hatte sie einen solchen Blauton gesehen. Er war unfassbar, tiefer und leuchtender, als ein Himmel eigentlich sein dürfte. Für diesen einen makellosen Tag schien die trennende Luftschicht zwischen Himmel und Erde sich beinahe aufgelöst zu haben. Sweeney glaubte, dem Universum näher zu sein als jemals zuvor. So nahe, dass sie fast fürchtete, von der Erde weg in das Blau hineingesogen zu werden.

Ob sie diesen Ton wiedergeben könnte? In Gedanken mischte sie verschiedene Farbpigmente und verwarf einige wieder, während vor ihrem inneren Auge langsam das Ergebnis entstand. Nein, dieser Hauch von Weiß würde das Blau wie ein Babyblau wirken lassen. Und es war kein blasses Blau – es war das kraftvollste Blau, das sie je gesehen hatte. Es war pur und fesselnd, riss sie mit und überwältigte sie mit seiner Pracht. Den Kopf in den Nacken gelegt, stand sie auf dem Parkplatz und hatte ihren Einkauf ganz vergessen. Sie fühlte sich erhaben durch die Farbe, so erfüllt, dass sie glaubte, überzusprudeln, das Herz weit und sehnsüchtig vor Verzückung.

Nachdem ihr schließlich einfiel, den Blick mal wieder auf die Erde zu senken, war sie geblendet. Sie nahm einen Schein von … irgendetwas wahr. Und obwohl sie nicht direkt in die Sonne geschaut hatte, schoss ihr durch den Sinn, dass der Himmel heller gewesen sein musste, als sie gedacht hätte, denn ihre Augen mussten sich erst allmählich wieder an die Lichtverhältnisse gewöhnen. Sie kniff die Augen zusammen und blinzelte dann. Es war ein festes Objekt und doch nicht ... Es war ein Kind, aber seltsam zweidimensional.

Sie betrachtete das Kind, blinzelte wieder und schaute noch einmal genauer hin. Der Schock traf sie wie ein Schlag. Ihr gefror das Blut in den Adern, und ihre Fingerspitzen waren mit einem Mal taub.

Das Kind war tot. Vor einem Monat hatte sie an seiner Beerdigung teilgenommen. An diesem perfekten Tag allerdings, während eines vollkommen normalen Einkaufstrips, sah sie ein totes Kind über den Parkplatz rennen.

Sprachlos richtete Sweeney den Blick auf die Frau, dem der Kleine folgte: Es handelte sich um seine Mutter. Sue Beresford trug in einem Arm eine Tüte mit Lebensmitteln. Mit der anderen Hand umklammerte sie das Händchen ihres lebhaften, vier Jahre alten Sohnes Corbin. Ihr Gesicht wirkte angespannt, ihre Augen waren überschattet von der Trauer einer Mutter, die ihren älteren Sohn erst einen Monat zuvor durch Leukämie verloren hatte.

Aber da war der kleine Sam, der seit einem Monat tot war, und lief ihr hinterher.

Sweeney war wie gelähmt. Ihr gesamter Körper schien versteinert. Sie konnte sich nicht rühren und beobachtete stumm, wie der kleine Junge hinter seiner Mutter herrannte und versuchte, ihre Aufmerksamkeit zu erregen. „Mom“, rief der zehnjährige Samuel Beresford wieder und wieder. In seiner dünnen Stimme lag Verzweiflung. „Mom!“ Doch Sue antwortete nicht, sondern ging weiter und zog Corbin hinter sich her. Sam wollte nach ihrer Bluse greifen, allerdings glitt ihm der Stoff durch den körperlosen Griff. Er schaute Sweeney an, und sie erkannte seine Enttäuschung, seine Verwirrung und die Angst. „Sie kann mich nicht hören“, sagte er. Seine Worte klangen abgehackt, als würde sie sie durch einen Lautsprecher wahrnehmen, der nicht ganz in

Ordnung war. Er beeilte sich, um mit seiner Mutter Schritt zu halten. Seine schlaksigen Beine blitzten bleich unter den knallbunten Karoshorts hervor.

Geschockt schwankte Sweeney und stützte sich Halt suchend mit der Hand auf der Kühlerhaube ihres Wagens ab. Das von der Sonne erhitzte Metall fühlte sich unter ihren Finger rau an. Der blaue Himmel wirkte plötzlich bedrohlich und erdrückend, als würde er sie jeden Moment verschlucken. Stumm blickte sie dem toten Kind hinterher.

Die schmale Gestalt beeilte sich, damit sie neben Corbin auf den Rücksitz des Autos klettern konnte, ehe ihre Mutter die Tür schloss. Sue setzte sich ans Steuer und lenkte den Wagen vom Parkplatz. Sams blasses, durchscheinendes Gesicht tauchte kurz in der Heckscheibe auf, als er zu Sweeney sah. Traurig hob er die Hand zu einem letzten Winken. Ohne sich dessen bewusst zu sein, winkte sie zurück.

In ihrem Kopf formte sich ein Wort.

Geist.

1. KAPITEL

New York City
Ein Jahr später

Es war eine Sache, an Geister zu glauben. Etwas vollkommen anderes war es, sie tatsächlich zu sehen. Sweeney hatte inzwischen herausgefunden, dass es entscheidend war, ob sie den Geist kannte oder nicht. In der Kleinstadt Clayton im Bundesstaat New York, wo sie bis vor einem Jahr noch gelebt hatte, wusste sie, wer die meisten Bewohner waren. Dazu zählten auch die Toten. In New York City kannte sie keinen von ihnen. So konnte sie an den durchsichtigen Gesichtern in der Menschenmenge vorbeischauen und so tun, als hätte sie sie gar nicht bemerkt. Nachdem sie in Clayton den Geist von Sam Beresford gesehen hatte, hatte sie jederzeit damit rechnen müssen, dass ein weiterer Geist stehen blieb und mit ihr redete. Und sie war nie stark genug gewesen, um in solchen Momenten unbeteiligt zu wirken und vorzugeben, es wäre nichts geschehen. Nein, sie hatte jedes Mal reagieren müssen. Irgendwann hatten die Menschen angefangen, ihr Blicke zuzuwerfen, die keinen Zweifel daran gelassen hatten, dass sie sich fragten, ob sie allmählich den Verstand verlor. Also hatte sie ihre Sachen gepackt und war umgezogen, ehe die Leute auf der Straße noch mit dem Finger auf sie zeigten.

Ja, in der Stadt war es besser. Und wärmer. Ungefähr zu dem Zeitpunkt, als sie begonnen hatte, Geister zu sehen, fror sie immerzu. Seit einem Jahr. Vielleicht war das Kältegefühl aber auch schon da gewesen, bevor sie Sam Beresford gesehen hatte. Sie konnte sich nicht genau erinnern. Wer achtete schon auf solche Dinge? Es war schließlich nichts, das man sich im Kalender notierte: *29. August: Mir war kalt. Genau.*

Sweeney konnte sich nicht erklären, warum sie an diesem strahlend schönen Septembermorgen an die Geister denken musste. Doch sie waren das Erste, das ihr beim Aufwachen in den Sinn kam. Sie und die Kälte, die noch schlimmer zu sein schien als sonst. Sie kletterte aus dem Bett, zog sich eilig ihren Pyjama aus, schlüpfte in einen Jogginganzug und ging in die Küche, um sich Kaffee zu holen. Stumm dankte sie Gott für die Erfindung der Zeitschaltuhr. Es war so schön, dass frischer heißer Kaffee auf sie wartete, sobald sie aufstand. Gerade heute glaubte sie, dass sie vermutlich erfroren wäre, wenn sie noch darauf hätte warten müssen, dass der Kaffee erst durch die Maschine lief.

Der erste Schluck wärmte sie von innen, und sie seufzte erleichtert auf. Erst den zweiten Schluck schmeckte sie richtig und wollte gerade den dritten trinken, da klingelte ihr Telefon.

Telefone waren ein notwendiges Übel, aber trotzdem ein Übel. Wer, zur Hölle, rief sie um – sie warf einen Blick auf ihre Uhr – sieben Uhr dreiundvierzig am Morgen an? Missmutig stellte sie die Tasse ab, schlurfte zum Telefon an der Wand und nahm den Hörer ab.

„Hier ist Candra", meldete sich eine warmherzige Stimme auf ihre verhaltene Begrüßung hin. „Es tut mir leid, dass ich dich so früh stören muss. Ich wusste nicht, was du heute vorhast, und ich wollte dich unbedingt noch erreichen."

„Du hast mich beim ersten Wurf erwischt", erwiderte Sweeney, und ihre Verärgerung verflog. Candra Worth war die Besitzerin der Galerie, in der Sweeneys Arbeiten verkauft wurden.

„Wie bitte?"

„Schon gut. Das ist ein Begriff aus dem Angelsport. Ich schätze mal, du warst noch nie angeln?"

„Gott, nein." Wie ihre Stimme klang auch Candras Lachen warmherzig und vertraut. „Ich rufe an, weil ich dich etwas fragen wollte: Könntest du gegen eins hier sein, damit du ein paar potenzielle Kunden kennenlernen kannst? Gestern Abend haben wir uns auf einer Party unterhalten, und sie haben erwähnt, dass sie sich gern porträtieren lassen würden. Natürlich habe ich sofort an dich gedacht. Mrs McMillan wollte sowieso in der Galerie vorbeischauen, um sich eine Arbeit anzusehen, die ich gerade erst reinbekommen habe. Es wäre doch schön, wenn ihr euch bei der Gelegenheit gleich bekannt macht."

„Ich werde da sein", versprach Sweeney, obwohl sie sich auf einen Tag gefreut hatte, an dem sie ungestört malen konnte.

„Gut. Bis dann."

Sweeney zitterte, während sie auflegte, und eilte zurück zu ihrer Kaffeetasse. Sie traf sich nicht besonders gern mit möglichen Kunden, allerdings liebte sie es, Porträts anzufertigen. Außerdem brauchte sie Arbeit. Zu der Zeit, als sie angefangen hatte, Geister zu sehen, war auch ihre Kunst, ihr Stil, den Bach runtergegangen. Die typische Zartheit ihrer Landschaften und Stillleben war einer untypischen Lebhaftigkeit gewichen, die sie nicht mochte. Die Farben ihrer Bilder waren immer durchscheinend gewesen, als wären es Wasserfarben und keine Ölfarben. Doch jetzt neigte sie dazu, tiefe, leuchtende, leidenschaftliche, unrealistische Töne zu verwenden – und sie konnte nichts dagegen tun. Seit Monaten hatte sie kein Bild mehr zu Candra in die Galerie gebracht. Auch wenn sich ihre alten Arbeiten noch verkauften, konnten nicht mehr viele davon übrig sein.

Sie schuldete es Candra, den Auftrag anzunehmen, falls dem Pärchen ihr Stil gefiel. Sweeney war sich bewusst, dass ihre Werke sich gerade zwar gut, aber eben nicht besonders gut verkauften und dass sich daran in Zukunft wahrscheinlich auch nichts ändern würde. Ihre Kunst galt als zu traditionell. Nichtsdestotrotz hatte Candra immer die Kunden auf sie aufmerksam gemacht, die den traditionellen Ansatz bevorzugten. So hatte sie Sweeney ein relativ geregeltes und recht einträgliches Einkommen gesichert. Nachdem Sweeney im letzten Jahr verkündet hatte, Clayton zu verlassen, war es ebenfalls Candra gewesen, die ihr dieses Apartment besorgt hatte.

Es war nicht so, dass New York Sweeneys erste Wahl gewesen wäre. Sie hatte eigentlich an einen wärmeren Ort gedacht. Natürlich war es in New York wärmer als in Clayton, das am St. Lawrence River, östlich vom Lake Ontario, lag. Jeden Winter hatte es dort Schnee gegeben. New York City befand sich an der Küste. Zwar schneite es hier im Winter auch, doch längst nicht so oft und so viel wie in Clayton. Insgesamt war es ein gemäßigteres Klima. Aber nicht gemäßigt genug. Sweeney hatte eher mit dem Gedanken gespielt, in Richtung Miami zu ziehen. Allerdings hatte Candra sie davon überzeugt, in die Stadt zu kommen, und Sweeney hatte es bisher nicht bereut. Es war immer was los, und das bot Ablenkung genug, wenn Sweeney das Gefühl hatte, vor Frust laut schreien zu müssen.

Das Beste war, dass New York so groß war, dass sie keinen der toten Menschen kannte und dass sie sich nicht durch ihre guten Manieren gezwungen fühlte, sie zur Kenntnis zu nehmen. Außerdem bot die Stadt einen nie versiegenden Quell an Gesichtern – an lebendigen Gesichtern. Sie liebte Gesichter und studierte sie gern. Deshalb wuchs die Anzahl der von ihr gemalten Porträts stetig weiter. Und das war gut so, denn sonst wäre sie in ernsthaften finanziellen Schwierigkeiten gewesen anstatt nur in finanziellen Schwierigkeiten.

Im Moment passte und gefiel ihr die Stadt, und für New Yorker Verhältnisse war ihre Miete angemessen. Candra hatte von der freien Wohnung erfahren, weil ihrem Ehemann, Richard Worth, das Haus gehörte. Er war eine Art Finanzgenie an der Wall Street und ein Selfmade-Millionär. Ein paarmal hatte Sweeney ihn getroffen und versuchte, so gut es ging, einen großen Bogen um ihn zu machen. Richards Gesicht war interessant, aber es wirkte auch einschüchternd. Sie hatte den Eindruck, dass er zu den Menschen zählte, die alle, die ihnen im Weg standen, einfach überrollten. Also achtete sie darauf, ihm nicht im Weg zu stehen.

Die Wohngegend war nicht die beste, und auch das Gebäude hatte schon bessere Zeiten gesehen, doch ihr Apartment lag außen und hatte riesige Fenster. Sie hätte selbst in einer Scheune gewohnt, solange das Licht stimmte – und solange es eine Zentralheizung gab.

Dank des Kaffees hatte das Zittern nachgelassen. Ihr war immer ein bisschen kalt, doch morgens war es am schlimmsten. Sie wäre ja zu einem Arzt gegangen, allerdings wenn sie sich vorstellte, wie ein Gespräch mit einem Außenstehenden über ihr Problem ablaufen würde, hielt ihr gesunder Menschenverstand sie davon ab. „Seit einem Jahr sehe ich Gespenster, Doktor, und seitdem ist mir immer kalt. Ach übrigens: Wenn ich an eine Ampel komme, springt sie automatisch auf Grün um. Und meine Pflanzen blühen auch außerhalb der Saison. Also, was stimmt mit mir nicht?“ Sicher. Nicht in diesem Leben. Man hatte in ihrer Kindheit schon genug mit dem Finger auf sie gezeigt. Und eine Künstlerin zu sein war schon ungewöhnlich genug. Sie würde sich nicht auch noch als Spinnerin abstempeln lassen.

Das vergangene Jahr war nicht nur wegen der Geister schwierig gewesen. Sweeney widerstand Veränderungen mit einer Entschlossenheit, die vielleicht nicht leidenschaftlich, aber dennoch eisern war. Sweeneys einzige Passion war die Malerei. Trotzdem hatten diejenigen, die sie kannten, im Laufe der Zeit gelernt, wie beharrlich sie sein konnte. Sie liebte die Gewohnheit, liebte es, dass ihr Leben in geregelten Bahnen verlief. Sie konnte sehr gut ohne Drama, Verzweiflung und Aufregung leben. Als Kind hatte sie das alles schon zur Genüge gehabt. Für sie bedeuteten Routine und Normalität Sicherheit. Doch wie sollte sie sich sicher fühlen, wenn sie selbst sich verändert hatte? Wenn sie wusste, dass sie nicht mehr normal war, auch wenn sie es vor dem Rest der Welt geheim halten konnte? Und jetzt schien sie ihre Orientierung, wenn nicht sogar ihr Talent verloren zu haben – aber was brachte ein Talent, wenn sie keine Ahnung hatte, was sie damit anstellte?

Sie schaltete den Fernseher ein, damit sie sich nicht so allein vorkam, während sie sich Frühstück machte. Viel Arbeit machte die Zubereitung der Cornflakes allerdings nicht. Sie aß sie trocken, ohne Milch, denn die Milch war gekühlt, und sie hatte gerade erst die Kälte vertrieben und war nicht erpicht darauf, das warme Gefühl wieder aufs Spiel zu setzen. Als sie aß, lief der sexy Werbespot für Cola light. Mitten in der Bewegung hielt Sweeney inne, riss die Augen auf und formte mit den Lippen ein stummes „Wow!“.

Nach dem Spot war ihr fast heiß. Vielleicht war Fernsehwerbung der Schlüssel, um nicht länger zu frieren.

Nachdem sie einige Stunden in ihrem kleinen Atelier gearbeitet hatte, wurde Sweeney bewusst, dass es beinahe ein Uhr war. Sie musste sich fertig machen und zur Galerie aufbrechen. Zwar hasste sie es, sich aufzubrezeln, doch sie ertappte sich dabei, dass sie nach einem Rock und einem Top griff, statt sich wie üblich für eine Jeans und einen Pullover zu entscheiden. Plötzlich erregte etwas Rotes in ihrem Schrank ihre Aufmerksamkeit. Sie schob die Kleiderbügel zur Seite, um einen roten Pullover hervorzuziehen, den ihr irgendwann einmal irgendjemand zu Weihnachten geschenkt hatte. Sie hatte ihn nie getragen. Sogar die Schildchen hingen noch an dem weichen Stoff. Sie betrachtete den leuchtenden, satten Farbton und beschloss, dass es genau das war, was sie heute wollte und brauchte.

Vermutlich sollte sie sich auch etwas Mühe mit ihren Haaren geben. Stirnrunzelnd stand sie vor dem Spiegel. Sie war gesegnet – oder verflucht – mit sehr lockigem, unzähmbarem Haar. Für gewöhnlich trug sie es mindestens schulterlang, da das Gewicht dabei half, die Locken zumindest ein bisschen im Zaum zu halten. Die Möglichkeiten, das Haar zu frisieren, waren begrenzt: Sie konnte es im Nacken zusammenbinden und wie ein Schulmädchen aussehen; sie konnte versuchen, es hochzustecken, und hoffen, dass ihr die einzelnen Locken nicht wie Korkenzieher vom Kopf abstanden; oder sie konnte es einfach offen tragen. Sie entschied sich dafür, die Haare offen zu lassen – so war die Chance, sich nicht zu blamieren, ein bisschen größer.

Sie nahm einen Kamm und richtete das Gröbste. Als sie klein war, hatte sie ihre Haare gehasst. Die wilden Locken hatte sie von ihrer Mutter geerbt. Ihre Mutter hatte ihre unzähmbare Mähne allerdings geliebt. Sie hatte das Ganze noch unterstrichen, indem sie das Haar in unterschiedlichsten Rotschattierungen gefärbt hatte. Eigentlich hatte sie auch Sweeneys Haarfarbe ändern wollen, aber selbst damals hatte Sweeney sich zumindest ein bisschen Normalität bewahren wollen und stur an ihrem natürlichen Ton festgehalten. Ihr Haar war braun, und sie würde es braun lassen. Nicht rot, nicht schwarz, nicht blond. Braun. Die Farbe war wenigstens nicht außergewöhnlich, wenn ihre Locken schon auffällig waren.

Sie legte den Kamm weg und betrachtete kritisch ihr Spiegelbild. So. Bis auf ihr Haar gab es an ihr nichts, das aufsehenerregend gewesen wäre. Sie war schlank und durchschnittlich groß – na ja, beinahe. Gegen einen oder zwei Zentimeter mehr hätte sie nichts einzuwenden gehabt. Ihre Augen waren blau, ihre lockigen Haare braun. Ihre Haut war zart und weich. Und obwohl sie einunddreißig war, zeigte sich noch kein Fältchen in ihrem Gesicht. Der schwarze Rock endete kurz über ihren Knien. Ihre Schuhe waren bequem genug, um darin zur Galerie zu laufen, wirkten dabei jedoch nicht altbacken, und der rote Pullover war … einfach toll. Fast hätte sie ihn wieder ausgezogen, aber sie war zu verzaubert von der Farbe.

Zum Schluss noch etwas Make-up. Da sie nicht sehr geübt im Schminken war, beschränkte sie sich zumeist auf das Wesentliche: Mascara und Lippenstift. Das war ihre Versicherung dagegen, am Ende wie ein Clown auszusehen. Oder wie Mom, warf die kleine Stimme in ihrem Kopf ein. Sweeney bemühte sich immer darum, ihrer Mutter nicht zu ähneln oder sich wie sie zu benehmen. Künstlerin zu sein war schon Ähnlichkeit genug.

Sie war sich sicher, dass Candra in der Galerie nur noch Landschaftsbilder von ihr vorrätig hatte, also durchsuchte sie einen Stapel mit Skizzen, die sie von unterschiedlichen Menschen angefertigt hatte. Sie wählte die Bilder aus, die so gut wie vollendet waren, und legte sie in eine Mappe, um sie den McMillans zu präsentieren. Fertige Porträts hatte sie nicht vorzuweisen, denn es waren Auftragswerke, die sofort verschickt wurden, sobald sie die Arbeit daran abgeschlossen hatte.

Mit der Mappe unter dem Arm verließ sie die Wohnung und machte sich auf den Weg zur Galerie. Die warme Septembersonne strahlte, als sie auf den Gehweg trat. Sie holte tief Luft und genoss die Wärme. Die meisten Leute, an denen sie vorbeilief, hatten kurzärmelige Oberteile an – bis auf die Geschäftsleute, die vermutlich von morgens bis abends Anzug und Krawatte trugen. Eine Anzeigetafel, auf der abwechselnd die Zeit und die Temperatur abzulesen waren, verkündete, dass es neunundzwanzig Grad waren.

Es war ein schöner Tag. An einem solchen Tag machte es Spaß, spazieren zu gehen.

Sie kam an die Ecke, an der ihr Lieblingshotdogverkäufer seinen Stand hatte, und blieb stehen.

Der alte Mann hatte eines der liebsten Gesichter, das sie je gesehen hatte. Er lächelte immer. Seine geraden weißen Zähne blitzten in seinem dunklen Gesicht auf. Wahrscheinlich war es ein Gebiss, da Menschen in seinem Alter nur noch selten die eigenen Zähne hatten. Er war achtundsechzig, wie er ihr einmal erzählt hatte. Allmählich wurde es für ihn Zeit, sich zur Ruhe zu setzen. Ältere Menschen wie er sollten Platz machen, damit die jüngeren ihr Leben bestreiten konnten – als er das gesagt hatte, hatte er allerdings gelacht. Und Sweeney hatte gewusst, dass er nicht die Absicht hatte, in Rente zu gehen. Er verkaufte also noch immer seine Hotdogs und schenkte den Kunden sein freundliches Lächeln. Schon in ihrer ersten Woche in New York war er ihr aufgefallen. Seitdem versuchte sie, so oft wie möglich bei ihm vorbeizuschauen, damit sie sein Gesicht studieren konnte.

Sein Ausdruck faszinierte sie. Ein paarmal hatte sie den Mann gezeichnet. Es waren schnelle, grobe Skizzen gewesen, denn sie hatte vermeiden wollen, dass er bemerkte, was sie tat, und dann womöglich unsicher wurde. Bisher hatte sie diesen besonderen Ausdruck – die Miene eines Menschen, der mit seiner Welt im Einklang war – noch nicht einfangen können. Der Mann genoss das Leben einfach. Genau das war es: In seinem Blick fehlte wie bei einem Kind jeder Hauch von Zynismus. Deshalb juckte es sie in den Fingern, ihn auf Papier und Leinwand zu bannen.

„Hier, Sweeney." Er tauschte den Hotdog gegen das Geld in

ihrer Hand. Vorsichtig klemmte sie die Mappe zwischen ihre Beine, während sie eine Riesenportion Senf auf das Würstchen gab. „Sie sehen heute so chic aus. Haben Sie ein heißes Date?"

Ja, genau. Sie hatte kein Date mehr gehabt, seit ... Es war schon so lange her, dass sie sich nicht einmal mehr daran erinnern konnte, wann genau es gewesen war. Mindestens zwei Jahre waren seitdem vergangen. Wahrscheinlich sogar mehr. Sie hatte nichts vermisst. „Das ist rein geschäftlich", erwiderte sie und biss von ihrem Hotdog ab.

„Was für ein Jammer, wo Sie doch heute so heiß aussehen." Er zwinkerte ihr zu, und Sweeney zwinkerte zurück, obwohl das Kompliment sie ein bisschen überraschte. Heiß? Sie? Eigentlich kannte sie kaum jemanden, der weniger „heiß" war als sie – in jeder Hinsicht. Sie arbeitete lieber jeden Tag und verlor sich in Farben und Formen, in Licht und Texturen, als Zeit darauf zu verschwenden, sich Gedanken darüber zu machen, was ein Mann über ihre Haare dachte oder ob er sich auch noch mit anderen traf.

Während des Colleges hatte sie das Spielchen mitgespielt, weil sie geglaubt hatte, dass das von ihr erwartet wurde. Doch außer ein paar Schwärmereien auf der Highschool hatte ihr nie ein Mann wirklich am Herzen gelegen. Sie hatte nie auch nur eine Spur von Sinnlichkeit oder Lust empfunden, seit ... na ja, genau genommen seit dem Morgen. Sie war mehr als nur ein bisschen überrascht über sich selbst, zugelassen zu haben, dass dieser Werbespot ihr so ... nahegegangen war. Diese unerwartete Lust erstaunte sie. Sie war der festen Überzeugung gewesen, dass sie von den verrückten hormonellen Sehnsüchten verschont bleiben würde, die die kreativen Karrieren so vieler Frauen zerstörten oder zumindest bremsten.

„In dem Outfit werden Sie sie umhauen", sagte der Verkäufer und zwinkerte ihr wieder zu.

Komisch, sie hatte den schlichten Rock und den Pullover nicht für so aufregend gehalten. Es muss an der Farbe liegen, sinnierte sie. Die New Yorker trugen immer Schwarz. Manchmal hatte sie den Eindruck, dass niemand in der Stadt auch nur ein einziges buntes Kleidungsstück besaß. In ihrem roten Pullover wirkte sie bestimmt wie ein roter Kardinal zwischen lauter Krähen. Ihre Haare zu kämmen hatte definitiv dazu beigetragen. Verdammt, sie hatte sogar Ohrringe angelegt.

Sie zog die Mappe zwischen ihren Knien hervor und lief mit dem Hotdog in der Hand weiter die Straße entlang. Die Galerie war noch vier Blocks entfernt. Zeit genug, um den Hotdog zu essen und sich den Senf vom Mund zu wischen. Die McMillans mit Essensresten im Gesicht zu begrüßen würde vermutlich keinen guten Eindruck machen.

Es war nett von Candra gewesen, das Treffen zu arrangieren. Andere Galeriebesitzer hätten sich wahrscheinlich nicht so um sie gekümmert. Das große Geld war mit naiver oder mit moderner Kunst zu erwirtschaften, nicht mit dem traditionellen Ansatz, den sie verfolgte. Aber Candra handelte stets in Sweeneys Interesse, versuchte, das Beste für sie herauszuholen, und lenkte die Geschäfte in ihrem Sinne. Das tat sie für alle Künstler, deren Werke sie betreute – von demjenigen, der sich nicht so gut verkaufte, bis zu dem Künstler, dessen Werke zu astronomischen Preisen über den Ladentisch gingen. Sie kümmerte sich mit einer großen Herzlichkeit um ihre Künstler. Das blieb auch den Kunden nicht verborgen, und das sorgte dafür, dass Candra mit ihrer Galerie mit Sicherheit unglaublich viel Geld verdiente. Nicht, dass Candra sich um ihre Finanzen hätte Sorgen machen müssen. Dank Richards Reichtum spielte es im Grunde genommen keine große Rolle, ob die Galerie nun gut lief oder nicht.

Bei dem Gedanken an Richard tauchte unwillkürlich sein Gesicht vor ihrem inneren Auge auf. Und im nächsten Moment war sie erfüllt von der typischen Unsicherheit, die damit einherging. Sie hätte ihn gern gezeichnet, aber sie konnte sich nicht vorstellen, ihn darum zu bitten. Seine Züge waren scharf geschnitten, seine Augen ausdrucksstark. Sie hätte ihn allerdings nicht in einem seiner zweireihigen, dreitausend Dollar teuren italienischen Anzüge aus Seide gemalt, die er so häufig trug. Sie hätte ihn am Hafen porträtiert oder hinter dem Steuer eines großen Lkws.

Richard Worth wirkte eher wie ein Kerl in einem verschwitzten T-Shirt, nicht wie ein Finanzgenie an der Wall Street.

Er und Candra schienen total gegensätzlich zu sein. Candra war mit den glatten dunklen Haaren und den schokoladenbraunen Augen reizend, vornehm. Doch es war eine farblose Anmut. Unzählige Frauen verkörperten diese Art von Anmut: zwar anziehend, allerdings nicht besonders bemerkenswert. Candras eigentlicher Reiz lag in ihrer freundlichen Persönlichkeit, die wie bei dem Verkäufer hinter der äußeren Fassade verborgen lag. Richards Persönlichkeit war ihm anzusehen. Sein entschlossenes, interessantes, bedeutungsvolles Gesicht zeigte seinen Charakter. Als Paar passten sie eigentlich nicht zusammen, obwohl ihre Ehe schon seit zehn Jahre hielt. Wenn Sweeney sie gemeinsam gesehen hatte, kam es ihr immer so vor, dass es nur Zufall war, dass die beiden Seite an Seite standen. Richard wirkte zu kühl, schien zu arbeitsbesessen zu sein, um einen so warmherzigen Menschen wie Candra anzuziehen. Doch wer wusste schon, was zwischen zwei Menschen vorging, wenn sie allein waren? Vielleicht entspannte er sich ja manchmal.

Sowie Sweeney die nächste Kreuzung erreichte, sprang die Fußgängerampel auf Grün. Inzwischen hatte sie sich an die Annehmlichkeit gewöhnt, nie an einer roten Ampel warten zu müssen. Einige Autofahrer schien es zu verwirren, dass sie eine so kurze Grünphase gehabt hatten, doch das war nicht ihr Problem. Sie hätte beinahe gelächelt, während sie die Straße überquerte. Sie hasste es, Zeit zu vergeuden, und an einer Straßenecke zu stehen, um zu warten, dass die Ampel auf Grün sprang, gehörte ganz sicher in die Kategorie „vergeudete Zeit". Jeder Moment, den sie nicht vor ihrer Staffelei verbrachte, war verschenkt – und das ging bei ihr so weit, dass selbst die Zeit, die sie für das Essen brauchte, in ihren Augen vertan war.

Schlafen war etwas anderes. Sie schlief gern. Am liebsten arbeitete sie bis spät in die Nacht, fiel dann erschöpft ins Bett und genoss die wohlige Schwere, die sie erfasste, ehe sie in den Schlaf glitt. Noch besser war es nur, wenn es auch noch regnete.

Das schöne Gefühl, in die Federn zu kriechen und dabei dem Regen zu lauschen, war beinahe sinnlich.

Zurzeit war es ein Abenteuer, schlafen zu gehen, denn mit dem Schlaf kamen die Träume. Sie hatte immer in Farbe geträumt. Doch jetzt waren ihre Träume fast schmerzhaft lebendig und in eine satte, brillante Farbenpracht getaucht. Die leuchtenden Farbtöne ihrer Träume faszinierten sie. Sie waren intensiv und kräftig. Wenn sie aufwachte, versuchte sie, die Farben selbst zu erschaffen. Aber jedes Mal stellte sie fest, dass sie nicht in ihre Arbeiten passten und dass es ihr sowieso nicht gelang, diese Farbschattierungen zu erreichen. Sie harmonierten nicht mit ihrer Technik, mit der feinen Pinselführung, die so typisch für sie war. Trotzdem liebte sie die Farben. An den Morgen, wenn sie aufwachte und sich nicht an ihre Träume erinnern konnte, war sie jedes Mal enttäuscht.

Sie aß den Hotdog auf, warf das Papier in einen Mülleimer und wischte sich mit der Hand den Mund ab, um die Senfreste zu beseitigen. Weil sie Hotdogs eigentlich nicht so gern mochte, gab sie immer eine extragroße Portion Senf auf das Würstchen. Vermutlich hätte sie auch etwas anderes essen können, doch der Verkäufer war immer da, und ihr gefiel sein Gesicht. Außerdem lag sein Verkaufsstand auf ihrem Weg, und so sparte sie Zeit, wenn sie einen Hotdog kaufte. Und nicht nur das: Sie musste auch keine Zeit mehr damit verschwenden, zu Hause etwas zu essen.

Die Leute liefen den Fußweg entlang, ohne etwas zu sagen – außer wenn sie mit dem Handy telefonierten – und ohne Blickkontakt herzustellen. Ungestört konnte Sweeney so ihre Gesichter studieren, denn sie wusste, dass sie niemals aufblicken und sie dabei ertappen würden, dass sie sie beobachtete. Die Gesichter, die zu durchscheinend waren, beachtete sie gar nicht. Das war leicht; denn da es sich um New Yorker handelte, vermieden sogar die Geister es, einem anderen in die Augen zu schauen.

Die riesige Auswahl an Gesichtern in der Stadt war eine nicht versiegen wollende Quelle von Inspiration und Erstaunen für sie. Paris ... na ja, Paris war schon schön, aber selbst der Name erfüllte sie mit Unbehagen. Sie hatte zu viele anmaßende Künstler wie ihre Mutter erlebt, die etwas ganz Besonderes darin sahen, in Paris malen zu können. Sweeney passte nicht in die Kunstszene dort. Nicht, dass sie besser in die Kunstszene in New York gepasst hätte. Doch irgendwie hatte sie in New York mehr Raum und eher das Gefühl, ungestört zu sein und in Ruhe arbeiten zu können. Candras Idee, in die Stadt zu ziehen, war brillant gewesen. Obwohl Sweeney sich sicher war, nicht für immer hierzubleiben, gefiel es ihr im Moment sehr gut.

Eines Tages würde die Stadt langweilig werden. Alle Orte, an denen sie einmal gelebt hatte, hatten sie irgendwann gelangweilt. Sie hatte noch nie tropische Landschaften gemalt und konnte sich vorstellen, irgendwann das Bedürfnis zu verspüren, nach Bora Bora zu ziehen – vermutlich würde sie angesichts ihrer finanziellen Lage aber mit Florida vorliebnehmen müssen. Eine Palme war schließlich überall eine Palme. Aber im Augenblick faszinierten sie die Gesichter in der Großstadt noch zu sehr, und hier war der richtige Ort, um diese Leidenschaft auszuleben.

Die Galerie lag verborgen hinter zwei doppelten Glastüren. Die äußere Tür war aus kugelsicherem Glas. Richard hatte darauf bestanden. Die Beschriftung auf der Tür war klein und schlicht. *Worth Galerie* stand dort. Der Schriftzug war weder verschnörkelt noch aufdringlich, und Sweeney gefiel das. Bei kunstvollen vergoldeten Buchstaben hätte sich ihr der Magen umgedreht.

Wie immer war der erste Anblick, der sich dem Kunden bot, der die Galerie betrat, Kai. Und Sweeneys Meinung nach war er wirklich ein beeindruckender Anblick. Er war schön – das war das einzige Wort, das auf ihn zutraf. Sie nahm an, dass er die Position eines Empfangschefs oder so bekleidete, aber sie wusste nicht genau, wie seine offizielle Berufsbezeichnung lautete oder ob er so etwas hatte. Wenn sie bedachte, wie so manche weibliche Kundin ihn anstarrte, reichte seine bloße Anwesenheit aus. Er hatte glänzendes, schulterlanges schwarzes Haar und schmale dunkle Augen über ausdrucksstarken Wangenknochen. Seine Lippen waren voll. Sweeney glaubte, dass er vielleicht polynesische Wurzeln hatte. Sein exotischer Anblick verstärkte ihren Wunsch, Palmen zu zeichnen. Ab und zu arbeitete er nebenbei als Model und besuchte außerdem die Abendschule. Kai war also ein viel beschäftigter junger Mann.

Sie vermutete, dass Kai und Candra eine wilde Affäre gehabt hatten – wenn die Liaison zwischen den beiden nicht sogar noch immer lief. Zwar vergaß Sweeney bei der Arbeit die Welt um sich herum und nahm nichts mehr wahr, doch Porträts zu malen hatte ihre Fähigkeit verstärkt, in Gesichtern und Mienen zu lesen. Einige Male war ihr die Vertrautheit zwischen ihm und Candra aufgefallen, auch wenn sie versuchten, sich nichts anmerken zu lassen. Es war nichts Offensichtliches gewesen, nur ein besonderer Ausdruck, der über ihre Gesichter gehuscht war, oder eine winzige besitzergreifende Geste von Kai. Candra trug ihr Herz nicht auf der Zunge, allerdings war Kai nicht so erfahren und kontrolliert. Sweeney hoffte, dass er sich nicht ernsthaft in Candra verliebt hatte, denn Candra hätte sich sicherlich niemals erlaubt, diese Gefühle zu erwidern. Richards Reichtum wog schwerer als Kais gutes Aussehen.

Kai verließ seinen Stuhl hinter dem Queen-Anne-Schreibtisch, von dem aus er alle Eingänge im Auge hatte. Strahlend lächelnd schritt er auf sie zu. „Sweeney. Wow." Sein Blick glitt über sie. „Du siehst heiß aus." Er hatte einen leichten Akzent, eine besondere Sprachmelodie, die hawaiianischen Ursprungs sein musste. Seine Miene war voller unverhohlener Bewunderung.

Ein wenig beunruhigt schaute Sweeney an sich selbst herunter. Jetzt hatten bereits zwei Männer in einem Zeitraum von zehn Minuten behauptet, dass sie „heiß" aussah. Der schlichte rote Pullover hatte offenbar eine weitaus stärkere Wirkung, als sie gedacht hätte. Von jetzt an würde sie sich gründlich überlegen, ob und wann sie ihn anzog. Trotzdem gefiel ihr die Farbe.

„Die McMillans sind noch nicht hier", sagte Kai. Er berührte sie am Ellbogen und ließ seine Hand etwas länger liegen, als nötig gewesen wäre. „Möchtest du eine Tasse Tee, während du auf sie wartest?"

So behandelte er normalerweise Kunden. Ihre Beunruhigung wich echter Sorge. Was auch immer die Farbe Rot für magische Fähigkeiten hatte, die männliche Aufmerksamkeit behagte ihr nicht. Männer bedeuteten nur Ärger. Sie hatte keine Zeit für Männer im Allgemeinen und erst recht nicht für einen pflegeintensiven Gespielen wie Kai. Sie war sieben Jahre älter als Kai und hatte einiges über sich selbst gelernt. Vor allem wusste sie, dass sie allein besser zurechtkam.

Trotzdem klang die Tasse Tee in ihren Ohren nach einer guten Idee.

„Earl Grey. Einen Löffel braunen Zucker." Candra hielt sich an die europäischen Gepflogenheit, zum Tee, den sie den Kunden anbot, braunen und weißen Zucker zu reichen. Sweeneys Meinung nach war das unglaublich kultiviert.

„Kommt sofort." Kai schenkte ihr wieder sein strahlendes Lächeln und verschwand in der kleinen Nische, wo sich die Teeküche befand. Sweeney schaute sich um und fragte sich, wo Candra stecken mochte. Wenn die McMillans erwartet wurden, hätte Candra schon da sein sollen. Sie war sehr pünktlich und begrüßte die Leute, mit denen sie Termine hatte, immer persönlich.

Von ihrem Platz aus hatte Sweeney einen Überblick über die gesamte Galerie. Die Galerie erstreckte sich über zwei Etagen. Majestätische geschwungene Treppen führten an beiden Seiten des Raumes nach oben. Ansonsten war der Raum offen und herrlich hell, sodass sie alles gut erkennen konnte. Candra war jedoch nirgends zu entdecken.

Kai kehrte zurück. Er brachte eine feine Porzellantasse, in der der Tee vor sich hin dampfte. „Ist Candra da?", fragte Sweeney, während sie ihm die Tasse abnahm und ganz unwillkürlich das köstliche Aroma einatmete.

„Sie ist mit Richard in ihrem Büro." Er sah über seine Schulter zu einer geschlossenen Tür. „Ich fürchte, die einvernehmliche Einigung geht doch nicht so einvernehmlich über die Bühne."

Sweeney runzelte die Stirn und dachte über die Worte nach. „Welche Einigung?"

Erstaunt starrte Kai sie an. „Die Scheidung natürlich."

„Scheidung?" Sweeney war überrascht und enttäuscht. Sie hatte schon vermutet, dass Candras Ehe nicht perfekt war, dennoch hasste sie es, wenn Paare sich trennten. Es quälte sie immer, weil es sie an die vielen Trennungen erinnerte, die sie als Kind hatte durchstehen müssen.

„Mein Gott, sag nicht, dass du keine Ahnung davon hattest. Seit gut einem Jahr arbeiten sie an der Scheidung. Eigentlich schon, kurz nachdem du nach New York gezogen bist. Ich kann nicht glauben, dass du das nicht mitbekommen hast."

Trotz des Schreckens hätte Sweeney beinahe geschnaubt. Während ihrer Arbeit vergaß sie sogar, dass Wahlen waren. Wie hätte sie also etwas von der Trennung der beiden mitkriegen sollen? Sie bewegte sich nicht in Candras Kreisen, und obwohl sie freundschaftlich miteinander umgingen und eine Geschäftsbeziehung hatten, die für beide gewinnbringend war – zumindest meistens –, waren sie nicht unbedingt Busenfreundinnen. Vielleicht hielt Candra die Scheidung auch für nicht so bedeutsam, um darüber mit ihr zu sprechen. In der Kunstwelt waren Trennungen an der Tagesordnung, und manchmal fragte Sweeney sich, warum die Leute sich überhaupt die Mühe machten zu heiraten.

Ihre eigenen Eltern waren viermal verheiratet gewesen, davon zweimal miteinander. Sweeney hatte einen jüngeren Bruder. Nach seiner Geburt hatte Sweeneys Mom beschlossen, dass Mutter zu sein sie von ihrer Hingabe für die Kunst ablenkte, und hatte sich die Eierstöcke entfernen lassen. Ihr Vater dagegen hatte mit seinen verschiedenen Frauen munter Kinder gezeugt. Sweeney hatte zwei Halbbrüder und drei Halbschwestern, die sie allerdings nur ein paarmal pro Jahr sah. Ob Vater zu sein ihn davon ablenkte, sich seiner Kunst – dem Filmemachen – zu widmen, hatte nie zur Diskussion gestanden. Das Letzte, was Sweeney von ihm gehört hatte, war, dass er zum fünften Mal den Bund fürs Leben schließen wollte. Doch das war schon mindestens zwei Jahre her, also war es durchaus möglich, dass er mittlerweile schon Ehefrau Nummer sechs hatte. Oder vielleicht war er zu Ehefrau Nummer vier zurückgekehrt. Es war sogar denkbar, dass er wieder mit ihrer Mutter angebändelt hatte. Sweeney hielt keinen engen Kontakt zu den beiden.

„Candra ist letztes Jahr nach Thanksgiving ausgezogen, glaube ich." Kais Augen funkelten, als er Sweeney die Klatschgeschichte erzählte. „Ich weiß, dass es vor Weihnachten gewesen sein muss, denn sie hat in ihrer neuen Wohnung auf der Upper East Side eine Zwölf-Weihnachtstage-Party gefeiert. Sie nannte sie ihre Zwölf-Freiheitstage-Party. Erinnerst du dich nicht?"

„Ich gehe nicht auf Partys", erwiderte sie so höflich, wie sie konnte. Die letzte Party, die sie besucht hatte, war die Feier zu ihrem eigenen achten Geburtstag gewesen. Sie war in ihr Zimmer geflüchtet, ehe das Eis serviert worden war, und hatte die kleinen Hooligans, die ihre Mutter eingeladen hatte, allein gelassen, damit sie ungestört weiterschreien und sich prügeln konnten. Es war Fürst-Pückler-Eis gewesen, das sie sowieso hasste. Ihre Mutter war dagegen der Auffassung gewesen, auf diese Weise für alle unterschiedlichen Geschmacksvorlieben der Kinder gesorgt zu haben.

Die Wahrheit war, dass Sweeney sich in Gruppen nicht wohlfühlte. Punktum. Kontakte zu knüpfen gehörte nicht zu ihren Stärken, und sie war sich ihrer Unzulänglichkeit in dieser Hinsicht bewusst. Sie entspannte sich nie und fürchtete immer, etwas vollkommen Dummes zu tun. Ihre Mutter, die großartig darin war, das Selbstwertgefühl ihrer Mitmenschen zu stärken, hatte immer gesagt, dass Sweeney die soziale Kompetenz eines tibetischen Ziegenhirten hätte.

„Du hättest zu dieser Party kommen sollen." Kai trat nah an sie heran und berührte wieder die Innenseite ihres Ellbogens. „Das Essen schmeckte fantastisch, es gab unendlich viel Champagner, und es waren so viele Gäste da, dass man sich kaum bewegen konnte. Es war toll."

Kais Vorstellung von „toll" unterschied sich deutlich von ihrer. Sie war dankbar, dass sie nicht eingeladen worden war. Sie musste allerdings zugeben, dass Candra ihr möglicherweise eine Einladung geschickt hatte und dass sie es schlicht vergessen hatte. Partys waren für sie die Hölle. Und da sie gerade daran dachte: Was, zur Hölle, machte Kai da mit ihrem Ellbogen?

Missmutig entzog sie ihm ihren Arm. Sie war sich im Klaren darüber, dass er ein Aufreißer war, aber sie hatte er noch nie beachtet. Ihr gefiel das nicht. Sie nahm sich vor, den verdammten Pullover sofort wieder ganz hinten in den Schrank zu verbannen, sobald sie zu Hause war.

„Tut mir leid." Er war scharfsinnig genug, um zu merken, dass seine Aufmerksamkeiten nicht die gewünschte Wirkung hatten. Entschuldigend lächelte er sie an. „Wie gesagt, du siehst heiß aus. Es war den Versuch wert."

„Danke", erwiderte sie gepresst. „Ich wollte den Versuch schon immer mal wert sein."

Er lachte. Seine Belustigung war echt. „Sicher. Deshalb leuchtete dein hocherhobenes ‚Rühr mich nicht an'-Schild auch in Neonfarben. Tja, falls du dich jemals einsam fühlen solltest, ruf mich an." Er zuckte die Achseln. „Also, was hast du so gemacht? Wenn ich mich recht erinnere, habe ich dich seit Monaten nicht gesehen. Wie läuft es mit der Kunst?"

Sie ließ die Schultern sinken. „Ich weiß nicht. Ich male. Allerdings habe ich keinen richtigen Schimmer, was ich eigentlich zeichne. Ich probiere neue Techniken aus." Das entsprach nicht ganz der Wahrheit, doch sie hatte nicht vor, sich bei Kai auszuweinen. Es ging ihn nichts an, wie niedergeschlagen sie über die Richtung war, in die ihre Malerei sich entwickelte, oder dass sie nichts daran ändern konnte. Sie hatte versucht, die gleichen feinen, beinahe ätherischen Bilder zu malen wie früher, aber sie schien diese Fähigkeit eingebüßt zu haben. Diese verdammten lebendigen Farben kamen ihr wieder und wieder in die Quere. Und obwohl sie sie verfluchte, verlor sie sich in ihnen. Nicht nur ihre Farbwahl hatte sich verändert, sondern auch ihre Perspektive. Sie wusste nicht, was los war, doch das Ergebnis war holprig, irgendwie unharmonisch. Bisher war sie sich ihres Talents immer sicher gewesen, aber zurzeit war sie vor Unsicherheit so gelähmt, dass sie niemandem ihre neuesten Werke präsentieren konnte.

„Ach wirklich?" Er wirkte interessiert. Andererseits wurde er dafür bezahlt, Interesse zu zeigen, also gab sie nicht viel auf seinen Ausdruck. „Ist schon etwas davon fertig und so weit, ausgestellt zu werden? Ich würde gern sehen, was du machst."

„Einige Bilder sind fertig. Ich habe mich allerdings noch nicht entschieden, ob ich dazu schon bereit bin."

„Ich glaube, es ist nur noch eines von deinen Werken übrig. Alles andere ist verkauft. Du musst uns neue Bilder bringen."

„Das werde ich." Sie war darauf angewiesen, auch wenn sie zögerte. Falls ihre neuen Bilder sich nicht verkauften, hatte sie nichts zu essen – so einfach war das. Und die Werke konnten sich nicht verkaufen, wenn sie es niemandem gestattete, sie anzuschauen.

Kai warf einen Blick auf die Uhr. „Die McMillans sollten bald hier sein. Ich hoffe, Richard geht vorher. Candra mag es nicht, wenn er hierherkommt. Sie zieht es vor, ihn bei ihrer Anwältin zu treffen. Sie wird wütend, wenn sie seinetwegen zu spät dran ist. Genau genommen ist sie sowieso schon wütend, weil er sich sperrt."

„Er will die Scheidung nicht?"

Erneut zuckte Kai anmutig mit den Schultern. „Wer weiß schon, was Richard will? Ich weiß nur, dass er nicht sehr kompromissbereit ist. Candra scheint im Augenblick nur zwei Gemütszustände zu kennen: besorgt oder verärgert."

„Verärgert" klang für eine Scheidung ganz verständlich, „besorgt" dagegen nicht.

„Vielleicht hat sie ihre Meinung geändert und möchte sich nicht mehr scheiden lassen, hat aber keine Ahnung, wie sie die Wogen glätten soll", überlegte Sweeney laut.

„Oh, sie wollte die Scheidung überhaupt nicht." Seine Augen glitzerten, weil er diesen Klatsch mit Sweeney teilen konnte. „Nach allem, was ich so gehört habe, war Richard derjenige, der die Scheidung eingereicht hat. Candra macht gute Miene zum bösen Spiel und tut so, als wäre die Entscheidung einvernehmlich getroffen worden. Doch sie ist über die Trennung überhaupt nicht glücklich."

Plötzlich hatte Sweeney ein schlechtes Gewissen und ärgerte sich über sich selbst. Candra hatte sie beruflich unterstützt, hatte sie gefördert, hatte die Kunden auf sie aufmerksam gemacht. Es ging ihr gegen den Strich, so über sie zu tratschen. Wenn Klatsch und Tratsch nur nicht so reizvoll wären. Sweeney bemühte sich, ein gieriges Verlangen nach weiteren Informationen zu unterdrücken und nicht auf weitere schmutzige Einzelheiten zu drängen.

Die Versuchung war groß, denn solche Details waren wie das Salz in der Suppe und gaben dem Leben die richtige Würze.

Die Tür wurde geöffnet, und sie war gerettet. Sweeney drehte sich um. Für einen winzigen Moment sah sie Richard Worth direkt in die Augen. Es war, als hätte sie einen elektrischen Schlag bekommen – wie durch eine unwillkommene, fast schmerzhafte Verbindung. Dann erschien Candra in der Tür. Ihr Gesicht war bleich vor Wut. Sie griff ihn am Arm und zog Richard rein, ehe die Tür wieder ins Schloss fiel. Die weiteren Auseinandersetzungen entzogen sich so ihren Augen und Ohren.

„Oh, oh", kommentierte Kai mit boshafter Zufriedenheit. „Das gibt noch Tote."

2. KAPITEL

Sweeney war vor Schreck wie versteinert. Sie war sich nicht sicher, was gerade geschehen war, aber sie war sich sicher, dass etwas geschehen war. Für einen Moment, für den Bruchteil einer Sekunde, war es ihr vorgekommen, als wäre sie mit Richard Worth verbunden gewesen. Ihr gefiel das Gefühl nicht, und sie wollte diese Vertrautheit nicht. Bisher hatte sie es immer genossen, allein zu sein. Sie hatte sich wie ein Ball gefühlt, der durch das Leben rollte und ab und zu einmal das Leben anderer berührte, ohne jedoch stehen zu bleiben. Doch jetzt war sie für einen Augenblick, einen kleinen Augenblick, angehalten worden. Und sie wusste nicht, warum es so war. Er war nur ein Bekannter, fast ein Fremder. Es gab keinen Grund, dass er sie anschaute, als würde er sie kennen. Es gab keinen Grund, dass sie ein Kribbeln im Bauch spürte, das Ähnlichkeit mit der Lust hatte, die sie beim Anblick des Werbespots empfunden hatte.

Falls es wieder eine dieser seltsamen Veränderungen war, die im letzten Jahr mit ihr passiert waren, mochte sie diese genauso wenig wie all die anderen. Verdammt, sie wollte, dass alles wieder so wurde, wie es einmal gewesen war!

Bevor sie sich sammeln konnte, ging die Eingangstür hinter ihr auf. Auf Kais Gesicht erstrahlte ein Lächeln, das er für Kunden reserviert hatte. Zu ihrer Überraschung schien ihm nichts Ungewöhnliches aufgefallen zu sein. „Senator und Mrs McMillan“, rief er aus und trat auf das Paar zu. „Wie schön, Sie hier begrüßen zu dürfen. Kann ich Ihnen etwas anbieten? Tee, Kaffee? Etwas Stärkeres?“

Sweeney drehte sich in dem Moment um, als eine große, dünne, unglaublich schicke Frau antwortete: „Tee.“ Ihr gelangweilter Tonfall wurde beinahe von der kräftigeren Stimme ihres Mannes übertönt, der sagte: „Kaffee, schwarz.“ Sein Ton war so kräftig wie ihrer schwach.

Erstaunlicherweise erkannte Sweeney ihn wieder. Sie war dem

aktuellen Tagesgeschehen gegenüber bekanntermaßen blind, aber sein Gesicht war so oft in den Nachrichten aufgetaucht, dass sie wusste, wer er war. Wenn Kai von Anfang an von „Senator McMillan“ und nicht von „den McMillans“ gesprochen hätte, wäre es ihr sofort klar gewesen. Senator Carson McMillan hatte eine Ausstrahlung, die ihn von der Stadtverwaltung bis ins Parlament und von dort aus bis nach Washington gebracht hatte, wo er gerade seine zweite Amtszeit angetreten hatte. Er hatte Geld, Charme, Intelligenz und Ehrgeiz – kurzum die Qualitäten, die vonnöten waren, um vielleicht irgendwann die Präsidentenwahl zu gewinnen.

Er war ihr auf Anhieb unsympathisch.

Vielleicht war es die eingeübte Höflichkeit des Berufspolitikers, die sie abschreckte. Die Rücksichtslosigkeit, die sie ihm ansah, war es nicht. Rücksichtslosigkeit war ihr nicht fremd. Sie selbst konnte rücksichtslos sein, wenn sie sich Zeit und Freiraum nahm, um ihrer Kunst nachzugehen. Es mochte die Verachtung sein, die ab und zu hinter seinem Charme hervorblitzte wie der gelegentliche Gestank von Abwasser, der aus dem Gully quoll. Er gehörte zu der Sorte von Politikern, die ihre Wähler insgeheim für dumm hielten. Oder für Landeier. Oder für beides.

Auf der anderen Seite war er ohne Zweifel äußerlich beeindruckend. Er war mindestens eins dreiundachtzig groß und wirkte durch die breiten Schultern und den Oberkörper massig, wobei sie den Eindruck hatte, er wäre eher muskulös als dick. Er strahlte Kraft aus. Sein braunes Haar war dicht und an den Schläfen leicht ergraut. Sein Hairstylist hatte gute Arbeit geleistet. Seine Augen waren haselnussbraun, seine Gesichtszüge stark und fast klassisch, auch wenn seine Wangenknochen und das Kinn dafür ein bisschen zu ausgeprägt waren.

Augenblicklich stand für sie fest, dass sie sein Porträt nicht malen wollte. Keine Sekunde länger wollte sie in seiner Gegenwart verbringen. Trotzdem, was für eine Herausforderung. Könnte sie das schöne Äußere porträtieren und dennoch den Ausdruck von herablassender Überlegenheit einfangen, um ihn wie eine durchscheinende Überlagerung über alles andere zu legen? Der Ausdruck war alles. Senator McMillan hatte gelernt, für die Öffentlichkeit ein sympathisches Gesicht aufzusetzen. In dieser Situation, in der nur Kai und sie anwesend waren, die offensichtlich in Senator McMillans Augen eine untergeordnete Rolle einnahmen, bröckelte diese Fassade ein wenig. Sweeney bezweifelte nicht, dass sie anders behandelt worden wäre, wenn sie statt des schlichten Rocks und des Pullovers Designerkleidung und teuren Schmuck getragen hätte. Dann hätte der Senator ihr sicherlich keinen Blick zugeworfen, der zugleich respektlos und beleidigend war und an ihren Brüsten hängen blieb.

Sie konnte ihre eigene Verachtung beinahe riechen, fing sich allerdings im letzten Moment doch noch. Mühsam riss sie sich zusammen. Candra hatte sich für sie eingesetzt, also konnte sie zumindest höflich sein. Sie schaute zu Mrs McMillan und hatte schon fast Mitleid mit der Frau.

Ihr Mitgefühl war allerdings überflüssig. Mrs McMillan war anscheinend der Meinung, viel besser zu sein als alle anderen, sodass Mitgefühl von unbedeutenderen Menschen undenkbar war. Der Senator hatte an seinem Auftreten in der Öffentlichkeit gearbeitet – seine Frau hatte sich diese Mühe nicht gemacht. Sie war sich ihrer Stellung sehr sicher. Keine jüngere Vorzeigefrau würde je ihren Platz einnehmen, solange ihr Ehemann seine Karriere nicht auf Spiel setzen wollte. Und eine Scheidung von dieser Frau durchzusetzen würde sehr schmutzig werden, und vor allen Dingen würde sie vor den Augen der Öffentlichkeit ablaufen – dafür würde Mrs McMillan höchstpersönlich sorgen.

Die Frau des Senators war schlank, stylish, gelangweilt. Sie hatte die Haare zu einem klassischen Bob schneiden lassen, schulterlang und zumindest in dieser Woche champagnerfarben. Das Haar war aus dem Gesicht gekämmt, um den Blick auf verschnörkelte goldene Ohrringe preiszugeben, die mit kleinen Diamanten verziert waren. Als gute New Yorkerin hatte sie einen schlichten schwarzen Mantel an, in dem sie nicht nur schlank, sondern beinahe ausgemergelt wirkte und der wahrscheinlich mehr als Sweeneys gesamte Garderobe und ein Großteil ihrer Möbel zusammen gekostet hatte.

Kai kehrte mit einem Tablett mit Tee und Kaffee zurück. Er bemerkte, dass Sweeney stumm neben den McMillans stand. „Es tut mir leid. Ich habe Sie einander gar nicht vorgestellt", entschuldigte er sich. „Senator, Mrs McMillan, das ist Sweeney, die Künstlerin, mit der Candra Sie bekannt machen wollte. Sweeney, das sind Senator Carson McMillan und seine Gattin Margo."

Sweeney reichte Mrs McMillan die Hand und fühlte sich wie ein Hund, der Pfötchen gab. Ihrem Blick nach zu urteilen, hätte das auch durchaus der Fall sein können. Die Frau gab ihr nur die Fingerspitzen – vermutlich wollte sie so die Gefahr einer möglichen Ansteckung verringern. Falls der Senator sich je entschließen sollte, sich um die Präsidentschaft zu bewerben, hätten seine Berater eine Riesenaufgabe zu bewältigen: Sie müssten die Gattin in eine wählerfreundliche Person verwandeln, damit sie der Kampagne nicht im Weg stand.

Der Handschlag des Senators dagegen war forsch und kräftig, ohne zu fest zu sein. Er hatte einen sehr angenehmen Händedruck. Wahrscheinlich arbeitet ein Politiker als Erstes daran. Vor ihrem inneren Auge tauchte unvermittelt das Bild einer Gruppe von todernsten jungen Politikern auf, die in einem Raum saßen, an dessen Tür ein Schild hing: *Anfängerkurs Händeschütteln.* Leider zerstörte der Senator diesen positiven Eindruck wieder, indem er ihr unverhohlen auf die Brüste starrte. Allmählich glaubte sie, dass der rote Pullover mehr als nur gefährlich war. Das verdammte Ding schien verflucht zu sein. Vielleicht hätte sie ihre Haare nicht kämmen und keinen Lippenstift auftragen sollen, auch wenn der Lippenstift den Hotdog vermutlich gar nicht überstanden hatte.

Erneut wurde die Tür von Candras Büro geöffnet, und Sweeney wandte sich um. Sie war dankbar für die Unterbrechung. Candra kam heraus. Ihr Gesicht war vor Wut verzerrt, doch der Ausdruck in ihren Augen wirkte beinahe ängstlich. In dem Moment, als sie die McMillans entdeckte, entspannte sich ihre Miene schlagartig und wich dem für Candra so typischen warmherzigen, freundlichen Blick.

Richard stand hinter ihr. Sweeney wollte ihn nicht ansehen, weil sie nicht wollte, dass wieder diese seltsame Vertrautheit zwischen ihnen zu spüren war. Aber die Neugierde und der Drang überwogen, und sie schaute zu ihm. Zu ihrer Erleichterung erwiderte er ihren Blick dieses Mal nicht. Sein Gesichtsausdruck wirkte beherrscht, so als würde Candras Aufregung ihn überhaupt nicht berühren. Sein Blick war verschleiert, während er kurz in die Runde sah und sich dann ihnen näherte. Er war ein großer Mann, doch das wirkte sich nicht negativ auf seinen Gang aus. Wie ein Athlet hatte er seinen Körper vollkommen unter Kontrolle. Sweeney musste wieder an den Werbespot denken und fragte sich, wie Richard ohne Hemd aussehen mochte.

Wieder spürte sie dieses Kribbeln im Bauch. Sie war nicht hungrig, aber ihr lief das Wasser im Mund zusammen, als hätte sie den ganzen Tag über nichts gegessen und als wäre ihr gerade der Duft von frisch gebackenem Brot in die Nase gestiegen. Eine Frau konnte stundenlang den Anblick von Richard genießen. Tu das nicht, warnte sie sich stumm, zugleich alarmiert und peinlich berührt. Doch sie hatte zu viele Aktkurse belegt, um ihn sich nicht sehr genau ohne Kleider vorstellen zu können. An der Art, wie seine Kleidung sich an seinen Körper schmiegte, konnte sie erkennen, dass er ein muskulöser Mann war, der auch etwas dafür getan hatte. Vor ihrem inneren Auge tauchte das Bild auf, wie er nackt auf dem Rücken lag. Was für ein Anblick. Etwas verstörend war allerdings, dass sie sich selbst über ihn gebeugt sah und bereit, ihn von Kopf bis Fuß zu küssen, ohne dabei auch nur einen Zentimeter auszulassen. Er hatte bestimmt einige sehr interessante Zentimeter, die eine Menge Aufmerksamkeit nötig hatten …

„Carson, Margo, wie schön, dass ihr kommen konntet!“ Candras Stimme riss Sweeney aus ihrem scharfen kleinen Tagtraum. Hastig wandte sie den Blick von Richard, da ihr klar geworden war, dass sie ihn angestarrt hatte. Sie spürte, wie Hitze in ihre

Wangen schoss, und hoffte nur, dass nicht ihr gesamtes Gesicht rot war – passend zu dem verfluchten Pullover.

Candra trat zu ihnen. Ihre wundervollen langen Beine kamen in dem kurzen Rock ihres maßgeschneiderten Kostüms besonders gut zur Geltung. Der hübsche Kupferton ließ ihren Teint schimmern. Um sich abzulenken, betrachtete Sweeney die Farbe und bewunderte das tolle Material. Sie konnte zwar die verschiedenen Designer nicht auseinanderhalten, aber eine Farbe vergaß sie nie.

Candra und Margo warfen sich Luftküsse zu, ehe Candra sich mit ihrem unglaublichen Charme dem Senator zuwandte. Er ergriff ihre Hände und beugte sich vor, damit er sie auf die Wange küssen konnte. Dieser Kuss war alles andere als angetäuscht. Von ihrem Platz aus konnte Sweeney deutlich erkennen, wie der Senator seinen Griff um Candras Hände für einen winzigen Moment verstärkte, bevor Candra sich von ihm löste und sich zu Sweeney umdrehte.

„Ich sehe, dass Kai bereits Erfrischungen angeboten hat …"

„Richard", sagte der Senator herzlich. Mit seiner vollen, vom Sprachtherapeuten geformten Stimme übertönte er Candra genauso wie seine Frau. Sweeney fragte sich, ob er sich zur Gewohnheit gemacht hatte, Frauen zu unterbrechen.

Er streckte die Hand aus. In Richards Augen, bemerkte sie, flackerte ein kurzes Zögern auf. Eigentlich hatte er nicht vor, stehen zu bleiben und Small Talk zu machen, doch seine guten Manieren zwangen ihn dazu, die Hand des Senators zu ergreifen.

Senator McMillan gab alles bei diesem Händedruck. Er legte sogar seine andere Hand auf ihre verschlungenen Hände. Ohne Zweifel hatten seine Berater ihm erklärt, dass diese Geste den Eindruck von Einfühlungsvermögen vermittelte. Bei Richard funktionierte das nicht. Wenn überhaupt wurde seine Miene nur noch ungerührter.

„Gut siehst du aus!", schmeichelte er dem anderen Mann.

„Carson." Die Begrüßung – wenn man sie denn so nennen konnte – war mehr als angespannt. Sweeney vermutete, dass die beiden nicht eben gute Freunde waren. Da sie ganz nah bei den beiden stand, fiel ihr auf, dass die Knöchel des Senators weiß hervortraten und dass einen Moment später dasselbe mit Richards Fingerknöcheln passierte.

Ein verdammter Wettbewerb, dachte sie fasziniert. Aus irgendeinem Grund wie Antipathie oder Rivalität oder männlicher Aggression hatte der Senator versucht, Richards Hand zu zerquetschen. Kein kluger Schachzug. In der nächsten Sekunde war er derjenige, dessen Hand zusammengedrückt wurde, da Richard den Spieß einfach umdrehete.

„Wie laufen die Geschäfte?", erkundigte sich der Senator gelassen. Noch immer hielt er Richards Hand fest – oder er konnte nicht loslassen, selbst wenn er es gewollt hätte. „Bei der aktuellen wirtschaftlichen Lage läuft es sicher gut. Erstaunlich, oder?"

„Ich kann mich nicht beklagen."

Ein Schweißtropfen erschien auf der Stirn des Senators. Richard, der das Spiel offensichtlich satthatte, ließ abrupt die Hand des anderen los. Senator McMillan konnte sich gerade noch verkneifen, seine schmerzende Hand zu massieren, auch wenn der Drang bestimmt überwältigend sein musste.

Tja, kommentierte Sweeney im Stillen. Es hätte sie nicht gewundert, wenn der Senator Richard zu einer Runde Armdrücken herausgefordert hätte. Sie fragte sich, ob die Abneigung etwas mit dem Ausdruck in McMillans Augen zu tun hatte, als er Candra geküsst hatte, oder ob der Senator Richard nur nicht leiden konnte, weil der einfach fähiger war als er. Es war so oder so egal. Wenn sie sich bei einem Wettbewerb zwischen ihm und dem Politiker hätte entscheiden müssen, wäre sie auf Richards Seite gewesen. Zwar konnte sie nicht behaupten, dass sie Richard mochte – dazu kannte sie ihn einfach zu wenig –, aber McMillan hatte sie vom ersten Moment an verabscheut.

„Ich habe gehört, dass ihr auf dem Sprung nach Rom seid." Candra wandte sich Margo zu. Ihre Stimme klang so locker, als würde es sie nicht stören, dass alle den Konflikt zwischen ihr und Richard mitbekommen hatten. Doch Sweeney wusste es besser. Durch ihre Angewohnheit, Gesichter zu betrachten, bemerkte sie selbst flüchtigste Ausdrücke, und die Anspannung um Candras Augen herum war so aufschlussreich wie eine Leuchtreklame.

„Nein, das ist verschoben worden. Carson hat morgen früh eine Krisensitzung mit dem Präsidenten." Versucht, das zu überbieten, schien der selbstgefällige Ton in ihrer Stimme sagen zu wollen. „Wir haben die Reise nach hinten verlegt ..."

Der Senator fing wieder an, sich mit Richard zu unterhalten. Seine Stimme übertönte die seiner Frau, sodass Candra sich vorbeugen musste, damit sie Margo verstehen konnte. Vielleicht unterbrach der Senator Frauen absichtlich, um seine Überlegenheit zu demonstrieren. Vielleicht fiel ihm aber auch nicht auf, wenn sie redeten, was noch schlimmer war.

Sweeney schaltete ab. Sie hörte die Stimmen, jedoch nicht mehr die einzelnen Worte. Die Romreise der McMillans interessierte sie nicht, und auch irgendwelche Aktien waren ihr egal. Ruhelos und gelangweilt verlagerte sie das Gewicht von einem Bein auf das andere. Sie würde gern das Geschäftliche erledigen, damit sie nach Hause zurückkehren und sich wieder ihrer Kunst widmen konnte. Warum war Richard eigentlich immer noch da? Der Meinung des Senators über den Aktienmarkt zu lauschen reizte ihn sicherlich überhaupt nicht. Er musste wissen, dass Candra entspannter sein würde, wenn er gegangen wäre. Genau wie ich, musste sie sich stumm eingestehen. Bewusst vermied sie es, ihn anzuschauen, weil sie fürchtete, wieder diese merkwürdige Verbindung zwischen ihnen beiden herzustellen.

„Ich bin so froh, dass ihr die Möglichkeit hattet, Sweeney kennenzulernen", sagte Candra. Die Erwähnung ihres Namens riss Sweeney aus ihren Grübeleien. Sie bemerkte, dass Candra sie warmherzig anlächelte. „Ich habe ein Bild von ihr da, wenn ihr es sehen möchtet. Leider ist es kein Porträt, da sie die Porträts nur auf Bestellung anfertigt."

Sweeney schwieg und hielt ihre Mappe fest. Sie hatte nicht vor, diesen Leuten ihre Arbeiten zu zeigen.

„Das ist nicht wichtig“, erwiderte Margo gelangweilt. „Ich bin überzeugt, dass sie das hinbekommt, wenn du sie empfiehlst. Was mich wirklich interessieren würde, ist der VanDern, den du erwähnt hast. Die Farben passen bestimmt wunderbar in unser Wohnzimmer.“

Sweeney konnte sich gerade noch verkneifen, mit den Augen zu rollen, auch wenn es ihr nicht leichtfiel. Sie konnte es der Frau nicht übel nehmen, dass sie ein Bild wollte, das farblich zum Rest des Raumes passte, denn auch für Sweeney selbst waren Farben wesentlich für ihr Wohlbefinden, aber ... einen VanDern? Er war zurzeit unglaublich angesagt, doch im Grunde genommen war er ein untalentierter Trampel, der dicke Klumpen Farbe auf eine Leinwand schmierte und das Kunst nannte.

„Da bin ich mir sicher“, stimmte Candra zu und deutete mit einer anmutigen Geste auf ein Bild des genannten Künstlers.

Sweeney hatte nicht vor, der Gruppe zu folgen. „Ich muss los“, meinte sie unvermittelt und umklammerte ihre Mappe. Sie brauchte den Job eigentlich sehr, sehr dringend und bereitete sich innerlich darauf vor, sich höflich zu verabschieden und mit der Arbeit zu beginnen, sobald das Paar aus Rom zurückgekehrt wäre. Aber dann machte sie den Mund auf und hörte sich sagen: „Es tut mir leid. Ich kann Ihre Porträts nicht malen, Mrs McMillan. Ich bin ausgebucht.“

Die Worte überraschten sie genauso wie die anderen. So viel zu den guten Absichten. Zumindest hatte sie eine höfliche Ausrede erfunden und nicht erklärt, dass sie das Paar auf Anhieb unsympathisch gefunden hätte und dass sie sie nur hätte porträtieren können, wenn sie ihnen auch Hörner, Spitzbärte und Mistgabeln hätte verpassen dürfen. Sie war ein bisschen stolz auf sich selbst – ein tibetischer Ziegenhirt hätte sich eine so gute Lüge nicht einfallen lassen können.

„Was?“ Margo wirkte erschrocken. Auf Candras Gesicht spiegelte sich zuerst Überraschung und dann Beunruhigung. Vermutlich malte sie sich gerade Sweeneys mögliche Reaktionen auf Margos ungläubige Frage aus. Sweeney nahm sich keine Zeit, darüber nachzudenken. Sie musste hier verschwinden, bevor ihre begrenzte Toleranz für Dummköpfe und Idioten verbraucht war und sie etwas sagte, das Candra wirklich in Verlegenheit brachte. Sie drehte sich um und ging so schnell sie konnte, ohne in einen Laufschritt zu verfallen, zur Tür.

Hastig nahm sie die Mappe in die linke Hand, um mit der rechten die Tür zu öffnen. Plötzlich tauchte direkt neben ihr ein großer Körper auf, und ein Arm schoss vor ihr zum Türgriff und versperrte ihr so den Weg. Über ihrem Kopf erklang eine tiefe Stimme: „Erlaubst du? Ich wollte auch gerade aufbrechen. Auf Wiedersehen, Carson, Margo. Kai."

Erstaunt darüber, dass jemand ihr zum ersten Mal in ihrem Leben die Tür aufhielt, vergaß Sweeney, sich zu verabschieden. Offen gestanden, war es nicht nur Richards Zuvorkommenheit, die sie verwunderte, sondern seine Nähe. Wieder verspürte sie das Kribbeln in ihrem Bauch. Es verunsicherte sie, dass er so dicht neben ihr stand, nachdem sie ihn nur Momente zuvor in Gedanken ausgezogen hatte.

Richard ließ die Tür hinter ihnen ins Schloss fallen. Einen Augenblick lang waren sie eingeschlossen in der Stille des Windfangs. Dann schritt Richard an ihr vorbei und machte auch diese Tür auf. Bei dieser Bewegung streifte sein Jackett ihren Arm, und der Duft seines teueren Eau de Colognes stieg ihr in die Nase. Wieder fühlte sie ein elektrisierendes Prickeln, und ihr Körper war sich seiner Nähe mit einem Mal fast schmerzhaft bewusst.

Das konnte nicht sein. Das konnte ganz und gar nicht sein. Verwirrt trat sie hinaus auf den Fußweg. Zuerst der Werbespot an diesem Morgen und jetzt ausgerechnet Richard. Vielleicht war ja Vollmond oder etwas Ähnliches. Andererseits hatten die Mondphasen sich noch nie auf ihre Hormone ausgewirkt. Genau genommen auch nichts anderes. Vielleicht sollte sie einen Arzt aufsuchen, um sicherzugehen, dass ihre Eierstöcke nicht mit einem Mal auf Hochtouren liefen und sie mit einer Überdosis unbändiger Hormone überschütteten. Wenn überhaupt hätten sie das schon in ihrer Jugendzeit machen sollen, als sie jung und unerfahren gewesen war. Inzwischen war sie einunddreißig und hatte weder die Zeit noch den unbedingten Wunsch, in hormoneller Flatterhaftigkeit zu schwelgen.

„Sweeney?“ Richard wedelte mit der Hand vor ihrem Gesicht herum. Abrupt kehrte sie in die Wirklichkeit zurück und wurde rot, sowie ihr bewusst wurde, dass sie ihn angestarrt hatte, während sie über den Zustand ihrer Eierstöcke nachgedacht hatte.

„Tut mir leid“, murmelte sie. „Was hast du gesagt?“

Seine Mundwinkel gingen ganz leicht nach oben, als würde er ein Lächeln unterdrücken. „Ich habe gefragt, ob ich dich nach Hause bringen soll. Es fängt an zu regnen.“

Das stimmte. Der Grund dafür, dass der Tag plötzlich so trostlos ausgesehen hatte, war nicht nur das getönte Glas der Türen gewesen. In der Zeit, die sie in der Galerie verbracht hatte, hatte die Sonne aufgehört zu scheinen, und der Himmel hatte sich verdunkelt. Sie schaute hoch, da klatschten auch schon die ersten Regentropfen auf den Bürgersteig.

Sofort drückte sie ihre Mappe an sich, als könnte sie sie mit ihrem Körper schützen. Es war keine schwierige Frage – wenn es darum ging, die Bilder zu retten oder zuzulassen, dass der Regen sie ruinierte, war die Entscheidung klar. „Danke, gern. Wo ist dein Wagen?“, fragte sie und blickte sich um.

„Hier.“ Er hob die Hand, und ein dunkelgrauer Mercedes fuhr vor und hielt direkt vor ihm. Das kam ihr viel praktischer vor, als an der Bordsteinkante zu stehen und hektisch nach vorbeirasenden Taxis zu winken, wie es unzählige Menschen taten, seit der erste Tropfen gefallen war.

Er legte seine Hand auf ihren Rücken, während er sich vorbeugte und die Tür öffnete. Der Körperkontakt war so unvermittelt und so unerwartet schön, dass sie beinahe ins Stolpern geraten wäre. Sie fing sich wieder, nahm die Mappe in die Hand und kletterte in das Fahrzeug. Auf der Rückbank aus weichem Leder rutschte sie weiter, um Platz für ihn zu machen. Ihr Innerstes schien gerade eine Rumba zu tanzen: Ihr Herz pochte, ihre Lunge dehnte sich aus und zog sich zusammen, ihr Magen hüpfte auf und ab. Etwas so Seltsames, so Erstaunliches hatte sie nie zuvor empfunden. Schade, dass es offensichtlich bedeutete, dass sie den Verstand verlor.

Richard wirkte für den Wagen beinahe zu groß, als er sich neben sie setzte. „Wir bringen Sweeney nach Hause, Edward", erklärte er seinem Fahrer.

„Sehr wohl, Sir." Der Mann hatte einen leichten britischen Akzent. Seine Wortwahl bestätigte seine britischen Wurzeln. „Wie lautet Miss Sweeneys Adresse?"

Richard nannte sie ihm. Sweeney starrte ihn einen Moment lang überrascht an, ehe ihr wieder einfiel, dass das Haus, in dem sie wohnte, ihm gehörte. Sie war erstaunt, dass er das noch wusste, doch vermutlich mussten Börsengenies sich selbst an winzigste Details erinnern können. Sie zwang sich dazu, sich zu entspannen, und kuschelte sich in die superbequeme Umarmung der Kuhhäute. Mit den Fingerspitzen streichelte sie über den Sitz, genoss die weiche glatte Oberfläche des Leders und den köstlichen Duft. Nichts konnte es mit gutem Leder in seiner Üppigkeit, in seinem Luxus aufnehmen.

Dann überwältigte die Versuchung sie, und sie sah Richard an. Sie ertappte ihn dabei, wie er sie beobachtete und leicht lächelte. Komisch, sie hatte sich nicht vorstellen können, dass er zu einem Lächeln fähig war; er war ihr immer zu beherrscht, fast unnahbar vorgekommen. Aber dieses Lächeln wirkte so natürlich, als hätte er viel Übung darin. Sie spürte einen Augenblick der Verbundenheit und verzog den Mund ebenfalls zu einem Lächeln. „Ich nehme an, deine Toleranzgrenze für Blödsinn ist genauso eng wie meine", sagte sie. Nun grinste sie breit, und er lachte. Es war ein lautes Lachen, bei dem er den Kopf in den Nacken warf. Und, verdammt, wieder begann es, in ihrem Inneren zu kribbeln.

„Du hattest es so eilig, da rauszukommen, dass ich befürchtet habe, du würdest durch die geschlossene Scheibe springen."

„Ich weiß nicht, wer schlimmer ist – der Senator oder seine Frau. Ich finde die beiden irgendwie gruselig."

„Das war ziemlich offensichtlich. Jedenfalls hat es jeder gemerkt außer den beiden. Kai hätte sich am liebsten in Luft aufgelöst. Andererseits wollte er nicht verschwinden, um nur ja nicht den großen Showdown zu verpassen." Richards Tonfall änderte sich und wurde sachlich, sowie die Sprache auf Kai kam. Sweeney fragte sich, ob Richard über Candras Affäre mit ihrem Assistenten Bescheid wusste. Möglicherweise war das der Grund für die Scheidung; Richard wirkte nicht wie ein Mann, der Untreue tolerierte oder versuchte, mit Stunden beim Eheberater „daran zu arbeiten und die Differenzen zu überwinden".

Die ersten vereinzelten Regentropfen wurden zu einer wahren Sintflut. Fußgänger hasteten in Eingänge oder suchten sich Taxis, und Regenschirme öffneten sich wie Knallfrösche. Sweeney liebte das Geräusch von prasselndem Regen, doch an diesem Nachmittag war es besonders atmosphärisch. Ihr Herz klopfte, wie es das auch immer tat, wenn sie Cellomusik hörte. Ein wohliger, kühler Schauer rieselte über ihre Haut, und sie schlang die Arme um sich.

„Edward, schalten Sie bitte die Heizung ein. Sweeney friert."

„Selbstverständlich, Sir."

„Mir ist eigentlich nicht kalt", erwiderte Sweeney, ohne die geringste Ahnung zu haben, warum. Ihr ständiges Frösteln war ihr irgendwie peinlich, eine Schwäche, die sie nicht zugeben wollte. „Dem Regen zu lauschen bereitet mir jedes Mal eine Gänsehaut."

„Du hast gezittert. Soll ich meinen Mantel um deine Schultern legen?"

Wieder erschauerte sie. Er hatte sie genau genug beobachtet, um dieses kleine Zittern zu bemerken. Sie wusste nicht, was verstörender war: diese Erkenntnis oder die Wärme, die sie fühlte, als sie daran dachte, in seinen Mantel gehüllt zu sein, seine Körperwärme zu spüren, seinen Duft um sich zu haben. Die Wärme war willkommen, aber der Grund dafür nicht. Wenigstens hatte ihre Faszination für den Mann aus der Werbung aufgehört, nachdem der Spot vorüber gewesen war. Diese seltsame Empfindung würde bestimmt auch enden, sobald sie aus dem Wagen ausgestiegen war und sich nicht mehr in Richards Nähe befand. Allerdings musste sie sich bis dahin zusammenreißen, damit sie nichts Dummes tat, wie sich zum Beispiel in seine Arme zu werfen. Da würde Edward seine Augenbrauen mit Sicherheit hochziehen! Wahrscheinlich wäre sie selbst sehr überrascht, denn wenn etwas untypisch für sie war, stand „sich einem Mann in die Arme werfen" ganz oben auf der Liste.

„Sweeney?" Wieder wedelte Richard mit der Hand vor ihrem Gesicht herum und lächelte. Sie wünschte, er würde beides unterlassen. Das Gefuchtel war ärgerlich und das Lächeln verstörend.

„Was?"

„Willst du meinen Mantel?" Er streifte ihn bereits ab.

„Oh. Nein, danke. Es tut mir leid, ich war mit den Gedanken woanders."

„Das ist mir aufgefallen." Erneut lächelte er. Obwohl sie sein Angebot abgelehnt hatte, legte er ihr den Mantel um die Schultern.

Beinahe hätte sie vor Genuss aufgestöhnt. Genau so hatte sie es sich vorgestellt. Er war so warm, dass sie das Gefühl hatte, dahinschmelzen zu können. Sie kuschelte sich in den Mantel und zog den Stoff an ihr Gesicht. Unbewusst atmete sie ein, sog seinen Duft ein.

„Ich musste etwas unternehmen, um den Pullover zu verdecken", erklärte er in leicht amüsiertem Tonfall.

„Er ist verflucht. Ich werde ihn verbrennen, sobald ich zu Hause bin."

„Mach dir keine Mühe. Das, was sich darunter befindet, richtet den Schaden an."

Oh Gott. Er hat es auch gespürt.

Die Erkenntnis traf sie wie ein Schlag in die Magengrube. Sie erstarrte, konnte ihn nicht anschauen. Sie hatte Angst vor dem, was sie in seinen Augen sehen würde. Es war mehr als nur eine Verwirrung durch den roten Pullover. Es war mehr als nur eine seltsame Mondphase. Sie konnte nicht erklären, warum sie es wusste. Ganz sicher war es nicht die Erfahrung, die ihr das sagte, denn sie hatte im Laufe der Jahre darauf geachtet, dass komplizierte Beziehungen ihr Leben nicht durcheinanderbrachten. Richard war der dritte Mann innerhalb einer Stunde, der sie mit Wohlwollen betrachtete – na ja, eigentlich der vierte, wenn sie den Senator mitzählte, wobei sein Blick allerdings eher beleidigend als anerkennend gewesen war. Aber in Richards Fall steckte noch mehr dahinter. Nicht einmal Kais spontaner Verführungsversuch war so gewesen. Andererseits war Kai ein Schmalspur-Casanova, und Richard .... Richard war das nicht.

Und wenn er nicht mitten in einer Scheidung stecken würde, wäre sie versucht gewesen. Doch darüber hinaus war es die Trennung von einer Frau, die sehr viel für Sweeneys Karriere getan hatte. Nein, sie sollte ehrlich sein. Sie war ohne Zweifel und gegen jeden Funken gesunden Menschenverstands versucht. Doch versucht zu sein hieß noch lange nicht, dieser Versuchung auch nachzugeben. Eine Frau, die Geister sehen konnte und Ampeln dazu brachte, auf Grün zu springen, wenn sie sich näherte, brauchte ganz sicher keinen Mann, der ihr Leben noch verkomplizierte. Mit den Geistern konnte sie umgehen, aber mit einem Mann war sie überfordert. Vor allem mit Richard. Warum sie ihn für noch gefährlicher hielt als andere Männer war eine Frage, die sie nicht weiter ergründen wollte.

Dennoch war der Drang, ihn anzuschauen, ihn zu beobachten, ihn zu studieren, beinahe überwältigend. Um ihren Blick von diesen eindringlichen, wissenden dunklen Augen abzulenken, sah sie weg und ertappte sich dabei, wie sie seine Hände anstarrte. Es waren auf eine natürliche Art und Weise elegante Hände, stellte sie überrascht fest. Sie hatte ihn immer für einen teuer gekleideten Hafenarbeiter gehalten. Nie waren ihr seine Hände aufgefallen. Und jetzt fragte sie sich, wieso das so war. Ihre Form war wundervoll. Wie bei Michelangelos David erkannte sie die Schönheit der Kraft. Er hatte lange schlanke Finger, und die Hände waren sehnig. Sie entdeckte Schwielen, ein paar Narben, gepflegte Fingernägel. Es war dumm von Senator

McMillan gewesen, diesen Mann zu einem Kräftemessen herauszufordern.

Bei der Erinnerung daran musste sie leise lachen. „Ich wette, der Senator wird nicht noch einmal probieren, deine Hand zu zerquetschen", sagte sie.

Seine dunklen Augenbrauen schossen hoch. „Du hast diese kindische Auseinandersetzung mitbekommen?"

„Hm. Das war lustig. Zuerst sind seine Fingerknöchel weiß geworden, dann deine, und schließlich ist ihm der Schweiß ausgebrochen. Ich hätte dich beinahe angefeuert."

Er lachte. „Du nimmst es ab und zu mit der Etikette nicht ganz so genau, oder? Das ist mir bisher nie aufgefallen."

„Ich habe nicht an diesem blöden Wettbewerb teilgenommen", erwiderte sie und war ein bisschen verärgert darüber, dass er sie offenbar für primitiv hielt. Sie empfand sich selbst als kultiviert. Sie hatte nie die Hand eines anderen gequetscht – in erster Linie, weil sie fürchtete, sich dabei selbst wehzutun. Vielleicht war es nicht dasselbe wie jemand anders nicht verletzen wollen, doch das Ergebnis war dasselbe. Also konnte ihr das durchaus angerechnet werden.

„Nein, das hast du nicht." Wieder lächelte er ganz leicht. Als er aufblickte, bemerkte er, dass sie schon fast bei ihr zu Hause waren. „Das war eine kurze Fahrt", meinte er und klang nicht glücklich darüber.

Sie erzählte ihm nicht, warum alle Ampeln auf Grün gesprungen waren oder warum der Verkehr sich seltsamerweise aufgelöst hatte, wenn sie sich genähert hatten.

„Isst du heute mit mir zu Abend?" Er wandte sich ihr zu. Irgendwie war er ihr näher als vorher. Seine Schulter berührte sie, sein linkes Bein schmiegte sich an ihr rechtes. Sie spürte seine Körperwärme an ihrer rechten Seite und hatte den verrückten Drang, ihm noch näher zu kommen und herauszufinden, wie warm ihr durch ihn werden könnte. Sehr warm, vermutete sie. Heiß. Zum Dahinschmelzen.

„Grundgütiger, nein!"

Er lachte. „Nimm keine Rücksicht auf meine Gefühle."

Sweeney errötete wie ein Teenager. Wahrscheinlich hätte sie eines Tages, wenn sie neunzig wäre, die Kunst der höflichen Notlüge endlich gelernt. Bei den McMillans hatte es zwar ganz gut geklappt, aber damit hatte sie ihren Vorrat an Notlügen für dieses Jahr offenbar schon verbraucht.

„Ich meinte nicht ... Du würdest nur alles verkomplizieren, würdest Zeit fordern und Sex und solche Sachen. Und ich bin im Moment ausgelastet und würde mit mehr nicht zurechtkommen." Na toll. Er lachte schon wieder. Sowie ihr bewusst wurde, was sie da gerade von sich gegeben hatte, wollte sie die Hände vors Gesicht schlagen. Stattdessen plapperte sie weiter: „Und dann ist da noch Candra. Sie war immer nett zu mir und hat mich gefördert. Viele andere Galeriebesitzer hätten sich nicht die Mühe gemacht. Auch wenn ihr schon ein Jahr getrennt seid ... Wie auch immer, ich halte es einfach für keine gute Idee."

Eine ganze Zeit lang sagte er nichts, sondern blickte sie nur mit einer vollkommen undurchdringlichen Miene an. „Ich werde dich wieder fragen", erklärte er schließlich.

Sie war sich nicht sicher, warum diese paar Worte wie eine Drohung klangen, dennoch empfand sie es genau so. Richard Worth war es nicht gewohnt, abgewiesen zu werden. „Tu das", entgegnete sie, während der Mercedes vor dem Apartmenthaus, in dem sie lebte, zum Stehen kam. „Ich werde dir wieder einen Korb geben." Sie schlüpfte aus seinem Mantel und reichte ihn ihm. Dann packte sie den Türgriff.

„Sei nicht albern", meinte er und hielt ihre Hand fest. „Es bringt nichts, nass zu werden. Ich habe einen Regenschirm und bringe dich zur Tür."

„Das schaffe ich schon. Danke."

„Was ist mit der Mappe?"

Da hatte er recht, verdammt. Es regnete in Strömen. Missmutig funkelte sie ihn an. „Du brauchst gar nicht so befriedigt zu grinsen", entgegnete sie. Ihr war bewusst, dass er mit ihr spielte und – zumindest für den Moment – gewonnen hatte.

Seine Lippen zuckten, als er den Schirm in die Hand nahm. „Süße, du hast keine Ahnung, wie ich aussehe, wenn ich befriedigt bin."

Nein, allerdings konnte sie es sich vorstellen. Ihr Herz raste bei der Vorstellung.

Er neigte den Kopf und küsste sie auf den Mund, den sie schmollend verzogen hatte. Die Berührung war leicht und warm und umwerfend. „Denk darüber nach", flüsterte er. Dann machte er die Tür auf, streckte den Schirm heraus und spannte ihn auf. Geschützt vor dem sintflutartigen Regen, verließ er den Wagen und hielt den Schirm über sie, während sie die Rückbank entlangrutschte, um ihm zu folgen.

„Denk darüber nach", äffte sie ihn nach und brachte ihn zum Lachen. „Zum Teufel mit dir!" Sie war so wütend, dass es ihr egal war, dass sich ihr Rock nach oben geschoben hatte, als sie aus dem Auto gestiegen war. Ihre Schenkel blitzten unter dem Stoff hervor. Sollte er ruhig schauen – mehr würde er sowieso nicht tun.

Zusammen rannten sie über den Bürgersteig zum überdachten Eingang. Richard achtete darauf, dass ihre Mappe unversehrt blieb. Sie wusste seine Umsicht zu schätzen, obwohl sie ihn am liebsten geboxt hätte. Schließlich verabschiedete er sich, ließ sie an der Tür stehen und lief schnell zurück zum Auto. Sie wartete nicht, bis er abgefahren war, sondern ging sofort hinein. Er brauchte keine Streicheleinheiten für sein Ego, und sie musste zurück in ihre sichere, abgeschirmte Welt, in der sie vor solchen Versuchungen geschützt war.

Sie brauchte Ordnung, keine Unordnung, Ruhe und Frieden, keine Aufregung, und vor allem musste sie malen. Mit einem Pinsel in der Hand konnte sie die Welt um sich herum vergessen.

3. KAPITEL

Denk darüber nach. Tja, das hatte sie. Trotz aller Bemühungen und bis zu dem Punkt, an dem sie beinahe einen Schreikrampf bekommen hätte, hatte sie darüber nachgedacht. Obwohl sie stundenlang hätte malen können, ertappte sie sich dabei, wie sie mit dem Pinsel in der Hand reglos vor der Leinwand stand und wie ein verknallter Teenager in die Ferne starrte. Das Problem war nicht, dass Richard sie anziehend fand, sondern dass *sie* Richard anziehend fand. Was sie am meisten beunruhigte, war, dass sie nicht aufhören konnte, an ihn zu denken. Andere Männer waren für sie nie von Bedeutung gewesen – sie hatte sie aus ihren Gedanken verdrängen können, sofern sie überhaupt einen Platz dort gehabt hatten, und hatte ihr Leben wie vorher weiterleben können. Keiner dieser Männer hatte sie je in Versuchung geführt. Das konnte sie über Richard nicht sagen.

Sie fühlte sich dumm, weil sie von einem Mann besessen war. Diese Anziehung würde auf jeden Fall folgenlos bleiben – dafür würde sie sorgen. Also war es vollkommen sinnlos, sich nach ihm zu sehnen. Nicht, dass irgendein anderer Mann größere Chancen gehabt hätte. Doch die Tatsache, dass es sich um Richard handelte, hatte sie umgehauen. Sie war wie vor den Kopf geschlagen. Von allen Männern dieser Welt, die auf ihre bislang nicht existierende Sinnlichkeit hätten reagieren können, hätte sie am wenigsten mit Richard gerechnet – er stand noch nicht einmal auf der Liste. Richard war verheiratet. Er war mit ihrer Geschäftspartnerin verheiratet. Und jetzt führten die beiden einen erbitterten Scheidungskrieg, was noch ein triftiger Grund war, sich von ihm fernzuhalten.

Gut. Ihr Verstand hatte es begriffen. Wenn die Botschaft jetzt noch den Rest ihres Körpers erreichte, würde sie vielleicht endlich wieder ein bisschen arbeiten können.

Der Regen hatte aufgehört, aber der Himmel blieb wolkenverhangen. Obwohl sie in ihrem Atelier helle Lampen hatte installieren lassen, war es nicht dasselbe wie Sonnenlicht. Normalerweise hätte sie das nicht gestört, doch heute war es anders. Sie wollte strahlenden Sonnenschein. Sie hatte mit einem Foto vom St. Lawrence River gearbeitet, der noch immer eines ihrer Lieblingsobjekte war, ohne Sonnenlicht allerdings konnte sie die Farben nicht richtig wiedergeben. Missmutig warf sie den Pinsel in einen Becher mit Terpentin und wusch ihn aus. Wem machte sie etwas vor? Sie konnte die Farben sowieso nicht richtig wiedergeben. Seit einem Jahr versuchte sie es nun schon erfolglos.

Sie wünschte, sie hätte das Ereignis benennen können, das für diese Veränderung verantwortlich war. Doch das konnte sie nicht. Nichts stach in ihrer Erinnerung hervor. Warum hätte sie bemerken sollen, dass Claytons einzige Ampel auf Grün sprang, wenn sie sich ihr näherte? Das tat sie schließlich regelmäßig. Zwar war ihr auch aufgefallen, dass ihre Pflanzen außergewöhnlich gut ausgesehen hatten, aber zuerst hatte sie das auf das Raumklima geschoben oder darauf, dass sie ein paar besonders robuste Pflanzen ausgewählt hatte, die eher zufällig unter ihrer planlosen Fürsorge erblüht waren. Vielleicht steckte gar nicht mehr dahinter. Früher hatte sie die Blumen immer wieder ersetzen müssen, doch inzwischen schienen sie zu wachsen und zu gedeihen, egal, was Sweeney tat. Nicht einmal der Umzug in die Stadt hatte ihnen etwas anhaben können. Der Weihnachtskaktus blühte in diesem Jahr zum wiederholten Male, die Blüten ihrer Bromelien waren dick, ihre Farne waren üppig, und der Ficus behielt seine Blätter, auch wenn sie seinen Standort in der Wohnung noch so oft wechselte.

Sie wollte nicht anders sein. Sie hatte erlebt, wie ihre Eltern ihr Talent benutzt hatten, um sich egoistisch und selbstherrlich zu verhalten. Und sie hatte das Chaos gesehen, das sie im Leben anderer hinterlassen hatten. So wollte sie nicht sein. Sie wollte ein ganz normaler Mensch sein, der nur zufällig die Begabung zum Malen hatte. Das war schon „anders“ genug, aber damit kam sie zurecht. Doch eine Künstlerin, die elektronische Zeitschaltungen durcheinanderbrachte, die die Natur beeinflusste und Geister sah – das war zu viel. Nicht einmal ihre

Mutter war so weit gegangen, obwohl auch sie eine Phase durchgemacht hatte, in der sie Inspiration in der Welt des Übersinnlichen gesucht hatte. Falls Sweeney sich recht erinnerte, hatte diese Zeit vor allem darin bestanden, Joints zu rauchen. Eine Ausrede fand man immer.

Seufzend reinigte sie ihre Pinsel. Der St. Lawrence River war heute kein Thema mehr. Nicht, dass sie schon viel weitergekommen wäre. Der Fluss faszinierte sie nicht mehr so wie sonst und war nicht mehr so verlockend wie ein Gesicht.

Das Gesicht des Hotdogverkäufers und sein wundervolles Lächeln tauchten vor ihrem inneren Auge auf. Sweeney legte den Kopf zur Seite und dachte über ihn nach. In ihren Gedanken wirkte er trotz der grauen Haare so jung. Wie mochte er ausgesehen haben, als er zwanzig war? Oder zehn? Sie stellte ihn sich als Sechsjährigen vor, dem die Vorderzähne fehlten und der die Welt breit angrinste.

Abwesend pfiff Sweeney vor sich hin und griff nach ihrem Skizzenblock. Es wäre interessant, ihn in verschiedenen Lebensabschnitten zu malen. Eine Collage von Gesichtern auf einer Leinwand – und alle Gesichter gehörten ihm.

Einige Künstler machten nur grobe Skizzen, um die richtigen Proportionen für ihre Bilder zu erarbeiten, aber Sweeney konnte auch gut zeichnen. Für gewöhnlich arbeitete sie länger als nötig an den Vorabskizzen, weil sie nicht widerstehen konnte, Schattierungen und kleine Details hinzuzufügen. Zu ihrer Freude entzog sich der freundliche Ausdruck auf dem Gesicht des Verkäufers heute nicht ihrem Stift. Wie schon lange nicht mehr nahm alles wie von selbst Gestalt an.

Der Name des Hotdogverkäufers war Elijah Stokes. Heute schloss er seinen Stand zur selben Zeit wie immer, zählte die Einnahmen des Tages und füllte einen Einzahlungsschein aus. Dann ging er zur Bank und stand ungefähr fünfzehn Minuten in der Warteschlange. Er hätte die Einnahmen auch in den Briefschlitz werfen können, doch er hatte es lieber mit Menschen zu tun und nicht mit seelenlosen Klappen. Er hatte gern die Quittung in der Hand, wenn er sich auf den Heimweg machte. Wenn er dann in sein Häuschen kam, heftete er zuerst die Quittung in eine Akte. Er kümmerte sich sehr sorgfältig um die Papiere: Zum einen hatte er das seiner Mutter zu verdanken, die genauso gewesen war. Zum anderen hatte er im Laufe der Jahre aber auch gelernt, dass ein bisschen Sorgfalt mit solchen Dingen ihm später oft Schwierigkeiten ersparen konnte.

Elijah war vierundvierzig Jahre lang mit derselben Frau verheiratet gewesen, bis sie vor fünf Jahren gestorben war. Sie hatten zwei großartige Jungs aufgezogen, sie aufs College geschickt und voller Freude mitverfolgen können, wie sie zu großartigen Männern herangewachsen waren. Die Jungs hatten gute Jobs bekommen, hatten geheiratet und fingen inzwischen an, ihre eigene Familie zu gründen, wie sie es aus ihrem Elternhaus kannten. Es war schön, zu wissen, dass man etwas richtig gemacht hatte – und Elijah wusste, dass er mit seinen Söhnen alles richtig gemacht hatte.

Er hätte seinen Stand schon vor langer Zeit aufgeben können. Er hatte Geld gespart, hatte ein paar kleinere, sorgfältig ausgewählte Investitionen getätigt, die Gewinne abgeworfen hatten. Eigentlich brauchte er das Geld also nicht. Mit der Rente und seinen Aktiengewinnen konnte er sein Leben gut bestreiten. Das, was er mit dem Verkauf der Hotdogs verdiente, legte er zurück. Doch jedes Mal, wenn er mit dem Gedanken spielte, sich zur Ruhe zu setzen, musste er an seine Söhne und die fünf wundervollen Enkelkinder denken. Jeder Penny, den er jetzt sparte, würde später einmal helfen, ihre Ausbildung zu finanzieren. Es würde nicht schaden, wenn er noch ein oder zwei Jahre arbeitete. Siebzig schien ein gutes Alter zu sein, um in den Ruhestand zu treten.

Während er nach Hause ging, setzte Regen ein. Die anderen Fußgänger flüchteten vor der Nässe von den Gehwegen. Elijah dagegen zog sich nur die Mütze tiefer ins Gesicht und lief weiter. Ein bisschen Regen hatte noch niemandem geschadet. Durch die

Wolken war es schon früh dunkel geworden, und die Straßenlaternen leuchteten. Der Sommer neigte sich schnell dem Ende zu. Elijah konnte die Kühle des Herbstes im Regen riechen, als wäre sie direkt von Kanada herübergezogen. Frühling und Herbst waren seine Lieblingsjahreszeiten, denn das Wetter war angenehm – nicht zu heiß und nicht zu kalt. Er hasste den Winter. Die Kälte kroch ihm schmerzhaft in die Knochen. Manchmal überlegte er, wie es wäre, seinen Lebensabend im Süden zu verbringen, aber ihm war klar, dass er seine Jungs und die Enkel nie alleinlassen würde.

Er war noch drei Blocks von seinem Zuhause entfernt, als er eine nicht mehr so gute Wohngegend erreichte. Hier lungerten einige üble Typen auf der Straße herum. Seine Kinder wollten, dass er umzog. Doch er wohnte hier, seit sein Ältester ein Jahr alt gewesen war. All die Erinnerungen einfach hinter sich zu lassen konnte er nicht übers Herz bringen. Seine Frau hatte unzählige köstliche Mahlzeiten in der alten Küche gekocht, und er hatte gelauscht, wie seine Kinder über den abgenutzten Holzfußboden getobt waren. Seine Frau hatte aus dem Häuschen ein kleines Juwel gemacht. Aber seit ihrem Tod hatte er nichts mehr daran getan, und langsam sah alles ein wenig heruntergekommen aus. Er hatte nichts verändern wollen. Irgendwie konnte er sich besser an sie erinnern, wenn alles so war, wie sie es sich gewünscht hatte.

Normalerweise war er wachsamer, wenn er durch diese Straße lief, dieses Mal allerdings, dieses eine Mal, war er unachtsam. Ein Typ kam aus einer Seitenstraße gehuscht und stellte sich ihm in den Weg, wobei seine Augen böse funkelten. Elijah blieb kaum Zeit, die picklige Haut und die schlechten Zähne zu bemerken, da schien die linke Seite seines Kopfes vor Schmerz schon zu explodieren.

Die Wucht des Schlages schickte Elijah zu Boden.

Der Kerl bückte sich, packte den alten Mann und bugsierte ihn in die Schatten der Gasse. Es waren vielleicht vier Sekunden vergangen, seit er aus der Seitenstraße gesprungen war. Noch zweimal schlug er mit seinem Knüppel zu, einfach weil es sich so gut anfühlte. Der alte Mann hatte sich nicht einmal gewehrt. Dann beugte er sich herunter, fischte das Portemonnaie aus der Jackentasche des Alten und holte das Geld heraus. Er machte sich nicht die Mühe, es zu zählen, ehe er es in seine Tasche stopfte. Kreditkarten fand er keine. Scheiße. Angewidert warf er das Portemonnaie weg und stürmte mit gesenktem Kopf aus der Gasse. Die ganze Aktion, die er schon mehrmals abgezogen hatte, hatte nicht länger als zwanzig Sekunden gedauert.

Elijah Stokes, ein vorsichtiger, wachsamer Mann, trug nie viel Bargeld mit sich herum. Der Kerl hatte siebenundzwanzig Dollar erbeutet. Elijah lag im Dämmerlicht in der Allee und spürte den Regen ganz leicht auf seinem Gesicht. Aber die Empfindung war seltsam fern. In einem winzigen Moment der Klarheit wusste er, dass er starb. Er wollte an seine Kinder denken, doch sein Kopf fühlte sich komisch an, und er konnte sich ihre Gesichter nicht ins Gedächtnis rufen. Seine Frau allerdings ... Ach, da war sie, schenkte ihm ihr engelhaftes Lächeln, und das genügte Elijah.

„Willkommen zu Jeopardy!“, rief die Stimme aus dem Off und zog jedes Wort in die Länge. Sweeney setzte sich in ihren superbequemen Polstersessel und rollte sich mit einer Schüssel Popcorn auf dem Schoß gemütlich zusammen. Die drei Kandidaten wurden vorgestellt, und wie immer betrachtete sie ihre Gesichter, ohne die Namen auch nur zu hören. Der Typ in der Mitte, dachte sie. Er würde gewinnen. Er wirkte, als hätte er eine schnelle Auffassungsgabe, und seine Augen funkelten klug. Sie spielte gern ein Spiel mit sich selbst und versuchte, vorher schon zu erkennen, welcher der Kandidaten am Ende als Gewinner nach Hause gehen würde. In letzter Zeit war das allerdings keine große Herausforderung mehr.

Die Glückssträhne fiel ihr auf die Nerven. Grüne Ampeln waren eine Sache, aber wenn die seltsamen Fähigkeiten jetzt auch Einfluss auf Jeopardy hatten, reichte es ihr allmählich. Sie liebte diese Sendung.

Alex Trebek kam heraus und las die Kategorien vor. „Krimiautoren."

„Dick Francis", sagte Sweeney und steckte sich ein salziges Korn in den Mund.

„Wirksame Getränke."

„Absinth", antwortete sie.

„Britisches Königshaus."

„Charles, der Zweite. Das ist viel zu leicht."

„Wissenschaft."

„Kalte Fusion – das hättest du wohl gern."

„Die Staaten."

„Delaware. Versuch doch mal, nicht so offensichtlich zu sein."

„Und schließlich: die Tiefen des Alls."

„Quasar natürlich." Es war ein weiteres kleines Spiel, das sie spielte. Sie probierte, herauszufinden, wie die Fragen lauteten, noch ehe sie die Hinweise gehört hatte. In letzter Zeit gelang ihr auch das ziemlich gut.

Der Titelverteidiger fing mit der Kategorie „Wirksame Getränke" an. Alex las den Hinweis vor. Ratlos starrte der Kandidat auf die Anzeigetafel, als könnte er sie dazu zwingen, ihm die Antwort zu verraten. Der Buzzer erklang, und der Kandidat in der Mitte meldete sich zu Wort. „Was ist Absinth?", sagte er.

Sweeney griff nach der Fernbedienung und schaltete den Fernseher aus, noch ehe Alex bestätigt hatte, dass es die richtige Frage gewesen war. Sie wusste, dass es stimmte. In letzter Zeit hatte sie immer recht.

Sie fühlte sich aufgeregt, nervöser, als sie sich je zuvor gefühlt hatte. Sie stand auf, trat ans Fenster und schaute in den Regen hinaus. Eigentlich mochte sie den Regen, und für gewöhnlich beruhigte er sie. Aber heute Abend funktionierte der Trick nicht.

Ihre unvermittelte Leidenschaft für Richard hatte sie ganz bestimmt nicht so aufgewühlt. Sicherlich war sie überrascht, weil ihr so etwas eigentlich nicht passierte, dennoch war es keine große Sache. Frauen verknallten sich andauernd in Männer. Sie hatte beschlossen, einfach nicht darauf zu reagieren. Punkt. Die

Aufregung war allerdings berauschend gewesen. Sie konnte verstehen, dass Menschen in einer solchen Gefühlslage unvernünftig handelten. Hormone hatten eine ähnlich starke Wirkung wie Whiskey, waren jedoch viel hinterhältiger.

Nein, dachte sie, es lag nicht an Richard und ihrer außergewöhnlich heftigen Reaktion auf ihn. In dieser Angelegenheit hatte sie bereits eine Entscheidung getroffen. Es musste etwas anderes sein, eine tiefe Unsicherheit, die nichts mit dem Zustand ihrer Eierstöcke zu tun hatte. Sie empfand eine tiefe Traurigkeit, und sie wusste nicht, warum.

Sie versuchte, noch ein paar Zeichnungen zu machen, allerdings konnte sie sich nicht konzentrieren. Das Fernsehprogramm reizte sie auch nicht. Schließlich kuschelte sie sich in eine Decke ein und las noch eine gute Stunde lang, ehe sie so schläfrig war, dass ihr ständig der Kopf auf die Brust sank. Zwar war es erst neun Uhr, doch schien es Sweeney besser, ins Bett zu gehen, wenn sie schon so müde war.

Es regnete immer noch, und zufrieden seufzend krabbelte sie unter die Bettdecke. Die Heizdecke hatte ihr Bett angewärmt. Unter die Decke zu schlüpfen war so, wie sich in einen gemütlichen Kokon zurückzuziehen. Es war nicht so schön wie unter Richards Mantel, aber trotzdem wunderbar. Sie streckte sich aus, kuschelte ihre kalten Zehen in die warme Decke und war innerhalb weniger Minuten eingeschlafen.

Um kurz nach Mitternacht fing sie an, sich ruhelos herumzuwälzen, und schlug mit den Fäusten um sich. Leise murmelte sie etwas Unverständliches. Sie warf den Kopf auf dem Kissen hin und her, und ihre Augenlider flatterten. Ihr Atem ging so schnell und heftig, als wäre sie gerannt.

Dann wurde sie ganz still. Für einen kurzen Moment hörte sie sogar auf zu atmen.

Dann holte sie wieder Luft. Ihre Lider hoben sich. Der Ausdruck in ihren Augen war fern. Sweeney erhob sich aus dem Bett. Leise und ohne ein Licht einzuschalten, lief sie barfuß durch die Wohnung in ihr Atelier. Auch wenn sie die Lampen nicht anknipste, reichte das farblose Licht, das von der Straße hereinfiel, aus, damit sie den großen vollgestellten Raum durchqueren konnte, ohne irgendetwas umzustoßen.

Einige Staffeleien waren im Atelier aufgestellt. Auf allen standen Bilder in verschiedenen Stadien der Fertigstellung. Sie nahm eine Leinwand herunter und legte sie auf den Tisch. Anschließend platzierte sie eine neue Leinwand auf der Staffelei.

Ihre Bewegungen waren präzise, als sie nun nach einer Farbtube griff und einen Klecks hellroter Farbe auf ihre Palette drückte. Der erste Pinselstrich auf der nackten Leinwand hinterließ einen brutalen roten Strich. Danach holte sie sich schwarze Farbe. Es gab viel Schwarz.

Zwei Stunden stand sie vor der Leinwand und führte den Pinsel mit stiller Kunstfertigkeit. Sie hörte die Sirenen des Feuerwehrautos nicht, das die Straße unter ihrem Fenster entlangraste. Sie spürte die Kälte an ihren nackten Füßen nicht. Nicht ein einziges Mal zitterte sie.

Plötzlich sackte sie wie ein Ballon, aus dem man die Luft ließ, in sich zusammen. Ein letztes Mal tauchte sie den Pinsel in die schwarze Farbe und fügte noch einen Strich im unteren Bereich des Bildes hinzu. Dann stellte sie die Pinsel behutsam in den Becher mit Terpentin und verließ das Atelier so leise, wie sie gekommen war. Sie ging denselben Weg durch ihre Wohnung zurück – eine schlanke Frau, barfuß und im Pyjama, deren lockiges Haar ihr wild um die Schultern hing. Sie bewegte sich so geräuschlos wie ein Geist zurück in ihr Schlafzimmer und in ihr warmes Bett.

Der Wecker klingelte um halb sieben. Sweeney tastete mit der Hand unter der Decke hervor nach der Uhr und stellte das unerträgliche Geräusch ab. Der Duft von Kaffee lockte sie aus dem Bett. Schlaftrunken zog sie ein Paar dicke Socken an und schlurfte wie Frankensteins Monster in die Küche. Wie jeden Morgen schickte sie für das Wunder der Technik und des fertigen Kaffees ein stilles Dankeschön gen Himmel. Mit der ersten

Tasse in der Hand und dem ersten zu heißen Schluck, der sie von innen wärmte, war sie wach genug, um den Kaffee auf dem Weg unter die Dusche nicht zu verschütten.

Zehn Minuten später, hellwach, gewärmt, in einen Jogginganzug gehüllt und mit dem inzwischen trinkbaren Kaffee in der Hand, betrat sie ihr Atelier. Es war ihr liebster Platz auf der ganzen Welt. Es war ein Eckzimmer, hatte also Fenster in zwei Wänden. Eigentlich waren die beiden Wände Fenster, denn sie waren so groß wie Fabrikfenster, auch wenn das Gebäude nie als Fabrik genutzt worden war. An sonnigen Tagen war das Licht fantastisch.

Die Sonne war allerdings noch nicht aufgegangen, also schaltete sie die Lampen ein. Sofort wurde der Raum mit gleißend hellem Licht geflutet. Die Lampen, die sie hatte anbringen lassen, waren riesige runde Leuchten aus Metall, die von der Decke hingen und in denen unglaublich leistungsstarke Birnen waren. Schatten gab es in dem Zimmer nicht. Das war gut, doch sie bevorzugte dennoch natürliches Licht.

Sie kannte ihr Atelier wie ihre Westentasche. Das Erste, was ihr auffiel, war die Leinwand auf dem Tisch. Stirnrunzelnd trat sie an den Tisch. Es war das Bild vom St. Lawrence River, und sie war sich sicher, es nicht dorthin gelegt zu haben. Sie hatte es auf der Staffelei stehen lassen. Ein Schauer rieselte ihr über den Rücken. Wer hatte die Leinwand umgeräumt und wann? Statt des halb fertigen Bildes war dort nun ein neues. Einen Moment lang starrte Sweeney es voller Unbehagen an, ehe sie um die Staffelei herumging, damit sie herausfand, was das Bild zeigte.

Als sie die Leinwand mit großen blauen Augen betrachtete, wurde sie ganz ruhig. Ihre Lippen wurden weiß, ihre Hände verkrampften sich um die Tasse.

Es war schlimm. Es war das Schlimmste, was sie je gesehen hatte. Ein Mann lag ausgestreckt auf der dreckigen, vermüllten Straße zwischen zwei Häusern. Sie wusste genau, was sie sah, auch wenn die Gebäude nicht mehr als schwarze Kolosse auf beiden Seiten waren, die den Eindruck von Höhe vermittelten.

Irgendetwas stimmte mit dem Kopf des Mannes nicht. Ein bisschen Blut sammelte sich vor seiner Nase, und ein dünnes Rinnsal quoll aus seinem linken Ohr, ehe es in seine grauen Haare tropfte.

Einen Moment lang starrte sie das gemalte Gesicht an, ohne es wiederzuerkennen. Die Augen waren geöffnet, leer, verschleiert vom Tod. Mit einem Mal erkannte sie die Züge, die ihr so vertraut waren, weil sie sie so oft gezeichnet hatte.

Es war der alte Hotdogverkäufer.

Ihr erster verärgerter Gedanke war, dass jemand in ihr Atelier eingebrochen war, um dieses verstörende Bild zu malen. Die Logik zeigte jedoch, wie abwegig dieses Szenario war. Zum einen war es ihr Stil, wenn auch nicht so detailliert wie sonst. Zum anderen stand ihre Signatur in der unteren rechten Ecke der Leinwand. Es gab keinen Zweifel daran, dass sie das Bild gemalt hatte.

Das einzige Problem war, dass sie sich überhaupt nicht mehr daran erinnern konnte.

4. KAPITEL

Um neun Uhr klingelte das Telefon. Sweeney war noch immer benommen vom Schock. Sie fror so, dass ihr trotz all des Kaffees, den sie trank, einfach nicht warm werden wollte. Sie hatte die Heizung aufgedreht, bis in ihrem Apartment fast siebenundzwanzig Grad herrschten. Sie weigerte sich, die Heizung noch höher zu stellen. Laut Wettervorhersage, die von einer Frau moderiert wurde, die so fröhlich klang, dass Sweeney sie schlagen wollte, sollte es ein *wundervoller* Tag mit Temperaturen um die vierundzwanzig Grad werden. Die Menschen liefen mit kurzärmeligen Oberteilen auf der Straße herum, die Kinder trugen noch immer kurze Hosen, und sie zitterte. Es kam ihr vor, als wäre ihr innerster Kern aus Eis und als würde die Kälte eher aus ihr heraus und nicht von außen kommen.

Sie konnte nicht malen, nicht einmal etwas Unbefriedigendes. Jedes Mal wenn ihr Blick auf das schreckliche Bild von dem alten Hotdogverkäufer fiel, wollte sie in Tränen ausbrechen, obwohl sie eigentlich nicht nah am Wasser gebaut war. Aber sie war so traurig. Beinahe fühlte sie sich, als würde sie um einen Freund trauern. Als sie das Telefon hörte, war sie froh über die Ablenkung und ging sofort ran.

„Hier ist Candra. Störe ich gerade?“, drang Candras Stimme an ihr Ohr.

„Nein, überhaupt nicht.“ Sweeney schob sich eine störrische Locke aus den Augen. „Wegen gestern …“

„Entschuldige dich bloß nicht“, unterbrach Candra sie lachend. „Ich sollte mich bei dir entschuldigen. Wenn ich vorher nachgedacht hätte, hätte ich eigentlich wissen müssen, dass du sie nicht würdest ausstehen können. Es ist schon schwierig, Margo etwas abzugewinnen. Zu ihrer Verteidigung muss ich allerdings einwenden, dass Carson es selbst einem Heiligen schwer machen würde, freundlich zu bleiben.“

„Er steht auf dich.“ Verdammt, das hatte sie nicht sagen wollen.

Sie mochte Candra, doch sie hatten die Grenze zwischen freundschaftlicher Geschäftsbeziehung und echter Freundschaft nie überschritten. Vertrauliche Unterhaltungen gehörten sowieso nicht gerade zu ihren Stärken.

Offensichtlich hatte Candra keine solchen Bedenken. Sie lachte. „Carson steht auf so ziemlich jedes weibliche Wesen. Zu behaupten, er wäre wie ein Rammler, wäre eine Beleidigung für die Gattung der Hasen und Kaninchen. Er hat auch seine Vorteile – und das ist der Grund, warum Margo noch immer mit ihm zusammen ist."

Sweeney schwieg, denn ihr war klar, dass alles, was sie jetzt von sich geben würde, nur unhöflich klingen würde. Und die McMillans bewegten sich nicht nur in denselben gesellschaftlichen Kreisen wie Candra, sondern waren auch noch ihre Kunden. Sie zu beleidigen wäre also kein kluger Schachzug. Den Mund zu halten war zwar nicht leicht, dennoch gelang es ihr.

„Ich habe dich gestern zu Richard in den Wagen steigen sehen", meinte Candra nach einer kurzen Pause. In ihrer Stimme schwang ein Hauch von Unsicherheit mit.

Oje. Sweeneys innerer Alarm begann zu schrillen. „Es fing an zu regnen, und ich hatte doch die Mappe mit. Also hat er mich kurz nach Hause gebracht." Sie umklammerte den Telefonhörer und hoffte, dass Candra es dabei belassen und das Thema wechseln würde.

Leider hatte sie kein Glück. „Er kann sehr zuvorkommend sein. Das macht seine Erziehung. Er ist in Virginia auf dem Land groß geworden."

„Ich wusste gar nicht, dass er aus Virginia stammt." Das schien eine unverfängliche Erwiderung zu sein.

„Er hat noch immer den Akzent. Egal, wie sehr ich darum gebettelt habe, er hat sich geweigert, Sprachtraining zu nehmen, um den Akzent loszuwerden."

Sweeney konnte sich nicht daran erinnern, dass sie einen Akzent wahrgenommen hätte. Aber wenn sie jetzt so darüber nachdachte, war seine Sprechweise etwas gedehnt. Virginia war nicht gerade der tiefste Süden, allerdings benahm sich Candra so, als würde Richard wie ein Redneck sprechen. Sweeney wollte nicht über ihn reden; schon allein der Gedanke an ihn war ihr unangenehm und verunsicherte sie. Vor allem wollte sie sich nicht mit seiner zukünftigen Exfrau über ihn unterhalten.

„Du weißt, dass wir bald geschieden sind", sagte Candra beiläufig. „Es ist eine gemeinsame Entscheidung gewesen. Richard und ich haben uns auseinandergelebt. Kurz nachdem du im letzten Jahr hierhergezogen bist, haben wir uns getrennt und die Scheidung eingereicht. Was die gütliche Einigung angeht, stellt er sich quer, aber vermutlich gehört das dazu. Eine Scheidung ist schließlich nie eine schöne Angelegenheit, oder?"

„Für gewöhnlich nicht." Wenn ihre Antworten knapp blieben und Candra nicht weiter ermutigten, würde sie vielleicht irgendwann das Interesse verlieren und dieses Thema endlich ruhen lassen.

„Ach, hat Richard gestern noch etwas gesagt?" Wieder schien Candra zu zögern.

Sweeney beschlich allmählich das Gefühl, dass das der eigentliche Grund für Candras Anruf war. „Worüber?" Es gelang ihr tatsächlich, nichtsahnend zu klingen. Sie war stolz auf sich und zugleich wütend. Es gab keinen Grund für sie, ein schlechtes Gewissen zu haben, denn obwohl Richard sie um ein Abendessen gebeten hatte, hatte sie abgelehnt. Doch offenbar hatten Schuldgefühle nichts mit Logik zu tun.

„Über die Scheidung."

„Nein, er hat sie nicht erwähnt." Erleichterung ergriff Sweeney, weil sie endlich etwas hatte sagen können, das hundertprozentig der Wahrheit entsprach. Ausreden zu erfinden lag ihr nicht, auch wenn sie nicht wirklich gelogen hatte.

„Das hätte ich auch nicht erwartet. Er ist so verdammt diskret." Die Worte hörten sich in Sweeneys Ohren bitter an. Candra machte eine kurze Pause. „Mir ist aufgefallen, dass er dich in der Galerie nicht eine Sekunde aus den Augen gelassen hat."

Das unbehagliche Gefühl verstärkte sich, und ein Schauer lief Sweeney über den Rücken. Sie wollte das nicht. Sie wollte nicht während der Scheidung zwischen die beiden geraten. Sie wollte nur vergessen, dass sie von ein paar außer Kontrolle geratenen Hormonen überlistet worden war und einen Moment lang auf seine Anziehungskraft reagiert hatte.

„Seit der Trennung ist er so verflucht vorsichtig geworden, dass ich nicht dahinterkomme, ob er jemals fremdgegangen ist", fuhr Candra fort. „Als ich dann bemerkt habe, wie er dich gestern angesehen hat ... Na ja, ich war einfach neugierig."

Ja, sicher. Sie klingt verbittert, dachte Sweeney. Und sie wollte diese Unterhaltung auf jeden Fall beenden. „Vielleicht hatte er keine Affären."

Candra lachte. „Wie bitte? Richard ohne Sex? Wohl kaum. Wie auch immer. Ich wollte nur sagen: Falls etwas zwischen dir und Richard ist, wäre mir das egal. Wir sind beinahe seit einem Jahr getrennt, und das Leben geht weiter. Ich habe jemanden kennengelernt, den ich sehr mag, und mit ihm ist es viel schöner, als es mit Richard je war."

Sweeney fiel keine angemessene Erwiderung ein. „Danke" war bestimmt nicht die richtige Reaktion. Warum sollte Candra deswegen überhaupt anrufen? Machte sie sich Sorgen, dass Sweeney sich einen neuen Galeristen suchen würde, falls sie mit Richard zusammen wäre? Das ergab keinen Sinn, denn Sweeney machte sich keine Illusionen über ihren Wert für Candra – sie kümmerte sich um Künstler, die auf dem Markt weitaus begehrter waren als sie. Nein, Candra rief aus reiner Neugierde an. Sie wurde gedrängt von der Unfähigkeit getrennt lebender Paare, einander loszulassen, obwohl sie sich mitten in einem Prozess befanden, der sie über kurz oder lang endgültig auseinanderbringen würde.

Tja, sie wollte jedenfalls kein Teil dieses Scheidungskrieges werden. Sie zitterte und griff nach einer Decke, die sie um sich schlang. Währenddessen dachte sie darüber nach, wie sie am geschicktesten diese Klippe umschiffen konnte. Eine Antwort wurde erwartet, also sagte sie schließlich: „Ich hoffe, ihr werdet glücklich." So! Das war unverfänglich genug.

Candra lachte und hörte sich ehrlich belustigt an. „Oh, ich bezweifle, dass es etwas Dauerhaftes ist. Das Leben ist zu kurz, und es gibt zu viele Männer, um noch einen Fehler zu machen. Aber ich gebe zu, dass ich gehofft habe, Richard würde sich für dich interessieren."

„Was?" Vor lauter Überraschung brachte Sweeney nicht mehr als ein Flüstern zustande.

Wieder lachte Candra. „Jetzt kling nicht so schockiert. Mir ist es egal, ob er eine Geliebte hat oder zehn. Ich hasse ihn nicht, und ich wünsche ihm auch nichts Schlechtes. Ich will nur, dass er endlich einer vernünftigen Einigung zustimmt, damit wir das alles hinter uns bringen und nach vorn schauen können. Wenn er jemanden hätte, würde er die Scheidung vielleicht auch durchziehen wollen, damit er frei wäre. Ich kenne Richard, und ich weiß, wie er ist, wenn er sich auf eine Frau konzentriert." Einen Moment lang wurde Candras Tonfall weicher. Schließlich kicherte sie leise. „Ich hatte auch *sehr* gute Zeiten mit ihm."

Sweeney hätte beinahe erzählt, dass Richard sie *tatsächlich* um eine Verabredung gebeten hatte. Sie wollte von Candra erfahren, wie gut die Zeiten einer Frau an Richards Seite waren. Einen Augenblick lang lagen ihr die Worte auf der Zunge, bereit, ausgesprochen zu werden. Doch die Vorsicht brachte sie dazu, sie herunterzuschlucken. Sie hatte Richard abgewiesen, also gab es keinen Grund, ihre Neugier zu befriedigen. Außerdem wollte sie nicht wie ein Teenager darüber reden, wie gut Richard im Bett war. Sie hatte auch nicht vor, es selbst herauszufinden. Sie konnte diese Unterhaltung nicht mehr ertragen, und so wechselte sie behutsam das Thema.

„Ich dachte, ich könnte in den nächsten Tagen ein paar neue Bilder in der Galerie vorbeibringen." Sie verzog das Gesicht. Verdammt, warum hatte sie das gesagt? Warum war ihr nicht etwas anderes eingefallen? Sie wollte nicht, dass irgendjemand mitbekam, was aus ihrer Arbeit geworden war.

Erneut lachte Candra. „Genug von Richard, wie?“ Ihr Ton wurde geschäftlich. „Ich würde gern einige deiner neuen Bilder sehen. Ich habe mir Sorgen um dich gemacht. Du malst nicht mehr so viel wie früher.“

„Oh, ich male noch“, murmelte Sweeney.

„Ich weiß. Du hältst die neuen Bilder für schlecht. Ich gebe zu, dass ich es kaum aushalten konnte, endlich etwas zu Gesicht zu bekommen, aber ich wollte dich nicht bedrängen. Wann kannst du die Bilder vorbeibringen? Ich will auf jeden Fall da sein, wenn du kommst.“

Jetzt gab es kein Zurück mehr. Verflucht. Sie schaute aus dem Fenster, um zu sehen, wie das Wetter war. „Wie wäre es mit heute Nachmittag, wenn es nicht wieder anfängt zu regnen?“

„Wundervoll. Ich habe keine Termine, also werde ich da sein. Wir sehen uns dann später.“

Sweeney beendete das Gespräch und zog die Decke enger um sich. Mist, Mist, Mist. Das war’s. Sie musste einige Bilder in die Galerie bringen, und andere würden sie sehen. Bei dem Gedanken zuckte sie zusammen. Doch zumindest würde sie so erfahren, ob das, was sie machte, fürchterlich oder verkäuflich war. Diese Ungewissheit über ihre Arbeiten war schrecklich und lähmend.

Sie zitterte heftig und fluchte unterdrückt. Verdammt, warum wurde ihr nicht warm?

Candra streckte sich, um aufzulegen. Den Kopf auf die Arme gebettet, lag sie da. Eine starke warme Hand streichelte über ihren nackten Po. „Kein Glück, oder?“, meinte Kai. „Das habe ich dir ja gleich gesagt.“ Er beugte sich vor, um eine Spur von Küssen auf ihren Rücken zu hauchen. Anscheinend war er eher an seiner Lust interessiert als an ihren finanziellen Sorgen.

Normalerweise liebte sie es, mit Kai zu schlafen. Er war jung genug, um noch immer sexverrückt zu sein, aber alt genug, um schon Erfahrungen gesammelt und sich einige Fertigkeiten angeeignet zu haben. Mit ihm zusammen zu sein bedeutete eine gewisse Freiheit, denn er war so ichbezogen, dass sie keine Bedenken hatte, sich ganz auf sich selbst zu konzentrieren. Das machte es für sie noch schöner. Gerade war sie allerdings verärgert darüber, dass er nicht begreifen konnte, wie wichtig es war, dass Richard sich endlich auf eine gütliche Einigung einließ. Sie entzog sich seinen Küssen und vergrub ihr Gesicht im Kissen.

Er rutschte nur noch näher an sie heran und drängte seine harte Erektion gegen ihr Bein. Mit der Hand auf ihrem Hintern wanderte er nach unten und tastete sich mit den Fingern vor.

„Hör auf", verlangte sie missmutig und wackelte mit dem Po, damit sie seine Hand abschütteln konnte. „Ich habe keine Lust, noch mal mit dir zu schlafen. Und du solltest auch beunruhigt sein", fügte sie scharf hinzu. „Wenn Richard wegen des Geldes nicht einlenkt, hast du keinen Job mehr."

„Es gibt andere Jobs", entgegnete er so selig unbekümmert, dass sie ihn schlagen wollte. Er schob seine Hand wieder zwischen ihre Schenkel und glitt ohne Umschweife mit zwei Fingern in sie. Gegen ihren Willen musste sie scharf einatmen und bog sich ihm entgegen.

„Nicht mit so einem Gehalt, wie ich es dir zahle."

„Ich komme schon zurecht." Langsam begann er, die Finger vor und zurück zu bewegen, und Candra barg ihr Gesicht im Kissen, um ihr Stöhnen zu dämpfen. Sein Ego war sowieso schon groß genug.

Weil sie so wütend auf ihn war, wackelte sie noch mal mit dem Po, sodass er abrutschte. „Du hast Sweeney gestern auch angestarrt. Ich dachte, sie wäre nicht dein Typ."

Ein bedächtiges Lächeln umspielte seine vollen Lippen. „Ich bin nicht *ihr* Typ. Sweeney ist cool, und all die Haare bringen einen Mann auf dumme Gedanken. Im Übrigen: Wie der rote Pulli sich an ihre Brüste geschmiegt hat, das hatte schon was."

„Das ist mir nicht aufgefallen", entgegnete Candra frostig.

„Das beruhigt mich, Darling." Kai beugte sich vor und fing wieder an, ihren Rücken zu küssen. Diesmal küsste er sie nahe der kleinen Grübchen knapp über ihrem Po. Ihm gefiel die Vorstellung, dass Candra eifersüchtig war – er konnte es ihr anhören. „Lass dir von mir gesagt sein: Ihre Brüste sind toll." Candra wurde starr vor Wut, und er wählte genau den Augenblick, um erneut mit den Fingern in sie einzudringen. Er wusste, dass ihre Anspannung sie weniger empfänglich machen würde, und intensivierte seine Bewegungen. Manchmal gefiel es Candra, ein bisschen rauer angefasst zu werden. Sie unterdrückte ein Stöhnen, und ihm war klar, dass er gewonnen hatte.

Im Schlafzimmer herrschte einige Minuten absolute Stille – außer dem heftigen Atmen und dem Rascheln der Laken unter ihnen. Kai reizte sie weiter mit den Fingern, bis sie die Oberschenkel spreizte. „Tu es", forderte sie ihn zornig auf, und sofort rutschte er hinter sie. Sie kam auf die Knie und hob den Po an, damit er sie besser erreichen konnte. Sofort ersetze er die Finger durch seine harte samtige Erektion. Candra stöhnte und schob ihre Sorgen für den Moment beiseite, um sich ganz ihrer Lust hingeben zu können. Kai würde nicht bleiben, falls sie das Geschäft aufgeben musste. Diese Absicht hatte er nur schwer verbergen können, verdammt. Doch im Moment war er noch da, also konnte sie ihn auch benutzen, solange sie ihn hatte.

Sobald sie fertig waren und sie wieder zu Luft gekommen war, kehrten alle Sorgen schlagartig zurück. Sie hatte so gehofft, Richard am vergangenen Nachmittag nicht falsch eingeschätzt zu haben. Wenn er etwas mit Sweeney angefangen hätte, wäre er vielleicht zugänglicher und würde ihre Bedingungen erfüllen, damit die Scheidung möglichst schnell über die Bühne gehen würde und er sich auf seine Beziehung konzentrieren könnte.

Sie seufzte. Es war reine Spekulation, aber sie war inzwischen so verzweifelt, dass sie nach jedem Strohhalm griff. Leider nahm Sweeney außer ihrer Arbeit um sich herum nicht viel wahr. Wahrscheinlich würde sie nicht merken, dass ein Mann sie anziehend fand, bis er sich vor ihr die Kleider vom Leib riss. Und selbst dann glaubte sie vielleicht, dass sie ihn nur zeichnen sollte. Richard war kein Mann, der im Leben einer Frau die zweite

Geige spielte – er würde nicht einmal hinter einem absoluten Talent zurückstehen. Und Sweeney war ohne Zweifel talentiert.

Angst nagte an ihr. Wenn Richard doch nur einlenken würde … Nein, es hatte keinen Sinn, über das Wenn und Aber nachzudenken. Das war, als würde man seine Zukunft um einen Lottogewinn herum planen, den es noch nicht gab: sinnlos.

Sie wusste, dass sie nicht gut mit ihrem Geld umgegangen war. Das war auch nie notwendig gewesen. Es war immer genug da gewesen – zuerst das Geld ihres Vaters, und nachdem er gestorben war, hatte sie Richards Vermögen gehabt. Allerdings war sie nicht dumm; sie hatte aus ihren Fehlern gelernt. Mit dem Gewinn aus der Galerie und der Abfindung, die Richard zahlen wollte, würde sie über die Runden kommen. Obwohl sie sich wohl oder übel einschränken müsste, würde sie es schaffen – falls sie den Schuldenberg abbezahlen konnte, den sie angehäuft hatte.

Das war das eigentliche Problem. Wenn sie sich daran erinnerte, wem sie wie viel schuldete, brach ihr der kalte Schweiß aus. Der Betrag erschien ihr gigantisch, jetzt, wo sie allein war. Nach der Trennung war sie in einen Kaufrausch verfallen, hatte sich ihr Apartment mit den exklusivsten Möbeln ausstatten lassen, hatte einige sehr kostspielige Reisen unternommen und sich neue Kleidung zugelegt. Irgendwie hatte sie geglaubt, dass Richard es mit der Scheidung nicht ernst meinen würde, und sie hatte all das Geld zum Fenster rausgeworfen, um ihn dafür zu bestrafen, dass er ihr einen solchen Schrecken eingejagt hatte. Doch er hatte es mit der Scheidung todernst gemeint. Und er hatte nicht vor, für ihre neuen Schulden aufzukommen, auch wenn er sie wahrscheinlich aus der Portokasse bezahlen könnte und den Verlust vermutlich nicht einmal bemerken würde.

Candra unterdrückte einen Anflug von Bedauern. Es hatte keinen Sinn, die Vergangenheit wieder aufzuwärmen, und Richard gehörte unwiederbringlich der Vergangenheit an. All ihre Versuche, die Wogen zwischen ihnen beiden zu glätten, waren zurückgewiesen worden. Sie konnte sich vorstellen, dass er einem kleinen Teil von ihr fehlen würde. Es war nicht nur der Sex, obwohl der zumindest in den ersten fünf Jahren weiß Gott heiß gewesen war. Keiner ihrer anderen Liebhaber hatte Richard im Bett das Wasser reichen können.

Was sie am meisten vermisste, war die Sicherheit. Richard bot Sicherheit. Er war der Fels in der Brandung, ein Mensch, auf den sie sich immer hatte verlassen können. Seine Eigenschaften klangen wie aus einer Kontaktanzeige: zuverlässig, intelligent, humorvoll, großartiger Liebhaber, ehrenhaft. Vor allem ehrenhaft. Seine Ansprüche in der Hinsicht waren so hoch, als wäre er im Buckingham Palace zur Welt gekommen und nicht auf einer kleinen schmutzigen Farm in Westvirginia.

Es war ihre Schuld. Sie hatte immer gewusst, wie er reagieren würde, wenn er von der Abtreibung erfahren würde. Sie war so vorsichtig gewesen und hatte sogar in bar bezahlt, um zu verhindern, dass er zufällig eine Rechnung oder einen Kreditkartenbeleg finden würde. Sie hatte nicht gern abgetrieben, allerdings hatte sie keine andere Möglichkeit gesehen. Sie wollte kein Kind und hatte es noch nie gewollt. Nicht einmal als sie jung und gerade verheiratet und wahnsinnig verliebt in ihn gewesen war. Das Kind zu bekommen und dann zur Adoption freizugeben war ebenfalls keine Option gewesen, denn Richard wäre eher gestorben, als das zuzulassen. Und es war auch nicht die Erziehung des Kindes, die sie so unangenehm fand, sondern die Schwangerschaft. Ein Baby im Bauch zu haben, wo es herumzappelte wie eine Larve, ihre Figur ruinierte und ihr Leben zerstörte, war für sie unvorstellbar.

Nein, die Abtreibung war die einzige Lösung gewesen. Ihre Ehe war schon lange nicht mehr so schön und harmonisch gewesen wie zu Beginn. Seit Richard von ihrer kleinen Affäre erfahren hatte, mit diesem ... wie war noch sein Name gewesen? Der Kerl war nicht von Bedeutung gewesen, nur ein netter Zeitvertreib. Sie hatte all ihre Überzeugungskraft aufbringen müssen, damit ihre Ehe nicht in die Brüche ging. Danach war sie bei ihren Seitensprüngen immer sehr diskret gewesen. Die Affären waren *ihr* nicht wichtig, doch ihr war klar, dass Richard das anders sah. Trotzdem hatte sie keinen Zweifel, dass sie das Beste aus allem gemacht hätten und weiterhin zusammengeblieben wären. Wenn, ja, wenn sie eines Abends nicht zu viel getrunken hätte, wenn sie sich nicht gestritten hätten und wenn sie nicht so wütend geworden wäre, dass sie ihm die Worte wie Steine an den Kopf geschleudert hatte, nur um ihn zu verletzen. Wenn, wenn, wenn. Das konnte sie nicht wieder geradebiegen. Ihre Ehe war in dem Moment am Ende gewesen.

Sie wusste, dass es ihre Schuld war, und sie akzeptierte es. Das hieß nicht, dass sie auch kleinlaut akzeptieren würde, was Richard ihr zu geben bereit war. Sie hatte gehofft, dass er etwas mit Sweeney anfangen würde, weil Sweeney trotz all ihrer Marotten ein weiches Herz hatte. Mehr noch: Candra mochte Sweeney wirklich und glaubte, dass das Gefühl auf Gegenseitigkeit beruhte. Richard würde eine Menge tun, um die Frau, die er wollte, zufriedenzustellen. Wenn er Sweeney wollte – wie sie vermutete – und Sweeney ihn drängen würde, großzügig zu sein, bestand die große Chance, dass er auf sie hören würde.

Nachdem sie mit Sweeney gesprochen hatte, schätzte Candra jedoch, dass sie dieses Szenario verwerfen konnte. Ihre Gedanken wanderten zu einem anderen Plan, den sie sich überlegt hatte. Er gefiel ihr nicht besonders, und er war nicht ungefährlich, aber zu diesem Zeitpunkt schien es so, als wäre Carson McMillan ihre beste Wahl.

Wenn man sich mit dem Teufel einließ oder mit ihm schlief, war es angebracht, alles über ihn in Erfahrung zu bringen, was man konnte, und Schutzmaßnahmen zu ergreifen. Sie hatte eine Menge Informationen über Carson gesammelt. Bei einigem würde er nicht wollen, dass es an die Öffentlichkeit gelangte. Vielleicht würde sie es dennoch benutzen müssen. Vielleicht konnte sie ihn davon überzeugen, dass das Kind von ihm war. Zeitlich wäre es durchaus möglich, obwohl sie sich sicher war, dass Richard der Vater gewesen war. Ja, das könnte unter Umständen funktionieren. Sie würde ihm von der Abtreibung erzählen und behaupten, dass das Baby seins gewesen sei. Als Richard dann vom Schwangerschaftsabbruch erfahren habe, habe er angenommen, dass sein Nebenbuhler der Vater gewesen sei, und die Scheidung eingereicht. Das würde Carson verpflichten, einige ihrer Schulden zu übernehmen. Ja, so würde sie es machen.

Falls er sich weigern sollte, würde sie eben die schweren Geschütze auffahren.

5. KAPITEL

Die Kälte war noch schlimmer als sonst. Zusammengekauert hockte Sweeney in eine Decke gehüllt da und zitterte unaufhörlich. Sie fühlte sich, als würde sie erfrieren. Der Gerichtsmediziner würde sich wahrscheinlich fragen, wie es möglich war, dass jemand an einem angenehmen Septembertag in einem siebenundzwanzig Grad warmen Apartment an Unterkühlung hatte sterben können. Sie spielte mit dem Gedanken, wieder ins Bett zu kriechen und sich unter die Heizdecke zu legen. Doch wenn sie das tat, wäre das das Eingeständnis, dass sie krank war, und das wollte sie nicht. Als es an der Tür klingelte, ignorierte sie es, denn sie hatte nicht vor, unter der Decke hervorzukommen und dadurch die letzte Restwärme zu verlieren. Wenn sie aufstand, würde ihr nur noch kälter werden.

Aber es klingelte wieder und wieder. Schließlich erhob sie sich mühsam. „Was?“, rief sie, nachdem sie sich der Tür genähert hatte.

Es erklang ein seltsam gedämpftes Geräusch, und sie blieb stehen. Sie lebte schon lange genug in der Großstadt, um nicht bis ganz an die Tür zu gehen. „Wer ist da?“

„Richard.“

Erstaunt starrte sie die Tür an. „Richard?“

„Richard Worth“, half er ihr. Sie glaubte, ein Lachen in seiner Stimme zu hören.

Kurz dachte sie daran, ihm nicht aufzumachen, sich umzudrehen und so zu tun, als hätte sie nichts gesagt. Allerdings gehörte ihm das Apartmenthaus, und auch wenn es nicht der eleganteste Ort der Welt war, würde er vermutlich von jemand anders mehr Miete bekommen als von ihr. Im Moment konnte sie es sich nicht leisten, mehr zu bezahlen, also war es angebracht, freundlich zu ihrem Vermieter zu sein. Das war die Rechtfertigung vor sich selbst, während sie am Schloss herumfummelte. Natürlich war es die Kälte, die ihre Hände zittern ließ.

Er stand im Flur auf der schäbigen, zerschlissenen Auslegeware. In seinem teuren italienischen Anzug hätte er vollkommen fehl am Platz gewirkt, wenn er nicht diese breiten Schultern und dieses harte, markante Gesicht gehabt hätte. Ihr Künstlerauge entdeckte jedes winzige Detail, und sie sog alles fast gierig in sich auf. Wenn sie gehofft hatte, dass ihre Reaktion am gestrigen Tag einmalig gewesen war, so wurde sie nun bei seinem Anblick eines Besseren belehrt. Ihr Magen zog sich zusammen, und ihr lief das Wasser im Mund zusammen, wie es sonst nur passierte, wenn sie ein Stück Käsekuchen vor der Nase hatte. Das konnte kein gutes Zeichen sein.

Er lächelte, doch das Lächeln erstarb, sowie er bemerkte, dass sie eine Decke um sich geschlungen hatte. Sein Blick glitt an ihr herab, ehe er ihr wieder ins Gesicht sah. „Bist du krank?", fragte er beinahe schroff. Er trat einen Schritt vor, sodass sie zurückweichen musste, und schon war er in ihrer Wohnung. Er machte die Tür hinter sich zu und schloss ab.

„Nein, mir ist nur kalt." Finster dreinschauend wich sie zurück, weg aus seiner gefährlichen Nähe. „Was tust du hier?" Sie fühlte sich schrecklich überrumpelt. Sie war nicht darauf vorbereitet, Richard zu sehen, und erst recht nicht, mit ihm allein in ihrem Apartment zu sein. Es war ihre Zuflucht, der Ort, an dem sie den Schutzwall, den sie zwischen sich und dem Rest der Welt aufgebaut hatte, nicht brauchte. Der Ort, an dem sie sich entspannen und malen und sie selbst sein konnte. Die Tür hinter sich zu schließen kam ihr oft so vor, als hätte sie unzählige Ketten mit schweren Gewichten im Flur zurückgelassen. Hier war sie frei, allerdings konnte sie nur frei sein, wenn sie allein war.

„Ich bin da, um dich zum Mittagessen auszuführen."

„Gestern Nachmittag habe ich schon Nein gesagt." Sie schlang die Decke enger um sich. Plötzlich machte sie sich Gedanken über ihr Aussehen. Sie trug noch immer ihren Jogginganzug und hatte ihre Haare nicht gekämmt, die mit Sicherheit wie eine wilde Mähne um ihren Kopf abstanden. Eine lange Locke hing ihr in die Augen. Sie schob sie zurück und wurde rot. Ihr Blick verfinsterte sich. Sie mochte es nicht, sich unbehaglich zu fühlen und zu schämen. Sie konnte sich nicht daran erinnern, wann sie zuletzt darüber besorgt gewesen war, was jemand über ihr Äußeres denken mochte, doch … doch Richard war anders. Sie wollte nicht, dass er es war, aber er war es.

„Da habe ich dich gefragt, ob du mit mir zu Abend isst." Misstrauisch musterte er sie, trat noch näher an sie heran und runzelte die Stirn, als er die Hitze im Apartment bemerkte. „Warum ist es hier so unglaublich warm?"

„Ich habe doch gesagt, dass mir kalt ist." Gegen ihren Willen klang ihre Stimme mürrisch.

Er streckte den Arm aus und legte eine warme Hand auf ihre Stirn. Sie wäre zurückgezuckt, allerdings fühlte sich die Wärme so gut an, dass sie unwillkürlich ihr Gesicht in seine Hand schmiegte.

Die Falten auf seiner Stirn vertieften sich. „Du scheinst kein Fieber zu haben."

„Natürlich nicht. Mir ist einfach nur kalt."

„Dann stimmt etwas nicht, denn hier ist es wirklich sehr warm."

„Und das von dem Mann, der eine Jacke anhat." Sie schnaubte verächtlich und drehte sich um, weil sie sich wieder auf die Couch setzen wollte. Sie zog die Beine auf das Sofa und die Decke um sich enger.

Ihre Gereiztheit schien ihn nicht abzuschrecken. „Das nennt man einen Anzug", erklärte er und nahm neben ihr Platz. „Fühlst du dich sonst irgendwie krank?"

„Ich fühle mich überhaupt nicht krank. Mir ist nur kalt."

Einen Moment lang betrachtete er ihr störrisches Gesicht. „Du weißt, dass das nicht normal ist."

„Vielleicht ist mein Immunsystem einfach ein wenig geschwächt", murmelte sie, obwohl sie das eigentlich nicht glaubte. Das Kältegefühl war mit den Veränderungen einhergegangen, und deshalb hatte sie geglaubt, nichts dagegen tun zu können. Andererseits war der Gedanke, dass sie tatsächlich krank war, auch nicht besser. Sie hatte keine Zeit, um krank zu sein – also weigerte sie sich, krank zu sein. So einfach war das.

Ein forschender Ausdruck stand in Richards dunklen Augen, als er sie weiter eingehend betrachtete. „Wie lange geht das schon so?"

Wenn ihr nicht so kalt gewesen wäre, hätte sie sich durchgesetzt, doch es war schwierig, bestimmt zu klingen, wenn ihre Zähne klapperten. Statt sich lächerlich zu machen, sagte sie: „Mir ist meistens kalt, aber so schlimm war es noch nie."

„Du musst zu einem Arzt", erklärte er entschieden. „Komm, zieh dich an. Ich bringe dich hin."

„Vergiss es." Sweeney kuschelte sich tiefer in die Decke und bettete den Kopf auf die angezogenen Knie. Sie beschloss, den Spieß umzudrehen und ihn ein wenig in die Mangel zu nehmen. „Du hättest anrufen sollen, bevor du hergekommen bist."

„Damit du mir hättest mitteilen können, ich soll dich nicht besuchen? Darum habe ich nicht angerufen." Er berührte ihre Hand und kniff die Brauen zusammen, als er spürte, wie eiskalt ihre Finger waren.

„Tja, ich kann nicht raus, und du kannst jede Wette eingehen, dass ich nicht für dich kochen werde."

„Das habe ich auch nicht erwartet." Er runzelte noch immer die Stirn, während er sie anschaute. Den Arm auf die Rückenlehne der Couch platziert, war er ihr halb zugewandt. Sie biss die Zähne zusammen, damit sie nicht klapperten, und wünschte sich, er würde endlich verschwinden. Er war ihr zu nahe, und ihr war zu kalt. Eine Frau konnte sich nicht verteidigen, wenn sie sich aufs Zittern konzentrieren musste.

„Gut", meinte er und stand auf, scheinbar hatte er eine Entscheidung getroffen. Er knöpfte sein Jackett auf und schlüpfte aus der Anzugjacke.

„Was machst du da?", wollte Sweeney wissen und richtete sich beunruhigt auf. Sie hatte die Worte kaum ausgesprochen, als ihr aufging, wie albern die Frage war. Schließlich sah sie, was er machte. Das Warum ängstigte sie.

„Ich will dich wärmen." Er nahm ihr die Decke aus den Händen und zog sie weg.

Bevor Sweeney widersprechen konnte, hatte er ihr schon die Jacke um die Schultern gelegt. Die Wärme war fast ein Schock. Erleichtert atmete sie auf, sowie die Hitze sie durchdrang. Himmel, der Mann musste der reinste Ofen sein, wenn sein Jackett schon so viel Wärme ausstrahlte. Das Gefühl war so schön, dass sie nicht bemerkte, wie er sich wieder neben sie setzte. Es wurde ihr erst klar, als er sie auf seinen Schoß hob.

Einen Moment lang wurde sie starr vor Furcht, dann stieß sie ihn weg und stellte einen Fuß auf den Boden, um aufzustehen. Zu ihrer Überraschung schlang Richard nur seine Arme um sie und hielt sie, als wäre sie ein Kind. Er bettete ihr Bein auf das Sofa und umarmte sie. Behutsam breitete er die Decke über sie beide aus und achtete darauf, dass ihre Füße bedeckt waren.

„Körperwärme", erklärte er ruhig. „Das war das Erste, was sie uns im Überlebenstraining bei der Army beigebracht haben: Wenn wir froren, sollten wir uns aneinanderkauern."

Sweeney wurde still. Dafür verantwortlich war einerseits die unglaubliche Wärme, die sie umfing, und andererseits die Bilder, die seine Worte heraufbeschworen hatten. Sie konnte sich ein Lächeln nicht verkneifen. „Ich kann mir genau vorstellen, wie ihr harten Soldaten euch aneinandergekuschelt habt."

„Nicht gekuschelt. Gekauert. Das ist etwas anderes." Er legte seine Hand auf ihre Füße. Sie war erstaunt, dass er mit einer Hand ihre beiden Füße bedecken konnte. Hitze breitete sich durch ihre Socken hindurch bis hin zu ihren eiskalten Zehen aus.

Plötzlich wurde sie von einem krampfartigen Zittern geschüttelt – trotz der Wärme des Jacketts, der Decke und von Richards Körper. Richard presste sie noch enger an sich, schob ihren Kopf unter sein Kinn und zupfte die Decke ein Stückchen höher, sodass ihre Nase bedeckt war und sie die durch den Stoff vorgewärmte Luft einatmete. „Du wirst mich noch ersticken", protestierte sie.

„So schnell geht das nicht." Wieder hörte sie das Lachen in seiner Stimme. Als sie den Kopf etwas nach hinten legte, damit sie ihn anschauen konnte, stellte sie jedoch fest, dass sein Mund nicht zu einem Lächeln verzogen, sondern vollkommen gerade war. Nein, nicht nur gerade. Sie hielt inne und war fasziniert von der klaren Linie seiner Lippen. Er hatte schöne Lippen, nicht zu dünn und nicht zu voll. Sein Mund war nicht so breit, dass eine Frau befürchten musste, dass er sie beim Küssen verschlingen würde. Und er war nicht so schmal, dass er aussah, als hätte er gerade in eine Zitrone gebissen – wie bei Ronald Trump oder wie der Typ hieß. Alles in allem waren Richards Lippen genau richtig.

„Du starrst mich an", bemerkte er.

Im Laufe der Jahre war sie öfter dabei erwischt worden, Leute anzustarren, als sie zählen konnte, und für gewöhnlich machte es ihr nichts aus. Doch dieses Mal wurde sie rot. „Das tue ich manchmal", murmelte sie. „Ich starre Menschen an. Es tut mir leid."

„Das stört mich nicht. Tu dir keinen Zwang an."

Ein warmer sanfter, milder Unterton schwang in seiner Stimme mit, und wieder kribbelte es beunruhigend und aufregend in ihrem Bauch. Ihr wurde klar, dass es nicht gerade hilfreich war, einem Mann zu zeigen, dass er sich umsonst um sie bemühte, wenn man auf seinem Schoß saß. Und es half auch nicht dabei, sich selbst davon zu überzeugen, nicht interessiert zu sein. Andererseits war sie sich sicher, dass er sie nicht aufstehen lassen würde – und außerdem war die Wärme so wundervoll, dass sie gar nicht weg von ihm *wollte*. Zumindest nicht im Augenblick. Obwohl sie noch immer fror, spürte sie, dass seine Körperwärme tatsächlich wirkte, denn das Zittern war schon weniger heftig.

„Wann warst du in der Army?" Sie fühlte sich gezwungen, etwas zu sagen, denn dort zu sitzen war ein wenig peinlich. Und wenn man nicht mit einem Mann reden konnte, wenn man auf seinem Schoß hockte, wann dann?

„Vor langer Zeit, als ich noch ein junger Macho war."

„Warum bist du zur Army gegangen? Oder wurdest du automatisch eingezogen?" Sie hatte keine Ahnung, wann es abgeschafft worden war, dass junge Männer eingezogen wurden.

„Ich habe mich freiwillig verpflichtet. Ich hatte kein Geld, um mir das College leisten zu können, also war das der beste Weg, um eine Ausbildung zu machen. Es stellte sich heraus, dass ich ein Talent fürs Militärische hatte. Wahrscheinlich wäre ich noch immer bei der Army, wenn ich nicht über meine Begabung als Börsenmakler gestolpert wäre. Die Börse ist um einiges gewinnbringender, und ich wollte Geld verdienen."

„Tja, das hast du ja jetzt."

„Ja, das habe ich."

Seine Körperwärme war verführerisch, und Sweeney schmolz dahin. Sie spürte, wie sie gegen ihn sank und sich an ihn schmiegte. Als die Kälte sich zurückzog, ließ sie sie schlapp und schläfrig, vollkommen entspannt zurück. Nicht einmal die harte Wölbung unter ihrem Po brachte sie aus der Ruhe. Sie gähnte und vergrub ihre kalte Nase in seiner warmen Halsbeuge. Er zuckte ganz leicht zusammen, aber dann drückte er sie noch fester an sich.

Sie sollte aufstehen. Ihr war klar, dass es besser gewesen wäre. Das schrie geradezu nach Problemen. Sie war kein Kind, und sie wusste, wie sinnlich diese Situation war und wie viel sinnlicher sie noch werden konnte. Doch die Wärme ... oh Gott, die Wärme! Zum ersten Mal, seit sie am Morgen aus dem Bett gekrabbelt war, fühlte sie sich wohl – wohler sogar als im gesamten letzten Jahr. Eine elektrische Heizdecke lieferte nicht dieselbe Wärme wie ein anderer Körper. Und die künstliche Wärme gelangte nicht bis ins Mark ihrer Knochen. Die Army kannte sich aus, wenn sie die jungen Soldaten dazu brachte, sich aneinanderzukuscheln.

Wieder gähnte sie und verspürte ein leises Lachen, das in seinem Inneren aufstieg, es aber nicht über seine Lippen schaffte. „Schlaf ein bisschen", flüsterte er mit seiner tiefen, beruhigenden Stimme. „Ich passe auf dich auf."

Sweeney vertraute anderen Menschen nicht so leicht; eine allein lebende Frau konnte sich das nicht leisten. Allerdings hatte sie keine Zweifel, dass Richard zu seinem Wort stand. Sie fühlte den Schlaf kommen, schwer und wundervoll, und sie gab sich ihm mit einem kleinen Seufzen hin. „Weck mich spätestens um eins", sagte sie, und ihre Worte klangen undeutlich. Dann schloss sie die Augen.

Um eins? Richard verkniff sich ein Lachen. Ein Blick auf seine Uhr verriet ihm, dass es erst halb zwölf war. Sweeney fand es offensichtlich vollkommen normal, von ihm zu erwarten, dass er sie eineinhalb Stunden auf seinem Schoß schlafen lassen würde. Eventuelle Muskelkrämpfe oder Termine spielten für sie anscheinend keine Rolle. Und tatsächlich hatte sie recht. Er wollte lieber genau hier sein als an irgendeinem anderen Ort auf der Welt.

Sein Handy war in seiner Jackettasche. Mit der freien Hand griff er vorsichtig in die Tasche, ohne Sweeney zu stören. Als er jedoch mit dem Handrücken ihre Brust berührte, brachte *ihn* das kurz aus der Fassung. Er beachtete seine fast schmerzhafte Erektion nicht, klappte das Handy auf und drückte mit dem Daumen einige Tasten. „Ich werde heute Mittag nicht essen gehen", erklärte er leise, als Edward das Gespräch entgegennahm. „Holen Sie mich um Viertel nach eins ab."

„Sehr wohl, Sir."

Richard legte auf und klappte das Handy wieder zu. Sweeney rührte sich, drückte ihre Nase an seinen Hals, machte die Augen allerdings nicht auf. Sie schlief tatsächlich tief und fest.

Er verlagerte das Gewicht, um eine etwas bequemere Position einzunehmen, lehnte die Schultern an die Polster und legte seinen Kopf auf die Rückenlehne. Er würde eine Weile hier sitzen, also konnte er sich ebenso gut entspannen und es genießen. Sweeney auf dem Schoß zu haben und festzuhalten war definitiv schön. Ihn beschlich der Verdacht, dass sie keine Ahnung hatte, wie anziehend sie mit ihren großen blauen Augen und ihren Locken war. Er hatte sie immer für eine der attraktivsten Frauen gehalten, die er je kennengelernt hatte. Nicht schön, aber bezaubernd. Die Menschen sahen sie gern an und unterhielten sich auch gern mit ihr. Männer hätten sie umschwärmt, wenn sie ihnen je das Gefühl gegeben hätte, dass sie sie als *Männer* wahrnahm und nicht nur als geschlechtslose Bekanntschaften. Sie war geübt darin, Menschen auf Abstand zu halten und alles auf einen oberflächlichen Kontakt zu beschränken.

Bis gestern. Er hatte keinen Schimmer, was passiert war, doch plötzlich hatte er gewusst, dass ihre Scheuklappen verschwunden waren und dass sie ihn nun bewusst wahrnahm – persönlich, emotional, sexuell. Er war sich ihrer auf jeden Fall bewusst gewesen, als sie in ihrem roten Pullover, der sich an ihre Brüste geschmiegt hatte, vor ihm gestanden hatte. Diese riesigen blauen Augen waren immer größer und größer geworden, während sie den McMillans gelauscht hatte. Er hatte ihr fast ansehen können, dass sie den unbändigen Drang verspürt hatte, eine beleidigende Erwiderung auszustoßen; sie war bekannt dafür, zu sagen, was sie dachte. In der Welt, in der er sich bewegte, war eine so spontane Ehrlichkeit sehr selten. Die Leute wählten ihre Worte mit Bedacht und blieben höflich, politisch korrekt, gehaltlos. Ihm war klar, dass Sweeney versuchte, höflich zu bleiben. Aber wie sie am Tag zuvor schon erklärt hatte, war ihre Toleranzgrenze für Blödsinn sehr eng.

Sie brachte ihn zum Lächeln. Verdammt, sie brachte ihn zum Lachen. Er hatte das Gefühl, in den kommenden zwanzig Jahren jeden Tag mit ihr verbringen zu können und noch immer nicht all ihre Eigenarten zu kennen oder zu wissen, was in ihrem hübschen Köpfchen vor sich ging.

Er mochte sie. Zwar hatte er sich seit der Trennung von Candra mit anderen Frauen getroffen, doch er hatte darauf geachtet, dass die Beziehungen flüchtig geblieben waren. Und offen gestanden hatte er keine der Frauen wirklich *gemocht*. Er hatte die Zeit mit ihnen genossen, ja, und sie hatten ihn erregt. Allerdings hatte er nie angenommen, dass sich etwas Ernstes daraus entwickeln könnte. Vielleicht hatte er deshalb mit keiner der Damen geschlafen – was Candra ihm natürlich niemals glauben würde. Tatsächlich überraschte seine Zurückhaltung ihn selbst. Ihm fehlte der Sex. Er wollte Sex. Er war so ausgehungert, dass er Höllenqualen durchlitt, weil er Sweeney auf dem Schoß hatte. Aber die Wahrheit war, dass er viele Angebote ausgeschlagen hatte.

Denn von Rechts wegen war er noch verheiratet. Das konnte er nicht vergessen. Die Ehe war vorbei – er konnte es kaum ertragen, sich mit Candra zusammen in einem Raum aufzuhalten. Doch bis ein Richter die Ehe nicht für geschieden erklärte, war er kein freier Mann. Es wäre einer Frau gegenüber nicht fair, im Wissen, ihr nicht alles geben zu können, eine Beziehung mit ihr zu beginnen. Bis gestern hatte das auch keine Rolle gespielt. Aber dann hatte er Sweeney in die Augen geschaut und diese Anziehungskraft gespürt. Jetzt war es wichtig.

Zärtlich berührte er eine ihrer Locken, nahm sie hoch und zog sanft daran. Wie lang die Haare sind, dachte er erstaunt. Wenn die Locken nicht gewesen wären, hätte ihr das Haar bis zur Hälfte des Rückens gereicht. Er hörte auf, daran zu zupfen, und wickelte sich die Strähne um den Finger.

Das Kältegefühl, das sie ergriffen hatte, war besorgniserregend gewesen. Die Wärme in der Wohnung zusammen mit ihrer Körperwärme und der Decke, unter der sie beide saßen, ließ ihm den Schweiß über das Gesicht rinnen. Ihr Gesicht war blass gewesen, ihre Haut kühl. Sie hatte ausgesehen, als hätte sie einen Schock erlitten oder als hätte sie viel Blut verloren. Da das offensichtlich beides nicht der Fall war, stimmte irgendetwas anderes nicht. Während er sie jetzt betrachtete, bemerkte er einen Hauch von Farbe auf ihren Wangen.

Eine ihrer Brüste wurde gegen seinen Oberkörper gedrückt. Sie trug offenbar keinen BH. Das war ihm aufgefallen, weil ihre Brustwarzen durch die Kälte hart gewesen waren. Mittlerweile waren sie wieder weich, denn er konnte sie nicht spüren.

Nicht heute, aber eines Tages würde er ihre nackten Brüste mit den Händen umschließen, mit dem Daumen über ihre Brustspitzen streichen und zusehen, wie sie sich aufrichteten. Er machte die Augen zu, als er sich vorstellte, wie es sich anfühlen würde, auf ihr zu liegen und tief in sie zu dringen. Mit Sweeney zu schlafen würde eine Herausforderung werden. Denn trotz der überraschenden Erkenntnis über sie und ihn in den Augen weigerte sie sich, etwas in der Hinsicht zu unternehmen. Teilweise waren es Bedenken, Hemmungen; das verstand er. Doch teilweise war es auch pure Sturheit und der Unwille, sich ihm zu öffnen. Sie wollte ihr Leben nicht verändern, wollte keinen Mann, der alles durcheinanderbrachte und sie ablenkte. Sie schien das konsequent durchzuziehen, denn wenn er über Candras Kommentare nachdachte, die sie im Laufe der Jahre hatte fallen lassen, lebte Sweeney praktisch wie eine Nonne.

Aber nicht mehr lange.

Er schloss wieder die Augen und zwang sich dazu, sich zu entspannen. Doch während er langsam in den Schlaf glitt, fiel ihm ihre Behauptung wieder ein, dass er Zeit und Sex und solche Dinge fordern würde. So hatte sie es ausgedrückt, falls er sich recht entsann. Tja, sie hatte den Nagel auf den Kopf getroffen. Mit einem leichten Lächeln auf den Lippen schlief er ein.

In der Army hatte er sich antrainiert, für eine bestimmte Zeit zu schlafen – egal, wie kurz diese Zeitspanne war – und zu dem Zeitpunkt aufzuwachen, den er sich vorgenommen hatte. Heutzutage bezeichnete man das „Powernapping", aber früher hatte er es „Überleben" genannt. Er ignorierte die unangenehme Hitze, als gäbe es sie gar nicht. Auch das hatte er in der Ausbildung bei der Army gelernt. Als er eine halbe Stunde später erwachte, fühlte er sich ausgeruht, obwohl sein Hemd durchgeschwitzt war. Sweeney schien auch warm zu sein. Sie hatte die Decke von ihrem Gesicht geschoben, und ihre Fingerspitzen waren rosa. Wie er es erwartet hatte, begann sie nur ein paar Sekunden später, sich zu rühren. Die eineinhalb Stunden, die sie eigentlich hatte schlafen wollen, waren noch längst nicht vergangen. Doch Schlaf war die Reaktion des Körpers auf Kälte, und sobald der Wärmehaushalt wieder ausgeglichen war, verschwand auch die Müdigkeit.

Er sah sie an und beobachtete, wie sie die Augen öffnete. Für winzige Momente war ihre Miene zuerst überrascht, dann alarmiert. Abrupt fuhr sie hoch. Seine Hoden gerieten dabei unter sie und wurden schmerzhaft gequetscht. Er konnte einen Aufschrei nur schwer zurückhalten und rückte sie auf seinem Schoß ein bisschen zur Seite.

„Oh Gott, ich kann nicht glauben, dass ich das gemacht habe", murmelte sie und kroch, in die Decke und den Mantel verwickelt, von seinem Schoß herunter auf das Sofa.

„Ich schon." Mit schmerzverzerrter Miene setzte er sich anders hin.

Sie schaute zu ihm und riss die Augen auf. „Das meinte ich nicht", stieß sie hervor. „Ich sprach davon, auf deinem Schoß geschlafen zu haben. Es tut mir so leid." Sie biss sich auf die Unterlippe. „Geht es dir gut?"

Zwischen zusammengebissenen Zähnen presste er ein Lachen hervor. Vorsichtig verlagerte er wieder sein Gewicht, und allmählich ließ der Schmerz nach. „Ich weiß nicht genau", stieß er fiepend hervor, absichtlich mit besonders hoher Stimme.

Sie warf den Kopf in den Nacken und lachte.

Richard beugte sich zu ihr, legte die Hände an ihre Wangen und küsste sie auf den Mund.

Sie verstummte und hielt inne, wie ein kleines Tier, das sich vor einem Raubtier verstecken wollte. Unvermittelt hob sie die Hände, um seine Handgelenke zu umfassen. Es waren geschickte Hände, die Haut zart und empfindlich über den feinen Knochen. Er wollte sie voller Leidenschaft küssen, aber er berührte sie ganz zärtlich, behutsam, eher liebevoll als besitzergreifend. Ihre Lippen zitterten ein bisschen. Er öffnete sie und suchte mit seiner Zunge ihre. Hitze breitete sich in ihm aus, weißglühend und drängend. Sein gesamter Körper war angespannt, und das Verlangen, sie zu erobern und zu nehmen, war fast übermächtig. Unbarmherzig hielt er sich zurück, weil er wusste, dass sie noch nicht so weit war.

Plötzlich erwiderte sie seinen Kuss. Die Bewegungen ihrer Lippen und der Zunge waren zaghaft, fast scheu zuerst. Doch dann ertönte ein Aufstöhnen, und sie verstärkte den Griff um seine Handgelenke. Er spürte, wie ihr Körper reagierte, wie sie sich aufrichtete und sich ihm entgegenreckte. Er vertiefte den Kuss. Seine Zunge bewegte sich langsam und sicher, nahm und lockte sie.

Mit einem Mal riss sie sich von ihm los, kam auf die Beine und wich einige Schritte zurück. Als sie abrupt ihren Kopf zu ihm drehte, spiegelte der Ausdruck auf ihrem Gesicht ihre Wut wider. „Nein“, sagte sie bestimmt. „Du bist verheiratet.“

Ohne sie aus den Augen zu lassen, erhob er sich ebenfalls. „Nicht mehr lange.“

Sie machte eine knappe Geste mit der Hand. „Du bist *jetzt* verheiratet, und das ist, was zählt. Du steckst mitten in einer unschönen Scheidung …“

„Geht es denn auch anders?“, unterbrach er sie. Sein Tonfall war so nüchtern, als würde er sie nach der Uhrzeit fragen.

„Du weißt, was ich meine. Candra ist meine Geschäftspartnerin, und darüber hinaus mag ich sie zufällig.“

„Wie die meisten Menschen.“

„Mich mit dir einzulassen würde alles nur verkomplizieren. Es wäre nicht richtig.“

Er kniff die dunklen Augen zusammen. „Okay.“

Überrascht zog sie die Brauen hoch. „Okay?“

„Für den Moment. Bis die Scheidung durch ist. Dann …“ Er zuckte mit den Schultern und sprach nicht weiter. Aber an der Art, wie er sie immer noch ansah, konnte sie sich ausmalen, was das „Dann“ beinhaltete. „Eine Frage noch: Wie lautet dein Vorname?“

Sie starrte ihn an. „Wie bitte?“

„Dein Vorname. Wie lautet er? Ich weigere mich, eine Frau, mit der ich geschlafen habe, mit dem Nachnamen anzusprechen.“

„Wir haben nicht …“, begann sie. Ihre Miene verfinsterte sich, da ihr bewusst wurde, dass sie genau das gerade getan hatten. „Du wirst mich beim Nachnamen rufen müssen“, erwiderte sie gereizt. „Denn das ist der einzige Name, auf den ich höre.“

„Vielleicht. Du kannst ihn mir trotzdem verraten“, entgegnete er sanft. „Du musstest ein Formular ausfüllen, als du hier eingezogen bist. Ich kann es also ganz leicht herausfinden.“

Ihr Gesichtsausdruck wurde noch düsterer. „Paris“, sagte sie schließlich knapp.

Er konnte nicht folgen. „Was ist damit?“

„Das ist mein Name“, fuhr sie ihn an. „Paris. Mit einem R. Wie die Stadt. Wie der tote Grieche. Paris Samille, wenn du es genau wissen willst. Und wenn du mich jemals – *jemals* – mit einem dieser Namen ansprechen solltest, muss ich dir leider sehr wehtun.“

Richard warf einen Blick auf die Uhr, bevor er nach seiner Jacke griff. Er war nicht dumm, also verkniff er sich ein Lächeln. „Also gut“, willigte er ein. „Ich verspreche dir, dass ich dich niemals mit einem Namen ansprechen werde, den du nicht magst.“ Ehe sie ihm ausweichen konnte, beugte er sich zu ihr und küsste sie wieder.

„Ich lasse dich in Ruhe“, meinte er leise. „Fürs Erste. Wenn die Scheidung allerdings durch ist, bin ich wieder da.“

Sweeney sagte nichts, sondern schaute ihm nur stumm hinterher, als er aus dem Apartment verschwand. War das ein Versprechen oder eine Drohung? Die Entscheidung lag bei ihr, und sie hatte keine Ahnung, wie sie aussehen würde. Nur eines war sicher: Als er sie geküsst hatte, hatte sie alle Vorsicht vergessen.

Sweeney hob zuerst eine und dann eine andere Leinwand hoch, um zu entscheiden, welches Bild sie mit in die Galerie nehmen sollte. Ihr gefielen beide nicht, und die Vorstellung, dass jemand anders sie zu Gesicht bekam, war ihr peinlich. Die leuchtenden Farben wirkten auf sie kindisch, aufdringlich. Zweimal griff zum Hörer, weil sie Candra anrufen und ihr Bescheid sagen wollte, dass sie doch keine Bilder vorbeibringen würde, aber beide Male tat sie es nicht. Wenn das, was sie machte, nicht zu gebrauchen war, musste sie Gewissheit haben, ehe sie noch mehr Zeit vergeudete. Sie wusste nicht, was sie tun würde, falls es tatsächlich nichts taugte. Vielleicht mit einer Therapie anfangen? Wenn Schriftsteller eine Schreibblockade haben konnten, war es doch möglich, dass es bei Künstlern dasselbe gab.

Sie konnte es praktisch schon hören. Ein Therapeut würde ihr ganz ernst erklären, dass sie versuchen solle, die Probleme ihrer Kindheit zu lösen, indem sie wieder ein Kind wurde und die Welt durch Kinderaugen sah. Ja, genau. Schon vor langer Zeit hatte sie ihre schwierige Kindheit aufgearbeitet. Sie hatte beschlossen, nie so zu werden wie ihre Eltern, nie ihr Talent als Ausrede zu benutzen, damit sie sich egoistisch und kindisch verhalten konnte, nie Kinder zu haben und sie dann abzuschieben, um sich ganz der Kunst zu widmen. Ihre Mutter war Verfechterin der freien Liebe gewesen. Sie hatte eine Phase durchlebt, in der sie versucht hatte, Sweeney von ihren Hemmungen zu „befreien", indem sie vor ihrer Tochter mit ihren verschiedenen Liebhabern geschlafen hatte. Heutzutage hätte man sie dafür verhaftet. Damals hätte das eigentlich auch passieren müssen.

Das Wunder, stellte Sweeney missmutig fest, ist genau genommen, dass ich überhaupt den Mut gefunden habe zu malen. Und dass sie nicht Programmiererin oder Buchhalterin geworden war und sich von der Kunstwelt ferngehalten hatte, so gut es ging. Doch ihr war nie in den Sinn gekommen, nicht zu malen – das Malen war einfach, seit sie denken konnte, ein viel zu wichtiger Teil von ihr. Als kleines Mädchen hatte sie Puppen gemieden und stattdessen Buntstifte und Papier als ihre Lieblingsspielzeuge gewählt. Mit sechs Jahren hatte sie angefangen, Ölfarben zu verwenden, und hatte ihrer Mutter, wann immer möglich, Farbtuben stibitzt. Stundenlang konnte sie sich auch heute noch in den Farben verlieren, beobachtete verzückt nicht nur den Regenbogen, sondern auch den Regen, nahm die Wolken genauso wie den Himmel wahr, betrachtete einzelne Grashalme oder den Schimmer eines reifen roten Apfels.

Nein, es hatte nie einen Zweifel an ihrem Talent oder ihrer Leidenschaft gegeben. Also hatte sie sich bemüht, die beste Künstlerin zu sein, die sie sein konnte, und zugleich tunlichst normal zu bleiben. Gut, manchmal misslang ihr das: Dann vergaß sie, sich zu kämmen, fuhr sich bei der Arbeit mit den Fingern durchs Haar und hinterließ leuchtende Farbe in den Strähnen. Das war allerdings nicht so schwerwiegend. Sie war nicht leichtfertig, sie zahlte pünktlich ihre Rechnungen, sie nahm nie Drogen, sie rauchte nicht, sie trank nicht. Sie hatte nirgends in ihrer Wohnung geraubten Schmuck versteckt, und was ihr Privatleben betraf, verhielt sie sich mustergültig.

Das Außergewöhnlichste an ihr war die Tatsache, dass sie Geister sah. Und das war doch nicht wirklich schlimm, oder? Auf einer Skala von eins bis zehn war es ungefähr eine … siebenundsechzig.

Verächtlich schnaubte Sweeney. Sie konnte hier stehen und den ganzen Tag lang grübeln, oder sie konnte ein paar Bilder einpacken und sie zur Galerie bringen.

Weil sie versprochen hatte, es zu tun, und weil es egal war, welches Bild sie auswählte, suchte sie schließlich, ohne nachzudenken, drei aus. Sie hielt sie alle drei für schlecht, also was machte es für einen Unterschied?

Am Ende griff sie sich noch die Zeichnung, die sie von dem Hotdogverkäufer angefertigt hatte. Zumindest damit war sie zufrieden. Sie hatte sich vorgestellt, wie er mit sechs Jahren, als Teenager und als junger Mann ausgesehen haben mochte. In allen Skizzen der Collage war allerdings der freundliche Gesichtsausdruck zu erkennen. Sie hoffte, es würde ihm gefallen.

Entschlossen verließ sie das Apartment, ehe sie sich wieder umentscheiden konnte. Da es am Tag zuvor geregnet hatte, war die Luft frisch und duftete süß. Sweeney musste überrascht zugeben, dass die Wettervorhersage richtig gewesen war: Es *war* ein wundervoller Tag. Das seltsame Kältegefühl war verschwunden, von Richards Körperwärme vertrieben, und ihr war so warm wie schon lange nicht mehr. Abgesehen von der Unsicherheit und Beunruhigung, die an ihr nagten, fühlte sie sich fantastisch. Sie beschloss, die Wärme zu genießen und nicht darüber nachzudenken, wieso ihr warm war.

Der Hotdogverkäufer stand nicht an der üblichen Stelle. Sweeney hielt inne. Sie war enttäuscht und unerklärlicherweise besorgt. Als könnte sie ihn durch bloße Willenskraft erscheinen lassen, starrte sie auf den Fleck, an dem sich sein Wagen normalerweise befand. Wahrscheinlich war er krank, denn noch nie war sie die Straße entlanggelaufen, ohne ihn zu sehen.

Beklommen setzte sie ihren Weg zur Galerie fort. Kai erhob sich von seinem Stuhl und kam um den Schreibtisch herum, um ihr die eingepackten Leinwände abzunehmen. „Toll! Candra und ich haben über dich gesprochen. Ich kann es kaum erwarten, mir anzuschauen, wie du jetzt malst."

„Genau wie ich", meldete Candra sich zu Wort, die gerade aus ihrem Büro trat. Sie lächelte Sweeney warmherzig an. „Guck nicht so traurig. Ich glaube nicht, dass du fähig wärst, ein schlechtes Werk zu erschaffen."

„Du wärst überrascht, zu was ich alles fähig bin", murmelte Sweeney.

„Ach, ich weiß nicht", erklang die Stimme eines dünnen, in Schwarz gekleideten Mannes mit strähnigem blonden Haar. Er kam aus Candras Büro. „Ich finde, du hast uns alle schon sehr lange nicht mehr überrascht, Darling."

Sweeney unterdrückte ein angewidertes Aufstöhnen. VanDern. Der hatte ihr gerade noch gefehlt.

„Leo, reiß dich zusammen", mahnte Candra ihn und sah ihn streng an.

Zumindest vertreibt der Anblick von VanDern meine Unsicherheit, schoss es Sweeney durch den Kopf. Die Feindseligkeit überdeckte immer die Zweifel. Drohend verengte sie die Augen zu schmalen Schlitzen, während sie ihn musterte.

Wie ihre Mutter verkörperte er all das, was sie am meisten verabscheute: Er dramatisierte seine eigene Person, indem er eine schwarze Lederhose trug, einen schwarzen Rollkragenpullover und schwarze Stiefel. Statt eines Gürtels hatte er eine silberne Kette um seine schmale Taille geschlungen. In einem Ohr hatte er drei Ohrstecker, in dem anderen einen Ring. Er war nie glatt rasiert, sondern pflegte einen verwegen aussehenden Look. Wahrscheinlich verwendete er mehr Energie darauf, unrasiert zu wirken, als es gekostet hätte, sich zu rasieren. Sie vermutete, dass er zumindest wochen-, wenn nicht sogar monatelang das Haar nicht wusch. Stundenlang konnte er über Symbolismus und die Hoffnungslosigkeit der modernen Gesellschaft reden oder darüber, wie der Mensch das Universum vergewaltigt hatte und wie seine Farbkleckse auf einer Leinwand den Schmerz und die Verzweiflung der gesamten Menschheit einfangen konnten. Seiner Meinung nach war er so tiefsinnig wie der Dalai Lama. Ihrer Ansicht nach war er so tiefgründig wie ein Haufen Scheiße.

Candra wickelte die Leinwände aus und stellte sie schweigend auf ein paar leere Staffeleien. Sweeney vermied es bewusst, die Bilder zu betrachten, auch wenn sich ihr Magen zusammenzog.

„Wow“, stieß Kai leise hervor. Dasselbe hatte er am Tag zuvor über ihren roten Pullover gesagt, aber diesmal war der Ton anders.

Candra schwieg und legte den Kopf leicht schräg, während sie die Bilder eindringlich studierte.

VanDern machte einen Schritt nach vorn, schaute sich die Gemälde an und tat sie mit einem höhnischen Grinsen ab. „Einfallslos“, verkündete er. „Landschaften. Wie originell. Ich habe noch nie Bäume und Wasser gesehen.“ Scheinbar interessiert musterte er seine Fingernägel. „Vor lauter Aufregung falle ich sicher gleich in Ohnmacht.“

„Leo“, ermahnte Candra ihn warnend. Sie hatte den Blick noch immer auf die Leinwände gerichtet.

„Sag nicht, dass dir das gefällt“, erwiderte er schnaubend. „Solche ‚Bilder‘ kannst du in jedem Supermarkt kaufen. Oh, ich weiß, dass ein Markt dafür existiert und dass es Leute gibt, die nichts über Kunst wissen und etwas nur haben wollen, weil es ‚hübsch‘ ist. Doch seien wir mal ehrlich – wollen wir das?“

„Wie auch immer“, meinte Sweeney leise, beinahe bedrohlich, und trat auf ihn zu.

Als Candra das hörte, wandte sie abrupt den Kopf zu Sweeney um, allerdings war sie zu spät, damit sie noch eingreifen konnte.

Sweeney rammte VanDern ihren Finger gegen die Brust. „Wenn wir mal ehrlich sind, kann jeder Affe einen Klecks Farbe auf eine Leinwand schmieren, und jeder Idiot kann das Kunst nennen. Doch Tatsache ist, dass dafür kein Talent vonnöten ist. Es braucht *Talent und Geschick*, ein Objekt so zu malen, dass der Betrachter es wiedererkennt."

Er rollte mit den Augen. „Was es *braucht*, Darling, ist der totale Mangel an Fantasie und interpretatorischen Fähigkeiten, um dasselbe alte Motiv wieder und wieder zu malen."

Er hatte seine Gegnerin unterschätzt. Sweeney war in der Welt der Kunst von der Königin der geistreichen, schonungslosen Kommentare großgezogen worden. Sie schenkte ihm ein freundliches Lächeln. „Was es *braucht*, Darling", ihr Tonfall klang beinahe genauso wie seiner, „ist eine Menge Unverfrorenheit, um den Mist, den du produzierst, der Öffentlichkeit zu präsentieren. Natürlich musst du irgendetwas haben, damit du das totale Fehlen von Talent ausgleichen kannst."

„Das hat doch keinen Sinn", warf Candra ein und versuchte, die Wogen zu glätten.

„Ach, lass sie nur reden", meinte VanDern und winkte gelangweilt ab. „Wenn sie das könnte, was ich kann, würde sie es tun und richtiges Geld verdienen, statt ihre Werke an Supermarktkundschaft zu verscherbeln."

Candra wurde starr. Ihre Galerie war ihr ganzer Stolz, und ihr gefiel die Andeutung nicht, dass ihre Kundschaft nicht die Creme de la Creme sein sollte.

„Das, was du kannst, kann ich schon lange", sagte Sweeney und zog übertrieben überrascht die Augenbrauen hoch. „Aber seit ich ungefähr drei bin, mache ich das nicht mehr – ich habe mich schließlich weiterentwickelt. Wie wäre es mit einer kleinen Wette? Ich wette, dass ich jedes beliebige Bild von dir kopieren kann, während du es nicht schaffst, eines von meinen abzumalen. Der Verlierer muss dem Gewinner den Hintern küssen."

Ein unterdrücktes Lachen erklang aus Kais Richtung. Er senkte den Kopf und tat so, als würde er husten.

VanDern warf ihm einen wütenden Blick zu, dann richtete er seine Aufmerksamkeit wieder auf Sweeney. „Wie kindisch", höhnte er.

„Du hast wohl Angst, die Wette anzunehmen, was?“, erwiderte sie.

„Natürlich nicht!“

„Dann tu es. Ich sage dir was: Ich beschränke mich nicht einmal auf meine Werke. Nimm dir ruhig einen Klassiker und versuche, einen Whistler, einen Monet oder einen van Gogh zu kopieren. Ich bin mir sicher, dass die großen Meister deinem Talent eher entsprechen.“

Er wurde dunkelrot. Aufgebracht funkelte er sie an, weder fähig, die Auseinandersetzung zu gewinnen, noch dazu in der Lage, einen halbwegs würdevollen Weg zu finden, um die Wette auszuschlagen. Er sah Candra an. „Ich komme später noch mal wieder“, verkündete er steif. „Wenn du mehr Zeit hast.“

„Mach das“, entgegnete sie knapp. Ihre Verärgerung war offensichtlich. Nachdem die Tür hinter ihm ins Schloss gefallen war, wandte sie sich Sweeney zu. „Es tut mir leid. Er kann manchmal ein eingebildeter Idiot sein.“

„Ohne sich zu überanstrengen“, stimmte Sweeney zu.

Candra lächelte. „Du hast dich mehr als tapfer geschlagen. Er wird es sich zweimal überlegen, bevor er dich wieder herausfordert. Er ist im Moment angesagt, doch solche Modeerscheinungen sind schnell passé. Ich bin mir sicher, er weiß, dass seine Tage an der Sonne demnächst vielleicht gezählt sind.“

Sweeney glaubte eher, dass VanDern sich selbst für das Zentrum des Universums hielt, aber sie zuckte nur die Achseln und ließ das Thema fallen.

Candra widmete sich wieder den Bildern. Mit einem lackierten Fingernagel tippte sie gegen ihre Unterlippe, während sie sie betrachtete. Sweeneys Magen zog sich zusammen.

„Sie sind beinahe surreal“, murmelte Candra zu sich selbst. „Der Gebrauch der Farben ist bemerkenswert. Einige Schattierungen scheinen zu glühen, als würde Licht durch geschliffenes Glas fallen. Ein Fluss, ein Berg, Blumen – allerdings anders als deine vorherigen Arbeiten.“

Sweeney schwieg. Sie hatte Stunden, Tage damit verbracht,

die Leinwände beinahe ängstlich anzustarren. Sie kannte jeden Pinselstrich. Doch als sie sie nun wiedersah und sich fragte, was ihr entgangen war, hatte sich nichts verändert. Auf sie wirkten die Farben noch immer seltsam intensiv, die Bildkomposition war ein bisschen ungenau, ohne dass sie es allerdings fassen konnte, und die Pinselstriche waren ein wenig verschwommen. Sie konnte nicht sagen, ob es surreal war, wie Candra behauptete, oder überschwänglich. Vielleicht auch beides. Vielleicht aber auch keines von beidem.

„Ich will mehr“, meinte Candra. „Wenn das ein Beispiel dafür ist, wie du in letzter Zeit gemalt hast, möchte ich jedes Bild haben, das bisher fertig ist. Ich verdopple deine Preise. Möglicherweise muss ich mit dem Preis runtergehen, aber ich glaube, ich schätze es richtig ein.“

Kai nickte zustimmend. „Die Bilder strahlen Energie aus – viel mehr, als ich je in deinen Werken wahrgenommen habe. Die Leute werden ausflippen.“

Sweeney tat den Teil mit der Energie ab; das war nur eine Phrase. Seine letzten Worte dagegen waren ernst gemeint und eine Einschätzung ihres Marktwerts. Erleichterung erfasste sie. Vielleicht hatte sie nicht ihr Talent verloren, sondern nur die Fähigkeit, es selbst einzuschätzen.

„Was ist das?“, fragte Candra und deutete auf die Mappe, in der die Skizze von dem Hotdogverkäufer war.

„Eine Zeichnung, die ich von einem Straßenverkäufer angefertigt habe“, erklärte Sweeney. „Ich wollte sie ihm schenken.“ Plötzlich zitterte sie. Ein Schauer rann über ihre Haut. Verdammt, sie hatte es genossen, dass ihr warm gewesen war, allerdings hatte die Wärme nicht lange vorgehalten.

„Ich werde diese Bilder sofort rahmen lassen“, verkündete Candra und wandte sich wieder den Leinwänden zu. „Und bring mir die anderen Werke. Ich möchte sie nahe dem Eingang ausstellen, wo das Licht besser ist und wo sie das Erste sind, was den Kunden beim Betreten der Galerie ins Auge fällt. Ich verspreche dir, dass sie wie warme Semmeln weggehen werden.“

Auf dem Weg nach Hause schlang Sweeney die Arme um sich. Sie war erleichtert über Candras Reaktion auf die Bilder, doch aus irgendeinem Grund konnte sie ihre Erleichterung nicht genießen. Das unbehagliche Gefühl in ihr wurde immer stärker.

Sie kam an die Ecke, wo der alte Verkäufer immer gestanden hatte, aber er war noch immer nicht da. Sie blieb stehen. Eine tiefe Traurigkeit erfasste sie, als sie sich fragte, ob sie ihn jemals wiedertreffen würde. Sie wollte ihm die Zeichnung geben, wollte wissen, ob sie seine Züge als Kind richtig vom Aussehen des alten Mannes abgeleitet hatte. Und sie wollte sein freundliches Lächeln sehen.

„Hi, Sweeney", erklang eine sanfte Stimme neben ihr.

Sie drehte sich um und freute sich. „Da sind Sie ja", begrüßte sie ihn froh. „Ich dachte, Sie wären krank ..." Sie verstummte, und ihre Freude wich einem fürchterlichen Schock. Der alte Mann war durchscheinend und seltsam zweidimensional.

Er schüttelte den Kopf. „Mir geht es gut. Machen Sie sich keine Sorgen um mich." Das freundliche Lächeln erstrahlte auf seinem Gesicht. „Sie haben es genau getroffen, Sweeney. So habe ich einmal ausgesehen."

Sie sagte nichts mehr. Sie konnte es nicht. Sie wollte weinen, wollte ihm erklären, wie leid es ihr tat, dass sie es nicht früher geschafft hatte, sodass sie ihm die Zeichnung noch hätte geben können.

„Tun Sie mir einen Gefallen", bat er. „Schicken Sie meinen Jungs die Zeichnung. David und Jacob Stokes. Sie sind Anwälte, meine Jungs. Beide. Gute Menschen. Schicken Sie ihnen das Bild."

„Das werde ich", flüsterte sie, und er nickte.

„Gehen Sie ruhig", meinte er. „Ich komme zurecht. Ich musste mich nur noch um ein paar kleine Dinge kümmern."

„Ich werde Sie vermissen", brachte sie hervor. Sie war sich im Klaren darüber, dass die Leute einen großen Bogen um sie machten, doch es waren New Yorker; niemand blieb stehen oder wurde auch nur langsamer.

„Ich werde Sie auch vermissen. Sie haben immer Sonnenschein in meinen Tag gebracht. Lächeln Sie, und zeigen Sie mir, wie hübsch Sie sind. Junge, Junge, Ihre Augen sind so blau wie der Himmel. Das ist ein verdammt hübscher Anblick …"

Seine Stimme wurde leiser und leiser, als würde er sich von ihr entfernen. Sweeney beobachtete, wie er blasser wurde, immer durchscheinender, bis außer einem leichten Schimmer an der Stelle, an der er gestanden hatte, nichts mehr zu sehen war.

Das Kältegefühl war weg. Ihr war wieder warm, aber sie war verängstigt und traurig. Sie sehnte sich danach, so umarmt zu werden, wie Richard sie am Morgen umarmt hatte. Doch er war nicht da, und er gehörte auch nicht ihr. Er gehörte ihr einfach nicht. Sie war allein, und zum ersten Mal in ihrem Leben hasste sie das Gefühl.

6. KAPITEL

Am nächsten Morgen stieg Candra in den ersten Flieger von New York nach Washington D. C. Die Hauptstadt war ihrem Zweck dienlicher, also nahm sie die Unannehmlichkeiten in Kauf. Außerdem war es leichter, sich mit ihm in D. C. zu treffen als in New York, wo er nur selten im Büro war. Sie hätte zu ihm nach Hause gehen oder ihn dort anrufen müssen, um ihn um ein Treffen zu bitten, und sie hatte es vorgezogen, das nicht zu tun.

Vielleicht war Margo über ihre Affäre mit dem Senator im Bilde – vielleicht aber auch nicht. Auch wenn sie so unbedacht gewesen war, Richard von der Abtreibung zu erzählen, obwohl sie besser den Mund gehalten hätte, wollte sie andere Menschen nicht unnötig verletzen oder demütigen. Margo war es möglicherweise egal, mit wie vielen Frauen Carson geschlafen hatte, doch sie wollte bestimmt nicht erfahren, dass er es in ihrem Haus gemacht hatte. Nach allem, was Candra in der Zwischenzeit über ihn wusste, würde es sie wundern, wenn er nicht gleich im Büro eine Nummer mit ihr schieben würde, ehe er überhaupt eine Ahnung hätte, warum sie dort war. Sie lächelte unfroh. Zuerst würde er sie aufs Kreuz legen, und dann würde sie ihn aufs Kreuz legen. Das war nur gerecht.

Heute Morgen hatte sie sich besondere Mühe mit ihrem Äußeren gegeben – nicht um Aufmerksamkeit auf sich zu ziehen, vielmehr wollte sie genau das vermeiden. Sie trug ein schwarzes Businesskostüm und biedere schwarze Pumps mit nicht besonders hohen Absätzen. Ihre goldenen Ohrringe waren schlicht. Ringe hatte sie nicht um. Die schmale, elegante Armbanduhr von Piaget hatte sie gegen eine alte Rolex ausgetauscht, die ihr Vater ihr geschenkt hatte, als sie sechzehn war. Sie bezweifelte, dass die Uhr mehr als zweitausend Dollar gekostet hatte. Eine Rolex würde in der Hauptstadt nicht besonders herausstechen; dort war Status alles, und Rolex-Uhren waren so normal wie dicke Botschaftswagen.

Sie hatte ihr Haar streng nach hinten gekämmt und nur wenig Make-up aufgelegt. Sie würde nicht auffallen, sondern aussehen wie unzählige andere Geschäftsfrauen oder Lobbyisten. Falls jemand sie sah, wollte sie nicht im Gedächtnis bleiben. Vielleicht war es eine alberne Vorsichtsmaßnahme, aber andererseits hatte sie noch nie jemanden erpresst und glaubte, dass ein bisschen Diskretion nicht verkehrt sein konnte.

Diesen Tag verbrachte Margo für gewöhnlich bei *Elizabeth Arden*. Da die Reise nach Rom verschoben worden war, würde sie ihre regelmäßigen Termine wie gewohnt einhalten – sie war besessen von ihrem Aussehen. Dass Carson sie gebeten hatte, in sein Stadthaus in der Hauptstadt zu kommen, musste Candra also keine Sorgen bereiten, denn Margo war mit Sicherheit in New York. Bei Carson zu Hause zu sein passte durchaus gut in ihre Pläne, denn es hätte ihr überhaupt nicht gefallen, auf einem Schreibtisch genommen zu werden, wenn vor der Tür ein Haufen Mitarbeiter herumlief.

Am Flughafen winkte sie ein Taxi heran und setzte sich schweigend auf den Rücksitz. Sie wollte den Fahrer nicht ermutigen, ein Gespräch mit ihr zu beginnen. Zu ihrer Überraschung verspürte sie allmählich die Aufregung und Vorfreude, die sie auch sonst empfand, wenn sie Sex haben würde. Bis jetzt hatte sie nur darüber nachgedacht, was sie anschließend sagen würde, nun allerdings fing sie an, über den Akt an sich zu sinnieren. Carson war zwar kein großer Techniker, doch er hatte viel Kraft, und wenn sie sich manchmal ein bisschen verrucht fühlte, brauchte sie genau das.

Um halb elf musste er im Büro sein. Ihr blieb also eine Stunde mit ihm. Das würde reichen.

Carson machte ihr höchstpersönlich die Tür auf, lächelte und redete – falls jemand zuhörte – über all die gehaltlosen Dinge, die man für gewöhnlich bei einem gesellschaftlichen Treffen von sich gab. Er hatte Angestellte hier; zumindest ein Koch und eine Haushälterin waren da. Er sieht sehr gut aus, dachte Candra und betrachtete lächelnd diese beinahe klassischen Gesichtszüge.

Wie seltsam, dass sie tatsächlich Richards etwas kantigeres Aussehen bevorzugte. Richard war einer der Männer, die so offensichtlich *männlich* waren, dass eine Frau sie einfach anschauen musste. Sie rügte sich stumm. Sie musste ihn aus ihren Gedanken verbannen, denn sie hatte ihn verloren. Der Teil ihres Lebens war vorbei, und nun war sie gezwungen, dieses neue Kapitel zu einem Erfolg zu machen, oder sie würde alles verlieren.

„Du hast gesagt, dass es etwas Dringendes zu besprechen gäbe", meinte Carson für den Fall, dass jemand lauschte. Mit einem selbstgefälligen Lächeln im Gesicht führte er sie in sein Büro, schloss die Tür hinter ihnen und verriegelte sie. Er glaubte es so geschickt gemacht zu haben, dass es ihr nicht aufgefallen wäre, doch sie horchte, bis das verräterische Klicken ertönte. Sie war froh, dass er dafür sorgte, dass sie ungestört blieben. Wenn er die Tür nicht abgesperrt hätte, hätte sie es selbst erledigt.

Er drehte sich um, fasste im selben Moment nach ihren Brüsten und dirigierte Candra zu der großen Couch. Ihr blieb kaum Zeit, ihre Tasche abzustellen, bevor er sie in die edlen Polster presste, ihren Rock hochschob und seinen Reißverschluss öffnete. „Wir müssen uns beeilen", erklärte er keuchend, drang in sie ein und bewegte sich sofort in einem schnellen Rhythmus. „Ehe Margo nach unten kommt."

„*Was?*", stieß Candra hervor und stemmte sich instinktiv mit den Händen gegen seine Schultern. Die Aufregung war mit einem Schlag verschwunden. Hässliche Szenen tauchten vor ihrem inneren Auge auf – und sie hatte keinen Zweifel daran, dass Margo eine Meisterin darin war, *sehr* hässliche Szenen zu machen.

Der Senator zog ihre Hände von seinen Schultern und drückte sie in die Polster. Seine Miene war entschlossen. Er hatte nicht vor, sich durch eine Kleinigkeit wie die Anwesenheit seiner Ehefrau im Haus davon abhalten zu lassen, zu tun, was er tun wollte. Candra bemühte sich, ruhig und leise zu sein. Sie wollte ihn weder bremsen noch unnötig die Aufmerksamkeit der anderen auf das Geschehen im Büro lenken. Stumm signalisierte sie ihm, sich zu beeilen. Gott, war dieser Mann selbstgefällig! Dumm von ihm. Egal, wie sehr Margo ihre Position als Frau eines Senators genoss oder sosehr sie sich auch auf das Weiße Haus freute – es gab dennoch auch für sie eine Grenze, ab der sie nicht mehr alles ignorieren würde. Von Carsons Eskapaden zu wissen war eine Sache, sie mit eigenen Augen zu sehen etwas ganz anderes.

Unbeteiligt beobachtete sie, wie sein Gesicht vor Anstrengung rot wurde und wie die Adern an seinem Hals dicker wurden. Er hatte nicht einmal seine Krawatte gelockert. Durch seine Stöße rutschte sie auf dem Sofa vor und zurück.

Falls er ihre mangelnde Beteiligung bemerkte, war es ihm offenbar egal. Nach zwei Minuten spannte er sich an, sein Becken zuckte, und sein Gesicht verzog sich seltsam, als hätte er Schmerzen. Komisch, wie etwas, das so aufregend ist, wenn ich scharf bin, so abstoßend sein kann, wenn ich es nicht bin, stellte sie im Stillen fest.

Keuchend glitt er aus ihr heraus und nahm ein Taschentuch, um sich zu säubern. „Hast du noch mehr davon?“, murmelte sie. Als ihr sein fragender Blick auffiel, fügte sie hinzu: „Von den Taschentüchern.“

„Nein, das ist das einzige.“ Er legte es zusammen und wollte es wieder einstecken – wie ekelhaft. Doch Candra riss es ihm aus der Hand, faltete es selbst zusammen, ohne es zu sehr zu berühren, und schob es sich zwischen die Oberschenkel.

Es schien ihm unangenehm zu sein. „Da ist ein Monogramm drauf.“

„Ich werde es dir zurückgeben“, entgegnete sie ungeduldig. „Oder soll ich es lieber vernichten?“

„Verbrenn es“, erwiderte er, allerdings wirkte er noch immer unglücklich, weil sie sein Taschentuch überhaupt hatte. Ein Jammer, dass er sonst nicht so vorsichtig ist, dachte sie.

Sie richtete sich auf und strich ihre Kleider glatt. Einige Sekunden später sah sie aus, als wäre nichts passiert. Für *mich* stimmt das ja auch, schoss es ihr durch den Kopf.

„Setz dich“, sagte sie. „Ich muss etwas mit dir besprechen.“

„Natürlich. Wenn ich helfen kann …“ Nachdem er seine eigene Kleidung wieder in Ordnung gebracht hatte, nahm er an seinem Schreibtisch Platz, der aus guter alter amerikanischer Eiche war. Er war immer darauf bedacht, dort, wo seine Wähler ihn sehen konnten, seinen Reichtum nicht zur Schau zu stellen. Das galt vor allem für sein Haus in D. C. oder für sein Büro. Seine Wohnung in New York war dagegen so luxuriös wie ein Palast und ausgestattet mit kostspieligen Einrichtungsgegenständen aus aller Welt.

Er lächelte sie an. Es war das glatte weltmännische Lächeln eines Mannes, der wusste, wie mächtig er war. Nachdem sie so zu ihm gekommen war, glaubte er, dass sie ihn um einen Gefallen bitten würde. Seine braunen Augen funkelten. Während ihrer lockeren Affäre hatte Candra sich strikt geweigert, mehr zu tun, als ihm ab und an gefällig zu sein. Carson war es gewohnt, zu bestimmen, wo es langging, und er war es gewohnt, dass Frauen nach seiner Pfeife tanzten. Ihre kühle Distanz verärgerte und reizte ihn gleichermaßen. Natürlich hatte sie ihn noch mehr verärgert, indem sie ihre Begegnungen so unvergesslich wie möglich gemacht hatte.

„Vor zwei Jahren“, begann sie, „hatte ich eine Abtreibung.“

„Ich hoffe, du bist gut behandelt worden. Ich habe immer das Gesetz unterstützt, zur …“

„Es interessiert mich nicht, was du unterstützt hast“, unterbrach sie ihn. „Carson, das Kind war von dir. Aber als Richard herausgefunden hat, dass ich abgetrieben habe, war er davon ausgegangen, das Baby wäre seins gewesen. Darum die Schwierigkeiten zwischen uns.“

„Tatsächlich?“ Er lehnte sich in seinem riesigen Ledersessel zurück und legte die Fingerspitzen aneinander. „Wie interessant. Warum erzählst du mir das?“

Er hatte nicht mit der Wimper gezuckt, während sie ihm erzählt hatte, dass sie sein Kind abgetrieben hätte. Das war nicht die Reaktion, die sie sich erhofft hatte. „Richard zeigt sich bei der Einigung nicht gerade entgegenkommend. Und ohne ins

Detail gehen zu wollen, wird er den Streit wahrscheinlich gewinnen. Ich könnte finanzielle Unterstützung gebrauchen – nur dieses eine Mal."

„In welcher Höhe?", fragte er sanft.

Unbehagen stieg in ihr auf. Es lief nicht so, wie sie es sich vorgestellt hatte. Mit einer Million wären ihre Schulden abgedeckt, und sie könnte einen Neubeginn wagen. Doch sie war verunsichert und sagte: „Eine halbe Million."

„Das ist viel Geld." Er zuckte mit den Schultern. „So toll ist deine Muschi nicht."

Sie reagierte nicht auf die Geschmacklosigkeit. Sie wusste schließlich, wie geschmacklos und grob er sein konnte.

„Ich wundere mich nur, wie du schwanger werden konntest", überlegte er laut. „Du hast mir immer gesagt, du würdest die Pille nehmen."

„Ein Unfall. Ich hatte eine Atemwegserkrankung, und das Antibiotikum, das ich schlucken musste, hat die Wirkung der Pille beeinträchtigt."

„Schade. Wie auch immer. Ich bezweifle ernsthaft, dass das Kind von mir war. Ich bin vor einigen Jahren sterilisiert worden."

Wut kochte in ihr hoch, dennoch beherrschte sie sich. Er glaubte wohl, er hätte sie gerade eiskalt auflaufen lassen. Wenn er jedoch dachte, dass das ihr einziges Mittel, ihr einziger Versuch war, hatte er sich getäuscht. „Ist das wahr? Das hast du mir nie verraten."

„Warum sollte ich? Du hast die Pille genommen, und ich habe mir nie eingebildet, dass ich der Einzige wäre, der mit dir schläft. Die Vasektomie war meine Versicherung gegen diese Art von Erpressung."

„Das ist ja interessant", erwiderte sie ruhig. „Ich habe auch für eine Versicherung gesorgt. Ich habe dich nie unterschätzt, Carson, doch ich fürchte, du hast mich unterschätzt."

„Inwiefern?" Zu ihrer Genugtuung wirkte er jetzt ein bisschen unsicher.

Sie beugte sich vor und holte einen Umschlag und ein kleines Aufnahmegerät aus der großen Tasche, die sie bei sich hatte. Seine Miene war wie versteinert, als er das Gerät erblickte.

„Oh, es ist nicht an“, meinte sie. „Es zeichnet jedenfalls nichts auf. Es ist nur ein Abspielgerät. Unsere kleine Verabredung war privat. Andere allerdings nicht.“ Sie drückte auf „Play“ und lehnte sich zurück.

Zufrieden beobachtete sie, wie er blass wurde, als Stimmen erklangen – zwar ein bisschen kratzig, aber dennoch gut zu verstehen. Sie hatte die Aufnahme bei ihrer heißen kleinen Orgie zu Beginn ihrer Affäre gemacht. Richard war damals einige Tage in Europa gewesen, und sie hatte viel Zeit gehabt. Sie hatte es absichtlich mitgeschnitten, denn sie hatte sich in Bezug auf Carson nichts vorgemacht. Schon damals hatte sie geahnt, dass sie eines Tages etwas in der Hand würde haben müssen, um ihn unter Druck zu setzen.

Sie stellte den Player aus, nahm die Kassette heraus und warf sie ihm zu. Dann legte sie den Umschlag auf den Schreibtisch. „Behalt es“, meinte sie. „Das ist deine persönliche Kopie. Die dazugehörigen Bilder sind in dem Umschlag.“

Zornig presste er die Lippen aufeinander und wurde dunkelrot. „Du Schlampe.“ Die Worte klangen leise, als könnte er nicht lauter sprechen.

„Ich gehe davon aus, ich muss dir nicht sagen, dass ich die Originale an einem sehr sicheren Ort verwahre, oder?“

„Mit diesen Aufnahmen belastest du dich selbst.“ Er atmete schwer.

„Ja. Doch ich habe keine Karriere, die den Bach runtergehen könnte. Deine Wähler sind ja sehr liberal und denken vermutlich: ‚Leben und leben lassen.‘ Allerdings sehen die anderen Senatoren das wahrscheinlich ein wenig anders – vor allen Dingen diejenigen, die du jahrelang hintergangen hast. Es gefällt ihnen bestimmt, Beweise für das unsittliche Verhalten ihres hochverehrten Kollegen in den Händen zu haben.“ Ihr Tonfall triefte vor Ironie.

Mörderischer Hass stand in seinen Augen. Candra unterdrückte ein Schaudern. Es war ein Risiko, Carson so zu verärgern, und sie war sich dessen bewusst gewesen, als sie hierhergekommen war. Darum hatte sie auch dafür gesorgt, dass die Waffe, die sie gegen ihn führte, so mächtig war, dass er sie nicht ignorieren konnte.

„Das hier wird sich übrigens nicht ständig wiederholen", erklärte sie ungeduldig. „Nur dieses eine Mal. Du hast das Geld, und ich brauche es."

„Sicher", entgegnete er bitter. „Und ich soll dir wohl vertrauen, wie?"

„Ich schicke dir die Originale, sobald ich das Geld habe." Sie meinte es ernst. Was sie ihm nicht geben würde, war die Videoaufnahme, die sie nicht erwähnt hatte. Die würde sie brauchen, falls er vorhatte, Rache zu üben.

Natürlich hatte er keine Möglichkeit, festzustellen, ob sie ihm tatsächlich die Originale überreichte. Er konnte nicht sicher sein, dass nicht doch noch Kopien existierten. Erpressung dauerte für immer.

Sie schob ihm ein Stück Papier über den Schreibtisch zu. „Das ist meine Bank, und da steht meine Kontonummer. Überweise das Geld dorthin. Ich habe das Konto nur für diesen Zweck eröffnet, und ich werde es wieder schließen, wenn der Deal vorbei ist. Ich hoffe, ich werde nicht von der Steuerbehörde geprüft – und es wäre auch in deinem Interesse, dir zu wünschen, dass bei mir keine stichprobenartige Prüfung durchgeführt wird."

Er rührte den Zettel nicht an. Candra erhob sich und schlang sich den Gurt ihrer Tasche über die Schulter. „Das Taxi wartet auf mich. Du musst mich nicht hinausbegleiten." Als sie zur Tür ging, schloss sie sie auf. Sie hielt inne und warf einen Blick über die Schulter. „Ach, überweise mir doch gleich eine Million."

Die Eingangstür war kaum hinter Candra ins Schloss gefallen, da stürzte Margo in Carsons Büro. Ihr Gesicht war bleich und starr. „Du Idiot", fuhr sie ihn an. „Du verfluchter dämlicher Idiot. Du denkst nur mit deinem Schwanz."

„Halt die Klappe", erwiderte er knurrend und sprang aus seinem Sessel auf. „Hast du etwa an der Tür gelauscht?"

Sie trat an den Schreibtisch und drückte einen Knopf an der Gegensprechanlage. „Ich habe die Gegensprechanlage eingeschaltet, nachdem ich erfahren habe, dass sie hier auftauchen würde. Du hältst dich für klug, aber du achtest nie darauf, ob die Gegensprechanlage läuft."

Er packte sie am Arm. Seine kräftigen Finger bohrten sich in ihr Fleisch. „Sprich nicht in diesem Ton mit mir", warnte er sie.

„Sonst passiert was? Lässt du dich scheiden? Das glaube ich kaum." Sie befreite sich aus seinem Griff und nahm den Umschlag an sich, den Candra dagelassen hatte. Carson wollte ihn ihr entreißen, doch Margo wich zurück und öffnete ihn. Sie zerrte die Bilder heraus.

Während sie sie betrachtete, erschienen hässliche rote Flecken auf ihren Wangen. Sie blätterte durch die Fotos, und ihr Mund verzog sich. Unvermittelt wirbelte sie herum, holte aus und schlug ihm mit voller Wucht ins Gesicht. Sein Kopf schleuderte unter der Heftigkeit des Schlages zur Seite.

Langsam wandte er sich ihr zu und sah sie an. Sein Gesicht war weiß, bis auf den Abdruck ihrer Hand. Seine Augen schienen zu glühen.

Margo zitterte. „Du bist schlimmer als ein Idiot. Du bist der idiotischste Egomane, den ich je kennengelernt habe. Und das will was heißen, denn immerhin gilt es, meinen Vater zu übertreffen. Ich habe es nicht all die Jahre mit dir ausgehalten, damit du jetzt, kurz vor der Wahl, alles vermasselst. Du musst etwas tun."

„Ich werde ihr das verdammte Geld geben. Ich habe keine andere Wahl."

„Und wenn sie mehr will?"

„Ich werde mich darum kümmern. Halt einfach deinen verfluchten Mund. Ich bin nicht in der Stimmung für deine Scheiße."

„Pech." Sie schmiss ihm die Bilder ins Gesicht. Die Hochglanzfotos flatterten zu Boden. „Ich hoffe, du hast wenigstens einen Aidstest machen lassen, wenn du schon wild durch die Gegend vögelst."

„Sei nicht albern. Wie lange, glaubst du, würde das geheim bleiben?"

Vor Wut hätte sie beinahe laut aufgeschrien. „Du setzt also lieber mein Leben aufs Spiel, als das Risiko einzugehen, dass jemand herausfindet, dass du dich auf Geschlechtskrankheiten untersuchen lässt?", sagte sie mit zitternder Stimme. „Du machst dir Sorgen über ein blödes Taschentuch. Wie, zur Hölle, kannst du wegen eines Taschentuches so vorsichtig sein, dich aber andererseits beim Sex mit einem Mann fotografieren lassen? Das sind übrigens tolle Bilder. Das Einzige, was noch lächerlicher ist als dein Gesichtsausdruck, als du es ihm besorgt hast, ist dein Gesichtsausdruck, als er dich von hinten nimmt. Rotes Gesicht, Mund offen ..."

Mit dem Handrücken schlug er ihr so hart ins Gesicht, dass sie gegen den Schreibtisch fiel. Es war ein so befriedigendes Gefühl, dass er sie noch einmal schlagen wollte. „Halt den Mund", presste er zwischen zusammengebissenen Zähnen hervor. „Wir haben Koks geschnupft. Sonst wäre es nie passiert."

Langsam richtete Margo sich auf und strich sich über die schmerzende Wange. Ihre Hüfte, mit der sie gegen den Schreibtisch gestoßen war, tat weh. Hass und Ekel vermischten sich in ihrem Innersten. „Ich nehme an, dir ist nie in den Sinn gekommen, keine illegalen Drogen zu nehmen. Davon gibt es auch ein Foto. Würde sich das in den Abendnachrichten nicht hervorragend machen?"

„Sie wird die Bilder nicht veröffentlichen. Wenn sie das tut, hat sie keine Mittel mehr, noch mehr Geld von mir zu erpressen." Zumindest das war für ihn sicher. Es war nie verkehrt, davon auszugehen, dass ein Mensch seine eigenen Interessen schützte.

„Du kannst nicht wissen, was sie tun oder lassen wird", erwiderte Margo scharf. „Deine Erfolgsbilanz ist bisher kein Grund, stolz zu sein. Du musst dich um diese Sache kümmern, und du musst es schnell tun. Biete ihr zwei Millionen für die Originale."

„Und du nennst mich einen Idioten", höhnte er. „Wir werden uns nie sicher sein können, ob sie mir tatsächlich die Originale aushändigt. Und selbst wenn sie es macht, können durchaus noch Kopien existieren."

„Dann solltest du dir etwas überlegen." Sie atmete schwer. „Und zwar schleunigst."

7. KAPITEL

Richard hatte kein Büro in der Innenstadt. Stattdessen hatte er das Souterrain seines Stadthauses in einen kleinen Bürokomplex umgebaut. Es gab ein Arbeitszimmer für ihn, mit einem hochmodernen Computer, von dem aus er seine Zauberei an der Börse betrieb; kleine Büros für seine beiden Mitarbeiter; eine winzige Küche; zwei Bäder, von denen eines von seinem Arbeitsbereich abging, während seine Mitarbeiter sich das andere teilten; zwei Räume für Vorräte und Akten. Diese Lösung war sehr praktisch, wenn er einmal bis spät in die Nacht oder die ganze Nacht lang arbeiten wollte.

Jeden Tag hatte er ein Ziel: so viel Geld wie möglich zu verdienen.

Den Großteil seines Lebens als Erwachsener hatte er damit zugebracht, Reichtum anzuhäufen. Er hatte die Herausforderung genossen, den Markt einzuschätzen und Entwicklungen vorherzusehen, doch die Freude daran war mäßig. Er kannte Bedürftigkeit, und sie hatte ihm nicht gefallen. Sowie er alt genug gewesen war, damit er etwas an seiner Situation ändern konnte, hatte er sein Zuhause verlassen. Er war in die Army eingetreten und hatte sich darangemacht, Fähigkeiten zu erlernen, die es ihm erlaubten, viel Geld zu verdienen. Aber er hatte nicht schnell genug gelernt. Pops, sein Großvater, war gestorben, bevor Richard etwas hatte tun können, um die drückende Armut auf der kleinen Farm in Westvirginia zu lindern, auf der er geboren und aufgewachsen war. Zumindest waren die letzten Jahre seiner Mutter besser gewesen. Wenn sie einen Garten angelegt und bepflanzt hatte, dann nur, weil sie es gewollt hatte, und nicht, weil sie dazu gezwungen gewesen war, damit sie etwas zu essen hatte.

Armut rieb einen Menschen auf, machte ihn zu einem sozialen Schmarotzer, oder sie machte ihn stark. Pops hatte die Sozialhilfe als Almosen abgelehnt. Stattdessen hatte er seinen kleinen Hof bewirtschaftet und auch sonst jede Arbeit angenommen, die er hatte kriegen können. Richards Mutter hatte zusätzlich genäht und gebügelt. Als er selbst alt genug gewesen war, hatte Richard nicht nur auf der Farm mit angepackt, sondern sich noch weitere kleine Jobs gesucht. Er hatte Rasen gemäht, hatte geholfen, Heu zu schneiden und einzuholen, hatte gelegentlich in einer Tischlerei gearbeitet, wo Zweck und Funktionalität wichtiger gewesen waren als das Äußere.

Von seinem Vater hatte er nur ein verschwommenes Bild im Kopf, vielleicht von Wunschdenken geprägt. Außerdem gab es ein Grab auf einem kleinen Friedhof, das er ein paarmal im Jahr besuchte. Von seinem Großvater dagegen hatte er gelernt, dass Männer nicht den ganzen Tag auf dem Sofa lagen, Bier tranken und einmal im Monat die „verdammten staatlichen Almosen" einsteckten, wie der alte Mann sie genannt hatte. Nein, Männer gingen aus dem Haus und arbeiteten. Also arbeitete Richard, und er arbeitete hart. Nur die Stärksten überlebten. Man gab entweder auf, oder man kämpfte wie besessen, damit man etwas im Leben erreichte.

Er hatte sich seiner Wurzeln nie geschämt, seiner Herkunft aus ärmlichen Verhältnissen. Diese Wurzeln hatten ihn stark gemacht. Candra war das allerdings so unangenehm gewesen, dass sie immer nur erzählt hatte, er stamme „aus Virginia". Wenn er sie gelassen hätte, hätte sie eine Südstaatenvilla erfunden und behauptet, einer seiner Vorfahren hätte die Unabhängigkeitserklärung mit unterzeichnet.

Er hatte Schritte ergriffen, damit sichergestellt war, dass er nie wieder arm sein würde. Seine Investitionen waren breit gefächert, um dem Auf und Ab an den Börsen standzuhalten, und er hatte Geld in Edelsteine und wertvolle Metalle gesteckt, weil er der Pleite nach einem Börsencrash vorbeugen wollte. Es war wie ein Rausch, eine Herausforderung, ein Spiel, kleine Details, Informationsfetzen zu sammeln und dann zu entscheiden, welche Aktien im Wert steigen würden und welche in Schwierigkeiten waren. Er schien einen sechsten Sinn dafür zu haben, und er hatte schon vor langer Zeit die Menge an Geld verdient, die er für „ausreichend" hielt. Trotzdem mischte er noch immer an der Börse mit und wurde stetig reicher.

Es nagte an Candra, dass sie nicht einen größeren Teil seines Vermögens für sich haben konnte.

Der Gedanke an sie hinterließ einen bitteren Nachgeschmack auf seiner Zunge. Am Anfang hatte er sie vermutlich geliebt, auch wenn sie wie die Börse nur eine Herausforderung dargestellt haben mochte. Mit dem Abstand von zehn Jahren betrachtet, konnte er sich nicht mehr genau daran erinnern, was er für sie empfunden hatte, auch wenn er noch wusste, was ihn angezogen hatte. Candra war sehr attraktiv – das war sie noch immer –, hatte einwandfreie soziale Referenzen, hinter denen Geld und ein guter Name standen, und war mit einer kontaktfreudigen, freundlichen Persönlichkeit gesegnet. Wenn überhaupt, war sie *zu* freundlich. Vor allem was Männer betraf.

Ihre Ehe hatte schon in Schwierigkeiten gesteckt, als er zum ersten Mal von ihren Affären erfahren hatte. Von dem Zeitpunkt an war ihm ihre Untreue egal gewesen und die Beziehung nicht mehr so wichtig, um irgendetwas dagegen zu unternehmen. Sie dachte, er wüsste nur von einem Geliebten, doch so naiv war er nicht. Er hatte es sich zur Aufgabe gemacht, im Laufe der Jahre über all ihre Affären im Bilde zu sein. Er wusste von Kai. Er wusste von Carson McMillan. Er wusste über all die Künstler Bescheid, mit denen sie geschlafen hatte, und er wusste, welche Bekannten den Weg in ihr Bett gefunden hatten. Obwohl sie ihm gleichgültig geworden war, hatte er noch manchmal Sex mit ihr gehabt und dabei immer ein Kondom benutzt, auch wenn sie die Pille genommen hatte. Sie hatte nie nach dem Grund gefragt. Er schätzte, dass es ihr klar war.

Unglücklicherweise rissen Kondome manchmal. Vor zwei Jahren war genau das passiert. In Verbindung mit den Antibiotika, die Candra zu der Zeit verschrieben bekommen hatte, war das ausreichend gewesen, damit sie schwanger geworden war. Nicht, dass sie ihm das damals erzählt hätte. Stattdessen hatte sie das Baby abtreiben lassen.

Er wollte Kinder, hatte immer welche gewollt. Als sie gerade frisch verheiratet gewesen waren, hatte Candra warten wollen. Damals hatte er zugestimmt, weil seine finanzielle Situation noch nicht so gefestigt gewesen war, wie er es sich gewünscht hätte, ehe er eine Familie gründete. Doch schließlich hatte er sich dazu bereit gefühlt, aber da hatte Candra bereits einige Affären hinter sich gehabt, und er hatte das Interesse verloren, mit ihr Kinder zu haben. Nachdem sie ihm jedoch erzählt hatte, was sie getan, die Worte wie Waffen eingesetzt hatte, war er tief verletzt gewesen und hatte um das verlorene Leben getrauert. Von der Sekunde an hatte er sie gehasst.

Er hatte keine Nacht mehr mit ihr unter einem Dach verbracht, sondern ihre Sachen gepackt und sie in ein Hotel verfrachtet. Sie hatte geweint, geflucht und geschworen, dass es nicht wirklich geschehen wäre und sie das nur behauptet hätte, um ihm wehzutun. Noch in derselben Nacht hatte er einen Schlüsseldienst angerufen, damit die Schlösser in seinem Stadthaus ausgewechselt wurden. Candra hatte sich mit ihm absprechen müssen, um ihre restlichen Habseligkeiten aus dem Haus zu holen. Das war eine Demütigung gewesen, die sie maßlos geärgert hatte.

Er wusste, dass sie all ihren Freunden und Bekannten erzählt hatte, die Scheidung wäre eine einvernehmliche Entscheidung gewesen. Es war ihm egal, was sie verbreitete. Er wollte die Scheidung einfach nur hinter sich bringen und sie nie mehr wiedersehen. Das hätte er schon vor Jahren tun und sich nicht im Streben nach noch mehr Reichtum verlieren sollen. Eine ganze Weile war ihm tief im Inneren schon klar gewesen, dass die Zeit kommen würde, wenn er sie ansehen und erkennen würde, dass er es keine Sekunde länger aushalten könnte, in dieser geheuchelten Ehe zu leben. Er hatte seine eigenen Gründe gehabt, bei ihr zu bleiben, hatte sie sexuell benutzt – ohne Gefühle, als wäre sie eine Fremde. Und das war der Grund, warum sein Kind tot war. Er hätte sie schon lange verlassen sollen, bevor das neue Leben gezeugt worden war.

In letzter Zeit war er ruhelos gewesen, erfüllt von dem Gedanken, dass es Zeit war, weiterzuziehen und etwas Neues zu beginnen. Dank Aktien hatte er seine Millionen gemacht, aber er hatte ganz sicher nicht vor, den Rest seines Lebens auf einen Computerbildschirm zu starren und Gewinnspannen, Angebote und Nachfragen zu analysieren. Es war keine Herausforderung mehr für ihn, und er war ein Mensch, der den Reiz brauchte, um aufzublühen. Die Jahre bei der Army hatte er genossen, weil das besondere Training für die Ranger und das Gefühl ihn fasziniert hatten, sich in Situationen, in denen es um Leben und Tod ging, selbst austesten zu können. Er hätte beim Militär Karriere machen können, doch er war von dem Ziel angetrieben worden, möglichst viel Geld zu verdienen, damit seine Mutter und sein Großvater ein unbeschwertes Leben haben konnten.

Die Mission hatte er erfüllt. Es war Zeit, nach vorn zu schauen.

Sweeneys Gesicht tauchte vor seinem inneren Auge auf, und er lehnte sich lächelnd in seinem Sessel zurück. Das *war* eine neue Herausforderung.

Nach Candras sehr lockerer moralischer Einstellung zum Thema Treue gab Sweeneys Weigerung, mit ihm auszugehen, weil die Scheidung noch nicht durch und er noch verheiratet war, ihm das Gefühl, etwas Reines in den Armen zu halten. Seine Mutter und sein Großvater hatten dieselbe strikte Einstellung vertreten und eine klare Auffassung von Richtig und Falsch gehabt. Die Vorstellung, alles zu tun, was man wollte, weil man es wollte, war ihnen fremd gewesen. In ihrer Generation und auf dem Land war diese Haltung nichts Besonderes. Doch wie war Sweeney dazu gelangt?

Weil er alles über sie wissen wollte, hatte er sich ein Antragsformular für die Wohnung zufaxen lassen, das sie ausgefüllt hatte. *Paris Samille Sweeney, Alter einunddreißig, Künstlerin.* Sie hatte nicht gelogen, was ihren Namen betraf – obwohl er wetten wollte, dass sie zusammenzuckte, wenn sie darüber nachdachte, wie anmaßend es klang, Künstlerin zu sein und Paris als Vornamen zu haben. Andere Künstler in ihrer Situation hätten dieses sicherlich noch bewusst hochgespielt. Sie hingegen ignorierte ihren Vornamen so konsequent, dass sie fast nur noch unter ihrem Nachnamen bekannt war.

Der Beruf ihrer Mutter war zwar auch Künstlerin, aber er kannte ihren Namen nicht, obwohl er sich nach zehn Jahren Ehe mit Candra sehr gut in der Kunstszene auskannte. Der Name von Sweeneys Vater war ihm dagegen ein Begriff; der Mann war in Hollywood leidlich berühmt. Als nächster Angehöriger war nur ein Bruder vermerkt. Richard fragte sich, warum sie nicht ihre Eltern aufgelistet hatte.

Nackte Tatsachen allein reichten nicht. Er wollte sie kennenlernen, wollte wissen, was sie gern zum Frühstück aß, wie ihr Lieblingsbuch oder ihr Lieblingsfilm hieß und ob sie ausgestreckt im Bett lag und schlief oder zusammengerollt. Er wollte sie ausziehen und die ganze Nacht auf ihr und in ihr verbringen. Ihm war klar, dass auch sie ihn wollte, auch wenn ihr eigenes Verlangen sie zu ängstigen schien. Wieder lächelte er, sowie er sich an den Ausdruck auf ihrem Gesicht erinnerte, als sie vor ihm zurückgewichen war, als wäre er eine Stange Dynamit. Es würde ein großer Spaß werden und zugleich unglaublich frustrierend. Zwei Tage lang war er schon erregt, und die Erektion machte noch immer keine Anstalten zu verschwinden. Er musste nur an Sweeney denken, und sein Penis begann zu pulsieren. Und er konnte an nichts anderes denken. Die Enthaltsamkeit des vergangenen Jahres war schon schwer genug gewesen, und jetzt wurde sie unerträglich.

Was die innere Einstellung und das Verhalten betraf, war sie das völlige Gegenteil von Candra. Candra war sich ihrer Schönheit, ihrer Erscheinung bewusst und unterstrich durch ihre Kleidung das, was sie vermitteln wollte. Sweeney hatte keine Ahnung, wie hübsch sie war. So wie es aussah, zog sie das an, was ihr gerade in die Hände fiel und bequem war. Candra bewegte sich sicher auf dem gesellschaftlichen Parkett. Sweeney war nicht fähig, die Spielchen der Gesellschaft mitzuspielen, falls sie diese überhaupt erkannte. Candra war gesellig – Punkt.

Sweeney war eine Einzelgängerin. Wenn er sie dazu bringen wollte, ihn in ihr Leben zu lassen, würde er Durchhaltevermögen und einen raffinierten Plan brauchen – vor allem Durchhaltevermögen. Candras Haltung zu Sex war locker und freizügig, während Sex für Sweeney etwas so Besonderes war, dass sogar ein Kuss sie erschreckte.

Er wollte sie. Im Bett, außerhalb des Bettes. Wenn er sie nicht zu einer Beziehung überreden konnte, um sie zu verführen, musste er sie verführen, um sie zu einer Beziehung zu überreden. Er wollte nicht nur einfach mit ihr schlafen. Er wollte Zeit mit ihr verbringen. Sie war die einzige Frau, mit der er die Abendnachrichten schauen wollte, nur um ihre Sicht der Dinge zu erfahren. Sweeney lief vielleicht in derselben Parade des Lebens, doch sie bewegte sich ganz sicher in einem anderen Rhythmus.

Und Candra störte.

Er nahm das Telefon und rief seinen Anwalt Gavin Welles an. Augenblicklich wurde er durchgestellt. „Es dauert schon viel zu lange", sagte er ohne großes Vorgeplänkel. „Bring es zu Ende."

„Wenn man die Höhe deines Vermögens betrachtet, ist ein Jahr keine lange Zeit. Gedulde dich", riet Gavin ihm. „Du bist in einer guten Position, und früher oder später wird Candra einsehen, dass sie ein Vermögen für Anwaltskosten aus dem Fenster schmeißt. Sie wird einlenken, damit ihre Verluste sich in Grenzen halten."

„Ich werde ihre Verluste jeden Tag, den sie die Entscheidung länger hinauszögert, vergrößern. Ruf ihre Anwältin an und sag ihr, dass ich die Höhe der Abfindung jeden weiteren Tag, den es dauert, um zehntausend Dollar reduzieren werde. Falls sie die Papiere nach fünf Tagen noch immer nicht unterschrieben hat, werde ich mein Angebot zurückziehen, ihr die Galerie zu überschreiben."

Gavin schwieg einen Moment lang. „Sie wird bis zum bitteren Ende um die Galerie kämpfen, und das weißt du auch."

„Und *sie* weiß, dass sie am bitteren Ende verlieren wird. Ich will sie nicht mehr in meinem Leben haben. Das ist mein Ernst, Gavin. Ich hätte sie schon vor Monaten zum Handeln zwingen sollen, aber ich wollte tun, was ich für richtig hielt. Das ist jetzt vorbei. Richte das ihrer Anwältin aus." Damit legte er auf und lehnte sich grimmig zurück.

In seinem Büro in der Innenstadt zuckte Gavin Welles mit den Schultern und rief Candras Anwältin Olivia Yu an. Als sie von Richards Ultimatum hörte, hätte ihr Ausbruch beinahe Gavins Trommelfelle zum Platzen gebracht. „Dieser Bastard! Ist das sein Ernst?"

„Sein völliger Ernst", erwiderte Gavin.

„Woher, zum Teufel, kommt dieser Sinneswandel? Ich hätte Candra irgendwann davon überzeugen können, dass sie kein besseres Angebot bekommen wird. Sobald sie das hier allerdings erfährt, geht sie an die Decke. Es muss schon eine neue Frau in den Startlöchern stehen."

Selbstverständlich hatte Gavin schon über diese Möglichkeit nachgedacht, doch er war zu diskret, um das Olivia gegenüber zuzugeben. „Nicht dass ich wüsste."

„Blödsinn. Er hat schon eine kleine Gespielin, die nur darauf wartet, endlich aus ihrem Versteck zu kommen. Und Ihnen ist das auch klar."

„Und falls es so wäre?" Richard hätte jede Nacht mitten auf dem Time Square mit einer anderen schlafen können, ohne dass es seine Position geschwächt hätte.

Olivia wusste das. Nur Candras Zögern, sich mit einem – wie sie fand – lächerlich geringen Betrag abzufinden, hatte sie davon abgehalten, die Papiere zu unterzeichnen. Olivia hatte versucht, ihr zu erklären, dass sie nicht auf mehr hoffen konnte. Candra hatte jedoch verzweifelt darauf bestanden, mehr Geld zu brauchen. „Also gut, ich werde sie anrufen. Sie sollten besser unter dem Schreibtisch Deckung nehmen."

„Was?"

Anders als Olivia erwartet hätte, war Candras Reaktion kein wütender Schrei, sondern nicht mehr als ein entsetztes Flüstern. Olivia wiederholte die Bedingungen.

„Das kann er nicht machen! Wir haben uns schon geeinigt …“

„Du hast die Papiere noch nicht unterschrieben“, erwiderte Olivia. „Juristisch gesehen ist er nicht an sein Angebot gebunden, weil du es abgelehnt hast. Er kann tun, was er will.“

„Aber die Galerie gehört *mir*. Ich bin diejenige, die die neuen Künstler sucht, die ihnen einen Ruf verschafft und die die Galerie zu einem gewinnbringenden Unternehmen gemacht hat. Er kann sie mir nicht wegnehmen!“

„Mit seinem Geld wurde das Gebäude gekauft. Mit seinem Geld wurde die Galerie eröffnet, sein Geld steht hinter der Galerie. Sein Name steht auf allen Schecks, mit denen die Rechnungen beglichen werden. Ein kluger Anwalt – und Gavin Welles *ist* klug – kann glaubhaft rüberbringen, dass Richard die treibende Kraft hinter der Galerie ist und dass du nicht mehr als eine hübsche Schaufensterdekoration bist. Du hättest die Galerie auf deinen Namen überschreiben lassen sollen, doch das ist jetzt zu spät.“ In ihrem Job sah Olivia jeden Tag, wie unglaubliche finanzielle Dummheiten begangen wurden.

„Das hätte ich getan, falls irgendetwas auf dieses Ende hingedeutet hätte“, entgegnete Candra. Ihre Stimme klang angespannt. „Wir waren glücklich, und alles war gut, dann kam der Streit, und am nächsten Tag hat er die Scheidung eingereicht. Ich hatte keine Zeit, mich zu schützen.“

Es wäre Zeit gewesen, sich darum zu kümmern, als alles noch in Ordnung war, fand Olivia. Allerdings war es sinnlos, sich jetzt darüber den Kopf zu zerbrechen, denn es war Schnee von gestern. Sie fragte sich, worum es in dem Streit gegangen sein mochte; Candra hatte es ihr nie anvertraut. Doch es musste schlimm gewesen sein, wenn es ein so abruptes und endgültiges Ende nach sich gezogen hatte. Was auch immer der Grund gewesen war, Richard war bei den gemeinsamen Terminen kühl, beherrscht und absolut unnachgiebig gewesen. Er hatte sich in keinem einzigen Punkt kompromissbereit gezeigt, und nun nahm er eine noch entschiedenere Position ein.

„Ich werde mit ihm sprechen", meinte Candra. Sie klang, als stünde sie kurz davor, in Tränen auszubrechen.

„Candra …" Olivia seufzte. „Was soll das bringen? Nenn mir auch nur eine Sache, in der er sich hätte umstimmen lassen. Unterschreibe die Papiere, ehe du noch weitere zehntausend Dollar verlierst."

„Ich werde ihn dazu bringen, die zehntausend wieder einzusetzen. Ich … ich verspreche, die Papiere zu unterzeichnen, wenn er das tut."

Candra legte auf und schloss die Augen. Ihr war übel, so übel, dass sie glaubte, sich übergeben zu müssen. Vor einem Jahr noch waren zehntausend Dollar nicht mehr als ein Taschengeld für sie gewesen, aber jetzt war dieses Geld unentbehrlich. Sie hatte nichts von Carson gehört, doch andererseits hatte sie auch noch nicht damit gerechnet. Erpressung war keine sichere Sache, und bis Carson nicht die Million überwies, konnte sie es sich nicht leisten, auch nur auf einen Cent zu verzichten. Was sollte sie tun, wenn er sich weigerte, auf die Erpressung einzugehen und das Geld zu bezahlen? Die Fotos zu veröffentlichen würde seine Karriere ruinieren und wegen des Drogenmissbrauchs vielleicht sogar eine polizeiliche Untersuchung nach sich ziehen, allerdings würde es ihr kein Geld einbringen. Im Gegenteil – es würde die Drohung zunichtemachen. Ihre einzige Hoffnung war, dass er die öffentliche Bloßstellung genug fürchtete, um zu bezahlen.

Gott, was war nur plötzlich mit Richard los? Als er vor zwei Tagen in die Galerie gekommen war, war er so kalt und stur wie immer gewesen, doch obwohl er ihr Druck gemacht hatte, die Papiere zu unterschreiben, hatte er keine Drohungen ausgestoßen. Ihr blieb keine Wahl, was ihre Unterschrift betraf. Und jetzt erst recht nicht mehr. Warum fuhr er plötzlich diese schweren Geschütze auf?

Es musste einen Grund dafür geben. Richard tat nichts ohne Grund. Er war der nüchternste, logischste Mensch, den sie je kennengelernt hatte. Während ihrer Ehe hatte ihr genau das Sicherheit gegeben. Was auch geschehen war, sie hatte sich immer auf Richard verlassen können. Er hatte immer gewusst, was man in welcher Situation am besten machte.

Dieses Ultimatum war kein Bluff. Er würde genau das tun, was er ihr angedroht hatte. Er wollte, dass die Papiere unterzeichnet wurden und dass die Scheidung endlich durch war. Die Frage war: warum jetzt? Warum nicht vor zwei Tagen oder vor zwei Monaten? Er hätte jederzeit darauf drängen können, und das Ergebnis wäre dasselbe gewesen.

Es gab einen dringenden Grund. Einen Grund, den es vor zwei Tagen noch nicht gegeben hatte. Es musste mit einer Frau zusammenhängen. Dass sie von keiner Frau erfahren hatte, mit der er seit ihrer Trennung zusammen gewesen war, bedeutete nicht, dass er wie ein Mönch gelebt hatte. Sie kannte Richards sexuellen Appetit und hatte häufig genug erlebt, dass Frauen sich magisch von ihm angezogen fühlten, als würde er unbewusste Signale aussenden, dass er es langsam und oft wollte. Außerdem hatte er einige lächerlich altmodische Ansichten; falls er versehentlich eine Frau geschwängert hätte, hätte er darauf bestanden, sie auch zu heiraten. Das war noch etwas, das sie über Richard wusste, dachte sie bitter: Er nahm eine Schwangerschaft nicht auf die leichte Schulter.

Andererseits beging er einen Fehler kein zweites Mal. Unfälle passierten, aber er würde ohne Zweifel inzwischen noch vorsichtiger sein.

Nein, wahrscheinlich war er an einer anderen Frau interessiert. Candra malte sich aus, wie eine andere ihren Platz einnahm, in ihrem Bett schlief, mit Richard aufwachte, mit ihm frühstückte. Sie wollte schreien. Sie hätte alles getan, um die Zeit zurückzudrehen, um das letzte Jahr ungeschehen zu machen, doch sie konnte es nicht. Und sie musste aufhören, ihre Zeit mit unnützer Reue zu vergeuden. Sie musste nachdenken.

Sweeney. Natürlich!

Ihre weibliche Eingebung sagte ihr, dass sie recht hatte. Sie hatte sich wegen der Anziehung, die aufgeblitzt war, oder wegen Richards Blicken in Sweeneys Richtung also nicht getäuscht.

Vielleicht bemerkte Sweeney Richard gar nicht – wenn eine Frau das konnte, dann Sweeney –, allerdings hieß das nicht, dass er sie auch nicht wahrnahm. Im Gegenteil: Er würde die Herausforderung genießen, sie in eine Beziehung zu locken.

Candra konnte das zu ihrem Vorteil nutzen. Sie wusste, dass sie das konnte.

„Du planst doch etwas", sagte Kai, als er, ohne zu klopfen, in ihr Büro kam. Sie runzelte die Stirn. Er wurde allmählich zu übermütig. Sie würde ihm bald mal die Flügel stutzen müssen.

Andererseits konnte sie mit ihm wenigstens reden. „Ich glaube, ich habe mich doch nicht geirrt, was Richard und Sweeney betrifft. Plötzlich hat er es verdächtig eilig, die Scheidung durchzubringen."

„Hat er deinen Bedingungen zugestimmt?" Kais Augen funkelten. Beim Gedanken an Geld passierte das immer.

„Nein, er spielt noch immer mit harten Bandagen. Aber ich schätze, dass ich jetzt zumindest mithalten kann."

„Du spielst mit dem Feuer", warnte er sie. „Richard wird keine Drohungen hinnehmen."

„Dann sollte er keine ausstoßen", erwiderte sie scharf.

„Ach? Welche Drohungen hat er denn ausgestoßen?"

„Vergiss es." Kai hatte keine Ahnung, dass die Galerie Richard gehörte. Wenn er es gewusst hätte, hätte er vermutlich auf der Stelle gekündigt und sie im Stich gelassen. Sie machte sich keine Illusionen über seine Loyalität. Er war jedoch eine wertvolle Bereicherung: Viele der weiblichen Kunden bewunderten ganz offen sein gutes Aussehen und seine Fähigkeiten.

„Was hast du vor?"

„Mit ihm reden." Candra erhob sich und nahm ihre teure Ledertasche, die ihr als Akten- und Handtasche diente. Glücklicherweise war sie nicht nach Hause gefahren, um sich noch umzuziehen; sie trug noch immer das konservative Kostüm, das sie für ihren Ausflug nach D. C. an diesem Morgen angezogen hatte. Sie würde jeden Vorteil nutzen, den sie hatte – egal, wie winzig er war.

„Warum rufst du nicht einfach an?“, schlug Kai vor.

„Ich würde lieber persönlich mit ihm sprechen.“ Wenn sie anrief, würde Kai vermutlich lauschen und erfahren, wie es wirklich um die Galerie stand.

„Was macht dich so sicher, dass er dich sehen will?“

Ein paarmal hatte Richard sich zu Kais boshaftem Vergnügen und Candras Ärger geweigert, sie hereinzulassen. „Oh, ich glaube, dass er mich dieses Mal erwartet.“

Richards Blick glitt über das Kostüm. „Bemühst du dich um eine Rolle am Broadway?“, fragte er und machte damit klar, dass er ihren kleinen Trick sofort durchschaute. Sie beherrschte ihre Wut. Ihr hätte klar sein müssen, wie detailorientiert er war und dass ihm alles auffiel.

„Ich hatte heute Morgen einen Geschäftstermin“, erwiderte sie. Das war nicht einmal gelogen.

Statt sie nach oben ins Wohnzimmer zu führen, brachte er sie in sein Büro im Souterrain. Ohne Worte zeigte er ihr so, dass sie nicht länger hierhergehörte – nur für den Fall, dass diese Tatsache noch einmal klargestellt werden musste. Für ihn war sie nicht mehr als ein unerledigtes Geschäft. Ein unerfreuliches, unerledigtes Geschäft.

Es überraschte sie immer wieder, wie klein und spärlich eingerichtet sein Büro war. Obwohl er natürlich durch die Größe des Stadthauses in seinen Möglichkeiten eingeschränkt war. Doch trotzdem hätte er etwas mehr mit den Möbeln machen können, oder er hätte sie in dieser Hinsicht etwas mehr machen lassen können. Alles im Büro war zweckmäßig. Sogar der große, extra für ihn gefertigte Ledersessel war praktisch und schnörkellos.

„Offensichtlich hat deine Anwältin dir meine neuen Bedingungen mitgeteilt“, sagte er kühl, nahm Platz und lehnte sich zurück. Er verschränkte die Hände hinter dem Kopf. Der Ausdruck in seinen dunklen Augen war unergründlich.

Sie setzte sich ihm gegenüber auf den Stuhl vor dem Schreibtisch und kam sofort zum Punkt. „Sweeney hat seit einiger Zeit

Probleme mit dem Malen", erklärte sie. „Gestern hat sie mir endlich ihre neuen Bilder gezeigt, aber sie ist sehr unsicher. Ich habe ihr gesagt, dass die Werke wundervoll sind, die Wahrheit ist allerdings, dass es schwierig werden wird, die Bilder zu verkaufen."

Seine Miene blieb vollkommen ungerührt. „Und das erzählst du mir, weil ..."

Verdammt, hatte sie sich geirrt? Nein, sie konnte sich nicht getäuscht haben, und sie hasste ihn dafür, dass er sie so aus dem Konzept brachte.

„Ich kenne dich, Darling. Ich habe mitbekommen, wie du sie angeschaut hast." Als wolltest du genau dort, vor allen anderen, mit ihr schlafen, dachte Candra böse. Die Eifersucht versetzte ihr einen schmerzhaften Stich, und sie schob das Gefühl beiseite.

„Mit meinen Augen?", erwiderte er ruhig.

„Versuch nicht, witzig zu sein, bitte. Ich kann ihre Karriere zerstören. Ich würde es nicht gern machen – ich mag Sweeney wirklich –, doch wenn es nötig werden sollte ..." Sie zuckte die Achseln.

„Und ich kann dich schon morgen rausschmeißen und dich in der Galerie durch jemand anders ersetzen, wenn es nötig werden sollte." Die Augen ganz leicht zusammengekniffen, beugte er sich vor. Seine Miene war nicht länger undurchdringlich. Candra konnte so deutlich den Zorn sehen, dass sie sich selbst dabei ertappte, wie sie zurückwich. „Falls du Sweeneys Karriere irgendwie schaden solltest, wird eher die Hölle zufrieren, als dass du auch nur einen Cent von mir kriegst."

„Also hatte ich recht", presste sie hervor und war trotzdem beunruhigt. Irgendwie hatte sie nicht damit gerechnet, dass er ihre Drohung mit weiteren Drohungen beantworten würde.

„Hattest du das?"

„Warum sonst sollte es dich stören?"

„Mir fallen einige Gründe ein, warum ich nicht auf einen Erpressungsversuch eingehen sollte", entgegnete er.

Sie wünschte sich, er hätte das Wort nicht benutzt. Sie wurde blass. „*So* würde ich das nicht nennen."

„Wie würdest du es denn bezeichnen? Wenn ich bezahle, siehst du davon ab, eine Karriere zu ruinieren. Das klingt für mich eindeutig nach Erpressung." Er stand auf, fasste sie am Arm und zwang sie, sich zu erheben. „Verschwinde."

„Richard, warte!"

„Ich sagte: Verschwinde." Er schob sie an seinen beiden verdutzten Mitarbeitern vorbei zum Ausgang. Vor Scham wurde sie rot.

Sie riss sich von ihm los und wirbelte herum, um ihn anzusehen. „Du wirst es noch bereuen, mich so behandelt zu haben", stieß sie hervor. In ihrer Stimme waren die unterdrückten Tränen der Wut zu hören.

„Unterschreib die Papiere", erwiderte er, machte die Tür auf und dirigierte sie hinaus. „Oder *du* wirst es bereuen."

8. KAPITEL

Ruhelos streifte Sweeney durch ihr Atelier und betrachtete Leinwände, ohne sie wirklich wahrzunehmen. Was hatte es überhaupt für einen Sinn? Sie schien die Fähigkeit verloren zu haben, ihre eigene Arbeit einschätzen zu können. Doch Candra war begeistert, also konnte sie zu diesem Zeitpunkt einfach nur alle fertigen Werke in die Galerie bringen, abwarten und weitermachen.

Sie hatte die Adresse von David und Jacob Stokes herausgefunden und ihnen die Zeichnung ihres Vaters zusammen mit einem Beileidsschreiben geschickt. Den Rest des Tages hatte sie gearbeitet – nur gearbeitet und dabei ganz automatisch Farbe auf die Leinwand gebracht, ohne darüber nachzudenken, was sie tat.

Im vergangenen Jahr waren einige sehr verstörende Dinge mit ihr geschehen. Größtenteils hatte sie sie, wie sie fand, mit bemerkenswerter Fassung bewältigt. Obwohl sie keine logische Erklärung hatte finden können, warum sie plötzlich Geister sehen konnte – sie hatte weder eine Nahtoderfahrung gemacht, noch war sie vom Blitz getroffen worden –, hatte sie doch Hinweise auf zahlreiche andere Menschen gefunden, die behaupteten, dieselbe Fähigkeit zu besitzen. Sie musste ihnen glauben. Denn warum sollte jemand versichern, Geister sehen zu können, wenn es nicht der Wahrheit entsprach? Es war nichts, das man in seinen Lebenslauf schrieb.

Aber in keinem der Bücher über paranormale Phänomene, die sie gelesen hatte, hatte sie eine Erklärung für die Todesszene entdeckt, die sie gemalt hatte. Sie erinnerte sich nicht daran, sie angefertigt zu haben, also musste sie annehmen, dass sie schlafgewandelt war und das Bild im Schlaf gemalt hatte. Nachdem sie die Zeichnung zur Post gebracht hatte, hatte sie bei der Bibliothek haltgemacht, um sich einige Bücher zum Thema Schlafwandeln zu holen. Bisher hatte sie allerdings noch keine Zeit gehabt, sie zu lesen. In einem hatte sie geblättert und erfahren, dass Menschen, die schlafwandelten, oft unter Stress standen.

Tja. Als wäre es besonders entspannend, einem Geist gegenüberzustehen. Doch sie sah die Geister schon ein Jahr lang, und in der Nacht, in der der alte Verkäufer gestorben war, hatte sie zum ersten Mal geschlafwandelt. Ein Kapitel über „Schlaf-*Malerei*" suchte sie in den Büchern vergebens.

Aber das war es nicht, was sie am meisten beunruhigte. Die Fragen auf die Antworten bei Jeopardy zu kennen, ehe sie mehr als die Kategorien wusste, war lästig, allerdings auch nicht besorgniserregend. Jeder, der die Show wie sie schon seit Jahren schaute, war vertraut mit den Kategorien und den möglichen Antworten und konnte bestimmt ab und zu richtig raten. Ihre Erfolgsquote war mit hundert Prozent zwar deutlich höher als bei anderen, aber zumindest konnte sie sich das irgendwie erklären.

Dass sie im Schlaf malte und dass sie einen toten Mann malte, von dessen Ableben sie keine Ahnung gehabt hatte, konnte sie jedoch nicht logisch begründen. Das war nicht nur Zufall, das war … eigenartig. Seltsam. Unheimlich.

Wem machte sie etwas vor? Sie kannte das Wort, das in dem Fall passte. Sie war bei ihrer Recherche über Geister darauf gestoßen.

Hellsichtig.

Sie rang ihre Panik nieder. Das machte ihr mehr Angst als alles andere, das ihr bisher zugestoßen war. Sie hatte geglaubt, ihre Situation wäre stabil, würde sich nicht verändern, stattdessen schien aber alles noch stärker zu werden. Als sie gerade gedacht hatte, die Dinge unter Kontrolle zu haben, passierte etwas Neues. Sie hatte sich daran gewöhnt, Geister zu sehen, obwohl das weder lustig noch schön war wie zum Beispiel ihre Wirkung auf Ampeln oder das Wachstum ihrer Pflanzen. Das ständige Kältegefühl war auch alles andere als angenehm, doch sie vermutete, dass das mit den Geistern zusammenhing.

Jeopardy hatte wahrscheinlich den Beginn ihrer Hellsichtigkeit markiert. Sie hatte Angst, dass das Bild über den Tod des Verkäufers nur der nächste Schritt auf dem Weg dahin war,

Massaker, Flugzeugabstürze, Hungersnöte und Plagen vorauszusehen. Was spielte es für eine Rolle, dass ihre Pflanzen traumhaft gediehen, wenn sie immer mit Bildern von Tod und Leid leben würde? Was sie am Malen am meisten schätzte, war die Erschaffung von etwas Schönem. Die Entwicklung, die gerade mit ihr vor sich ging, drohte ihr das zu nehmen.

Sie hatte es immer genossen, Single zu sein, nun allerdings wünschte sie sich zum ersten Mal, nicht alleine zu leben. Selbst eine Katze oder ein Hund wäre besser als dieses Gefühl, vollkommen auf sich gestellt zu sein und niemanden zu haben, an den sie sich wenden konnte.

Sie konnte jederzeit Richard anrufen.

Die Versuchung war fast überwältigend. Er würde sie festhalten, wie er es schon einmal getan hatte, und sie könnte warm und sicher in seinen Armen schlafen. So hatte sie noch nie für jemanden empfunden – ganz sicher nicht für ihre Eltern. Sie war in dem Bewusstsein aufgewachsen, dass sie alles selbst regeln musste und dass es keinen weichen tröstlichen Schoß gab, in den sie sich flüchten konnte. Nicht, dass Richards Schoß weich gewesen wäre; sie konnte sich noch sehr gut daran erinnern, wie hart er gewesen war. Und sein Schoß war auch nicht besonders tröstlich gewesen. Doch sie hatte sich sicher gefühlt und … geliebt. Oder zumindest begehrt.

Sie konnte ihn nicht anrufen. Es war richtig gewesen, ihn wegzuschicken, und die Gründe dafür existierten immer noch. Ihr war klar, dass ihre moralischen Grundsätze strikter waren als bei den meisten Menschen. Aber nachdem sie erlebt hatte, welchen Schaden die unbedachte Untreue ihrer Eltern angerichtet hatte, war es ein Wunder, dass sie nicht ins Kloster eingetreten war. Sie war mehr als nur ein bisschen überrascht von Richards Verlangen nach ihr, doch noch viel überraschender war ihr eigenes Verlangen nach ihm. Das war nie zuvor geschehen, und sie traute sich selbst nicht, dass sie der Sehnsucht widerstehen konnte. Der Wunsch, mit ihm ins Bett zu gehen, war so stark, dass sie beim bloßen Gedanken an ihn spürte, wie ihr Innerstes sich zusammenzog. Wenn Richard bei ihr war, würde ihr nie wieder kalt sein – davon war sie überzeugt. Jedes Mal, wenn das Kältegefühl sie erfassen würde, könnte sie auf seinen Schoß krabbeln und sich von ihm wärmen lassen. Vielleicht sogar von innen nach außen.

Wow! Sie musste sofort aufhören, in diese Richtung zu denken, oder sie wäre am Telefon, noch ehe sie wusste, wie ihr geschah. Aber sie hatte ganz deutlich das erotische Bild vor Augen: Sie saß auf ihm, während er Küsse auf ihre Brüste hauchte, mit seinen starken Händen ihre Hüften umfasste und sie auf und ab bewegte …

Oh verflucht! Hör auf, ermahnte sie sich selbst. Es gab einige wirklich ernsthafte Probleme in ihrem Leben, und sie ließ sich durch den Gedanken an Richard ablenken. Mutter Natur hatte die Karten zu ihren Gunsten gezinkt – sie hatte die sexuelle Anziehungskraft so verdammt fesselnd gemacht, dass man sie nicht ignorieren konnte, wenn man sie spürte. Andererseits war es sehr viel schöner, sich Richard nackt vorzustellen, als über Tod und Hellsichtigkeit nachzugrübeln.

Sie gestand sich selbst ein, dass sie fast damit gerechnet hätte, dass er an diesem Tag anrufen oder sogar vorbeikommen würde. Wenn sie ihn richtig einschätzte – und sie glaubte, dass sie das konnte –, war sein zweiter Vorname Beharrlichkeit. Auch wenn er zugestimmt hatte, sie in Ruhe zu lassen, hatte er deutlich gemacht, dass das, was auch immer zwischen ihnen war, noch nicht zu Ende war. Ich werde wiederkommen, hatte er gesagt, und ihr war klar, dass er es ernst meinte. Die Frage war nur, wie lange er sich gedulden würde und wann er zurück sein würde. Zu ihrer Schande musste sie zugeben, dass sie gehofft hatte, ihn an diesem Tag zu sehen.

Doch niemand hatte an ihrer Tür geklingelt, und es wurde schon Abend. In der Nacht zuvor hatte sie nicht gut geschlafen – sie war nach der Begegnung mit Richard am Vormittag und der Begegnung mit dem Geist des Verkäufers am Nachmittag ein bisschen nervös gewesen. Aber obwohl sie müde war, wollte sie nicht ins Bett. Denn es versetzte sie in Panik, die Augen zu schließen. Sie fürchtete, wieder schlafzuwandeln oder in Trance zu fallen – oder was auch immer mit ihr passiert war – und eine weitere Todesszenerie zu malen. Bisher hatte sie immer gern geschlafen, und jetzt war ihr dieses Vergnügen gestohlen worden. Der Gedanke machte sie wütend und ängstigte sie zugleich. Vor allem ängstigte er sie.

Furcht war etwas, das sie zumindest als Erwachsene nur selten empfunden hatte. Als Kind hatte sie einmal zwei Tage allein verbringen müssen, weil ihr Vater ihren Bruder zu Dreharbeiten mitgenommen hatte und ihre Mutter zu einer Party gegangen war und vergessen hatte, wiederzukommen. Damals hatte sie große Angst verspürt. Sie war erst neun Jahre alt gewesen und hatte befürchtet, dass ihre Familie sie zurückgelassen hatte und nie mehr nach Hause käme. Und mit vierzehn war einer der zahllosen Liebhaber ihrer Mutter – sein Name war Raz gewesen, das hatte sich für immer in ihr Gedächtnis eingebrannt – mit ihrer Mutter einer Meinung gewesen, dass Sweeney alt genug war, um etwas über Sex zu lernen.

Glücklicherweise waren die beiden so betrunken gewesen, dass Sweeney sich hatte losreißen und wegrennen können. Ihr Herz hatte so heftig geschlagen, dass sie gefürchtet hatte, ohnmächtig und doch noch von ihnen erwischt zu werden. Sie war in den Keller des Apartmenthauses gerannt. Zitternd hatte sie sich im Waschkeller versteckt. Dort hätte ihre Mutter nie nachgesehen, denn immerhin hatte sie zuvor auch noch nie einen Fuß in den Raum gesetzt. Eine halbe Ewigkeit hatte sie zwischen einer Waschmaschine und der Wand gekauert. Sie hatte eine Riesenfurcht gehabt, wieder ins Apartment zu gehen, da dort vielleicht immer noch Raz lauerte. Schließlich hatten Wut und Entrüstung ihre Angst überwogen. Sie hatte den Stiel eines Wischmopps gelöst und war mit dem Stock bewaffnet in die Wohnung zurückgekehrt. Sie hatte sich nicht länger im Waschkeller verkriechen wollen. Entschlossen war sie in ihr Zimmer marschiert, wo ihre Bücher und Bilder auf sie gewartet und sie getröstet hatten. Und falls irgendjemand sie belästigt hätte, hätte sie ihm so fest wie möglich mit dem Stiel auf den Kopf geschlagen.

Im Laufe der Jahre hatte sie es sich angewöhnt, sich Problemen eher zu stellen, als sich vor ihnen zu verstecken. Aber in ihrer aktuellen Situation hatte weder das eine noch das andere viel Sinn. Wie konnte man etwas vollkommen Ungreifbarem entgegentreten? Hellsichtigkeit war nichts, das man sehen oder anfassen konnte. Es war einfach *da*, wie zum Beispiel blaue Augen – entweder man hatte sie oder eben nicht. Dasselbe galt für Hellsichtigkeit.

Blaue Augen zu haben jagte ihr keinen Schrecken ein, Hellsichtigkeit schon. An sich war es schon beängstigend genug, im Nachhinein betrachtet allerdings fasste sie das vergangene Jahr als eine Art Weiterentwicklung auf – von den Pflanzen über grüne Ampeln und Geister bis hin zur Hellsichtigkeit. Wenn sie über diesen Prozess nachdachte, wagte sie nicht zu raten, was als Nächstes kommen würde. Freies Schweben? Vielleicht würde sie auch Dinge in Brand stecken, indem sie sie einfach nur mit Blicken fixierte.

Sie versuchte, es nicht zu ernst zu nehmen, allerdings ließ sie zum ersten Mal ihr Sinn für Humor im Stich.

Im Atelier herumzustreifen und sich davor zu fürchten, ins Bett zu gehen, erinnerte sie daran, wie sie sich mit vierzehn im Waschkeller verschanzt hatte. Sie schimpfte auf sich selbst. In der letzten Nacht war nichts passiert. Und nur weil ihre Angst immer mehr wuchs, je mehr Gedanken sie sich über das Malen in Trance machte, bedeutete das nicht, dass es jede Nacht geschehen würde. Vielleicht würde es ganz lange nicht mehr vorkommen – bis zum Beispiel jemand starb, den sie kannte …

Das war es. In New York starben tagtäglich viele Menschen, aber der Tod dieser Leute hatte nicht bewirkt, dass sie schlafgewandelt war und gemalt hatte. Den Hotdogverkäufer hatte sie gekannt, also hatte sein Tod sie auf unbewusste Weise berührt.

Zum ersten Mal fragte sie sich, wie er gestorben war. Nachdem sie ihn gestern gesehen hatte, war sie zu geschockt gewesen, um sich damit zu beschäftigen. Er hatte so gesund gewirkt wie jeder Geist, mit dem sie in Berührung gekommen war. Doch in der Szene, die sie gemalt hatte, war Blut aus seiner Nase geströmt. Er hatte offensichtlich eine Kopfverletzung erlitten. War er von einem Auto erfasst worden oder eine Treppe hinuntergefallen? Wie präzise war das Bild?

Sweeney zitterte. Sie wollte die Antwort auf die letzte Frage nicht wissen.

Wieder erschauerte sie. Ihr wurde klar, wie kalt ihr war. Außerdem war sie unendlich müde. Sie würde keine Minute länger wach bleiben und sich den Kopf zerbrechen über Dinge, die sich ihrer Kontrolle entzogen. Sie schlüpfte in ihren Schlafanzug und krabbelte in ihr warmes Bett. Dort rollte sie sich zusammen und wartete darauf, dass die Wärme der Heizdecke sie durchströmte.

Kurz bevor sie einschlief, kam ihr der Gedanke, dass sie keine Heizdecke brauchen würde, wenn Richard neben ihr im Bett liegen würde.

Um kurz nach Mitternacht keuchte sie auf. Mit einem Mal ging ihr Atem flach und schnell. Ruhelos zog sie an der Decke und strampelte mit den Beinen. Sie murmelte etwas Unverständliches und warf den Kopf hin und her, als wollte sie vor etwas fliehen.

In der Stille der Nacht war das unvermittelte Stoppen ihrer Atmung genauso auffällig, wie ihr Aufkeuchen es gewesen war. Eine Weile lag sie vollkommen ruhig da. Irgendwann atmete sie lang, bedächtig und sacht wieder ein und aus.

Sie öffnete die Augen und setzte sich auf. Dann schlug sie die Decke zurück, erhob sich und ging völlig geräuschlos durch ihre Wohnung. Nachdem sie ihr Atelier erreicht hatte, stellte sie eine leere Leinwand auf die Staffelei. Einen Moment lang stand sie mit schräg gelegtem Kopf vor dem Bild, als würde sie über ihren nächsten Schritt nachdenken. Schließlich wählte sie eine Farbtube aus und fing an.

Es war die Kälte, die sie weckte. Sie kuschelte sich fester in die Decke und fragte sich, ob ihre Heizdecke ausgefallen war. Selbst wenn, hätte das Nest, das sie sich gebaut hatte, die Wärme speichern müssen. Sie kämpfte sich aus der zerwühlten Decke und dem Laken heraus und rollte zur Seite, bis sie das Kontrolllämpchen der Heizdecke erkennen konnte. Zu ihrer Überraschung war das Licht an. Die Decke hätte also warm sein müssen. Sie fand eine Windung und betastete sie. Die Wärme war deutlich zu spüren, allerdings schien sie nicht zu ihr durchzudringen.

Ihr Blick fiel auf die Uhr, und sie zog überrascht die Augenbrauen hoch. Es war fast neun Uhr. Für gewöhnlich schlief sie selten länger als bis zum Morgengrauen. Sie hatte keinen Termin, also war es die Kälte, die sie aus dem Bett trieb, nicht der Zeitdruck. An der Heizung blieb sie stehen und schaltete sie so hoch, wie es ging. Anschließend tapste sie ins Bad, drehte das Wasser in der Dusche auf und stellte es so heiß ein, wie sie es aushalten konnte. Als sie aus ihrem Pyjama geschlüpft und unter die Dusche getreten war, zitterte sie vor Kälte.

Das heiße Wasser rann ihr über den Kopf und den Rücken und wärmte sie allmählich. Die Schauer hörten auf, und ihre verkrampften Muskeln lockerten sich langsam. Vielleicht stimmte mit ihr körperlich irgendetwas nicht, schoss ihr durch den Kopf. Während ihr Körper sich nach und nach entspannte, kämpfte sie dagegen an, kraftlos zusammenzusacken. Das Kältegefühl hatte ungefähr zu der Zeit begonnen, als auch die anderen seltsamen Dinge angefangen hatten, aber das bedeutete nicht, dass sie in einem Zusammenhang standen. Sie würde dem Arzt nicht alles erzählen müssen; sie musste ihm nur sagen, dass ihr ständig kalt war. Die Erkenntnis, dass sie tatsächlich mit dem Gedanken spielte, einen Arzt aufzusuchen, erschreckte sie.

Während sie sich abtrocknete, bekam sie eine Gänsehaut, als ein neuer Kälteschauer sie erfasste. Leise fluchend beeilte sie sich, in ihre Kleidung zu steigen. Das Haar nass zu machen ist nicht gerade eine gute Idee gewesen, schimpfte sie mit sich selbst. Sie besaß keinen Föhn. Ein einziges Mal hatte sie versucht, ihre

Haare zu föhnen. Das Ergebnis war katastrophal gewesen. Es hatte ausgesehen, als wären ihre Haare auf dem Kopf explodiert. Das hatte sie davon überzeugt, ihr Haar besser an der Luft trocknen zu lassen, statt es mit Hitze zu verärgern. Sie schlang ein Handtuch um ihren Kopf und stampfte in die Küche für eine Tasse Kaffee.

Das Licht an der Kaffeemaschine leuchtete nicht, dennoch war die Kanne voll. Stirnrunzelnd berührte sie die Glaskanne und erkannte, dass der Kaffee kalt war. „Verdammt", murmelte sie. Der Kaffee war pünktlich durchgelaufen, doch sie war nicht wach gewesen, um ihn zu trinken. Die Maschine stellte sich nach zwei Stunden automatisch ab – ein weiterer wirksamer Einfall eines Herstellers, sich vor Klagen von unvorsichtigen oder vergesslichen Kunden zu schützen, die ihre Kaffeemaschine eingeschaltet ließen und damit vielleicht einen Brand verursachten.

Sie schenkte Kaffee in einen Becher und stellte ihn in die Mikrowelle. Dann leerte sie die Kanne aus und setzte neuen Kaffee auf. Als sie damit fertig war, hatte die Mikrowelle bereits gepiepst. Der aufgewärmte Kaffee schmeckte grauenvoll – ein bisschen wie alte Socken –, aber er war zumindest heiß, und das war im Moment wichtiger.

In der Wohnung wurde es nicht wärmer. Ich muss Richard anrufen, damit er die Heizung reparieren lässt, dachte sie verzweifelt. Sie bückte sich, hielt die Hand über die Lüftungsschlitze und spürte die warme Luft aufsteigen. Gut, die Heizung war also nicht kaputt. Sie lief zum Thermostat, um die Temperatur zu prüfen: Es waren schon achtundzwanzig Grad, und der Thermostat ging nur bis dreißig Grad.

Ich muss nur so lange aushalten, bis mein Haar trocken ist, versuchte sie sich zu beruhigen. Das war der Grund, warum ihr an diesem Morgen so kalt war. Ihr gefiel der Gedanke nicht, das Handtuch um ihren Kopf zu lösen, doch ihr gesunder Menschenverstand sagte ihr, dass die Wärme in der Wohnung ihre Haare schneller trocknen würde, wenn sie nicht in ein Handtuch eingewickelt waren. Die Zähne zusammengebissen und innerlich auf die Kälte vorbereitet, nahm sie das Handtuch ab. Die Luft an ihrem feuchten Haar fühlte sich allerdings gar nicht so furchtbar eisig an. Vielleicht war es doch nicht so schlimm.

Mit dem Becher Kaffee in der Hand betrat sie das Bad, sprühte etwas Spray in ihr Haar, um die Locken zu entwirren, und fuhr mit den Fingern hindurch. Sie bemerkte, dass sich die Feuchtigkeit schon fast verflüchtigt hatte. Der Spiegel zeigte ein Gesicht, das weiß und vor Kälte verzerrt war. Ihre Zähne klapperten. „Reizender Anblick", murmelte sie.

Sie schenkte sich noch Kaffee in der Küche nach und machte sich dann auf den Weg in ihr Atelier. Ihre Hände bebten so stark, dass sie nicht würde malen können. Aber die Gewohnheit zwang sie dazu, ins Atelier zu gehen, also tat sie es.

Eine neue Leinwand stand auf der Staffelei.

Sweeney blieb im Türrahmen stehen. Panik ließ sie erstarren. Ihr Körper war schwer wie Blei. Nicht schon wieder. Nicht noch einer. Wen hatte sie diesmal umgebracht?

Nein! Ich habe niemanden umgebracht. Ihr Bild hatte den alten Verkäufer nicht getötet. Im Gegenteil: Sein Tod hatte höchstens das Bild verursacht. Doch wenn es nur geschah, sobald jemand starb, den sie kannte ... Sie wollte nicht wissen, wer auf dem Bild zu sehen war. Sie wollte nicht noch jemanden verlieren, den sie mochte. Was ... was wäre, wenn es Richard war?

Sie war unvorbereitet auf die Kraft des Schmerzes, der ihr Innerstes zusammenzog, der ihre Lunge brennen, der ihr Herz stocken ließ. Nicht Richard, betete sie stumm. Lieber Gott, nicht Richard.

Irgendwie gelang es ihr, einen Fuß vor den anderen zu setzen, auch wenn sie sich nicht bewusst war, sich zu bewegen. Irgendwie brachte sie sich dazu, um die Staffelei herumzugehen, die so im Raum stand, dass die strahlende Morgensonne auf das Bild fiel. Und irgendwie brachte sie sich dazu, hinzuschauen.

Die Leinwand war größtenteils weiß. Sie starrte sie an. Die Erleichterung kam so plötzlich und war so groß, dass sie es beinahe nicht erfassen konnte. Es war kein Todesszenario. Nicht

Richard. Vielleicht … vielleicht bedeutete das, dass ihre Vermutung falsch gewesen war und dass das Schlafwandeln und das Malen nicht unbedingt etwas mit dem Tod zu tun hatten. Vielleicht bedeutete es, dass es nur ein Zufall gewesen war, nur eine weitere seltsame Begebenheit, die ihr widerfahren war.

Sie hatte Schuhe gemalt. Zwei Schuhe. Einen Männerschuh und einen Frauenschuh. Der Schuh des Mannes war fast fertig, und es sah so aus, als hätte sie damit begonnen, den Fuß darin zu malen. Den Frauenschuh hatte sie nicht beendet. Es sollte offenbar ein Pumps werden, doch sie hatte aufgehört, ehe sie den Absatz gezeichnet hatte. Es gab keinen Hintergrund, keinen Hinweis auf den Ort, nichts außer den Schuhen. Nur Schuhe.

Sie lachte leise, erleichtert und froh. Sie hatte sich diese seltsamen Vorkommnisse einfach zu sehr zu Herzen genommen. Ihre Fantasie war mit ihr durchgegangen. Sie hatte sich selbst verrückt gemacht und gedacht, Richard wäre tot, obwohl es keinen Grund gab, einen so hysterischen Schluss zu ziehen.

Sie umklammerte den Kaffeebecher mit beiden Händen, um ihre Finger zu wärmen. Summend kehrte sie in die Küche zurück, da sie etwas essen und noch eine Tasse frischen Kaffee trinken wollte. Sicherlich würde ihr bald wieder warm sein, und dann könnte sie noch ein bisschen arbeiten.

Allerdings wurde das Kältegefühl immer schlimmer. Inzwischen zitterte sie so heftig, dass es ihr kaum möglich war, eine Scheibe Toast zu halten. Daran zu denken, sich einen weiteren Becher Kaffee zu genehmigen, war ausgeschlossen – sie hätte sich mit der heißen Flüssigkeit nur selbst verbrüht. Ihre Muskeln waren so verkrampft, dass es *schmerzte*. Sie schnappte sich eine Decke, setzte sich auf eine Heizung und wickelte sich in die Decke ein, um die warme Luft einzufangen.

Warum passierte es schon wieder? Warum jetzt? Wieso nicht am vergangenen Morgen? Ein einziges Mal war das Kältegefühl ähnlich stark gewesen: an dem Morgen, nachdem sie den Tod des alten Verkäufers gemalt hatte. Nein, jetzt war es noch schlimmer. Noch nie in ihrem ganzen Leben war ihr so kalt gewesen.

Es musste mit dem Schlafwandeln zusammenhängen. Einmal konnte ein Zufall sein, doch wenn es zweimal geschah, war es das nicht mehr. Sie konnte sich nicht vorstellen, was eine so extreme Reaktion hervorrief, aber im Augenblick zählte für sie nur, dass ihr endlich wieder warm wurde. Anschließend würde sie sich Gedanken über das Warum und Wie machen.

Ein heftiger Krampf wütete in ihrem linken Schenkel. Sweeney stöhnte und krümmte sich vor Schmerz, während sie den Muskel massierte. Es gelang ihr, den Krampf zu lösen, allerdings fing es im nächsten Moment schon wieder an. Sie keuchte, während sie ihr Bein knetete und es dann vorsichtig ausstreckte. Das unentwegte Zittern war der Grund dafür, dass ihre Muskeln sich verkrampften. Mittlerweile taten ihr alle Gelenke weh, alle Muskeln.

Verzweifelt begann sie zu weinen. Sie kam sich wie eine Heulsuse vor, weil sie in Tränen ausbrach, doch sie hatte solche Schmerzen, dass sie nicht anders konnte. Sie hatte nicht gewusst, dass es so schmerzhaft sein konnte, wenn man unterkühlt war. Warum gefroren die Tränen auf ihren Wangen eigentlich nicht? Sie fühlte sich, als müssten sie gefrieren, auch wenn sie wusste, dass es in der Wohnung warm war.

Richard hatte es schon einmal geschafft, sie zu wärmen. Sie konnte die Schmerzen nicht länger ertragen. Mit aller Macht wünschte sie sich, er wäre jetzt hier bei ihr.

Die Decke um sich geschlungen, kroch sie zum Telefon und nahm den schnurlosen Hörer von der Station. Sie war überrascht, wie viel Kraft es kostete, sich zu bewegen, und wie schlapp sie war. Sie spürte zum ersten Mal Angst, dass ihr Zustand wirklich ernst sein könnte und nicht nur irgendeine vorübergehende Unannehmlichkeit.

Sie kannte die Nummer nicht. Noch nie hatte sie Candra zu Hause angerufen, und sie erinnerte sich verschwommen daran, einmal gehört zu haben, dass die Privatnummer nicht gelistet war. Richards Firmennummer war allerdings herauszufinden, und sofern er keinen Termin außer Haus hatte, sollte er im Büro sein. Mühsam wuchtete sie das Telefonbuch auf ihren Schoß und blätterte ungelenk durch die Seiten mit W. „Richard Worth, Richard Worth“, murmelte sie. In einer Stadt in der Größe von New York gab es viele Männer mit diesem Namen, dennoch konnte sie ihren Richard Worth anhand der Adresse bestimmen. Ah, da war er. Sie wählte die Nummer und kuschelte sich tiefer in ihre Decke.

Eine weibliche Stimme meldete sich. „Wie kann ich Ihnen behilflich sein?“, fragte sie freundlich.

„Könnte ich mit Richard sprechen, bitte?“ Vielleicht hätte sie ihn Mr Worth statt Richard nennen sollen.

„Ihr Name?“

„Sweeney.“

„S-w-e …“

„S-w-e-e-n-e-y.“ Der Name ist nicht besonders kompliziert, dachte sie verärgert. Warum sollte jemand Schwierigkeiten haben, ihn zu buchstabieren? Allerdings klapperten ihre Zähne so heftig, dass sie wahrscheinlich schwer zu verstehen war. Das musste sie der Frau zugestehen.

„Sweeney“, hörte sie wenige Sekunden später Richards Stimme an ihrem Ohr. „Was ist passiert?“

„Woher weißt du …“, erwiderte sie schwach.

„Dass etwas nicht stimmt? Warum solltest du mich sonst anrufen?“

Sie versuchte zu lachen, schaffte es jedoch nicht. „Mir ist so kalt“, presste sie hervor und war angewidert von ihrer weinerlich klingenden Stimme. „Oh Gott, Richard. Mir ist so kalt, dass ich glaube, sterben zu müssen.“

„Ich bin gleich da.“ Sein Tonfall war leise und ruhig. „Alles wird gut.“

Weil er es gesagt hatte, klammerte sie sich an diesen Gedanken, während sie auf ihn wartete: *Alles wird gut.* Er würde bald hier sein und seine wundersame Körperwärme mit ihr teilen. „Alles wird gut“, flüsterte sie, obwohl ihre Beine wieder krampften und sie es nicht einmal mehr schaffte, zur Heizung zurückzukriechen. Tränen rannen ihr über die Wangen, und sie trocknete sie mit der Decke. Sie wollte nicht wie ein Jammerlappen weinen, wenn er kam.

Sie würde die Tür aufsperren müssen. Sie versuchte aufzustehen und sackte mit einem Aufschrei in sich zusammen, da ihre Oberschenkel sich schmerzhaft verkrampften. Sie wusste, dass sie warten sollte, bis er klingelte, und dass es gefährlich war, eine Wohnungstür unverschlossen zu lassen. Doch was wäre, wenn sie sich bis dahin überhaupt nicht mehr bewegen konnte? Sie massierte ihre schmerzenden Muskeln, grub die Finger tief in das Fleisch, um sich ein paar halbwegs erträgliche Minuten zu verschaffen. Eine Minute würde reichen – sie musste es nur bis zur Tür schaffen und sie aufschließen.

Wenn sie nicht laufen konnte, würde sie kriechen. Wenn sie nicht kriechen konnte, würde sie sich mit den Armen vorwärts schieben. Sie *würde* diese Tür erreichen.

Sie zog ihr rechtes Bein unter sich, stemmte sich hoch und atmete erleichtert durch, als sie keinen Krampf erlitt. Ihr gesamter Körper bebte heftig – zum einen wegen der Kälte und zum anderen als Reaktion auf das unaufhörliche Zittern. Sie war unglaublich schwach. Wie konnte ein Zittern so kräftezehrend sein? War es nicht ein Mittel des Körpers, Wärme zu produzieren?

Sie konnte nicht stehen. Obwohl ihre Beine im Moment nicht krampften, hatte sie einfach nicht die Energie, sich aufrecht zu halten. Sie kroch ein paar Meter weit, ehe sie auf die Seite sank. Sie keuchte vor Erschöpfung. Nach ein paar Augenblicken rollte sie sich, die Decke noch immer um sich geschlungen, auf dem Boden weiter. Wenn Babys sich so fortbewegten, konnte sie es auch schaffen.

Sie lachte über den Anblick, den sie bieten musste. Im nächsten Moment weinte sie vor Schmerzen. Nachdem sie endlich an der Tür war, streckte sie den Arm aus, um nach dem Türgriff zu fassen. Mühsam zog sie sich hoch, bis sie kniete. In der Position konnte sie gerade die beiden Zusatzschlösser erreichen. Mit letzter Kraft öffnete sie sie. Dann kauerte sie sich neben der Tür liegend zusammen und wartete auf Richard.

9. KAPITEL

Das Schrillen der Türklingel erschreckte sie. Sie hatte keine Ahnung, wie viel Zeit vergangen war. „R... richard?“

Wieder ertönte die Klingel, und ihr wurde bewusst, dass ihre Stimme zu leise gewesen war, damit man sie auf der anderen Seite der Tür verstehen konnte. Sie holte tief Luft und hielt den Atem an, um wenigstens für einen Moment das Zittern zu stoppen. „Richard“, rief sie. Den Gedanken, dass es jemand anders sein konnte, verdrängte sie.

„Ich bin da. Mach die Tür auf.“

„Sie ist o...offen.“

Er öffnete die Tür, senkte den Blick und entdeckte Sweeney auf dem Boden liegend. „Verdammt“, stieß er hervor. Seine Stimme klang leise, kontrolliert. Er knallte die Tür zu und schloss ab. Dann bückte er sich und hob Sweeney scheinbar mühelos hoch.

„Wie lange hält dieser Zustand schon an?“, fragte er, als er sie eilig zur Couch trug.

„S...seit ich aufgewacht bin. U...ungefähr seit n...neun Uhr.“

„Hier drin ist es heiß wie in der Sahara“, sagte er knurrend. Er legte sie auf das Sofa und nahm ihr die Decke ab. Mit sicheren, schnellen Bewegungen knöpfte er ihre Jeans auf und zog sie ihr aus.

„H...hey!“ Empört und wütend zu klingen, wenn die Zähne klappern, ist gar nicht so leicht, stellte sie fest.

„Keine Widerrede“, erwiderte er und befreite sie auch von ihrem Pullover. Sie trug wie immer, wenn sie zu Hause war, keinen BH. Ihre Brustwarzen hatten sich vor Kälte aufgerichtet. Sie wollte ihre Brüste mit den Händen bedecken, verwarf die Idee aber und schlang stattdessen die Arme um sich, damit sie die restliche Wärme halten konnte. Ihre Augenlider waren bleischwer.

„Schlaf jetzt nicht ein“, befahl er.

„Das w…werde ich nicht", versprach sie und hoffte, dass es keine Lüge war.

Die Socken streifte er ihr nicht ab. Nun widmete er sich seiner eigenen Kleidung. Ihr fiel auf, dass er keinen Anzug anhatte, sondern eine Stoffhose und ein Hemd. Er knöpfte mit flinken Fingern das Hemd auf und warf es achtlos beiseite. Dann schlüpfte er aus den Schuhen und löste zugleich den Gürtel seiner Hose. So schnell, wie er sie ausgezogen hatte, war auch er nackt. Seine Hose fiel auf den Boden. Er zog noch seine Socken aus und kam dann zu ihr. Behutsam legte er seine Arme um sie und kuschelte sich mit ihr an die Rückenlehne des Sofas. „Ruhig", murmelte er, als er ihr krampfartiges Zittern bemerkte, und breitete die Decke über sie beide.

Sachte schob er seine Füße unter ihre, umfasste sanft ihren Hinterkopf und bettete ihr Gesicht in seine Halsbeuge, sodass sie Luft einatmete, die vorher von seinem Körper gewärmt worden war.

Seine unerwartete Hitze war ein so großer Schock für sie, dass sie glaubte, ohnmächtig zu werden. Zuerst nahm sie nur die Wärme wahr, die sie umgab, die in sie drang und ihr bis ins Mark ging. Er hielt sie, half ihr, das Zittern zu beherrschen, und gab ihr Kraft. „Weine nicht", flüsterte er. Erst jetzt fiel ihr auf, dass ihr noch immer Tränen über die Wangen rannen. Vorsichtig trocknete er sie mit dem Zipfel der Decke.

Nach gefühlten Stunden, die aber auch nur Minuten gewesen sein konnten, hörte das Beben für einen Moment auf und erlaubte es ihr, sich zu entspannen. Sie lag schlaff in seinen Armen und atmete schwer. Doch schon im nächsten Augenblick packte das Kältemonster sie wieder mit seinen mächtigen Kiefern und schüttelte sie, bis ihr die Zähne klapperten.

Die nächste Ruhepause dauerte ein bisschen länger. Es war sogar lange genug, dass sie Hoffnung schöpfte, es könnte überstanden sein. Richards Körperwärme strömte über sie, durch sie, erreichte den eisigen Kern, auf den bisher kein Kaffee, kein heißes Wasser und auch keine Heizung eine Auswirkung gehabt hatten. Er schwitzte; sie konnte die Feuchtigkeit auf seiner Haut fühlen. Sie versuchte, sich zu strecken und ihre erschöpften, verkrampften Muskeln zu lockern, die Bewegung allerdings löste nur wieder heftiges Zittern aus.

Auch während dieses Anfalls umarmte er sie, hauchte tröstende, ermutigende Worte in ihr Ohr. Ich muss nicht ermutigt werden, dachte sie undeutlich. Richard war hier, also würde ihr früher oder später auf jeden Fall wieder warm werden. Komisch, wie überzeugt sie davon war.

Wieder wurde sie ruhig und lag entspannt in seinen Armen. Die Minuten verstrichen. Im Raum war es bis auf das Geräusch ihres Atems und das starke, gleichmäßige Pochen seines Herzens unter ihrem Ohr vollkommen still.

Sie war fast nackt, trug nur einen Slip und Socken. Er hatte noch weniger an – nur enge Boxershorts. Die Haare auf seiner Brust rieben an ihren Nippeln. Sie waren noch immer aufgerichtet und hart, obwohl ihr nicht mehr kalt war. Er ist auch sehr hart, bemerkte sie benommen und strich mit den Lippen an seiner Schultern entlang, ohne genau wahrzunehmen, was sie da tat. Und muskulös war er auch. Ihre Finger streichelten über seinen Oberarm und spürten die Kraft seiner Muskeln unter der glatten, warmen Haut. Selbst sein Bauch war hart, seine Beine athletisch und durchtrainiert.

Seine Erektion drängte sich gegen sie. Eine andere Art von Hitze erfasste sie und sammelte sich zwischen ihren Beinen. Instinktiv verlagerte sie ihr Gewicht und presste ihre Hüften an ihn. Es war eine Art Einverständnis, von dem sie wusste, dass es gefährlich war – aber die Erkenntnis kam ihr eine Sekunde zu spät. Trotzdem zog sie sich nicht zurück. Die Berührung fühlte sich zu gut und zu richtig an.

Er küsste sie auf die Stirn. Es war eine bedächtige, zärtliche Liebkosung. „Ist dir jetzt warm?“, fragte er, und sie nickte.

„Gut.“ Sein Atem strich über ihre geschlossenen Lider. „Müde?“

„Hm, ja.“

„Dann schlaf, Sweeney." Zumindest dachte sie, er hätte Sweeney gesagt. Irgendwie klang ihr Name anders, doch sie konnte es nicht erklären. Sie atmete tief ein, sog seinen warmen Duft ein und fühlte, wie irgendetwas tief in ihrem Inneren sich löste und nachgab.

Seine Hand lag auf ihrer Brust, und mit seinem rauen Daumen streichelte er über ihre Spitze. Sie hätte nie geglaubt, dass Brüste eine so intensive Quelle der Lust waren, wie es in Büchern und Filmen behauptet wurde. Bisher hatte sie nur Verärgerung empfunden, wenn ein Junge ihre Brüste angefasst, an den Brustwarzen herumgespielt und erwartet hatte, dass sie vor Verlangen wahnsinnig wurde. Dabei hatte sie ihn eigentlich nur ins Gesicht boxen wollen. Richard wollte sie dagegen nicht schlagen. Sein kreisender Daumen löste in ihren Brustspitzen ein warmes Prickeln aus, dann spürte sie eine beinahe unerträgliche Spannung, und eine heiße Woge der Empfindungen schoss von ihren Brüsten hinunter zwischen ihre Oberschenkel, explodierte dort, und eine andere Art der Hitze durchdrang sie. Sie stöhnte leise und leidenschaftlich auf.

Er wiederholte die Bewegung wieder und wieder, und das Lustgefühl wurde immer stärker, bis es irgendwann ihren Körper zu übernehmen schien. Sie glühte vor Hitze, im Inneren wie außen. Sie wiegte sich hin und her und gegen ihn wie eine sanfte, unaufhaltsame Welle. Ein schwacher Rest von Vorsicht wurde von der Flut purer sinnlicher Freude weggespült.

Er vergrub die Finger in ihrem Haar, zog ihren Kopf sanft zurück und presste seinen Mund auf ihren. Sacht, aber unaufhaltsam verstärkte er den Druck, bis sie ihre Lippen für ihn öffnete. Dann küsste er sie leidenschaftlich und nahm sie mit den rhythmischen Bewegungen seiner Zunge. Sweeney machte die Augen nicht auf, konnte sie nicht öffnen. Sie war verloren in einer Mischung aus Erschöpfung und Verlangen, die beide forderten und betörten. Mit den Händen strich sie über seinen Rücken, der vor Hitze schweißnass glänzte.

Er verlagerte ein bisschen sein Gewicht und setzte sich anders hin, sodass seine harte Männlichkeit gegen ihren Venushügel pochte. Sie spürte, wie sie leicht für ihn die Beine spreizte und wie er sich an sie schmiegte. Erschrocken zuckte sie zusammen. Die Beunruhigung wurde jedoch durch die Lust vertrieben. Durch die winzige Bewegung wurde Sweeney an seine Erektion gedrückt. Begierde durchlief ihren Körper. Wenn der Stoff der Unterwäsche nicht zwischen ihnen gewesen wäre, wäre er in sie eingedrungen, denn sie konnte das unwillkürliche Kreisen ihrer Hüften nicht unterdrücken. Er stöhnte tief auf, und der Laut vibrierte an ihrem Mund.

Sie stieß einen heiseren, keuchenden Laut aus und hätte sich in ihrer Ungeduld beinahe an ihn geklammert. Immer weiter öffnete sie die Schenkel, um seine Härte noch näher zu spüren. Wieder hatte sie Schmerzen, doch diesmal war es ein anderer Schmerz – heiß und leer, fast blind vor Leidenschaft. Richard ergriff ihre Hüften, presste und rieb sich an ihr. Alles in ihr spannte sich an, und einen unerträglichen Moment lang hatte sie das Gefühl, in Flammen zu stehen, ehe die Anspannung sich löste und sie einen wundervollen Höhepunkt erlebte. Sie hörte ihren eigenen Aufschrei, wild, aber gedämpft durch seinen Kuss. Für einen Augenblick konnte sie keinen klaren Gedanken mehr fassen.

Ihre benommenen Sinne begannen langsam, wieder zu arbeiten. Sie schwitzte, wie sie überrascht feststellte; ihr Körper schimmerte vor Schweiß. Während ihr Herzschlag sich allmählich normalisierte, schlug sein Herz noch immer schnell. Seine Berührungen waren zärtlich, als er es bequem für sie machte und ihren Kopf in seine Armbeuge bettete. „Schlaf jetzt", flüsterte er.

Sie hatte keine andere Wahl. Ihre Muskeln waren weich, sie funktionierten einfach nicht. „Ich hatte einen Orgasmus", brachte sie hervor und nahm ihr eigenes Erstaunen wahr.

„Ich weiß", entgegnete er leise lachend. Seine Belustigung klang angespannt, jedoch ehrlich. Sie kuschelte sich an ihn, atmete tief ein und war im nächsten Moment eingeschlafen.

Richard schob die viel zu warme Decke ein Stück herunter. Er wollte dieses beunruhigende Kältegefühl nicht wieder auslösen. Doch er wollte auch nicht, dass einer von ihnen beiden einen Hitzschlag erlitt. In dem kleinen Apartment war es so heiß, dass er kaum Luft bekam. Schweiß rann an ihm herunter, und er hatte die Situation mit dem, was er gerade getan hatte, nicht eben entschärft. Das Vorspiel mit Sweeney war erotischer als jeder vollzogene Akt, den er je erlebt hatte; ihre Reaktion war schnell und heftig gekommen und unglaublich verführerisch gewesen. Noch nie hatte er etwas, das ihn unbefriedigt ließ, so sehr genossen. Vermutlich hätte eine Berührung von ihr gereicht, um ihn zum Höhepunkt zu bringen.

Er hätte sie haben können. Sie hätte ihn anschließend nicht einmal beschuldigt, sie ausgenutzt zu haben. Sie war von Grund auf so ehrlich, dass sie die Verantwortung für ihr eigenes Handeln übernahm. Aber er *hätte* sie ausgenutzt, und das war ihm bewusst. Sie war beunruhigend schwach gewesen. Ihre gesamte Energie war von dem stetigen, krampfartigen Zittern aufgezehrt worden. Ihre Schutzmauern waren durchlässig gewesen, und er hätte alles mit ihr tun können, was ihm in den Sinn gekommen wäre.

Was er allerdings am meisten wollte, war, sie zu beschützen und sich um sie zu kümmern.

Er hatte keine Ahnung, wie es ihm gelungen war, sich zu beherrschen. Er schloss die Augen, als er sich an den Anblick ihrer straffen, runden Brüste mit der fast durchscheinend zarten Haut und den aufgerichteten Brustwarzen erinnerte. Diese weichen Hügel waren nun an seine Brust gepresst. Ihre Spitzen hatten sich entspannt, waren jedoch noch immer so fest, dass er sie spüren konnte.

Ihre Wangen waren inzwischen gerötet, ihre Haut war zart und glatt statt rau vor Gänsehaut. Irgendetwas stimmte nicht, doch er konnte sich nicht vorstellen, was es sein mochte. Es gab kein ihm bekanntes Krankheitsbild, das zuließ, dass Körperwärme sie erhitzen konnte, andere Wärmequellen allerdings nicht. Ihr Zustand war dieses Mal viel extremer gewesen als beim ersten Zwischenfall dieser Art. Sie hatte alle Symptome einer Unterkühlung gezeigt – sogar die verwaschene Aussprache. Deshalb hatte er sich und sie von der Kleidung befreit. Er wusste, dass der Wärmeaustausch schneller ging, wenn keine hemmende Stoffschicht zwischen ihnen war. Aber er hatte auch geahnt, was noch passieren konnte, und sich deshalb mühsam zusammengerissen, während er sie bedächtig erregt und schließlich auf den Gipfel der Lust geführt hatte.

Wenn sie aufwachen würde und sich angezogen hätte, würde er sie dazu bringen, ihren hübschen kleinen Hintern in sein Auto zu schwingen, damit er sie zum Arzt bringen konnte. Er kannte eine Reihe von guten Diagnostikern, die sie ihm zuliebe ohne Termin untersuchen würden. Obwohl er sie schon vor einigen Jahren getroffen hatte, fing er erst jetzt an, sie richtig *kennenzulernen*, die Schatztruhe ihrer Persönlichkeit zu ergründen. Und er würde nicht zulassen, dass irgendetwas diese berauschende Entdeckung gefährdete.

Sie war feucht vor Schweiß – ihrem eigenen und seinem. Die Krise war fürs Erste überstanden, und er stand kurz davor, vor Hitze ohnmächtig zu werden. Er löste sich von ihr und erhob sich. Behutsam steckte er die Decke um sie herum fest und ging dann los, um nach dem Thermostat zu suchen. Sowie er ihn entdeckte hatte, zuckte er erschrocken zusammen, als er die Temperatur ablas. Er drehte die Heizung auf vierundzwanzig Grad herunter.

Die Hitze hatte ihn durstig gemacht. Er öffnete die Schranktüren, bis er Trinkgläser gefunden hatte. Dann verharrte er vor der Spüle und trank zwei Gläser kaltes Wasser. Er sehnte sich nach einer kalten Dusche, aber er wollte sie nicht allein lassen, falls sie nur ein kurzes Nickerchen machte. Sie verdiente es, von ihm in den Armen gehalten zu werden, wenn sie nach ihrem ersten Orgasmus aufwachte.

Ihm war nicht klar, warum er sich so sicher war, dass es ihr erster Orgasmus gewesen war. Vielleicht lag es an ihrem Erstaunen. Er hatte immer geglaubt, dass sie die Männerwelt gar nicht wahrnahm. Sie schien so in ihrer Arbeit aufzugehen, dass es in ihrer Welt keinen Platz für etwas anderes zu geben schien. Und jetzt wusste er, dass seine Annahme richtig gewesen war. Sie hatte wahrscheinlich kaum Erfahrung. Und die Erfahrungen, die sie gemacht hatte, waren vermutlich lange her und mit Jungs in ihrem Alter gewesen. Wenn es so gewesen war, hatte sie nicht viel Spaß daran gehabt. Wahrscheinlich hatte sie der ganzen Sache anschließend entsagt – immerhin hatte sie Besseres zu tun. Es war ihm ein Rätsel, wieso sie sich plötzlich ausgerechnet zu *ihm* hingezogen fühlte, allerdings würde er sein Glück nicht hinterfragen.

Langsam ging er zurück ins Wohnzimmer, wo er sie im Auge behalten konnte. Der Schweiß trocknete allmählich auf seinem Körper, dennoch war er immer noch zu erhitzt, um sich wieder anzuziehen.

Als er beim letzten Mal hier gewesen war, hatte er nicht auf die Einrichtung geachtet, weil er sich fast nur auf Sweeney konzentriert hatte. Jetzt schaute er sich um. Erleichtert stellte er fest, dass die Wohnung nicht ausschließlich in Weiß oder in schwarzem Lack eingerichtet war. Ihre Möbel wirkten traditionell und funktional. Ihr künstlerisches Geschick zeigte sich in ihrer Wahl der Farben – eine dunkelblaue Schüssel, die so gestellt war, dass die Sonnenstrahlen sie trafen und zum Glühen brachten; eine hellgrüne Vase mit roten Blumen; eine lilafarbene Decke, die über einem Stuhl hing. Ihm fiel die Menge an Pflanzen auf. Offenbar hatte sie einen grünen Daumen, denn alle Pflanzen hatten glänzende üppige Blätter, und viele von ihnen blühten in unterschiedlichsten Farben – gelb und pink und rot.

Außerdem hatte sie viele Bücher. Die meisten standen in Regalen, aber einige hatte sie auf dem Couchtisch gestapelt. Er nahm eines in die Hand. Überrascht zog er die Augenbrauen hoch, während er den Titel las: *Die Geisterjäger.* Er nahm ein weiteres Buch in die Hand: *Paranormale Phänomene.* Komisch. Er hätte nicht gedacht, dass sie auf diese übernatürlichen Dinge stand. Allerdings hatte er selbst gern *Akte X* gesehen und hätte sich nicht gerade als einen ausgesprochenen Science-Fiction-Fan bezeichnet, also sollte er sich nicht über ihre Interessen wundern.

Der Titel des dritten Buches war *Geistersichtungen.* Ein anderes Buch hieß: *Die Geister unter uns.* Ganz offensichtlich war sie fasziniert von Geistern.

Er interessierte sich ebenfalls dafür – zwar nicht besonders intensiv, doch zumindest ein wenig. Nachdem sein Großvater gestorben war, hatte sich Richard auf den Weg nach Hause zur Beerdigung gemacht und eine Woche mit seiner Mutter in dem winzigen heruntergekommenen Haus gewohnt, in dem er aufgewachsen war. Die ganze Zeit über hatte er die Anwesenheit seines Großvaters gespürt. Ab und an hatte er aus dem Augenwinkel eine Bewegung wahrgenommen, aber wenn er sich umgedreht hatte, war dort niemand gewesen. Er war ein kopfgesteuerter Mensch. Allerdings bedeutete das nicht, dass er alles von sich wies, was er nicht berühren, sehen oder schmecken konnte. Schließlich konnte er auch Strom nicht direkt sehen, erfuhr aber die Auswirkungen. Und vielleicht hinterließ ein Verstorbener ja ein Energiefeld, das noch einige Zeit bestand. Zumindest hielt er es für möglich. Er musste jedoch zugeben, dass ihm in der Zeit nach dem Tod seines Großvaters vielleicht sein Gehirn einen Streich gespielt hatte: Er war so daran gewöhnt gewesen, seinem Großvater in dem Haus zu begegnen, dass er einfach *erwartet* hatte, ihn zu sehen.

Richard legte die Bücher zurück und schaute nach Sweeney. Sie schlief noch immer tief und fest. Eine Hand hatte sie unter ihre Wange gelegt. Ihre Lippen waren rosig und ihre Fingerspitzen ebenfalls.

Ihr gesamter Körper war vollkommen ausgekühlt gewesen, als er hier angekommen war. Er runzelte die Stirn. Beim ersten Mal hatte er gedacht, dass sie unter Schock gestanden hätte. Dieser Eindruck war heute noch stärker gewesen. War beide Male irgendetwas Außergewöhnliches geschehen, das eine so heftige Reaktion ausgelöst hatte? Oder sackte ihr Blutdruck ab, weil sie in einem besonderen körperlichen Zustand war? Wie auch immer – wenn sie aufwachte, würde er der Sache auf den Grund gehen.

Sie schlief über eine Stunde lang. Sowie sie anfing, sich zu rühren, schlüpfte er wieder zu ihr unter die Decke und kuschelte sich mit ihr an die Rückenlehne. Ihre Beine waren seidig, ihre Brüste wurden sanft an ihn gedrückt. Das Gefühl machte ihn schwindelig. Liebevoll strich er mit einem Finger über die Unterseite einer Brust und genoss die Zartheit. Er wollte sie schmecken, an ihr saugen, doch er war so unbefriedigt, dass ihm klar war, dass es kein Halten mehr geben würde, wenn er es tat.

Wieder regte sie sich, zog die Nase kraus und stieß einen unzufriedenen Laut aus, als würde sie es hassen aufzuwachen. Richard beobachtete sie genau, sehnte den Moment herbei, in dem sie die Augen öffnen und ihr die Erkenntnis kommen würde. Er konnte es kaum erwarten, ihre ersten Worte zu hören.

Sie streckte sich. Durch die Bewegung spürte er ihren Körper an seinem und musste die Zähne zusammenbeißen. Ihre Lider flatterten. Mit schläfrigen blauen Augen schaute sie ihn an. „Hi", murmelte sie, und ein unglaublich süßes, verschlafenes Lächeln umspielte ihre Lippen. Sie blinzelte ein paarmal, dann schärfte sich ihr Blick, und er beobachtete, wie sich ihre Augen weiteten. Sie erstarrte in seinen Armen. „Oh mein Gott", wisperte sie.

Er lachte leise und gab ihr einen Kuss auf die Schläfe. „Keine Panik." Er glaubte kaum, dass er einen weiteren Stoß ihres Knies in den Schritt überstehen würde – auch nicht, wenn es aus Versehen geschah.

Ihr Gesicht war dunkelrot. „Wir ... Ich ...", stammelte sie. Sie konnte ihn nicht ansehen. Sie legte ihre Hand auf seine Brust und zog sie dann blitzartig wieder zurück, als wäre sie über das Gefühl nackter Haut unter ihren Fingern erschrocken.

„Ist schon gut, Sweetie. Es ist nichts passiert."

„Und ob etwas passiert ist", platzte sie heraus und wurde noch röter.

„Ich habe dich erregt, bis du gekommen bist." Seine Stimme klang ruhig. „Das habe ich bewusst getan, damit dir warm wird."

„Ich würde das anders nennen", fuhr sie ihn an.

„Dann nenne es ‚Heavy Petting', um es mit einem Begriff aus

unserer Teenagerzeit auszudrücken. Mehr war es nicht, denn sonst wäre ich nicht so unbefriedigt, wie ich es jetzt bin." Sanft schob er ihr eine Locke aus dem geröteten Gesicht. „Wir müssen reden."

Sie hielt inne und blickte ihn störrisch an. Schließlich seufzte sie. „Gut. Ich will nur aufstehen und mich anziehen und dann frischen Kaffee aufsetzen ..."

„Ich fände es schöner, wenn du genau hier bleiben würdest." Sobald sie sich von ihm entfernt hätte, würde sie auch wieder ihre Schutzmauern aufbauen, und er wollte ein paar Antworten von ihr. Bis er sie hatte, wollte er dafür sorgen, dass sie so blieb, wie sie gerade war: halb nackt und ganz dicht bei ihm. Die Berührung war eine mächtige Kraft. Durch Berührungen wuchs und gedieh ein Kind, und selbst die widerspenstigste Frau wurde besänftigt. Auch auf ihn hatten Berührungen eine unglaublich starke Wirkung. Langsam strich er mit der Hand über ihren Rücken, fuhr ihre Wirbelsäule entlang und fühlte die warme glatte Haut.

Offenbar spürte sie seine Entschlossenheit, denn sie verharrte still in seinen Armen und wartete.

„Wenn du keine Erklärung dafür hast, was dich immer wieder in diesen Schockzustand versetzt, werde ich dich zu einem Arzt bringen", meinte er. „Heute noch. Selbst wenn ich dich in die Decke wickeln, dich so, wie du bist, über die Schulter werfen und hintragen muss."

Sie schnaubte empört. Dabei schaute sie ihn nicht an, sondern starrte über seine Schulter. Ihr ausweichendes Verhalten bestärkte ihn in seiner Vermutung, dass etwas vor sich ging, das diese heftigen Reaktionen auslöste. „Richard ..."

„Sweetie", erwiderte er mit derselben Ungeduld in der Stimme. Sie warf ihm einen argwöhnischen Blick zu und war sich nicht sicher, was er gesagt hatte. Er bemühte sich, nicht zu lächeln.

„Also gut", erklärte sie abrupt. „Mir ist für gewöhnlich immer kalt, allerdings nicht so wie ... nicht so wie heute."

„Oder wie vorgestern?"

„Oder wie vorgestern", bestätigte sie. „Beide Male bin ich in der Nacht zuvor schlafgewandelt." Sie presste die Lippen aufeinander und wirkte zugleich trotzig und ängstlich.

Offenbar hielt sie das für eine ausreichende Erklärung, doch Richard sah das anders. „Ich habe noch nie gehört, dass ein Mensch durchs Schlafwandeln in einen Schockzustand geraten wäre."

Der Trotz schien die Angst, die sich in ihrer Miene gespiegelt hatte, zu verdrängen. „Tja, das ist geschehen – ob du es nun glaubst oder nicht."

Ganz offensichtlich steckte noch mehr dahinter, aber sie hatte nicht vor, ihm das zu erzählen. Ohne ein weiteres Wort erhob sich Richard und klemmte die Decke um sie herum fest. Sie war nun so straff, dass Sweeney nicht einmal mehr ihre Arme befreien konnte. Dann griff er nach der Hose auf dem Boden und schlüpfte hinein.

„Hey!" Sie wand sich und versuchte mit aller Macht, sich aus der Decke zu herauszuwinden.

„Mach dir keine Mühe." Er zog den Reißverschluss hoch und schloss seinen Gürtel. „Sonst muss ich dich nur wieder einpacken, bevor ich dich zum Arzt schleife. Und du weißt, dass ich das kann und dass ich es tue. Ich bin um einiges größer als du und auf jeden Fall stärker."

„Tyrann!", schleuderte sie ihm entgegen.

„Ja, allerdings ein besorgter." Er beugte sich vor und gab ihr einen Kuss auf die Stirn.

Ob es nun die Besorgnis war oder der Kuss oder vielleicht die Erkenntnis, dass er meinte, was er sagte – er bemerkte, dass der Ausdruck auf ihrem Gesicht sich änderte. Der Blick, mit dem sie ihn bedachte, war beinahe ängstlich. „Es ist nicht nur das Schlafwandeln", presste sie hervor. Ihre Stimme war so leise, dass er sie kaum verstehen konnte. „Beide Male habe ich im Schlaf auch etwas gemalt."

Schlaf-Malerei? Neugierig nahm er auf der Ecke der Couch Platz und hielt Sweeney so zwischen seiner Hüfte und der

Rückenlehne des Sofas gefangen. „Warum sollte das bei dir einen Schockzustand auslösen?“

Sie biss sich auf die Unterlippe. „Es gab einen alten Hotdogverkäufer, der jeden Tag vier Blocks von der Galerie entfernt an der Ecke stand. Er hatte das freundlichste Gesicht, das ich je gesehen habe. Als ich vorgestern ins Atelier kam, fiel mir auf, dass das Bild, an dem ich gearbeitet hatte, zur Seite gestellt worden war. Stattdessen befand sich eine neue Leinwand auf der Staffelei. Das B…bild auf der Staffelei zeigte den Verkäufer. Ihm rann Blut aus der Nase, und eine Blutlache hatte sich um seinen Kopf gebildet. Auf dem Bild war er tot. Das war das erste Mal, dass so etwas passiert ist.“

„Dass du im Schlaf gemalt hast oder dass dir so eiskalt war?“

„Beides. An dem Nachmittag erfuhr ich, dass der alte Verkäufer tatsächlich gestorben war, obwohl ich am Tag zuvor noch mit ihm geredet hatte.“

Er wusste nicht, was er dazu sagen sollte. Ein dummer Zufall? Das sprengte die Grenzen der Logik. Doch solange sie ihm nicht mehr erzählte, konnte er es nur für einen Zufall halten. „Und heute Morgen?“

Sie stieß ein leises, raues Lachen aus. „Nachdem ich heute Morgen entdeckt hatte, dass die Leinwand wieder weggestellt worden war und ein neues Bild auf der Staffelei stand, hatte ich geglaubt, dass wieder jemand gestorben wäre, den ich kannte. Ich hatte Angst, die Leinwand anzusehen, weil ich Angst hatte – *Panik*, um ehrlich zu sein –, dass ich dich gemalt haben könnte.“

Die Bedeutung hinter diesem Geständnis jagte wie ein Blitz bis in sein Innerstes. Er ballte die Hände zu Fäusten, damit er Sweeney nicht sofort an sich zog. Er wagte es nicht, sie jetzt zu berühren, denn sonst wären sie in den nächsten Stunden nicht aus dem Bett gekommen. Der Blick, den sie ihm zuwarf, war nicht mehr abwehrend. Die Schutzmauern, die sie sonst um sich errichtet hatte, um sich vor der Welt abzuschotten, waren in diesem Moment weg.

„Und? Hast du?“, fragte er und schaffte es, ruhig zu klingen. Er hatte das Gefühl, dass sie dankbar war, dass er sich nicht auf dieses Bekenntnis gestürzt hatte.

Wieder lachte sie auf. Dieses Mal klang sie ehrlich belustigt. „Nein. Ich habe Schuhe gemalt. Zwei Stück. Einen Männerschuh und einen Frauenschuh.“

Er musste schmunzeln. „Schuhe, ja? Das könnte ein neuer Trend werden. Einige Leute könnten eine tiefere Bedeutung in zwei einsamen, nicht zusammenpassenden Schuhen erkennen.“

Verächtlich schnaubte sie: „Ja, dieselben Leute, die einen Van-Dern kaufen und glauben, dass sie etwas erworben haben, das nicht jeder mittelmäßig begabte Affe kopieren kann.“

Er musste über die Verachtung in ihrer Stimme lachen. Jetzt fühlte er sich wieder imstande, sie anzufassen. Also nahm er eine ihrer Locken und beobachtete versonnen, wie sie sich um seinen Finger wickeln ließ. Er betrachtete die Locke, rieb mit dem Daumen darüber, trennte die seidigen Strähnen und überlegte sich dabei ganz genau seine nächste Frage. Vielleicht sollte es keine Frage sein. „Verrate mir, warum du davon überzeugt warst, dass ich tot wäre, wenn du mich gemalt hättest.“

Er sah gerade rechtzeitig zu ihr, um die Angst in ihrem Blick wahrnehmen zu können. „Du wirst mich für komplett verrückt halten“, entgegnete sie.

„Probiere es ruhig aus. Ich werde dich nicht in Ruhe lassen, solange ich nicht weiß, was los ist.“

Wieder wand sie sich und starrte mürrisch die Wolldecke an. „Lass mich hier raus. Ich komme mir wie in einer Zwangsjacke vor. Und wenn ich darüber nachdenke, was ich gerade gesagt habe, ist mir das mehr als unangenehm.“

Lächelnd zog er an der Decke und lockerte sie. Sweeney wollte sie zur Seite schieben, doch da fiel ihr ein, dass sie beinahe nackt war. Also befreite sie nur ihre Arme und legte sie auf die Decke. Sie seufzte: „Seit einem Jahr geschehen seltsame Dinge.“

„Wie ‚seltsam‘?“

Sie winkte ab. „Ach, Ampeln springen auf Grün, wenn ich mich nähere, oder Parkplätze werden frei, sobald ich ankomme – solche Dinge eben."

Er zog die Augenbrauen hoch. „Sehr praktisch." Er erinnerte sich daran, dass die Fahrt von der Galerie zu ihrem Apartment nicht lange gedauert hatte. Es war ein kleines Wunder gewesen, wie der Verkehr sich vor ihnen aufgelöst zu haben schien. Es hatte ihn geärgert, weil er sich darauf gefreut hatte, mehr Zeit mit ihr zu verbringen.

„Ja, das gefällt mir auch. Und mir gefällt es auch, wie die Pflanzen aussehen. Vorher gingen sie meistens ein, aber jetzt kann ich tun, was ich will, und sie wachsen und blühen trotzdem." Sie wies auf eine Pflanze mit hübschen rosafarbenen Blüten. „Das ist ein Weihnachtskaktus. Das ist das sechste Mal, dass er in diesem Jahr blüht."

Er rieb sich über das Kinn. „Ich glaube, das ist ungewöhnlich."

„Tja, vorher ist das auch noch nie passiert."

„Was noch?" Es musste noch mehr dahinterstecken. Ampeln und Parkplätze reichten nicht aus, um sie so zu verunsichern.

Plötzlich begann sie zu zittern, und er war beunruhigt. Aber sie bekam keine Gänsehaut, und ihm wurde klar, dass sie bei ihren Gedanken erschauerte. Sie schaute ihn an, ihre blauen Augen starr und der Blick gehetzt. „Ich sehe Geister", flüsterte sie.

10. KAPITEL

Sweeney konnte nicht erkennen, ob er ihr glaubte oder nicht. Für einen Moment spielte es auch keine Rolle. Die Erleichterung, es jemandem erzählt zu haben, war riesig. Bis zu diesem Moment hatte sie nicht bemerkt, unter welch enormem Druck sie gestanden hatte, weil sie diese Dinge mit niemandem geteilt hatte. Sein Blick blieb auf ihr Gesicht gerichtet, und seine Hand ließ er auf ihrem Haar liegen.

Mit einem Mal wurde ihr klar, dass es ihr wichtig war, was er dachte. Es war ihr sogar sehr wichtig. Noch vor drei Tagen hätte sie nicht geglaubt, dass sie auf einen Mann jemals so reagieren könnte wie auf ihn. Sie war sich nicht sicher, wie er in so kurzer Zeit einen so bedeutenden Platz in ihrem Leben hatte einnehmen können. Aber sie konnte die Wahrheit nicht leugnen. Und weil er diesen bedeutenden Platz in ihrem Leben hatte, war ihr seine Meinung wichtig. Was wäre, wenn er sie für eine Spinnerin hielt und beschloss, dass sie die Schwierigkeiten nicht wert wäre, die sie mit sich brachte?

Plötzlich konnte sie ihn nicht mehr ansehen und spürte, wie sie wieder rot wurde. Oh Gott, wohin war ihre Vorsicht verschwunden? Warum hatte ausgerechnet die Drohung, dass er sie zum Arzt bringen würde, sie dazu gebracht, ihm ihr Herz auszuschütten? Sie hatte doch sogar selbst mit dem Gedanken gespielt, zum Arzt zu gehen, um herauszufinden, ob das ständige Kältegefühl vielleicht Symptom irgendeiner Krankheit war. Im Grunde genommen war seine Drohung also nicht einmal besonders überzeugend gewesen.

„Ich weiß nicht, warum ich dir das alles erzählt habe", murmelte sie.

Er schaute sie nur an und spielte weiter mit ihren Haaren. „Doch, das weißt du", entgegnete er schließlich in sanftem Ton. „Warum bist du dir so sicher, dass es Geister sind?"

„Weil sie *tot* sind?", erwiderte sie gereizt und funkelte ihn an. „Wenn du zu einer Beerdigung gehst und den Verstorbenen dann einen Monat später auf einem Supermarktparkplatz siehst, bist du dir ziemlich sicher, dass irgendetwas nicht stimmt." Sie hatte keine Ahnung, wie sie auf das geheimnisvolle „Doch, das weißt du" reagieren sollte, also ignorierte sie es einfach.

„Ja, ich würde sagen, das ist ein unschlagbares Argument." Seine Mundwinkel zuckten, als würde er sich bemühen, ein Lächeln zu unterdrücken, und sie fragte sich, was an ihr genau er so lustig fand. Ab und zu wirkte er so, als würde er sich ein Lachen verkneifen.

„Was ist denn so komisch?"

„Du. Du bist so beschäftigt damit, eine Mauer um dich zu errichten, dass du nicht merkst, dass ich längst mitten auf deinem Grund und Boden stehe."

„Wir waren uns einig, nichts miteinander anzufangen ..."

„So habe ich das nicht in Erinnerung", entgegnete er gedehnt. „Wir haben uns bereits aufeinander eingelassen. Wir waren uns nur einig, nicht miteinander zu schlafen. Daran haben wir uns gehalten. Auch wenn ich dir sagen muss, Sweetie, dass es nicht leicht war, mich zurückzuhalten."

Sie hatte den Eindruck, dass er ihren Namen irgendwie seltsam aussprach. Es klang, als würde er nuscheln oder so. Vielleicht lag es auch an seinem Akzent, der ihr bisher nicht aufgefallen war. Aber wieso war ihr das vorher entgangen? Und er sollte wirklich sein T-Shirt anziehen, statt sich halb nackt über sie zu beugen. Der Kerl aus der Cola-Werbung konnte, was die Brustmuskeln betraf, nicht mit Richard mithalten. Sein Oberkörper war breit und durchtrainiert. Sie verspürte den Drang, ihre Hände auf seine Bauchmuskeln zu legen, seinen Herzschlag unter ihren Fingern zu spüren und irgendwie so viel Wärme aufzunehmen und zu speichern wie möglich, damit es für die Zeit reichte, wenn er nicht da sein konnte.

„Erzähl mir mehr über die Geister", forderte er sie auf.

Tja, sie hatte die Katze schon aus dem Sack gelassen, also konnte sie auch gleich alles preisgeben. Es schien ganz so, als hätte er es sich bequem gemacht und als hätte er erst vor, sich zu bewegen, wenn er alles gehört hatte. „Zum ersten Mal ist es in Clayton passiert, vor etwa einem Jahr. Ein kleiner Junge namens Sam Beresford starb an Leukämie. Einen Monat später sah ich ihn auf dem Parkplatz eines Supermarktes. Er versuchte, seine Mutter dazu zu bringen, ihn zu sehen, mit ihm zu reden, irgendetwas."

„Traurig", meinte er, und sie nickte.

„Dann sah ich immer mehr und mehr Geister. Clayton ist eine Kleinstadt, also kannte ich die meisten Menschen flüchtig, auch wenn ich sie nicht persönlich kennengelernt hatte. Die Geister der Toten winkten mir zu, und ich erwischte mich dabei, wie ich zurückwinkte oder sie grüßte. Die Menschen auf der Straße fingen bereits an, mir komische Blicke zuzuwerfen, also wusste ich, dass ich die Stadt verlassen musste. Hier gibt es auch viele Geister, aber es sind New Yorker – sie sprechen kaum."

Wieder hätte er fast gegrinst, doch wieder verkniff er es sich. „Ich schätze, es ist ein Problem, wenn man in einer Kleinstadt Geister sehen kann", murmelte er.

„Du glaubst mir nicht, oder?" Sie seufzte und schaute ihn traurig an. „Ich würde es mir auch nicht glauben, wenn es mir nicht passieren würde."

„Das habe ich nicht gesagt." Er ließ ihre Locke los und legte seine Hand an ihre Wange. „Ich bin offen für das Thema Geister. Erzähl mir mehr."

Sie zuckte mit den Achseln. „Sie sind irgendwie durchscheinend und zweidimensional. Wenn sie sprechen, klingt die Stimme sehr dünn. Und sie wissen immer, dass ich sie sehen kann. Ich habe keine Ahnung, warum das so ist, aber es ist so."

„Du hast auch den Verkäufer gesehen, den du gemalt hast, oder? Weißt du deshalb, dass er tot ist?"

„Er stand plötzlich hinter mir auf der Straße. Er bat mich, die Zeichnung, die ich von ihm gemacht hatte, an seine Söhne zu schicken. Doch woher kannte er überhaupt die Zeichnung? Ich hatte sie an dem Tag angefertigt, als er starb. Ich hatte nicht mehr die Chance, sie ihm zu zeigen."

„Hast du ihnen die Zeichnung geschickt?“

Sie nickte. „Gestern.“

„Hast du das Gemälde noch immer?“

Sie wirkte überrascht. „Sicher. Warum?“

„Ich würde es mir gern mal anschauen. Reine Neugierde.“

Sie wollte sich gerade aufrichten, da fiel ihr wieder ein, dass sie fast nackt war. Angesichts der Tatsache, dass er ihre Brüste schon gesehen und sie berührt hatte, und angesichts all dessen, was sie getan hatten, hätte sie eigentlich einfach aufstehen und sich anziehen sollen. Aber ihre Unerfahrenheit und Unsicherheit hielten sie davon ab. Und so blieb sie sitzen. „Ich schätze, das beweist, wie unerfahren ich bin“, sagte sie und sah ihn mit einem schiefen Lächeln an. Sein Blick war auf sie gerichtet. Ihr Herz zog sich zusammen. Vielleicht war es auch ihr Magen. Irgendetwas zog sich jedenfalls zusammen. Er hätte sie nicht so anschauen sollen. Es war nicht vorherzusagen, welche Auswirkungen er auf ihr Innerstes hatte.

„Was ist?“

Sie wies auf ihre Kleidung. „Dreh dich um.“

„Ach ja.“ Er nickte, machte jedoch keine Anstalten, ihrer Aufforderung nachzukommen. Sein Blick war so intensiv, dass sie sich davor fürchtete, ihn zu deuten. Allerdings war sie sich nicht sicher, ob sie Angst davor hatte, dass er zu viel von ihr wollte oder zu wenig.

Er strich mit dem Daumen über ihre Lippen und ihre Wange. Schweigend sahen sie einander an, ehe er sagte: „Ich will die Scheidung so schnell wie möglich hinter mich bringen.“

Damit er mit mir zusammen sein kann. Sie konnte nicht so tun, als hätte sie die Bedeutung hinter seinen Worten nicht verstanden. Er wollte sie, und er versetzte Berge, um sie zu bekommen. Es war beglückend, ein Objekt solcher Entschlossenheit, solcher Begierde zu sein, doch es war auch ein wenig – nein, sehr – beängstigend.

Sie fühlte sich alleine sehr wohl, war mit ihrem Leben zufrieden, aber in diesem Moment akzeptierte sie, dass die Dinge sich ändern würden. Er würde sie ändern. Und was noch wichtiger war: Sie *wollte*, dass sie sich änderten. Zum ersten Mal in ihrem Leben wollte sie Teil eines Paares sein. Sie wollte diesem „Beziehungsding" eine Chance geben. Das Leben war zwar um einiges berechenbarer, wenn sie sich nur um sich selbst kümmern musste, doch sie war nicht die Insel, für die sie sich immer gehalten hatte. Sie konnte nicht immer so absolut unabhängig bleiben. Schon zweimal hatte sie ihn gebraucht, und zweimal war er da gewesen und hatte ihr geholfen. Jemanden zu haben, auf den sie sich verlassen konnte, war neu und ungewohnt für sie, allerdings war es auch unglaublich tröstlich und beruhigend. Noch nie hatte sie ein solches Gefühl der Sicherheit erlebt. Nicht einmal als Kind. Vor allem nicht als Kind.

„Zieh dich an", meinte er sanft, stand auf und drehte ihr den Rücken zu.

Sie musste nur den Pullover überstreifen und in die Hose schlüpfen. Innerhalb von Sekunden war sie fertig. Sie schob sich die Haare aus dem Gesicht und fühlte sich entspannt, ein bisschen schläfrig und wundervoll warm. Das Kältegefühl war völlig verschwunden. Alles, was sie spürte, waren Wohlbefinden und körperliche Zufriedenheit.

„Hier lang." Sie führte ihn in ihr Atelier, auch wenn es in ihrem Vierzimmerapartment nicht schwer zu finden gewesen wäre. Das Atelier war eigentlich als Schlafzimmer gedacht gewesen, doch ihr Bett passte auch in den kleineren Raum. Es hatte also nie zur Diskussion gestanden, wo sie schlief und wo sie arbeitete.

Sie hatte das Gemälde von dem Verkäufer in den Schrank gestellt. Obwohl sie es nicht ertragen konnte, es zu sehen, hatte sie es nicht übers Herz gebracht, es wegzuwerfen. Während sie zum Schrank ging, schaute Richard sich im Atelier um. Er blieb vor jedem Bild stehen, das sie schon fertiggestellt hatte. Mit einem Mal spürte sie, wie Anspannung sie ergriff. Candras Meinung über ihre neuen Arbeiten war wichtig für ihre Karriere gewesen, doch Richards Meinung war wichtig für *sie*.

„Dein Stil hat sich verändert“, stellte er fest und verharrte vor einem besonders farbenfrohen und lebendigen Bild einer Landschaft, das sie an die Wand gelehnt hatte. Er ging in die Knie, damit er das Gemälde besser betrachten konnte.

„Ich wusste nicht, dass du meine Arbeiten kennst“, stieß sie überrascht hervor und noch immer voller Unbehagen. Sie starrte auf seinen nackten Rücken, auf die definierten Muskeln, die entlang seiner Wirbelsäule verliefen. Warum hatte er sich sein Hemd nicht wieder übergeschmissen? Er hätte es anziehen sollen – schon allein für ihren Seelenfrieden.

„Sicher. Durch Candra habe ich viele Künstler kennengelernt, aber diejenigen, deren Werke mir gefallen haben, habe ich im Auge behalten.“

Seine Worte waren mehrdeutig. „In professioneller oder persönlicher Hinsicht?“, fragte sie argwöhnisch.

Über seine Schulter hinweg warf er ihr einen Blick zu. Ein Lächeln stand in seinen dunklen Augen. „In deinem Fall in jeder Hinsicht.“ Er wandte seine Aufmerksamkeit wieder dem Landschaftsgemälde zu. Mit der Fingerspitze fuhr er über einen Strom, der einen Felsen umspülte, der aus dem Wasser ragte. Fließendes Wasser war schwierig zu malen, denn man musste die Bewegung und die Kraft genauso einfangen wie das Spiel von Licht und Schatten auf der Wasseroberfläche. Klares Wasser nahm die Farbe von seiner Umgebung an: Unter einem wolkenlosen Himmel erschien es blau, grünlich im Schatten eines Berges, grau an einem bedeckten Tag. Sie hatte jahrelang den St. Lawrence River gemalt und das Motiv nie sattgehabt, weil das Wasser immer anders war.

„Wie hast du das gemacht?“, murmelte er. „Es sieht fast dreidimensional aus. Und die Farbe …“ Er schwieg und studierte eingehend das nächste Bild. Es zeigte einen Sonnenuntergang in Manhattan. Die dunklen, gesichtslosen Gebäude hoben sich gegen einen leuchtenden Himmel ab. Sie hatte den Himmel in einem strahlenden Rosa und Orange gemalt. Was eine gewöhnliche Skyline hätte sein können, wirkte strahlend und lebendig.

Es hatte zwei Tage gedauert, um die richtige Farbschattierung zu mischen.

Er sagte kein Wort. Irgendwann hielt sie die Stille nicht mehr aus. „Und?“, wollte sie wissen. Ungeduld schwang in ihrer Stimme mit.

Er drehte den Kopf, schaute sie an und bemerkte die Anspannung in ihrer Haltung. „Du warst schon immer gut, und das weißt du auch. Jetzt bist du noch besser.“

Ihre Schultern entspannten sich, und sie strich sich mit gespreizten Fingern durchs Haar. „Ich kann nicht mehr so malen wie früher“, gab sie zu. „Wie alles andere hat sich auch mein Stil vor einem Jahr verändert. Ich gucke mir an, was ich jetzt mache, und es kommt mir fast so vor, als hätte ein Fremder die Bilder gemalt.“

„*Du* hast dich verändert, und das hat sich auf deinen Stil ausgewirkt. Vielleicht ist alles miteinander verbunden, vielleicht auch nicht. Doch ich bin froh, dass es so gekommen ist.“

Neugierig sah sie ihn an. „Warum?“

„Weil du mich vorher nie bemerkt hast. Jetzt siehst du mich.“

Er war ernst, sein Blick intensiv und fest. Wahrscheinlich kann er mit diesem Blick eine Kobra hypnotisieren, dachte sie. Bei ihr funktionierte es zumindest, denn sie konnte nicht wegschauen. Sie wollte widersprechen und sagen, dass sie ihn früher selbstverständlich auch bemerkt hätte, aber dann wurde ihr klar, was er damit meinte. Sie hatte ihn zuvor nicht als *Mann* wahrgenommen. In ihrem Kopf waren Männer geschlechtslos gewesen, neutral, ohne Bedeutung für sie. Sie hatte sich nicht mit den möglichen Schwierigkeiten auseinandersetzen wollen, die Sex oder emotionale Forderungen mit sich brachten. Also hatte sie sich einfach davor verschlossen. Mit dem Beispiel ihrer Eltern und wie sie es *nicht* machen wollte immer vor Augen und mit ihrem eigenen Wunsch, sich völlig auf die Malerei zu konzentrieren, war sie emotional betrachtet zu einer Nonne geworden.

Ob die seltsamen Veränderungen nun mit ihrer veränderten Haltung zu tun hatten oder ob die Zeit ihre Ängste gemindert hatte – Fakt war, dass dieser Lebensabschnitt vorüber war, und sie glaubte nicht, dass sie jemals wieder dorthin zurückkehren würde. Ihr waren die Augen geöffnet worden, und sie würde nie wieder blind sein für Richards sinnliche Ausstrahlung oder für die Begierde, die in seinen Augen stand, wenn er sie anschaute.

„Hast du mich gesehen?“, hakte sie nach. „Früher, meine ich. Wir haben uns – wie oft? –, wir haben uns vielleicht dreimal getroffen?“

„Viermal. Ja, ich habe dich gesehen.“ Er lächelte. „Ich habe nicht vergessen, dass du eine Frau bist.“

Als er sie anschaute, fingen ihre Spitzen an zu kribbeln. Sie vermutete, dass ein Blick nach unten ihr zeigen würde, dass ihre Brustwarzen sich unter ihrem Sweatshirt aufgerichtet hatten. Sie sah nicht hin. Sie wollte seine Aufmerksamkeit nicht darauf lenken, falls es ihm noch nicht aufgefallen war.

„Bist du erregt, oder ist dir kalt?“, fragte er, und in dem Moment wusste sie, dass es ihm nicht entgangen war.

Sie räusperte sich. „Ich schätze, ich bin erregt, denn mir ist ganz sicher nicht kalt.“

Er warf den Kopf in den Nacken und lachte. Schmunzelnd überlegte sie, ob sie Unwissenheit hätte vorspielen oder vielleicht mit ihm hätte flirten sollen. Sie hatte noch einiges über Verführung und Verlockung zu lernen, doch zum ersten Mal glaubte sie, dass es Spaß machen könnte.

Aber jetzt nicht. Noch nicht. Wieder räusperte sie sich und wandte sich dem Schrank hinter sich zu. „Das Gemälde ist hier.“ Sie musste sich innerlich wappnen, um die Schranktür zu öffnen, und zögerte, der hässlichen Fratze des Todes gegenüberzutreten. Es ließ sich nicht vermeiden, das Bild anzuschauen; weil die Farbe noch nicht trocken gewesen war, als sie die Leinwand in den Schrank gestellt hatte, wies die bemalte Seite nach vorn. Die Künstlerin in ihr hatte nicht zulassen können, dass selbst dieses Gemälde zu Schaden kam, auch wenn sie normalerweise kein Bild zum Trocknen in den Schrank verfrachtet hätte.

Eilig schnappte sie sich nun das Bild und lehnte es an die Wand neben dem Schrank. Richard kam näher und betrachtete das Gemälde. Seine Miene war undurchdringlich. Sweeney ging zum Fenster und starrte hinaus.

„Du hast das hier gemalt, ehe du wusstest, dass er tot war." Es war keine Frage, sondern eine Feststellung. Allerdings hatte sie es auch schon angedeutet. „Hast du eine Ahnung, wie er gestorben ist?"

„Nein, er sah ganz normal aus." Sie biss sich auf die Unterlippe. „Aber das tun sie alle." Alle Geister schienen vor Gesundheit nur so zu strotzen. Wenn das nicht absurd war.

„Wie war sein Name?"

„Stokes. Ich kenne seinen Vornamen nicht. Seine Söhne heißen David und Jacob Stokes. Sie sind Anwälte."

„Ich werde mal ein paar Erkundigungen einholen, wenn es dich nicht stört."

„Was für Erkundigungen?" Die Neugierde zwang sie dazu, sich umzudrehen und ihn anzuschauen.

„Wie er gestorben ist." Er rieb sich mit dem Daumen über das Kinn. „Vielleicht war es ein Unfall."

„Wegen des Blutes? Ich weiß nicht, wie wirklichkeitsgetreu das Bild ist. Er könnte auch einen Schlaganfall erlitten haben oder einen Herzinfarkt. Vielleicht ist das Blut nur da, weil ... Ich weiß nicht ... Ich verbinde Blut mit dem Tod. Oder vielleicht ist er auch eine Treppe hinuntergestürzt."

„Ich werde es in Erfahrung bringen", erklärte Richard. Er wandte sich Richtung Tür. Sweeney folgte ihm ins Wohnzimmer, wo er sein Hemd holte. Versonnen beobachtete sie, wie er hineinschlüpfte, und spürte einen Hauch von Bedauern, dass er seine muskulöse Brust wieder verhüllte. Ohne ein Zeichen von Unsicherheit oder Scham machte er seine Hose auf und begann, sein Hemd hineinzustecken. Ein warmes Gefühl durchströmte sie. Sie fühlte sich tatsächlich ein bisschen erhitzt.

„Ich habe einen Termin, den ich nicht verschieben kann", erklärte er, während er seinen Gürtel schloss. „Gib mir einen Stift und ein Stück Papier, bitte. Ich werde dir meine Privatnummer geben."

Sie musste nicht lange suchen; sie war ein ordentlicher Mensch, also lag beides direkt neben dem Telefon. „Also, schieß los."

Er nannte ihr die Nummer. „Warte nicht, bis dir so kalt ist, dass du dich nicht mehr richtig bewegen kannst. Ruf mich sofort an. Falls du dich nicht irrst und es nur passiert, wenn du schlafgewandelt bist, weißt du, sobald du das Atelier betrittst, ob du mich alarmieren musst oder nicht."

„Ich kann unmöglich vorhersagen, wie oft das vorkommen wird. Du kannst dir nicht immer freinehmen, um bei mir zu sein, nur weil mir *kalt* ist."

„Und ob ich das kann. Es ist nicht nur ein Kältegefühl. Es ist ernster, und das ist dir auch klar. Also – nur für meinen Seelenfrieden: Ruf mich jeden Morgen an, nachdem du aufgestanden bist, ja?" Er umfasste ihr Kinn und neigte den Kopf, um sie zu küssen. Der Kuss war sanft. Seine Lippen waren weich und bewegten sich kaum auf den ihren. Sweeney musste sich zurückhalten, damit sie sich nicht an ihn klammerte; es war ein echter Kampf. Der Mann machte einfach süchtig. Sie wollte mehr von ihm, sie wollte alles von ihm.

An der Tür blieb er stehen. „Besitzt die Galerie exklusive Rechte an deinen Werken – abgesehen von den Porträtarbeiten?"

„Außer an allen Auftragsarbeiten, ja."

Er nickte. „Ich will das Bild mit dem fließenden Wasser. Bring es in die Galerie, damit es gerahmt wird. Ich werde den Kauf dann durch einen Strohmann abwickeln, damit Candra es nicht an jemand anders verkauft, nur damit ich es nicht bekomme."

Und damit Candra nicht erfährt, dass zwischen uns beiden etwas läuft, dachte sie. Sie hatte recht gehabt, sich nicht so leicht mit ihm einzulassen. Auch wenn er und Candra getrennt waren, war die Situation doch unangenehm für alle Beteiligten. Die Scheidung durchzusetzen würde daran wahrscheinlich nicht viel ändern. In dem Moment fasste sie den Entschluss, ihren Vertrag mit Candra zu lösen und sich auf die Suche nach einer neuen Galerie zu begeben, die ihre Bilder verkaufte.

„Ich ruf dich an", sagte er und zögerte einen Augenblick lang. Er schaute sie an. Sie hatte den Eindruck, dass er sie noch einmal küssen wollte. Offensichtlich überlegte er es sich anders und ging hinaus in den Flur. Er hat wahrscheinlich die richtige Entscheidung getroffen, schoss es ihr wehmütig durch den Kopf, während sie die Tür schloss und verriegelte. Andererseits war die richtige Entscheidung nicht immer die angenehmste. Sie hatten sich schon weiter aufeinander eingelassen, als richtig war, aber zumindest hatte er die Selbstbeherrschung gehabt, damit es nicht zum Äußersten gekommen war. Bis die Scheidung rechtsgültig war, konnten sie sich etwas wie gerade nicht leisten – die Versuchung war zu groß, um ihr noch öfter zu widerstehen.

Richard starrte finster vor sich hin, als er das Gebäude verließ. Edward sah ihn aus der Tür treten, und einige Sekunden später hielt der Wagen vor Richard.

„Einen Moment noch, Edward", sagte er, nachdem er auf dem Rücksitz Platz genommen hatte. „Ich muss kurz telefonieren." Er rief die Auskunft an und bat um die Nummer von David Stokes, dem Anwalt. Dann ließ er sich verbinden.

Nach dem zweiten Klingeln erklang eine junge männliche Stimme. „Mr Stokes ist nicht im Haus", erwiderte er auf Richards Frage hin. „Es gab einen Todesfall in der Familie, und er kommt für den Rest der Woche nicht mehr ins Büro."

„Es geht um den Tod seines Vaters", entgegnete Richard und ließ es darauf ankommen, dass Sweeney recht gehabt hatte, was den Verkäufer betraf. Ihre Geschichte war zwar logisch nicht zu erklären, doch er wollte sie nicht einfach als Unsinn abtun. *Irgendetwas* ging hier vor, etwas, das sie zutiefst erschreckte, und alles, was sie gesagt hatte, ließ sich leicht durch Nachfragen oder Beobachtungen bestätigen oder widerlegen.

„Ach, sind Sie von der Polizei?"

„Ich recherchiere in dem Todesfall", erwiderte Richard ausweichend.

„Alle sind noch ganz erschüttert. Haben Sie schon etwas herausgefunden?"

„Darüber kann ich nicht sprechen. Geben Sie mir bitte die Privatnummer von Mr Stokes."

Richard notierte sich die Nummer. Er bemerkte, dass Edward ihn im Rückspiegel beobachtete. Ihre Blicke trafen sich. Edward war für gewöhnlich gelassen und ungerührt, aber diese neue Entwicklung schien sein Interesse zu wecken.

Richard wählte die Nummer von David Stokes. Ein Kind nahm ab, und als Richard nach Mr Stokes fragte, sagte es: „Einen Moment, bitte." Dann rief es: „Daddy!"

„Hallo?"

„Mr Stokes, mein Name ist Richard Worth. Es tut mir leid, dass ich Sie in dieser schweren Zeit belästigen muss. Wenn es Ihnen nichts ausmacht, würde ich Ihnen gern ein paar Fragen über den Tod Ihres Vaters stellen."

„Über seine Ermordung, meinen Sie", erwiderte David Stokes.

11. KAPITEL

Elijah Stokes war ermordet worden. Er war Opfer eines brutalen Raubüberfalls geworden. Er war angegriffen, in eine Gasse zwischen zwei Gebäude gezerrt und tot geschlagen worden. Schließlich war er seinen schweren Kopfverletzungen erlegen, die ihm mit einem stumpfen Gegenstand beigebracht worden waren. Eine ängstliche Zeugin hatte der Polizei erzählt, dass sie am fraglichen Abend einen jungen Mann aus der Seitengasse hatte rennen sehen.

Richard dachte über die Details nach, die er von dem verbitterten, trauernden David Stokes erhalten hatte. Die ganze Sache gefiel ihm nicht.

Seine Mitarbeiter hatten längst Feierabend, und er war allein im Stadthaus. Es war für ihn die schönste Zeit des Tages. Für gewöhnlich arbeitete er bis spät in die Nacht. Heute hätte er eigentlich einige Berichte lesen müssen, die er schon am Morgen hatte durchgehen wollen, doch er war nicht in der Stimmung für Gewinnspannen und Aktienoptionen.

Er nahm sich eine Flasche Bier aus dem Kühlschrank und setzte sich vor den Fernseher. Seine Vorliebe für Bier hatte Candra immer an seine ländliche Herkunft erinnert. Obwohl sie nur selten etwas dazu gesagt hatte, war er sich der Mischung aus Verzweiflung und Verachtung immer bewusst gewesen. Als sie frisch verheiratet gewesen waren und es für ihn noch wichtig gewesen war, was sie dachte, hatte er sich an die Liste ihrer Lieblingsweine, Cocktails und Whiskeys gehalten. Zwar war es für ihn nicht von großer Bedeutung gewesen, wie er auf andere wirkte – damals nicht und heute auch nicht –, aber für Candra hatte es eine Rolle gespielt. Nachdem sie angefangen hatte, ihn zu betrügen, hatte er aufgehört, sich Gedanken darüber zu machen, und von dem Zeitpunkt an lag immer Bier in seinem Kühlschrank.

Er vermutete, dass Sweeney einen Wein nicht vom anderen unterscheiden konnte und dass es ihr auch egal war. Eine erfrischende Einstellung.

Seufzend legte er die Füße auf den Couchtisch und schaltete einen Nachrichtensender ein, auch wenn er den Stand des Dow Jones und des Aktienindexes Standard and Poor's 500 schon kannte. Er wusste, wie hoch der Goldkurs war, er war auf dem Laufenden darüber, was auf den asiatischen Märkten passierte, was die Geldmärkte machten, wie die Chicagoer Termingeschäfte sich entwickelten. Und – es war ihm vollkommen egal. Die Arbeit konnte warten. Er hatte wichtigere Dinge im Kopf.

Sweeneys Behauptung, Geister sehen und elektronische Geräte beeinflussen zu können, beunruhigte ihn nicht. Er glaubte nicht unbedingt daran, doch es störte ihn auch nicht. Sie war geistig gesund, also waren ihre Überzeugungen bestenfalls exzentrisch. Die Wirkung auf elektronische Geräte ließ sich erklären: Einige Menschen konnten keine batteriebetriebenen Uhren tragen, weil ihr persönliches Energiefeld die Uhr durcheinanderbrachte. Wenn sie tatsächlich Ampeln beeinflussen konnte, konnte er damit leben.

Ein paar andere Dinge bereiteten ihm allerdings schon Sorgen. Dieses extreme Kältegefühl, das durch Schock oder etwas anderes ausgelöst wurde, war schlimm genug, um sie außer Gefecht zu setzen. Er hatte keine Ahnung, ob ihr Zustand wirklich lebensbedrohlich war; als er sie gefunden hatte, hielt er das durchaus für möglich. Ob es nun durch ihre Einbildungskraft ausgelöst wurde oder körperliche Ursachen hatte – es war *real*.

Er wollte glauben, dass es einen gesundheitlichen Grund gab, der alldem zugrunde lag und der ganz leicht medikamentös behoben werden konnte. Das wäre der einfachste und logischste Grund und eine Lösung.

Leider gab es da noch das Gemälde von Elijah Stokes. Dafür konnte er keine rationale Erklärung finden.

Sowie er das Bild gesehen hatte, war ihm klar gewesen, dass es einen gewaltsamen Tod darstellte. Sweeney schien keine Ahnung zu haben, was sie da gemalt hatte, aber sie war in ihrem Leben auch noch nie mit Tod und Gewalt konfrontiert worden.

Im Gegensatz zu ihm. In der Army war er ausgebildet worden, um effektiv seine Mission zu erfüllen, ohne gefangen genommen zu werden. Er hatte gelernt, notfalls auch zu töten. Er war gut gewesen, und das nicht nur in den Trainingseinheiten. Die Ranger wurden wie andere Spezialeinheiten auch oft auf Geheimmissionen geschickt, über die in den Nachrichten niemals berichtet wurde. Er wusste, wie der Tod oder eine Verletzung durch stumpfe Gewalteinwirkung aussah, also hatte er damit gerechnet, dass David Stokes ihm sagen würde, dass sein Vater ermordet worden war.

Sweeney lebte nicht in derselben Gegend wie Elijah Stokes. Sie hatte nicht einmal seinen Namen gekannt, bis sie die Namen seiner Söhne gehört hatte. Und sie konnte nicht nachträglich von seinem Tod erfahren und das Bild gemalt haben, denn die Farbe war an diesem Morgen vollkommen trocken gewesen. Als Sweeney ihm den Rücken zugedreht hatte, hatte er die Farbe berührt – vor allem die dicke rote Schicht, die das Blut darstellte –, und sie war nicht mehr feucht gewesen. Nein, sie wusste nicht, dass Elijah Stokes ermordet worden war, und er hatte nicht vor, es ihr mitzuteilen. Sie war wegen des Bildes schon aufgewühlt genug, und er wollte nichts tun, das eine weitere Unterkühlung oder einen Schock auslösen konnte.

Wenn irgendjemand ihm vor einem Monat oder sogar vor einer Woche erzählt hätte, er würde ernsthaft in Betracht ziehen, dass solche psychischen Phänomene real sein könnten, hätte er denjenigen ausgelacht. Das war Stoff für Boulevardblätter. Aber hier ging es um Sweeney. Sie war keine besonders begabte Lügnerin, war nicht gut darin, zu betrügen oder ihre wahren Gefühle zu verbergen. Ihre Reaktion auf die McMillans zu beobachten war einfach köstlich gewesen – er hatte laut lachen wollen, als er die wachsende Abneigung und den verzweifelten Wunsch zu verschwinden in ihrem Gesicht bemerkt hatte. Wenn sie keine Lust hatte, über irgendetwas zu sprechen, tat sie nicht so, als kenne sie die Antwort nicht, die er haben wollte; sie setzte nur eine widerwillige, sture Miene auf. Sie spielte keine Spielchen.

Sie schien nicht einmal den blassesten Schimmer zu haben, wie das funktionierte.

Nach Candras Täuschungen und nach ihrer gesellschaftlichen Vornehmtuerei, die er zehn Jahre lang miterlebt und ertragen hatte, war Sweeney wie eine frische Brise. Sie war direkt und ehrlich. Wenn er also einige Dinge, die sie ihm gesagt hatte, nicht glaubte, musste er dennoch hinnehmen, dass sie davon überzeugt war. Und er musste akzeptieren, dass sie Elijah Stokes' Tod gemalt hatte, ohne den Tatort gesehen zu haben und ohne gewusst zu haben, dass der alte Mann überhaupt gestorben war.

In Anbetracht dieser eindeutigen Beweise musste er in diesem Fall also die Logik zur Seite schieben und Sweeney Vertrauen schenken. Sie war nicht verrückt, und sie war keine Betrügerin. Er musste annehmen, dass sie tatsächlich eine übernatürliche Erfahrung gemacht hatte.

Wenn er sie liebte, musste er ihr glauben.

Verdammt! Erschrocken über den Gedanken, sprang Richard auf und lief ruhelos im Raum auf und ab. Sie zu wollen war eine Sache – es war eine gesunde sexuelle Reaktion auf eine begehrenswerte Frau. Er mochte sie. Als er sie vor einigen Tagen zum ersten Mal gefragt hatte, ob sie mit ihm ausgehen würde, war er sich schon im Klaren darüber gewesen, dass er sich eine feste, besondere und sehr körperliche Beziehung mit ihr wünschte. Allerdings hatte er nicht an Liebe gedacht. Er beendete gerade eine miese Ehe, obwohl die Scheidung nur die juristische Inschrift auf dem Grabstein von etwas sein würde, das schon lange tot und begraben war. Sweeney zu lieben kam nicht gerade zu einem günstigen Zeitpunkt. Das Timing war schlecht, und er vermutete, dass sie eine ziemliche Nervensäge sein konnte. Sie war schwierig und stur und ging vermutlich nicht so einfach Kompromisse ein.

Aber sie war ehrenhaft. Und nachdem sie heute Morgen in seinen Armen aufgewacht war, hatte sie ihm ein engelsgleiches Lächeln geschenkt. Sein Herz hatte tatsächlich einen Schlag lang ausgesetzt. In dem Moment hatte er gewusst, dass er in Schwierigkeiten steckte. Ein Mann würde für eine Frau, die ihn so warmherzig und schlaftrunken und zufrieden anlächelte, einiges tun. Er würde Berge versetzen, um mit ihr schlafen zu können, um ihr Gesicht zu beobachten, wenn er ihr einen Höhepunkt schenkte. Nachdem er einen Vorgeschmack auf Sweeneys Leidenschaftlichkeit bekommen hatte, stand für ihn fest, dass er sich nicht mehr viel länger würde zurückhalten können. So oder so musste Candra die Papiere unterzeichnen, und er würde auf jeden Gefallen zurückkommen, den man ihm noch schuldete, damit er so schnell wie möglich einen Termin vor Gericht erhielt. Noch früher. Innerhalb von einer Woche. Geld konnte Wunder bewirken, und er hatte viel Geld. Ihm fiel kein besserer Verwendungszweck dafür ein. Es war an der Zeit, etwas Befriedigendes mit seinem Geld anzustellen. Und er wusste nicht, was noch befriedigender sein könnte, als Sweeney endlich zu bekommen – in sein Bett, in sein Leben.

Er würde ein paar einschneidende Veränderungen in seinem Leben vornehmen. Und er würde sie schon sehr bald vornehmen. Sweeney war die größte Veränderung, doch die anderen waren nicht weniger heftig. Er war es leid, am Finanzmarkt mitzumischen, hatte sein Leben, so wie er es hier führte, einfach satt. So hatte er von Anfang an nie dauerhaft leben wollen. Es hatte nur ein Mittel zum Zweck sein und irgendwann ein Ende haben sollen. Ihm gefiel nicht, was er am Markt alles mit angesehen hatte, und es war Zeit, sich zurückzuziehen. Er glaubte aber, noch mindestens ein Jahr zu brauchen, denn sein Vermögen flüssigzumachen würde etwas Zeit in Anspruch nehmen. Und er wollte nicht bis zum letzten Moment damit warten. Er hatte nie vorgehabt, auf ewig an der Börse mitzuspielen und Geld zu scheffeln. Schon immer hatte er andere Pläne gehabt. Und jetzt war der Zeitpunkt da, um die Pläne auch umzusetzen.

Sweeney machte alles ein bisschen komplizierter, und das nicht nur, weil das Timing ungünstig war. Er wollte keine Fernbeziehung. Er wünschte sich, dass sie bei ihm war, und er hatte keine Ahnung, was sie von einem Umzug hielt.

Große Pläne, dachte er selbstironisch. Er legte den Kopf in den Nacken und trank das restliche Bier aus. Er plante die Zukunft, ohne Sweeney zu fragen, ob sie sie überhaupt mit ihm verbringen wollte. Teufel, warum auch nicht? Sie hatte sein Leben gehörig durcheinandergebracht, also war es nur gerecht, den Spieß umzudrehen. Er glaubte, gute Aussichten auf Erfolg zu haben. Immerhin hatte sie sich am Morgen, als sie ihm ihre Angst gestanden hatte, ihm könne etwas zugestoßen sein, verraten. Er lächelte in sich hinein. Er hatte nicht vor, ihre Gefühle für ihn nicht auszunutzen – verdammt, er konnte jeden Vorteil gebrauchen, den er kriegen konnte.

Es war beinahe zwei Uhr morgens, da regte sich Sweeney im Schlaf. Sie runzelte die Stirn. Ein kaum hörbares Wimmern drang aus ihrem Mund, ein leiser Protest ihres Unterbewusstseins. Ein paar Momente später stieg sie aus dem Bett. Ihre Bewegungen waren so ruhig und still, dass die Decke davon beinahe unberührt blieb. Gerade noch lag sie unter ihr, im nächsten Moment war sie fort. Sie verharrte eine Weile neben ihrem Bett und hatte den Kopf schräg gelegt, als würde sie lauschen. Dann seufzte sie und schlich leise durch das dunkle Apartment in ihr Atelier.

Sie hatte das Bild mit den zwei Schuhen an die rechte Wand gelehnt, wo es nicht im Weg stand, sie es jedoch immer noch sehen konnte. Die Schuhe hatten sie verwundert. Wieso hatte sie Schuhe gemalt? Nach der ersten Erleichterung, dass sie keine weitere Todesszene auf die Leinwand gebracht hatte, war sie im Laufe des Tages immer unsicherer geworden. Die Schuhe waren noch nicht fertig. Sie mussten weitergemalt werden. Das zu wissen ließ sie sich ängstigen vor der Nacht – zum ersten Mal in ihrem Leben.

Jetzt ging sie direkt zu dem Bild mit den Schuhen und stellte es auf eine Staffelei. Ihre Miene war ungerührt und leer, während sie die Farbtuben auswählte und zu malen begann. Ihre Pinselstriche waren schnell und genau. Mit dem schmalen, spitz zulaufenden Pinsel fügte sie Detail um Detail hinzu.

Sie malte nicht lange, nicht mehr als eine Stunde. Plötzlich erschauerte sie. Ihr gesamter Körper erschlaffte, als würde er von Müdigkeit überwältigt werden. Sie schraubte die Farbtuben zu und warf den Pinsel in einen Becher mit Terpentin. Dann kehrte sie leise in ihr Bett zurück.

Wieder schlief sie lange, bis fast acht Uhr. Doch als sie aufwachte, war ihr sofort klar, dass sie es erneut getan hatte. Ihr war kalt. Die Hitze der Heizdecke schien ihren Körper nicht zu erreichen, auch wenn sie wusste, dass sie funktionierte und sie wärmen sollte. Als sie sich in der Nacht zuvor hingelegt hatte, war das Bett warm gewesen. Es war ein so schönes Gefühl gewesen, dass sie beinahe geschnurrt hätte, als sie unter die Decke gekrabbelt war. Für jeden anderen ist es noch immer warm, dachte sie. Nur sie konnte es nicht spüren.

Sie war kein Mensch, der der Wahrheit nicht ins Gesicht sehen konnte, also zog sie sich eilig an und lief ins Wohnzimmer, wo sie den Block mit Richards Telefonnummer hatte liegen lassen. Während sie das schnurlose Telefon nahm und die Nummer eintippte, fiel ihr auf, dass ihre Hände bis auf die Fingernägel farblos zu sein schienen. Die Nägel hatten eine interessante bläuliche Färbung angenommen.

Richard ging selbst ran, und die Anspannung in ihrem Inneren ließ ein wenig nach, sowie sie seine tiefe, ruhige Stimme hörte. „Hier ist Sweeney“, sagte sie und bemühte sich, unbeschwert zu klingen. Aber genau in dem Moment wurde sie von einem heftigen Zittern ergriffen, und ihre Stimme bebte. „Es ist schon wieder passiert.“

„Ich bin gleich da.“

Einfach so, stellte sie verwundert fest, nachdem er aufgelegt hatte. Keine Fragen. Kein „Ich habe zu tun, doch ich komme, so schnell ich kann“. Sie brauchte ihn, und er ließ alles stehen und liegen, um für sie da zu sein. Das Erstaunen darüber ließ ihr den Atem stocken. Tränen stiegen ihr in die Augen, und sie blinzelte sie zurück, weil sie nicht wieder so weinerlich sein wollte.

Sie betrat die Küche. Der Kaffee war fertig und schon wieder kalt geworden. Sie schenkte sich einen Becher ein und tat ihn in die Mikrowelle. Ungeduldig wartete sie auf das *Pling*. Kälteschauer jagten ihr über den Rücken, und sie bekam eine Gänsehaut. Sie spürte, wie sich ihre Muskeln mit jedem Schauer mehr verkrampften.

Den ersten Becher heißen Kaffee trank sie eilig aus. Dann machte sie sich eine weitere Tasse heiß. Sie musste den Becher mit beiden Händen fest umklammern, damit der Kaffe nicht überschwappte, aber sie zitterte immer noch so stark, dass sie Gefahr lief, sie selbst zu verbrühen.

Sie erkannte, dass die Anfälle schlimmer wurden. Ihr wurde immer schneller immer kälter. Vielleicht sollte sie die Kaffeemaschine am besten in ihrem Schlafzimmer deponieren, direkt auf dem Nachttisch, um nicht einmal mehr aus dem Bett aufstehen zu müssen. Nicht, dass der Kaffee besonders gut zu helfen schien. Nichts half außer Richard.

Allein der Gedanke an ihn sandte einen Hauch von Wärme durch ihr Innerstes. Das ist es, schoss es ihr durch den Kopf. Sie musste nur an Richard denken. Am Tag zuvor hatte sie unaufhörlich an ihn gedacht und immer wieder die bemerkenswert sinnlichen Momente in seinen Armen durchgespielt. Dass sie nicht miteinander geschlafen hatten, war allein seiner Selbstbeherrschung zu verdanken gewesen, nicht ihrer. Sie war noch immer verblüfft über sich selbst, über die Hitze, die durch sie geströmt war, über den körperlichen Drang, Erfüllung zu finden. Noch nie hatte sie so etwas erlebt, und nachdem sie es nun erfahren hatte, war sie sich nicht mehr sicher, ob sie weiterhin eine rein platonische Beziehung aufrechterhalten könnte.

Sie schnaubte in ihren Becher. Wem wollte sie etwas vormachen? Sie waren zwar noch nicht bis zum Äußersten gegangen, doch ihre Beziehung war alles andere als platonisch. All die Jahre über hatte sie sich etwas darauf eingebildet, sexuellen Versuchungen nicht zu erliegen, aber Richard schaffte es ohne größere Mühe, ihre Schutzmauern zu überwinden und sie vollkommen aufzuwühlen. Sieh es ein, sagte sie sich, wenn es um Richard geht, bist du leichte Beute.

Zitternd warf sie einen Blick auf die Uhr. Wie lange würde er noch brauchen? Er sollte jeden Moment hier sein.

Vor Kälte hatte sie die Schultern hochgezogen. Doch mit einem Mal straffte sie sich und riss die Augen auf. Sie sprang vom Küchenstuhl auf und rannte ins Bad. Hastig spülte sie ihren Mund mit Mundwasser aus. Dann schnappte sie sich einen Kamm und machte sich über ihre Haare her, die zerzaust von ihrem Kopf abstanden. Ihre Bemühungen, das Haar zu bändigen, machten es allerdings nur noch schlimmer. Sie warf den Kamm zurück auf die Ablage, gab einen Klecks von dem Mittel auf ihre Hand, mit dem die Locken gezähmt werden sollten, und verteilte es auf den schlimmsten Stellen. Make-up? Sollte sie Lippenstift auftragen? Sie starrte sich im Spiegel an und fragte sich, welcher Ton auf ihren bläulichen Lippen am besten aussehen würde. Parfüm vielleicht. Verdammt, sie hatte keines mehr.

„Oje, mich hat's offenbar erwischt", flüsterte sie. Hier stand sie nun, zitterte so heftig, dass es allmählich wehtat, und sinnierte über Make-up und Parfüm. Entsetzt stellte sie fest, dass sie sich hübsch machte.

Es klingelte an der Tür. Eilig wischte sie sich die Hände ab und lief zur Tür. Ihre Zähne klapperten, als sie sie aufriss. „Ich habe den Verstand verloren", sagte sie grimmig und kuschelte sich in Richards Arme. „Ich erfriere und mache mir Gedanken über Lippenstift. Dann habe ich die Tür geöffnet, ohne vorher durch den Spion zu sehen, wer überhaupt da ist. Das ist alles deine Schuld."

„Ich weiß", murmelte Richard, hob sie hoch und trat mit ihr in die Wohnung. Er hielt sie fest und half ihr, sich gegen die Schauer zu wappnen, die sie schüttelten. Sie schmiegte ihr Gesicht in seine Halsbeuge, um seine Wärme in sich aufzunehmen, und er zuckte zusammen, sowie er ihre eiskalte Nase spürte. Eine wilde Locke kitzelte an seinen Lippen, während er sich umdrehte und die Tür abschloss.

„Heute ist es nicht so schlimm. Ich habe dich an...an...angerufen, sobald ich aufgewacht bin." Da sie allerdings mitten im Satz die Kontrolle über ihre klappernden Zähne verlor und heftig zu bibbern begann, waren ihre Worte nicht besonders überzeugend.

„Gut." Er trug sie zum Sofa. „Wo ist die Decke?"

„Auf dem S...sessel in meinem Schlafzimmer."

Behutsam setzte er sie ab. „Ich hole sie."

Sekunden später war er zurück. Er bat sie, sich hinzulegen, streckte sich neben ihr aus, presste sich an sie und breitete dann die Decke über sie beide aus. Kurz richtete er sich noch einmal auf, befreite sich von seinem Pullover, der achtlos auf dem Boden landete. Anschließend schmiegte er sich an sie und drückte ihre Hände an seine Brust, um sie zu wärmen.

Unter ihren kalten Fingern fühlte seine Haut sich heiß an. Er strich mit den Händen über ihren Rücken, hielt sie fest, und sie erschauerte vor Erleichterung, als seine Wärme allmählich in sie drang. „Es wird schon besser", flüsterte sie an seinem Hals. Ihre verkrampften Muskeln entspannten sich, als ein wunderbares Wohlbefinden sie umfing. Langsam und tief atmete sie ein und füllte ihre Lungen mit seinem Duft. Er roch warm und moschusartig, unbestreitbar männlich. Das Aroma von Testosteron, dachte sie und lächelte in sich hinein.

„Besser?", fragte er. Seine Stimme klang leise und tiefer als gewöhnlich. Die Töne vibrierten in ihr.

„Hm. Es war gar nicht so schlimm."

„Weil du nicht zu lange gewartet hast." Mit den Lippen berührte er ihr Ohr, fuhr über ihre Schläfe. Bedächtig streichelte er über ihren Rücken und brachte sie dazu, sich noch näher an ihn zu kuscheln. Ihre Beine waren verschlungen, und ein muskulöser Schenkel schob sich zwischen ihre.

Ihr stockte der Atem, sowie sie seine Erektion spürte. „Ich kann dich nicht jedes Mal anrufen und herbitten, damit du mich wärmst", murmelte sie. „Die Versuchung ist einfach zu groß."

„Wem sagst du das", erwiderte er zerknirscht. Sie fühlte an ihrer Schläfe, dass ein Lächeln seine Lippen umspielte, dann hauchte er noch einen Kuss auf ihre Stirn. Zärtlich strich er ihre Locken zurück und umkreiste mit der Fingerspitze ihr Ohr. „So etwas wie gestern hätte ich nicht noch einmal durchgestanden. Wenn ich dir heute die Sachen hätte ausziehen müssen, hätte ich sofort mit dir geschlafen."

Seine Stimme war sanft und vertraut und unglaublich liebevoll. Sein eindeutiges Versprechen rief ein atemberaubendes Bild in ihr hervor und ließ eine fast unerträgliche Vorfreude in ihr aufsteigen. Sie konnte nicht widersprechen – nicht wenn sie sich so sehr wünschte, dass er genau das tat, was er versprochen hatte. Sie schlang einen Arm um seinen nackten Rücken, spürte die Kraft seiner Muskeln und wie sie sich unter ihrer Berührung bewegten. „Ich will dich auch", wisperte sie. Sie konnte ihm nichts vorspielen. Er wusste genau, wie sie auf ihn reagierte, hatte es von Anfang an gewusst, noch ehe sie es sich überhaupt selbst eingestanden hatte.

Sein gesamter Körper spannte sich an. Er richtete sich auf und presste sie in die Polster. Hungrig drängte er seinen Schenkel weiter zwischen ihre Beine. Sein Atem ging schnell, war zittrig. „Ich komme mir wie ein Teenager vor, der auf der Couch im Wohnzimmer rummacht. Ich hatte schon ganz vergessen, wie verdammt unbefriedigend das ist."

Sweeney wanderte mit den Lippen über sein Kinn. Sie war unerfahren, jedoch nicht naiv oder unwissend. Es gab einige Wege, wie sie einander befriedigen konnten, ohne tatsächlich Sex zu haben. Die Versuchung, den einen oder anderen oder auch alle diese Wege vorzuschlagen, war riesengroß. Sie tat es nicht. Sie zweifelte nicht nur an ihrer Selbstbeherrschung, sondern hätte es auch als Täuschung, als Betrug empfunden. Es wäre wunderschön und unglaublich erfüllend – und falsch. Solange seine Scheidung noch nicht rechtskräftig war, fühlte es sich falsch an. Vielleicht würden die meisten Frauen nicht so denken, allerdings waren sie auch nicht mit ihren Eltern als Vorbild aufgewachsen.

Sie traute sich nicht einmal, ihn zu küssen, obwohl sie sich nach seinem Geschmack verzehrte. Sie nahm die Spannung in seinem Körper wahr und ihre eigene Reaktion auf ihn. Es würde nicht viel brauchen, um sie beide zum Höhepunkt zu bringen – und so wagte sie es nicht, sich auch nur einen Zentimeter zu bewegen.

Dennoch war es fantastisch, nur so neben ihm zu liegen, seine Arme um sich zu haben, zu spüren, dass seine Brust sich bei jedem Atemzug hob und senkte, seinen Herzschlag zu hören. Es war tröstlich, seine Wärme zu teilen. Vor allem empfand sie ein Gefühl der Zugehörigkeit, das sie bisher nicht gekannt hatte. Es war überraschend, zu wissen, dass sie *nicht* allein auf der Welt war und dass sie irgendwie Teil eines Paares geworden war.

Es war ein aufregendes Gefühl, zu wissen, dass er sie mochte, dass sie ihm wichtig war. Sweeney konnte sich nicht daran erinnern, jemals irgendjemandem wichtig gewesen zu sein. Sie hatte keine Ahnung, wie sich dieses Band so schnell entwickelt hatte oder wieso sie ihm so schnell vertraute und sich auf ihn verließ. Doch es war so.

„Was hast du heute Nacht gemalt?“, fragte er, nachdem zehn Minuten vergangen waren, ohne dass das Kältegefühl zurückgekehrt war. Ihr war warm, und sie war schläfrig.

„Ich weiß es nicht“, erwiderte sie ein bisschen überrascht. „Ich war noch nicht im Atelier. Ich habe eine Heizdecke im Bett, und als ich aufwachte und mir kalt war, habe ich nur angenommen, dass ich wieder schlafgewandelt sein muss. Was ist, wenn ich dich ganz umsonst angerufen habe?“

„Mir ist es lieber, du rufst mich an, sobald du das geringste Kältegefühl verspürst, damit es nicht wieder so schlimm wird wie gestern Morgen. Du hast mir einen Riesenschrecken eingejagt.“

„Ich habe mir selbst auch einen Riesenschrecken eingejagt“, entgegnete sie trocken und lauschte dem Lachen, das in seiner Brust vibrierte. Sie mochte seine tiefe Stimme. Das Haar auf seiner Brust war rau unter ihrer Wange, und das gefiel ihr. Alles an ihm war so verdammt männlich, dass sie sich kaum beherrschen konnte.

„Ist dir warm?“

„Ja, angenehm warm."

„Dann sollten wir aufstehen."

„Warum? Es ist so gemütlich."

„Weil ich kein Heiliger bin. Komm, lass uns sehen, was du gemalt hast."

Sie wollte seufzen, weil sie seine Körperwärme nicht mehr unmittelbar fühlen konnte, aber um seinetwillen gab sie nach. „Okay. Gut."

Er hob seinen Pullover vom Fußboden auf und zog sie auf die Beine. Dann gingen sie Richtung Atelier. Sweeney bog in die Küche ab, weil sie sich einen weiteren Becher Kaffee warm machen wollte. Er schlug ihr Angebot für einen Kaffee dankend aus, lehnte sich mit verschränkten Beinen an die Anrichte und schlüpfte in seinen Pullover. Sie konnte sich nicht daran erinnern, je einen Mann in ihrer Küche gehabt zu haben. Verstohlen warf sie ihm den einen oder anderen Blick zu. Als er sich den Pullover übergestreift hatte, unterdrückte sie ein Seufzen. Es war eine Schande, einen solchen Oberkörper zu verhüllen.

„Komm schon, hör auf, es vor dir herzuschieben", sagte er. Erst jetzt wurde ihr klar, dass sie tatsächlich versuchte, Zeit zu schinden. Gestern hatte sie nur zwei Schuhe gemalt; wer wusste schon, was sie in der vergangenen Nacht auf die Leinwand gezeichnet hatte, falls sie wirklich weitergearbeitet hatte.

Die Hand locker auf ihren Rücken gelegt, betrat Richard mit Sweeney gemeinsam das Atelier. Sie schaute sich um und bemerkte, dass das Bild mit den Schuhen nicht länger an der Wand stand, an die sie es gestellt hatte. „Scheint so, als hätte ich gestern Nacht weitergemalt", meinte sie und entspannte sich innerlich ein wenig. Zwar behagte ihr die Vorstellung nicht, schlafzuwandeln und Bilder zu malen, an die sie sich nicht erinnern konnte, doch sie hätte auch Gegenstände auf die Leinwand bannen können, die weitaus entsetzlicher waren als Schuhe.

Die Staffelei war verschoben worden. Sie stand nun so, dass sie zur nördlichen Fensterfront wies.

Zusammen gingen sie zur Staffelei, um das Bild zu betrachten. Sweeney sah sich die Details an, die sie in der Nacht hinzugefügt hatte, und studierte nüchtern jeden einzelnen Pinselstrich. Die Einzelheiten waren präzise und die Linien so weich, dass das Gemälde fast wie eine Fotografie wirkte. Für gewöhnlich hatte sie eine andere Technik, trotzdem war das Werk ohne Zweifel von ihr. Sie hatte einen weiteren Schuh gemalt. Es war ein High Heel, der zu dem anderen Damenschuh passte. Dieser Schuh wurde noch immer getragen – das Bild zeigte einen Frauenfuß bis zum Knöchel. Und sie hatte einen nackten Frauenfuß und ein Bein bis zum Knie gemalt. Das Bein war neben dem leeren Schuh zu sehen. Alles in allem war an dem Gemälde nichts Beängstigendes. Bisher war es keine furchterregende Szene. Dennoch zog sich ihr Magen schmerzhaft zusammen, und sie begann zu zittern.

„Großartig", murmelte sie. „Ich habe Körperteile hinzugefügt." Trotz der scheinbaren Lässigkeit merkte man die Anspannung in ihrer Stimme.

Richard spürte, dass sie fröstelte, drückte sie an sich und umarmte sie. Seine Miene war ernst, während er das Bild betrachtete.

„Es wird so sein wie beim Hotdogverkäufer, oder? Sie ist tot. Sie liegt auf dem Boden und hat einen Schuh verloren. Oder falls sie jetzt noch nicht tot ist, wird sie bald sterben, und es fühlt sich an, als wäre es meine Schuld." Sweeney versuchte, sich aus seiner Umarmung zu lösen, doch Richard drehte sie zu sich um und hielt sie noch fester. Er legte seine Hand in ihren Nacken und presste ihr Gesicht sanft an seine Brust.

„Es ist nicht deine Schuld, und das weißt du auch."

Die Stimme gedämpft, erwiderte sie: „Vom Kopf her weiß ich es, doch vom Gefühl her …" Sie winkte ab. „Du weißt ja, wie Gefühle sind."

„Ja, sie sind unberechenbar." Er hauchte einen Kuss auf ihre Haare.

„Ich frage mich, was passieren würde, wenn ich die Leinwand zerstören würde."

„Nichts. Ob du das Bild malst oder nicht, wird keine Auswirkung auf das Leben dieser Person haben. Sieh das ein, Sweetie. Was auch immer für ... Schwingungen du auffängst – *du* bist diejenige, die davon beeinträchtigt wird, nicht umgekehrt."

„Ich wünschte, ich könnte mir da sicher sein."

„Das kannst du. Du hast Elijah Stokes nach seinem Tod gemalt, nicht davor."

Überrascht schaute sie ihn an. „Woher hast du diese Information?"

„Ich habe mit seinem Sohn David gesprochen. Mr Stokes ist am späten Nachmittag gestorben. Du hast das Bild erst in der Nacht gemalt."

Sie dachte darüber nach und war erleichtert. Trotzdem hatte sie das Gefühl, dass sie noch Fragen stellen sollte. Sie hatte nur keine Ahnung, wie diese Fragen lauteten. Seufzend schlang sie die Arme um seine Taille, und sobald sie ihn wieder eng an sich spürte, war sie getröstet. Er war so zuverlässig und stark. Hatte sie ihn vorher schon einmal festgehalten? Sie hatte ihn berührt und ihm über den Rücken gestreichelt, doch sie wusste nicht, ob sie zuvor schon einmal die Arme um ihn gelegt und ihn gedrückt hatte. Ihr schlechtes Gewissen regte sich. Sie hatte genommen und genommen, während er nur gegeben hatte. Aber selbst starke Menschen sehnten sich nach einer Umarmung. Sie hatte sich immer für stark gehalten, doch nun erkannte sie, wie sehr sie ihn brauchte.

Er lehnte sich ein Stück zurück, damit er ihr ins Gesicht sehen konnte. „Fühlst du dich jetzt besser?"

„Erleichtert. Allerdings habe ich noch immer Angst." Sie brachte ein Lächeln zustande und verdrängte ihre Unsicherheit. „Und Hunger. Hast du schon gefrühstückt?"

„Vor einer halben Ewigkeit. Ich könnte noch etwas essen. Möchtest du frühstücken gehen? Das wäre unser erstes Date."

„Wow. Ein Date. Ich bin mir nicht sicher, ob wir das tun sollten." Sie lächelte ihn an und dachte über all das nach, was sie schon getan hatten – und die Dinge, die sie noch tun wollten.

Sein Lächeln war zugleich belustigt und bedauernd. „Mein Tag wird noch kommen, Sweetie. Wenn ich dich endlich im Bett habe, vergiss nicht, dass es eine ganze Menge angestauter Lust in mir gibt, die rauswill."

„Du bist so romantisch", säuselte sie und lachte, weil sie noch nie solche neckischen Spielereien erlebt hatte. Sie hatte bisher keinen Mann aufgezogen und auch noch nie sein Verlangen gespürt, das sie wie eine Welle mitzureißen drohte. Es war ein berauschendes Gefühl und aufregend und … und wundervoll.

Er wandte sich der Tür zu und gab Sweeney einen sachten Schubs. „Zieh dir Schuhe an … und einen BH, wenn du schon dabei bist. Wie deine Brüste sich bewegen bringt meine Selbstbeherrschung ins Wanken."

Sie tat mehr, als nur in Schuhe und einen BH zu schlüpfen. Sie tauschte ihr graues Sweatshirt gegen einen blauen Pullover und legte Wimperntusche und Lippenstift auf. Stirnrunzelnd betrachtete sie ihre Haare, blies sich eine Locke aus der Stirn und beschloss, es gut sein zu lassen. Mit der Tasche in der Hand ging sie ins Wohnzimmer, wo Richard saß und in einem der Bücher über Geister las.

„Ich habe Recherchen über Geister betrieben, seitdem das alles angefangen hat", meinte sie. „Ich hoffe immer noch, dass ich eine Erklärung dafür finde, warum ich sie sehen kann. Bisher dreht es sich in den Büchern allerdings nur um die Geister selbst. Einige Seelen verschwinden sofort; einige bleiben einige Zeit; andere gehen nie mehr."

„Warum bleiben sie hier?" Er erhob sich und steuerte auf die Tür zu.

„Es gibt viele Theorien darüber. Vielleicht haben sie noch Unerledigtes zu Ende zu bringen, vielleicht sind sie nur verwirrt und wollen nicht kooperieren – wer weiß das schon? In einem Buch steht, dass nur unglückliche Seelen Geister werden. Also sind technisch gesehen die Seelen, die nur ein bisschen länger bleiben, keine Geister; sie haben nur einen etwas längeren Aufenthalt auf Erden."

„So kann man das sehen“, murmelte er.

Sweeney schloss die Tür hinter ihnen ab, und sie gingen zum Lift. Ihr fiel auf, dass Richard sich umsah und sich offenbar ein Bild über den Zustand des Gebäudes machte. Die Wohnungen waren nicht luxuriös, nicht einmal besonders hochwertig. Doch normalerweise war alles sauber und relativ gut in Schuss. Wenn der Aufzug mal nicht funktionierte, mussten die Bewohner nicht wochenlang darauf warten, dass er repariert wurde. Glühbirnen wurden sofort getauscht, und die Rohre und Leitungen regelmäßig gewartet. Das Gebäude war alt, aber die Bewohner – sie eingeschlossen – waren zufrieden.

Während sie auf den Lift warteten, beobachteten sie die altmodische Anzeige mit der Nadel, die zeigte, in welchem Stock der Aufzug gerade hielt. Die Nadel wanderte langsam nach oben. Richard legte seine Hand um Sweeneys Taille. Seine Finger bewegten sich bedächtig, er schien zu genießen, sie zu berühren. Sweeney neigte den Kopf, um ihn anzulächeln, da gab der Lift ein leises Klingeln von sich, und die Türen glitten auf. Heraus trat Candra.

Sie erstarrte, als sie die beiden sah. Ihr Gesicht wurde bleich. Sie bemerkte Richards Hand auf Sweeneys Taille, sah, wie nahe sie beieinanderstanden, und die Zornesröte schoss ihr ins blasse Gesicht. „Das ist ja ein Ding, dich hier zu treffen“, sagte sie zu Richard. Ihre Hände waren zu Fäusten geballt, und die Fingerknöchel waren weiß vor Anspannung.

Der Lift schloss sich hinter ihr. Richard beugte sich vor, drückte noch einmal den Knopf, und die Türen glitten gehorsam wieder auf. „Wo würdest du gern frühstücken?“, fragte er Sweeney in ruhigem Ton. Er schob sie sanft in den Aufzug, folgte ihr und drückte den Knopf für die Lobby. Sweeney blinzelte ihn an und bewunderte seine Gelassenheit. Sie war durch die peinliche Situation wie gelähmt.

Wütend stieg Candra in den Aufzug, dann glitten die Türen zu. „Wagt es ja nicht, mich zu ignorieren!“

„Was Sweeney und ich tun, geht dich nichts an.“ Sein Tonfall war noch immer ruhig, sein Verhalten vollkommen unerschüttert. Sein Griff um Sweeneys Taille war jedoch fester geworden, und er zog sie dichter an sich.

Sweeney bemerkte, dass Richard ihren und seinen Namen in einem Atemzug genannt hatte, und auch Candra blieb das nicht verborgen. „Und ob es das tut!“ Sie war so wütend, dass ihre Stimme bebte. „Du bist immer noch mein Ehemann …“

So nahe bei ihm spürte Sweeney die plötzliche Anspannung in seinem Körper, und seine Augen verengten sich ganz leicht. Zum ersten Mal empfand sie in seiner Gegenwart einen Angstschauer, und dabei war sein Blick noch nicht einmal auf sie gerichtet. „Das Thema willst du jetzt nicht mit mir bereden“, meinte er sanft zu Candra.

„Sag du mir nicht, worüber ich reden soll oder was ich tun will.“ Zitternd streckte Candra den Arm aus, um sich festzuhalten, während der Lift nach unten fuhr. Ihre braunen Augen funkelten, und sie wandte sich an Sweeney. „Du! Ich habe dich gefragt, ob zwischen dir und Richard irgendetwas läuft, und du hast mich angelogen, du kleine Schlampe …“

„Das reicht“, unterbrach Richard sie knapp und stellte sich so vor Sweeney, dass sie praktisch völlig von Candra abgeschirmt war.

„Oh, keine Sorge“, höhnte Candra. „Ich bin zu erwachsen, um mich mit einer anderen um einen Mann zu schlagen – auch wenn du das wahrscheinlich gewohnt warst, ehe du mich getroffen hast. Macht ihr Bier saufenden kleinen Südstaatenmädchen nicht genau das?“

Sweeney räusperte sich. „Genau genommen“, sagte sie hinter Richards Rücken hervor, „bin ich in Italien geboren.“

„Wen kümmert es, wo du geboren bist!“, schrie Candra. Sweeney neigte den Kopf und blickte an Richard vorbei. Sie bemerkte die Tränen, die über Candras Gesicht liefen und ihr perfektes Make-up zerstörten. „Du bist ein dämliches Landei, also sollte er sich mit dir wohlfühlen! Ich verspreche dir allerdings, dass du kein einziges Bild mehr in *meiner* Galerie verkaufen wirst. Niemand in der Stadt wird dich mehr unterstützen, nachdem ich …"

Sweeney spürte, wie Richards Stimmung umschlug. Er machte einen Schritt auf Candra zu, als der Lift anhielt und die Türen aufgingen. Blass geworden, wich Candra vor ihm zurück.

„Du hast verdammt recht damit, dass ich mich mit ihr wohlfühle", erwiderte er so leise, dass Sweeney ihn kaum verstehen konnte. „Du ahnst nicht, wie gut es ist, mit einer Frau zusammen zu sein, die nicht mit jedem Kerl in die Kiste hüpft, dem sie begegnet – so wie du es getan hast. Ja, ich weiß über deine Männer Bescheid. Über jeden einzelnen. Und willst du noch was wissen? Es ist mir egal, weil *du* mir egal bist. Was mir nicht egal ist, ist, dass du mein Kind getötet hast. Hast du eine Vorstellung davon, was Hass bedeutet, Candra? Das ist das Einzige, was ich für dich empfinde. Ich habe dich gewarnt, was ich tun werde, wenn du irgendetwas machen solltest, das Sweeneys Karriere schadet. Und ich meinte es auch so. Also denkst du besser über jeden Schritt nach, den du unternimmst."

Er zog Sweeney hinter sich her aus dem Aufzug und schlang wieder seinen Arm um ihre Taille. Er hatte zwei Schritte gemacht, da blieb er wieder stehen und drehte sich zu Candra um. „Übrigens habe ich gerade noch eine Bedingung zu unserer Vereinbarung hinzugefügt. Sweeney wird aus dem Vertrag mit der Galerie entlassen – ohne Vertragsstrafe und mit sofortiger Wirkung."

„Zum Teufel mit dir, du kannst nicht ständig irgendwelche Bedingungen stellen …"

„Ich kann, und ich habe es getan. Deine einzige Chance, die Galerie zu bekommen, ist, dich an die Bedingungen zu halten. Wenn du nicht innerhalb der nächsten drei Tage endlich einlenkst, musst du dir keine Gedanken mehr über Sweeneys Karriere machen, denn dann werde ich dich in der Galerie ersetzen und dir Hausverbot für die Geschäftsräume erteilen."

„Wenn du das tust, werde ich dich umbringen", kreischte Candra schluchzend. Die einzigen anderen Menschen in der kleinen Eingangshalle waren der Portier und der Mann, der im zweiten Stock wohnte. Sie starrten die drei an und wollten offenbar keine Sekunde der Auseinandersetzung verpassen. „Die Galerie gehört *mir* …“

„Nein“, unterbrach Richard sie. „Die Galerie gehört mir. Bis du die Papiere unterzeichnest, bin ich der Besitzer der Galerie. Und wenn du noch lange zögerst, wird sie für immer mir gehören.“

12. KAPITEL

Richard führte Sweeney aus dem Haus und auf den Bürgersteig. Candra ließ er weinend in der Eingangshalle zurück. Er war selbst gefahren, wie sie bemerkte, als sie die Straße entlang zu seinem Mercedes gingen. Die Gegend war zwar nicht gerade die beste – sie verwahrloste allmählich –, doch sie war auch nicht so heruntergekommen, dass ein abgestellter Wagen innerhalb von zehn Minuten ausgeschlachtet wurde.

Sie schwiegen, während er das Auto aufschloss und die Beifahrertür für sie öffnete. Sie stieg ein. Ihr fiel nichts ein, was sie sagen konnte. Soeben hatte sie mehr über Candra und die Gründe für die Scheidung erfahren, als sie je hatte wissen wollen. Sie war ein bisschen erschüttert, aber mehr um Richards als um ihrer selbst willen.

Er fädelte den Wagen in den fließenden Verkehr ein. „Es tut mir leid", sagte er nach einer Weile barsch. „Du hast mir erklärt, dass du dich unter anderem nicht mit mir einlassen wolltest, um nicht solche Szenen erleben zu müssen."

„Es war nicht deine Schuld, sondern ihre." Die Ampel vor ihnen sprang auf Grün. „Und mir tut es auch leid. Wegen … wegen der Abtreibung. Ich hatte keine Ahnung."

„Sie hat es vor zwei Jahren machen lassen." Er hatte die Lippen grimmig zusammengepresst. „Ich habe es erst erfahren, kurz nachdem du in die Stadt gezogen warst. Ich habe Candra sofort vor die Tür gesetzt und am nächsten Tag die Scheidung eingereicht."

„Du wolltest Kinder?" Dumme Frage, schalt sie sich selbst. Selbstverständlich hatte er Kinder gewollt, sonst wäre er nicht so wütend gewesen, als er das von der Abtreibung gehört hatte.

„Zu dem Zeitpunkt nicht. Nicht mit ihr. Ihre Schwangerschaft war ein Unfall. Doch als sie schwanger war – das war etwas anderes. Es hat gelebt. Es war mein Kind."

Sweeney konnte sich nicht vorstellen, mit Richard verheiratet zu sein und sein Baby abzutreiben. Genau genommen hatte sie noch nie über eigene Kinder nachgedacht. Punkt. Vor allem glaubte sie nicht, dass ihr Vater sich darum sorgte, was mit seinem Nachwuchs geschah – geboren oder ungeboren. „Wie hast du davon erfahren?"

„Sie hat es mir erzählt. Wir haben uns gestritten, und sie war betrunken. Da hat sie es mir gesagt ..."

Die zweite Ampel sprang auf Grün, sobald sie sich ihr näherten. Er sah Sweeney an. „Ich schätze, du solltest von jetzt an immer mit im Auto sitzen."

Sie verstand, dass er das Thema wechseln wollte, und lehnte sich entspannt im Sitz zurück. „Wohin fahren wir?"

„In ein kleines Diner. Nichts Ausgefallenes."

„Gut. Ich bin nicht so für das Ausgefallene."

Das kleine Diner war auf der anderen Seite des Flusses in New Jersey. Sie schafften es in Rekordzeit zum und durch den Holland-Tunnel hindurch, und Sweeney lächelte zufrieden in sich hinein. Wenn er Zweifel wegen der Ampeln gehabt hatte, waren die Bedenken nach dieser Fahrt ausgeräumt.

Es gelang ihnen, sich eine Nische im Diner zu sichern. In dem Lokal hatte sich seit ungefähr 1950 nichts mehr verändert. Schließlich saßen Sweeney und Richard bei Eiern und Kaffee und unterhielten sich.

„Ich dachte, die Galerie würde Candra gehören", meinte Sweeney.

„Sie führt sie, ich besitze sie."

„Du wolltest eines meiner Bilder aus deiner eigenen Galerie kaufen? Und Provision bezahlen?"

Er zuckte mit den Schultern. „Wenn Candra die Papiere nicht bis zum Fristablauf unterschreibt und ich die Galerie behalte, entsteht die Provision gar nicht erst. Aber sie wird unterzeichnen. Es ist in ihrem eigenen Interesse."

„Und wenn sie nicht unterschreibt? Sie war so wütend, dich mit mir zusammen zu sehen, dass sie die Scheidung so schwierig wie möglich machen könnte."

„Ich würde sie finanziell ruinieren", erwiderte er leise. „Sie würde keinen Penny mehr haben, und das weiß sie."

Sweeney fiel noch etwas anderes ein. „Ich frage mich, warum sie überhaupt zu mir wollte."

„Sie ist nicht dumm, und sie kennt mich einfach zu gut. Bei dem Treffen in der Galerie hat sie mitbekommen, dass ich mich für dich interessiere. Den Rest hat sie ganz schnell herausgefunden. Vor ein paar Tagen hat sie mich zu Hause besucht und mir ein Angebot gemacht: Wenn ich die Abfindung erhöhen würde, würde sie weitere Verkäufe deiner Werke nicht verhindern. Mein Gegenangebot hat ihr nicht gefallen."

„Das kann ich mir vorstellen." Und das konnte sie wirklich. Richard konnte ein gefährlicher Feind sein. „Trotzdem – warum wollte sie zu mir?"

„Sie wollte dich bitten, mich davon zu überzeugen, ihr eine höhere Abfindung zu zahlen."

„Und warum hat sie so geschockt reagiert, als sie uns beide zusammen gesehen hat, wenn sie es sich schon gedacht hat?"

„Bis zu dem Zeitpunkt war es ja nur eine Vermutung. Und zu glauben, dass ich an dir interessiert sein könnte, ist nicht dasselbe, wie uns so früh am Morgen zusammen vor deinem Apartment zu treffen."

Ganz zu schweigen davon, dass Candra sofort gemerkt hatte, dass Richards Anwesenheit ihren Plan, Sweeney um Hilfe zu bitten, durchkreuzte. „Meinetwegen ist für dich nun alles schwieriger, oder?"

„Weil es dich gibt? Ja, da hast du recht." Er blickte sie über den Tisch hinweg an. „Du hältst mich nachts wach, du bereitest mir Sorgen, du machst mich verrückt."

Sie stieß ihm mit dem Zeh gegen das Bein. „Ich meine es ernst."

„Das tue ich auch, Sweetie."

Verwirrt runzelte sie die Stirn. „Du sprichst meinen Namen so komisch aus. Was tust du damit?"

„Nichts", entgegnete er, lächelte jedoch.

Da sie vermutlich sowieso nichts aus ihm herauskriegen würde, schaute Sweeney aus dem Fenster des Diners und genoss es ein paar Momente lang, Gesichter zu beobachten. Ein gebeugter alter Mann mit Haarbüscheln in den Ohren und der Nase ging vorbei. An der Hand hielt er ein vergnügt plapperndes Mädchen im Vorschulalter. Sie hatte einen frechen Zopf und ein niedliches gelbes Sommerkleid an. Das gutmütige Lächeln in seinem Gesicht schrie förmlich „Großvater". Oder vielleicht „Urgroßvater". Dann kam eine junge Frau, die ein Kleinkind in einer Rückentrage trug. Sie ging mit so entschlossenen Schritten vorbei, als müsste sie die Welt erobern. An dem Gestell hing ein roter Luftballon. Die pummelige Hand des Babys umklammerte das Band des Ballons. Der Kleine starrte erstaunt den Luftballon an, der bei jeder Bewegung von ihm auf und ab hüpfte. Seine Augen waren kugelrund, seine Lippen rosig, und sein blondes seidiges Haar stand von seinem Köpfchen ab wie die Blüten einer Butterblume. Sweeney sah ihnen hinterher, bis sie verschwunden waren.

Einen Moment lang widmete sie sich ihren Eiern. Unvermittelt lachte sie, als sie sich an etwas erinnerte.

„Was ist?", fragte Richard.

Sie war verwundert, wie schnell sie sich wie ein Paar, das schon ewig zusammen war, mit nur wenigen Worten verstanden.

„‚Bier saufendes kleines Südstaatenmädchen'", sagte sie, und sie begannen zu lachen.

Candra konnte nicht aufhören zu weinen, auch wenn sie wusste, wie albern es war. Sie nahm sich ein Taxi zur Galerie und schluchzte die ganze Fahrt über. Der Taxifahrer beobachtete sie im Rückspiegel, doch er beherrschte ihre Sprache nicht sonderlich gut, und sie bemühte sich immer, besonders mitteilsame Taxifahrer nicht zu ermutigen.

Sie hatte ein Taschentuch in der Tasche, aber es reichte nicht für die Ausbesserungen an ihrem Make-up, die nötig gewesen wären. Sie tupfte ihre Augen trocken, statt zu wischen, damit sie die Reste des Make-ups nicht auch noch zerstörte, doch es kamen immer noch mehr verdammte Tränen.

Zum Teufel mit ihm. Zum Teufel mit Sweeney. Zum Teufel mit ihnen beiden, weil sie … weil sie so aussahen, als gehörten sie zusammen. Sie konnte nicht glauben, dass ausgerechnet *Sweeney* so durchtrieben und hinterhältig sein und so wirkungsvoll lügen konnte. Als Candra sich das Telefonat mit Sweeney am Morgen nach dem Reinfall mit den McMillans in der Galerie ins Gedächtnis rief, wurde sie rot vor Demütigung. Wahrscheinlich war Richard bei ihr gewesen; sie waren vielleicht gerade aus dem Bett gekommen, und danach hatten sie über den Telefonanruf gelacht.

Candra war verletzt – und zwar so sehr, wie sie es nie für möglich gehalten hätte. Bisher hatte er irgendwie noch zu ihr gehört, auch wenn ihr klar war, dass sie ihn verloren hatte. Denn bisher hatte niemand ihren Platz eingenommen. Jetzt gab es eine neue Frau, und sie wusste endgültig, unwiderruflich und tief in ihrem Inneren, dass Richard weg war. Sie hatte ihn verloren, hatte ihn vertrieben, und sie würde nie wieder einen Menschen so lieben, wie sie ihn geliebt hatte. Und sie liebte ihn noch immer. Er war der stärkste Mensch, den sie je kennengelernt hatte, und sie konnte nicht aufhören, ihn zu bewundern, auch wenn diese Kraft und Stärke nun gegen sie gewandt waren. War Sweeney in der Lage, zu verstehen und schätzen zu können, was sie an ihm hatte? Oder war sie so verflucht unerfahren, dass sie keine Ahnung hatte?

Diese Unerfahrenheit und Unschuld mussten Richard angezogen haben, denn sie hatte weiß Gott keinen Stil, und was sie sagte, war manchmal schon beinahe lächerlich. Er hatte es selbst zugegeben. Candra konnte nicht nachvollziehen, was Männer in ihr sahen, aber selbst Kai sagte, dass Sweeney „cool" wäre. Sie war zumindest hübsch, falls man ignorierte, dass sie oft Farbe im Haar hatte und nicht wusste, welcher Tag gerade war.

Sie konnte sich nicht vorstellen, dass Richard das anziehend fand. Er war so organisiert, so vernünftig und zielstrebig. Sie hätte gedacht, dass Sweeney ihn mit ihrer Art innerhalb von zwei Tagen in den Wahnsinn treiben würde.

Sie vergrub ihre Nägel in den Handinnenflächen. Heute hatte Sweeney … gestrahlt. Candra schloss die Augen, während sie sich an den Schrecken erinnerte, Richard und Sweeney zusammen anzutreffen. Sweeney hatte wie eine Frau ausgesehen, die in der Nacht zuvor geliebt worden war. Vielleicht auch noch am Morgen. Und, wie sie Richard kannte, auch in der Nacht noch einige Male.

Candra konnte nicht glauben, dass sie sich so hatte gehen lassen. Sie hatte geschrien wie eine Fischverkäuferin und *geweint*, um Himmels willen. Richard konnte sich sicher denken, warum sie da gewesen war. Jetzt würde sie nicht mehr die Gelegenheit bekommen, mit Sweeney zu sprechen. Nicht, dass Sweeney ihr nach ihrer kleinen Szene überhaupt noch zugehört hätte. Sie hatte ihre Chance, die Abmachung zu ihren Gunsten zu ändern, total verspielt. Ihre letzte Hoffnung ruhte nun auf Carson, und es schien so, dass er einen kleinen Anstoß bräuchte.

Kai hatte die Galerie gerade geöffnet, als sie ankam. Zum Glück war noch kein Kunde da. Sie bezahlte den Taxifahrer und eilte durch die Tür, ehe sie noch jemand traf, der sie kannte.

Mit hochgezogenen Augenbrauen starrte Kai sie an. „Schlechten Morgen gehabt?“, fragte er sanft.

„Fahr zur Hölle.“ Sie rauschte an ihm vorbei in ihr Büro, holte ihre Schminktasche aus dem Schreibtisch und verschwand im Badezimmer. Beim Blick in den Spiegel zuckte sie zusammen. Ihr Gesicht war rot und fleckig, ihre Nase gerötet, und ihre Augen sahen aus wie die eines Waschbären. Eigentlich müsste sie ihr Make-up komplett entfernen und noch einmal neu auflegen. Leider hatte sie keine Abschminkcreme dabei. Sie versuchte es mit feuchten Papierhandtüchern. Behutsam legte sie kalte Kompressen auf ihre Augen und ihr Gesicht, um die Schwellung und die Flecken zu mildern.

Kai schlenderte in den Waschraum, während sie neue Foundation auftrug. „Ich muss doch bitten“, entgegnete sie knapp.

Ohne ihren Protest zu beachten, setzte er sich neben ihr auf den Waschtisch. Er verschränkte die Arme vor der Brust. „Soso. Was hat Richard denn diesmal angestellt?"

„Wieso denkst du, dass es etwas mit Richard zu tun hat?" Sie putzte sich die Nase und warf das Taschentuch in den Müll. Dann kümmerte sie sich um die Flecken.

Er sah zu, wie sie ihr Puderdöschen hervorkramte und den Puder auf ihrem Gesicht verteilte. „Weil er es schafft, dass du seit einem Jahr nach seiner Pfeife tanzt. Und du bekommst jedes Mal, wenn es nicht so läuft, wie du willst, einen Tobsuchtsanfall."

„Ich tanze weder nach seiner noch nach sonst jemandes Pfeife", erwiderte sie wütend.

„Natürlich nicht, Darling."

„Ich bin nicht dein *Darling*, vergiss das nicht. Du bist nur ab und an gut fürs Bett."

„Meine Güte, sind wir mies drauf? Er hat es offensichtlich abgelehnt, die Vereinbarung abzuändern."

Sie wirbelte zu ihm herum. Zornig hatte sie den Mund verzogen. „Woher weißt du von der Vereinbarung?"

„Auf dem Anrufbeantworter ist eine Nachricht von deiner Anwältin. Sie rät dir dringend, die Papiere schnellstens zu unterzeichnen, bevor du dein letztes Hemd verlierst und sie nicht mehr bezahlen kannst. Sie hat nicht unbedingt diese Worte benutzt, aber das meinte sie."

„Wie kannst du es wagen, meine Nachrichten abzuhören!" Ich klinge wie eine zickige alte Jungfer, dachte sie angewidert.

„Die Nachricht war auf dem Büro-AB, nicht auf deinem privaten Gerät, Darling. Vielleicht solltest du deiner Anwältin sagen, keine persönlichen Nachrichten in der Galerie zu hinterlassen – falls du in Zukunft noch hier sein solltest."

„Wenn ich noch hier bin, kannst du deinen kleinen Hintern darauf verwetten, dass *du* es nicht mehr bist, Schönling", fauchte sie. Dann riss sie die Tür auf. „Verschwinde."

Mit einem beleidigten Ausdruck in dem hübschen Gesicht ging er. Candra holte tief Luft und rang den Drang nieder, sich auf den Toilettendeckel zu setzen und zu heulen. Sie musste sich sammeln und zusammenreißen. Heute Morgen hatte sie schon einiges zerstört, indem sie viel zu emotional reagiert hatte. Und jetzt musste sie auch noch Kai beschwichtigen. Sie hatte eigentlich keine Lust auf Sex, doch sie würde es vermutlich tun müssen, um ihn zu beruhigen.

Sie atmete ein paarmal durch. Nachdem sie sich wieder etwas besser fühlte, kümmerte sie sich um ihr Make-up. Als sie fertig war, betrachtete sie sich kritisch im Spiegel und trug noch mehr Puder auf die roten Flecken in ihrem Gesicht auf. Okay. Ihr Make-up war nicht perfekt, aber sie wusste, dass sie noch immer besser aussah als die meisten Frauen nach einem Tag im Schönheitssalon.

Sie musste Olivia anrufen. Es war dumm gewesen, die Papiere in den letzten Tagen noch nicht unterschrieben zu haben. Und das alles, weil sie der Meinung gewesen war, Richard doch noch umstimmen zu können. Sie konnte ihn nicht umstimmen. Das hatte sie inzwischen akzeptiert. Richard hatte natürlich gewusst, dass sie sich gegen seine Bedingungen auflehnen und widersprechen würde. Doch ihm war auch klar gewesen, dass sie sie am Ende annehmen würde. Schließlich hatte er ihr keine andere Wahl gelassen. Er bluffte nicht, und das wusste sie. Richard war einer der Menschen, die sagten, was sie meinten, und die meinten, was sie sagten. Dieser Mistkerl.

Beinahe wäre sie wieder in Tränen ausgebrochen, aber sie holte tief Luft und riss sich zusammen. Eilig ging sie in ihr Büro, schloss die Tür hinter sich und rief ihre Anwältin an.

„Mach einen Termin“, sagte sie ruhig. „Ich werde die Papiere unterschreiben. Ich nehme an, die Strafaktion ist beendet, sobald du mit Gavin Welles gesprochen hast?“

„Ich werde dafür sorgen, dass keine weiteren Zwangsmaßnahmen folgen, falls ich heute keinen Termin mehr bekomme. Die Dokumente müssen neu aufgesetzt werden, und das wird etwas dauern. Es wäre also möglich, dass es erst morgen so weit ist.“

„Morgen ist gut“, entgegnete Candra. Selbstverständlich musste die neue Vereinbarung schriftlich festgehalten werden, um die Kürzungen der Abfindung zu berücksichtigen. Ohne Zweifel hatte Richard schon mit seinem Anwalt telefoniert und ihn angewiesen, auch Papiere bezüglich Sweeney zu verfassen. Das würde zwar die Scheidungsvereinbarung nicht betreffen, allerdings würde es auf jeden Fall eine rechtliche Abmachung geben, die Sweeney einen glatten Schnitt mit der Galerie erlaubte.

Nachdem sie das Gespräch mit Olivia beendet hatte, blätterte Candra durch ihr Adressbuch und fand die Nummer von Senator McMillan. Eine Angestellte nahm den Anruf entgegen. „Ist der Senator bereits aus Washington zurückgekehrt?“

„Ja, Ma'am, das ist er. Wen darf ich melden?“

„Candra Worth.“ Es gibt keinen Grund, meine Identität zu verheimlichen, dachte sie. Carson würde eher ans Telefon kommen, wenn er den Anrufer kannte. Es würde ihm zwar nicht gefallen, doch er würde es tun.

Einige Minuten lang hing sie in der Warteschleife. Es reichte, um immer wütender zu werden. Endlich ertönte die wohlklingende Stimme von Carson; heute war sie allerdings deutlich leiser und weniger gelassen. Sie hört sich angespannt an, stellte sie zufrieden fest. Gut. Das bedeutete, dass er beunruhigt war.

„Was willst du?“, fragte er knapp.

Candra stieß ein leichtes Lachen aus. Eigentlich fühlte es sich gut an, zur Abwechslung mal diejenige zu sein, die die Kontrolle über die Situation hatte. „Ach Carson, das ist eine dumme Frage.“

„So viel Geld in bar aufzutreiben ist nicht so leicht.“

„Wie schwer kann das sein? Verkauf ein paar Aktienpakete, mach ein paar Anleihen flüssig, greif auf ein paar Konten zurück. Mit der Ausrede schreckst du mich nicht ab. Wenn du das Geld morgen Nachmittag nicht hast, wird die *Washington Post* übermorgen als Erstes ein hübsches Foto von dir im Briefkasten finden. Mal schauen, welches Bild soll ich nehmen? Ich glaube, ich entscheide mich für das Bild, auf dem du Kokain schnupfst."

„Du solltest wissen, dass die Unterhaltung hier aufgenommen wird", erwiderte er. „Es gibt jetzt ein Band, auf dem deine versuchte Erpressung aufgezeichnet ist. Ist das ein Verbrechen? Weißt du, ich glaube, dass es eines ist. Ich denke, meine Liebe, dass wir uns jetzt gegenseitig da gepackt haben, wo es richtig wehtut."

„Ist das so?" Carson hätte davon profitiert und auch etwas gelernt, wenn er sich wie sie Richards Verhandlungstechniken hätte stellen müssen, schoss es ihr durch den Kopf. *Das Risiko für den anderen so hoch machen, dass es nicht mehr zu ertragen ist, und niemals nachgeben.* Es war eine verdammt wirkungsvolle Taktik. „Du verstehst meinen Standpunkt nicht ganz. Wenn ich das Geld nicht bekomme, verliere ich alles. Also ist es mir verdammt noch mal egal, was du aufgezeichnet hast oder nicht. Kennst du das alte Sprichwort von den verzweifelten Situationen und den verzweifelten Maßnahmen?"

„Du Scheiß…"

„Hey, hey. Wir sollten trotz allem höflich bleiben." Sie hatte für einen Tag schon genug Szenen erleben müssen.

„Höflich? Dass ich nicht lache." Er atmete schwer, und das Geräusch hallte in ihren Ohren wider.

„Sieh es ein, Carson. Das Band ist für dich nur von Nutzen, wenn die Fotos an die Öffentlichkeit gelangt sind, und das ist zu spät für dich. Deine Karriere wäre bereits den Bach runtergegangen. Wir würden beide verlieren. Aber wenn du mir das Geld nicht gibst, habe ich sowieso alles verloren – und dann ziehe ich dich mit in den Abgrund." Ihre Stimme war kühl, beherrscht. Sie meinte jedes Wort so, wie sie es sagte.

Er wusste es auch. Wieder erklang das schwere Atmen, ehe er das Unvermeidliche akzeptierte. „Also gut, du Miststück. Trotzdem ist morgen zu früh. Es wird mindestens zwei Tage dauern, um das Geld flüssigzumachen."

„Dann übermorgen – und keinen Tag länger."

An seinem Schreibtisch lächelte Kai. Vorsichtig legte er in genau demselben Moment wie Candra auf, damit sie das verräterische Licht an ihrer Telefonanlage nicht eine Sekunde zu lange leuchten sah. Im Laufe der Jahre hatte er seine Technik, ihre Telefonate zu belauschen, perfektioniert. So behielt er immer die Oberhand. Sie glaubte natürlich, dass sie die Kontrolle über alles hatte. Doch dieser Überzeugung konnte sie nur sein, weil er es zuließ.

Soso. Die kleine Schlampe versuchte sich also als Erpresserin. Das sollte ihn nicht überraschen, denn Richard war wohlhabend, und Candra war keine Frau, die ohne Geld auskam.

Wenn sie die Scheidungspapiere unterzeichnete, würde die Galerie ihr gehören. Sie wird mich wahrscheinlich rausschmeißen, wie sie gedroht hat, dachte er. Für sie war alles in Ordnung, solange er den Mund hielt und wie aufs Stichwort im Bett funktionierte, er allerdings hatte es satt, ihr Callboy zu sein.

Sie trat aus ihrem Büro und lächelte strahlend. „Darling", säuselte sie, ging zu ihm an den Schreibtisch und streichelte ihm sacht den Nacken. „Es tut mir so leid, dass ich so unfreundlich zu dir war. Du hattest recht: Ich hatte eine Auseinandersetzung mit Richard und habe alles an dir ausgelassen."

Jetzt wird sie mir Sex anbieten, um mich zu beschwichtigen, sinnierte er bitter.

Sanft fuhr sie ihm mit den Fingern durchs Haar. „Gibt es irgendetwas, mit dem ich es wiedergutmachen kann?" Ihr Tonfall war unbeschwert, aufreizend, verführerisch.

Er stand auf und schob ihre Hände weg. „Das ist nicht nötig", entgegnete er so höflich, wie er konnte. Er wäre vielleicht auf ihr Angebot eingegangen, wenn er in der Mittagspause nicht eine Verabredung gehabt hätte, für die er fit sein wollte. So ein Jammer! Er hätte sie gern hart rangenommen – vielleicht sogar härter, als sie es mochte.

„Schmoll nicht, Darling. Das steht dir nicht."

Gelangweilt zuckte er mit den Schultern. „Ich bin nicht in Stimmung."

„Unsinn, du bist immer in Stimmung."

„Könnte sein, dass ich wählerisch werde", erwiderte er und beobachtete, wie ihre Verärgerung immer weiter wuchs. Candra konnte Zurückweisungen nur schwer ertragen. Sie ist eine wirklich hübsche Frau, dachte er. Sie war so hübsch, dass sie jeden Mann haben konnte, den sie wollte. Richards Ablehnung hatte sie geschockt, hatte ihre Selbstgefälligkeit ins Wanken gebracht, und jetzt lehnte ihr kleiner Angestellter ihren eindeutigen Vorschlag auch noch ab. Ihre Welt schien immer mehr aus den Fugen zu geraten.

„Dann genieß deine schlechte Laune", stieß sie hervor und presste die Lippen aufeinander. „Ach übrigens: Hol Sweeneys neueste Bilder vom Rahmenmacher ab. Wir werden ihre Bilder nicht länger ausstellen."

„Tatsächlich?" Interessiert an dieser neuesten Entwicklung, zog er fragend die Augenbrauen hoch. „Das ist eine Schande, weil ihre neuen Werke besser sind als alles andere, was sie bisher gemalt hat. Was ist denn los?"

Mit ihren perfekt manikürten Fingernägeln trommelte sie auf seinem Schreibtisch herum. „Nur eine kleine Komplikation. Ich habe sie und Richard heute Morgen zusammen erwischt."

Oho! Kai warf den Kopf in den Nacken und lachte laut. Es war vielleicht nicht die klügste Reaktion, doch die Vorstellung war einfach köstlich. „Das hat dir also die Laune verdorben! Hast du sie *in flagranti* überrascht?"

Sie war wütend, weil er gelacht hatte – das sah er ihr an. Wenn sie die Lippen noch mehr aufeinanderpresste, würden sie vermutlich verschwinden. „Ich habe sie nur gesehen, als sie Sweeneys Wohnung verließen. Er muss die Nacht bei ihr verbracht haben."

Kai pfiff leise. „Der geht ja ran. Ich würde nicht sagen, dass Sweeney leicht rumzukriegen ist. Er muss sich also angestrengt haben, um sie zu bekommen." Er achtete darauf, bewundernd zu klingen, denn er wusste, dass er damit Candras Wut nur noch mehr anheizte. „Ich hätte auch nichts dagegen, mich mal mit ihr in die Horizontale zu begeben."

„Ich verstehe nicht, was Männer in ihr sehen." Die Worte klangen so gepresst, dass sie kaum aus ihrem Mund drangen.

„Du meinst, außer diesen großen blauen Augen und der wilden Mähne? Tja, ihre Oberweite ist nicht zu verachten. Zwar nicht besonders groß, aber sie sind straff. Und ihr Arsch ist auch nicht zu verachten ..."

„Ich brauche deine kleine Auflistung nicht", fauchte Candra, wandte sich vom Schreibtisch ab und ging zurück in ihr Büro. Kai lachte leise. Er war tatsächlich erregt. Ihm gefiel es, Candra herauszufordern, und sich Sweeneys Körper nackt vorzustellen war verlockend.

Den ganzen Morgen über war er scharf. Sogar während eines Kundengesprächs mit ein paar Touristen aus Omaha, die etwas „richtige Kunst", wie sie meinten, mit nach Nebraska nehmen wollten. Instinktiv war er sich sicher, was sie sich nicht wünschten, und lenkte sie von den abstrakten und modernen Gemälden hin zu Sweeneys letztem Stück in der Galerie. Er lächelte in sich hinein, während er ihnen das Bild zeigte. Candra würde außer sich sein, wenn sie es kauften.

Zu seiner Freude taten sie genau das.

Um halb eins verließ er die Galerie und ging zu Fuß die elf Blocks bis zu seiner Wohnung. Ein Hotelzimmer wäre praktischer gewesen, doch die Frau, die er traf, hatte Angst, in einem Hotel erkannt zu werden. Er hatte ihr seinen Schlüssel gegeben und wusste, dass sie ihn erwarten würde. Wahrscheinlich komme ich erst spät wieder zurück zur Arbeit, dachte er.

Sie war vorsichtig; sie hatte die Tür wieder abgeschlossen. Er klopfte einmal und bemerkte, wie es hinter dem Türspion kurz dunkel wurde, als sie hindurchsah. Sie öffnete die Tür.

„Kai, Darling, du bist spät dran."

Kai lächelte. Sie hatte bereits ihre Kleider ausgezogen und trug seinen Bademantel. Er selbst benutzte ihn nie, behielt ihn aber trotzdem, weil Frauen sich darin sexy zu fühlen schienen. Der Gürtel war nur locker gebunden, und der Mantel stand gerade weit genug offen, um den Blick auf eine ihrer Brüste freizugeben. Für eine Frau, die alt genug war, um seine Mutter sein zu können, war sie gut in Form. Man konnte nicht sehen, wie viele Liftings und Straffungen der Schönheitschirurg an ihr vorgenommen hatte.

„Du siehst wunderhübsch aus“, meinte er, während er sie in die Arme schloss und ihr den Bademantel von den Schultern streifte. Margo McMillan reckte ihm ihren schlanken Körper entgegen und bot ihm ihre Brüste an. Und Kai tat, was sie sich von ihm wünschte.

13. KAPITEL

Das verfluchte Bild schien sie zu rufen. Es war nichts so Offensichtliches wie „Hierher, Sweeney, Sweeney, Sweeney!“ Trotzdem konnte sie es nicht aus ihrem Kopf verbannen.

Sie hatte einen wundervollen Nachmittag gehabt. Das Frühstück mit Richard war so entspannt gewesen, dass es ihr gelungen war, die hässliche Szene mit Candra einfach aus ihren Gedanken zu verdrängen. Da sie nicht dumm war, hatte sie erkannt, dass Richard genau das bezweckt hatte. Es war beinahe unheimlich, wie er ihre Stimmungen wahrnehmen konnte und wusste, was sie brauchte. Doch zugleich konnte sie nicht aufhören, seine Fürsorge zu genießen. Jemanden zu haben, der sich um sie kümmerte, war so neu und ungewohnt für sie, dass sie sich an jedem Augenblick erfreuen wollte.

Richard hatte sie vom Diner wieder nach Hause gebracht und sich an der Eingangstür zum Haus mit einem flüchtigen Kuss auf den Mund von ihr verabschiedet – allerdings nicht ohne sich mit ihr für den nächsten Morgen zu verabreden. Summend war Sweeney in ihr Apartment gegangen. Die Szene mit Candra war trotz der Peinlichkeit und der übertriebenen Dramatik eine Erleichterung gewesen. Sich von Candra und der Galerie zu lösen würde nun viel leichter werden. Vor allem würde es kein Bedauern geben. Sie nahm sich vor, in der Galerie anzurufen und einen Termin auszumachen, wann sie die neuen Bilder wieder abholen konnte, die sie vor einigen Tagen dort gelassen hatte. Außerdem würde sie bei der Gelegenheit gleich die restlichen alten Bilder mitnehmen.

Dann begann sie zu malen.

Zum ersten Mal seit langer Zeit empfand sie wieder Spaß bei der Arbeit. Sie machte sich keine Gedanken darüber, ob die Farben zu grell und zu leuchtend waren, um echt zu wirken; sie ließ sich nur von ihren Instinkten leiten. Nachdem sie eine Kohleskizze auf die Leinwand gebracht und sie anschließend abgeklopft hatte, sodass nur noch die Kontur übrig war, verlor sie sich in der Erschaffung eines kleinen Kindes mit blonden Haaren, das erstaunt einen knallroten Ballon ansah. Sie spielte mit verschiedenen Techniken. Bei den Farben, die sie für das Baby benutzte, schuf sie sanfte Übergänge und überblendete sie. Die Konturen des Kindes gestaltete sie so weich wie möglich, sodass es beinahe so realistisch wie ein Foto wirkte. Alles um den kleinen Jungen herum war dagegen eine Explosion von Farben und Bewegungen, intensiv und leicht übertrieben. Die Umgebung des Kindes ließ einen an einen fantastischen Ort denken, der darum flehte, erkundet zu werden.

Es war die Technik, die sie für das Baby benutzte, die in ihr wieder die Erinnerungen an die Schuhe weckte. Bei dem Gemälde mit den Schuhen hatte sie dieselbe realistische Maltechnik verwendet. Ihre Konzentration nahm ab. Sie machte einen Schritt zurück und wischte sich die Hände an einem Tuch ab. Stirnrunzelnd warf sie einen Blick zu der anderen Leinwand. Sie wollte es am liebsten aus ihrem Gedächtnis löschen, doch in diesem Moment kehrten alle Empfindungen mit einem Schlag zurück – fast wie Wasser, das sich seinen Weg suchte, eine kleine Bruchstelle im Damm fand und schließlich hindurchbrach.

Die Frau, zu der die Beine und Schuhe gehörten, war schon tot oder würde es zumindest bald sein. Sweeney spürte es mit jeder Faser ihres Körpers. Ihre Theorie, dass sie die Bilder nur malte, wenn jemand starb, den sie kannte, war ein bisschen dürftig, da sie nur einen Fall hatte, in dem es zutraf. Trotzdem wusste sie instinktiv, dass es die richtige Spur war. Sie kannte diese Frau. Aber möglicherweise war sie noch nicht tot, vielleicht hatte Sweeney das Bild deshalb noch nicht zu Ende gemalt und noch kein Gesicht eingefügt. Wenn sie sich beeilen, das Bild beenden und den tragischen Ereignissen zuvorkommen würde, könnte sie eventuell auch etwas tun, um den Tod der Frau zu verhindern. Vielleicht könnte sie sie warnen, nicht die Straße zu überqueren. Es gab noch nicht genügend Anhaltspunkte in dem Bild, sodass sie nicht herausfinden konnte, wo es war. Es war noch nicht einmal ersichtlich, ob es drinnen oder draußen war. Doch wenn sie das Bild *bewusst* fertigstellen könnte, statt auf den Kuss der Muse zu warten …

Die Verantwortung, die mit dieser neuen Gabe einherging, traf sie wie ein Schlag. Ja, *Gabe*. Keine Unannehmlichkeit, auch wenn es verdammt unangenehm war. Kein Ärgernis, auch wenn es ärgerlich sein konnte. Aus welchem Grund auch immer hatte sie sich verändert oder war verändert worden und war mit diesen Gaben beschenkt worden. Die Ampeln, die üppigen Pflanzen, die Fähigkeit, Fragen und Antworten in einer Fernsehshow schon zu kennen, bevor sie ausgesprochen waren, selbst die Geistererscheinungen – all das war ein Vorspiel gewesen, eine Steigerung bis zu diesem Punkt. Es war fast so, als hätte sich die Tür zu einer anderen Welt langsam und Stück für Stück geöffnet, weil sie möglicherweise nicht alles auf einmal verkraftet hätte.

Wahrscheinlich war die Tür noch immer nicht ganz offen. Das Gemälde von Elijah Stokes war nach seinem Tod entstanden. Dieses neue Bild, da war sie sich sicher, zeigte die Zukunft. Während die Tür immer weiter aufging, würden auch ihre Gaben sich weiterentwickeln, genau wie ihre Sicht auf diese neue Welt. Sie würde in der Lage sein, Menschen zu warnen und ihren Tod zu verhindern. Sie hatte keine Ahnung, wo die Grenzen gesteckt waren, denn ihre Gaben schienen sich stetig zu erweitern. Möglicherweise war diese Fähigkeit auf Menschen beschränkt, die sie kannte; vielleicht gab es noch andere Gaben, die nur darauf warteten, sich zu zeigen.

Sie hatte das alles nicht gewollt. Sie hatte sich in ihrer eigenen kleinen Welt, in der sie sich von anderen Menschen zurückgezogen und niemanden wirklich an sich herangelassen hatte, sehr wohlgefühlt. Therapeuten hätten wahrscheinlich gesagt, dass sie in ihrer Kindheit gelernt hatte, sich zu schützen, indem sie sich innerlich von den Menschen in ihrer Welt distanziert hatte. Sie wusste, dass sie damit recht hätten. Aber durch die Veränderungen war sie offener geworden und *sah* die Menschen, *fühlte* mit ihnen. Sie hatte keine Ahnung, ob sie wieder so werden würde, wie sie früher gewesen war – selbst wenn es möglich wäre. Jetzt gab es Richard. Sie war sich nicht sicher, was sie für ihn empfand, sie hatte Angst, es zu benennen, doch sie wusste, dass ihr Leben ohne ihn um einiges ärmer sein würde. Leidenschaft wuchs in ihr, eine Leidenschaft, die er behutsam entfachte. Und sie würde niemals glücklich werden, wenn sie das ganze Ausmaß dieses Verlangens nicht irgendwann erleben würde.

Es gab kein Zurück mehr. Statt gegen die Veränderungen zu kämpfen oder sie zu ignorieren, sollte sie sich für die Erfahrungen öffnen. Zum ersten Mal in ihrem Leben sollte sie *leben*.

Sosehr sie es genossen hatte, das Gemälde von dem kleinen Kind mit dem roten Ballon zu malen, konnte sie sich nicht mehr darauf konzentrieren. Aus dem Augenwinkel nahm sie das andere Bild wahr. Es wartete. Es wartete auf die Nacht, wenn der Schlaf die Grenzen ihres Bewusstseins erweiterte. Oder vielleicht wartete es auch nur. Konnte sie es nicht jetzt tun?

Sie trat so vorsichtig auf die Staffelei zu, als würde sie sich einer Schlange nähern. Sie war bereit wegzulaufen. Ihr Herz hämmerte, und ihr Atem ging schnell und flach. Was war nur los mit ihr? Es war nur ein Bild – wenn auch ein seltsames. Gut, es war nicht *nur* ein Bild, aber es war auch keine Schlange. Sie kannte die Kunst, kannte die Techniken, wusste, wie man maßstabsgetreu malte, wie man schattierte, wie man perspektivisch zeichnete, wusste, wie man das Licht mit der Dicke der Farbe beeinflusste, wie man etwas mit der Wahl der Farben hervorhob oder herunterspielte. Da die Kunst das Medium war, durch das diese besondere Fähigkeit sich ausdrückte, konnte sie das Bild auf dieser Ebene untersuchen: Sie konnte es anhand der künstlerischen Werte beurteilen und von dem Punkt ausgehen und weitersehen.

Ja. Das konnte sie tun. Ruhe breitete sich in ihr aus. Zur Bestärkung holte sie ein paarmal tief Luft und zwang sich dann dazu, die Bildkomposition objektiv zu beurteilen.

Die Komposition und der Maßstab waren gut. Die Position der Füße deutete darauf hin, dass die Frau gerade gestürzt war.

Den Schuh, der auf der Seite lag, hatte sie wahrscheinlich verloren, als sie gefallen war. Es waren schöne schwarze Pumps mit siebeneinhalb Zentimeter hohen Absätzen. Das Licht glänzte auf dem glatten Leder. Irgendetwas stimmt mit ihnen nicht, dachte sie und betrachtete sie stirnrunzelnd. Die Schuhe stimmten nicht. Irgendetwas fehlte.

Sie hatte keine Ahnung, was es sein konnte. Alle Teile eines hochhackigen Schuhs waren vorhanden: Absatz, Sohle, Schaft. Doch es gab noch zahllose Verzierungen und Designs, die einen Schuh verschönern konnten. Das war etwas, das sie vielleicht besser im Schlaf hinzufügte, wenn sie offen für Ideen war.

Der Männerschuh verwirrte sie. Nicht weil es nur ein Schuh war, sondern wegen der Art, wie er platziert war. Der dazugehörige Mann würde direkt auf die Frau hinabblicken. Er stand zu dicht bei ihr. Ein Zuschauer wäre weiter entfernt. Jemand, der zu Hilfe kommen würde, würde neben ihr knien. Ein Cop – wo würde ein Cop sich positionieren? Ein Ermittler würde ebenfalls neben ihr knien. Und ein Arzt oder Sanitäter würde auch neben ihr knien. So wie dieser Schuh dort platziert war, tat der Mann nichts anderes als … schauen.

Er hat sie getötet.

Der Gedanke durchzuckte sie wie ein Blitz, die Gewissheit elektrisierte sie. Sie malte einen Mord.

Eilig lief sie zum Telefon und rief Richard an. Nachdem er sich gemeldet hatte, kam sie direkt zum Punkt. „Ist Elijah Stokes ermordet worden?"

Er zögerte. „Warum fragst du?"

Sweeney umfasste den Telefonhörer fester. „Weil ich glaube, dass die Schuhe der Anfang einer Mordszene sind. Versuch nicht, mich zu schützen. Sag mir einfach nur die Wahrheit: Ist er ermordet worden? Hast du etwas auf dem Bild gesehen, das mir entgangen ist? Hast du deshalb Kontakt zu seinem Sohn aufgenommen?"

„Ja", entgegnete er. „Hör mal – ich habe heute Abend ein Geschäftsessen, doch ich werde es verschieben und schaue dann bei dir vorbei."

„Nein, das brauchst du nicht. Mir geht es gut. Ich habe nur nachgedacht. Im Übrigen arbeite ich."

Wieder gab es ein kurzes Schweigen, ehe er leise lachte. „Und ich soll dich nicht stören, stimmt's?"

„Genau." Sie hielt inne und runzelte die Stirn. Sich Gedanken über die Gefühle eines anderen Menschen zu machen, wenn sie arbeiten wollte, war etwas ganz Neues für sie. „Bin ich dir damit zu nahe getreten?"

„Natürlich nicht." In seiner Stimme schwang ein Hauch von Zärtlichkeit mit.

„Gut." Sie atmete durch. „Wie bist du darauf gekommen, dass Mr Stokes ermordet worden sein könnte? Was hast du bemerkt?"

„Die Kopfverletzung. Du hast keine Treppe gemalt, und er lag offensichtlich zwischen zwei Gebäuden. Für mich sah es aus wie eine Verletzung durch stumpfe Gewalteinwirkung."

„‚Eine Verletzung durch stumpfe Gewalteinwirkung'", wiederholte sie. So redete kein Laie. Sie hatte das aufregende Gefühl, dass sie eine Facette an Richard entdeckte, die sie nicht erwartet hätte. „Hast du eine medizinische Ausbildung erhalten?"

„Nur die wenigen Erste-Hilfe-Dinge, die wir als Soldaten so gebraucht haben. Ich kann einen einfachen Knochenbruch richten, ein ausgekugeltes Gelenk wieder in die Gelenkpfanne zurückdrücken und eine Blutung stillen. Solche Sachen."

„Und du weißt, wie eine Verletzung durch stumpfe Gewalteinwirkung aussieht."

„Ich habe so etwas schon gesehen."

Irgendwie wusste sie genug über das Militär, um sicher zu sein, dass nur Sanitäter eine solche Ausbildung genossen. Gut, ihr Wissen stammte aus Büchern und Filmen, also täuschte ihr Eindruck vielleicht. Doch ein Sanitäter bekam für gewöhnlich eine umfangreichere Ausbildung als das, was Richard beschrieben hatte. „In welcher Army warst du?", fragte sie neugierig.

„In der United States Army", entgegnete er und wirkte wieder belustigt. Sie konnte beinahe vor sich sehen, wie er den Mund zu einem Lächeln verzog. „Aber ich war tatsächlich in einer Spezialeinheit. Ich war ein Ranger."

Sie hatte von Rangern gehört, die in Wäldern und Parks angestellt waren und dort für Ordnung sorgten. Und sie kannte den *Lone Ranger*. Darüber hinaus hatte sie keine Informationen über Ranger. „Mein militärisches Wissen ist, sagen wir mal, etwas begrenzt. Was machen die Ranger?"

„Sie tragen echt schicke schwarze Barette."

„Und sonst noch?"

„Gefährliche Dinge. Es ist eine hoch spezialisierte Infanterieeinheit."

„Hoch spezialisiert? Auf was?"

Er seufzte. „Überraschungsangriffe."

„Überraschungsangriffe?"

„Du klingst wie ein Papagei."

„Ihr wart eine Kommandotruppe, oder?" Staunen schwang in ihrer Stimme mit. Sie hatte nur Freundlichkeit und Sanftheit von ihm erlebt. Nein, nicht Sanftheit. Das war der falsche Ausdruck. Zärtlichkeit war treffender. Doch er war auch entschlossen. Und sie hatte am eigenen Leib erfahren, dass er Menschen mit einem Blick beeinflussen konnte. Sie hatte gesehen, wie mühelos er beim Zusammentreffen mit Senator McMillan die Oberhand gewonnen hatte.

„So kann man es auch nennen. Honey, ich bin neununddreißig Jahre alt. Ich bin vor fünfzehn Jahren aus der Army ausgeschieden. Was ich damals gemacht habe, spielt heute keine Rolle mehr."

„In gewisser Hinsicht tut es das doch. Du erkennst sofort eine Verletzung durch stumpfe Gewalteinwirkung. Dir war klar, dass du Fragen stellen musstest. Zu wissen, dass Mr Stokes ermordet worden ist, heißt für mich, dass ich die Dinge, die ich gerade mache, mit anderen Augen betrachte. Ich bin mir sicher, dass der Mörder auf dem Bild, das ich male, zu sehen ist. Er steht vor ihr und sieht auf sie herab."

Er konnte ihrem Gedankengang leicht folgen. „Aufgrund der Positionierung des Männerschuhs?"

„Wenn er dort wäre, um ihr zu helfen oder um zu ermitteln, würde er dann nicht neben ihr knien? Ein Beobachter wäre weiter entfernt. Ich werde versuchen, an dem Gemälde zu arbeiten, während ich wach bin. Dann schaue ich mal, was passiert. Ich denke, sie ist noch nicht tot. Ich glaube, ich nehme etwas wahr, das in der Zukunft passieren wird, und deshalb male ich immer nur einen Teil. Wenn ich es fertigstellen kann, erkennen kann, wer sie ist, dann kann ich es möglicherweise verhindern."

Er sagte ganz sanft: „Ich denke, du kannst das Bild erst vollenden, wenn es schon zu spät ist."

Sie hörte die Besorgnis in seiner Stimme. „Aber ich muss es wenigstens versuchen", flüsterte sie. Ihre Kehle war mit einem Mal wie zugeschnürt. Sie schluckte. Sie wollte nicht schon wieder vor ihm in Tränen ausbrechen. Wenn sie weinte, dann nur aus einem wirklich wichtigen Grund – wie zum Beispiel, weil ihr kalt war.

„Ich weiß. Hast du einen Stift?"

Sie griff nach dem Stift und dem Block neben dem Telefon. „Ja."

„Hier ist meine Handynummer." Er nannte ihr die Nummer. „Ich habe das Handy heute Abend dabei. Ruf mich an, falls irgendetwas passiert und du wieder unter Schock stehst."

„Wie viele Nummern hast du eigentlich?", murmelte sie. „Das sind schon drei."

„Tja, es gibt noch eine Faxnummer, falls du die auch noch haben möchtest."

„Ach, ich schätze nicht, dass ich dir ein Fax schicken werde."

Er lachte leise. „Pass auf dich auf. Die letzten paar Tage waren hart für dich. Lass dich davon nicht unterkriegen."

„Ich bin vorsichtig", versprach sie und kehrte zurück ins Atelier. Ihr war wohlig warm durch die Ruhe und Gelassenheit, die Richard ausgestrahlt hatte, durch das Gefühl, jemanden an ihrer Seite zu haben. Egal, wie verstörend die Situation wurde, sie war nicht allein.

Eine ganze Weile starrte sie das Bild an. Zu vermuten, dass sie einen Mord betrachtete, veränderte ihren Blickwinkel. Mit einem Kohlestift skizzierte sie anhand der Beine die wahrscheinliche Position der Frau. Und wenn der rechte Fuß des Mannes *hier* war, konnte sein linker Fuß nur *hier* sein. Nein, das stimmte nicht. Der Winkel war nicht richtig. Sie brauchte einen direkteren Winkel – zwar nicht ganz frontal, jedoch beinahe.

Sie spürte, dass nun die Anordnung auf dem Gemälde stimmte. Ihre Finger flogen nur so über die Leinwand, als sie zu den Details, die sie schon gemalt hatte, die groben Konturen zweier Menschen skizzierte.

Nachdem sie fertig war, zitterte sie und fühlte sich so erschöpft, als hätte sie tagelang gearbeitet statt nur … Sie wusste nicht genau, wie lange sie an der Staffelei gestanden hatte. Ein Blick aus dem Fenster zeigte, dass die Nacht bereits hereingebrochen war. Sie hatte keine Ahnung, wie spät es war, doch ihr Magen knurrte und mahnte sie, dass es schon längst hätte Abendessen geben müssen. Ihr war ein bisschen kalt, doch das war nicht ungewöhnlich. Ihre Bemühungen hatten nicht diese beängstigende, tiefe Kälte ausgelöst – zumindest bis jetzt nicht. Wie sie sich in ein paar Stunden fühlen würde, konnte sie nicht sagen.

Sie rieb sich über die Augen. Plötzlich fiel ihr ein, dass ihre Finger voller Kohlenstaub waren. Unterdrückt fluchend verschwand sie im Badezimmer und warf einen Blick in den Spiegel. Die schwarzen Flecken in ihrem Gesicht überraschten sie nicht. Sie wusch sich Gesicht und Hände und marschierte dann in die Küche.

Suppe war immer gut – sie ging schnell und war heiß. Sie öffnete eine Dose mit Hühnersuppe mit Nudeln und wärmte sie sich in der Mikrowelle auf. Was Richard wohl bei dem Geschäftsessen serviert bekam? Wichtiger noch: Würde er jemals von ihr erwarten, dass sie ihn zu diesen Anlässen begleitete? Die Vorstellung behagte ihr nicht gerade. Aber sie beschloss, dass sie das schaffen würde. Wenn nötig, würde sie sich sogar ein Paar High Heels besorgen.

Himmel, es schien ernst zu sein. Sie sollte eigentlich weglaufen – so weit und schnell sie konnte. Stattdessen löffelte sie ihre Nudelsuppe und musste darüber lächeln, was sie alles zu tun bereit war, falls Richard sie darum bitten würde.

Sie duschte und ging ins Bett. Kurz nach Tagesanbruch wachte sie auf. Ihr war warm, und sie war entspannt. Sie war fast ein bisschen enttäuscht; in Richards Armen zu liegen war nicht gerade eine Überwindung, auch wenn ihr noch so kalt war.

Eine Zeit lang blieb sie noch im Bett und genoss die Wärme. Eine Heizdecke war zwar nicht so gut wie Richard, allerdings musste sie damit auskommen. Sie verlor sich eine Weile in Tagträumen, lächelnd, ehe ihr auffiel, dass es nicht heller wurde.

Sie setzte sich auf und schaute aus dem Fenster. Nebel drückte gegen die Scheiben, weiß und ein bisschen leuchtend, als wäre er dünn genug, um ein wenig Sonnenlicht hindurchzulassen. Das Licht war seltsam reflektierend und schien die Schatten im Raum aufzuhellen, wie Sonnenschein auf Schnee.

Danach konnte sie sich nicht daran erinnern, aus dem Bett aufgestanden zu sein. Sie zog sich wie immer dicke Socken, einen Pullover und eine Jeans an. Die Kaffeemaschine war noch nicht angesprungen – sie war zu früh dran –, also machte sie die Zeitschaltuhr aus und stellte die Maschine von Hand an. Dann ging sie in ihr Atelier, weil dieses weiße Licht zu außergewöhnlich war, um es zu verpassen.

Sie wusste genau, was an den hochhackigen Frauenschuhen fehlte.

Zwanzig Minuten später trat sie von der Staffelei zurück und blinzelte. Es war bestimmt nicht einfach, auf diesen Absätzen zu laufen. Eine kleine goldene Kugel war in der Mitte jedes Absatzes. Die Schuhe waren unverwechselbar und unglaublich modisch. Wenn sie jemals ein Paar solcher Schuhe gesehen hatte, hätte sie sich mit Sicherheit daran erinnert.

Und das Kleid – das Kleid war unten weit ausgestellt. Sexy. *Schwarz.* Die Frau auf dem Bild trug ein schwarzes Kleid.

Tief in ihrem Inneren musste sie lachen. Das hier war New York City – selbstverständlich trug die Frau Schwarz.

Stunden später riss das Klingeln des Telefons sie aus ihrer Trance. Sie erschauerte und machte einen Schritt zurück. Einen Moment lang war sie sich nicht sicher, wo sie war und was das für ein Geräusch war. Dann wurde ihr klar, dass es das Telefon war, und sie rannte los, um den Hörer abzunehmen.

„Geht es dir gut?“, wollte Richard wissen. Siedend heiß fiel ihr ein, dass sie ihn eigentlich hätte anrufen sollen.

„Mir ging es gut“, erwiderte sie noch immer benommen. „Letzte Nacht ist nichts passiert. Heute Morgen allerdings … Ich habe gemalt. Ich *wusste* einfach, wie es aussehen sollte. Wie spät ist es?“

„Halb zehn.“

Sie hatte beinahe vier Stunden lang gearbeitet. Und sie konnte sich kaum daran erinnern.

14. KAPITEL

Sie war in eine Decke gehüllt und hatte eine Tasse mit heißem Kaffee in der Hand, als Richard bei ihr eintraf. Ihr war kalt, doch die Kälte war nicht unerträglich – zumindest bisher nicht. Er beugte sich herunter und gab ihr einen flüchtigen Kuss. Dann wollte er sie in die Arme schließen, um das Kältegefühl zu vertreiben.

„Warte", sagte sie. „Ich will, dass du dir zuerst das Bild ansiehst."

Er ging mit ihr ins Atelier und konzentrierte sich schweigend auf die Leinwand. Die Gewalt in der Szene war sehr anschaulich. Die Leiche der Frau lag ausgestreckt in einer Blutlache, die in den hellen Teppich gesickert war. Ihr schickes schwarzes Kleid war in Fetzen geschnitten worden, und der Arm, den Sweeney gemalt hatte, war mit Wunden übersät.

Der Mann, der über ihr stand, war entspannt. Das Messer, das er benutzt hatte, befand sich noch in seiner rechten Hand, die herabhing. Von den Schuhen aufwärts hatte sie ihn bis zur Taille fertig gemalt. Er trug eine schwarze Hose, vermutlich eine Jeans, auch wenn sie nicht zu den Budapestern passte. Außerdem hatte sie den Anfang eines schwarzen Hemdes gemalt.

„Vielleicht ein Einbrecher", meinte Richard nüchtern. Man merkte ihm an, dass er die Angelegenheit vom Verstand her und vollkommen emotionslos zu betrachten versuchte. „Sie sind beide in Schwarz gekleidet, allerdings macht sie den Eindruck, als käme sie gerade von einer Party. Die Männerschuhe passen trotzdem nicht ins Bild. Ein Einbrecher würde Turnschuhe tragen oder sonstige Schuhe mit weicher Sohle."

„Ich habe auch schon gedacht, dass die Schuhe seltsam sind. Sie sehen komisch aus." Ihr gefiel die Art nicht, wie sie die Füße gemalt hatte; die Proportionen schienen nicht ganz zu stimmen. Doch während sie darüber nachdachte, dies zu korrigieren, konnte sie das fertige Bild einfach nicht vor ihrem inneren Augen sehen. Vielleicht war sie bloß erschöpft und würde nach einer kleinen Pause wieder klarer im Kopf sein.

„Ich muss das zu Ende bringen", sagte sie. Obwohl sie den gereizten Tonfall in ihrer Stimme hörte, konnte sie nichts dagegen tun. Sie stand kurz davor, zu jammern. „Ich muss wissen, wer sie ist."

„Honey..." Er umfasste ihre Schultern und drehte sie zu sich herum. „Du musst versuchen, zu akzeptieren, dass du es vermutlich erst nach der Tat wissen wirst. So war es bei Elijah Stokes auch ..."

„Aber das hier, was auch immer es ist, wird immer stärker. Oder vielleicht werde ich nur besser im Umgang mit dieser Gabe. Was ich jetzt male, liegt in der Zukunft – also warum sollte mir nicht die Identität der Frau offenbart werden, bevor es zu spät ist?"

„Es könnte sein, dass es kein Einbruch ist, der schiefgelaufen ist. Es könnte auch ein geplanter Mord sein."

Sie war nicht seiner Meinung. „Welchen Unterschied würde das machen?"

„Der Entschluss ist schon gefasst. Wenn ich einen Mord begehen wollte, wären die Vorbereitungen dafür bis ins Detail durchdacht. Was du malst, könnte also ein Plan sein, den es *jetzt* schon gibt – nicht erst in der Zukunft."

Sie warf ihm einen grimmigen Blick zu. Zumindest war der Blick so grimmig, wie es ging, wenn man wie Espenlaub zitterte. „Sei nicht so nüchtern und sachlich", stieß sie hervor, obwohl ihr klar war, dass er recht hatte.

„Nüchtern und sachlich zu sein hat mich reich gemacht. Komm schon. Du kannst im Augenblick sowieso nichts daran ändern. Wenn das Bild fertig ist, hast du wenigstens das Gesicht des Mörders. Du kannst sie wahrscheinlich nicht retten, doch du kannst ihr auf andere Art und Weise helfen." Den Arm fest um sie geschlungen, führte er sie zur Tür.

„Du behandelst mich wie ein kleines Kind, oder? Ich hasse es, so behandelt zu werden. Ich bin keiner dieser launischen Künstler, die hysterisch werden, sobald irgendetwas schiefläuft."

„Ich weiß", entgegnete er beruhigend und lächelte über den wilden Blick, den sie ihm zuwarf.

Er machte es sich mit ihr auf der Couch bequem, hatte sie auf dem Schoß und breitete die Decke über sie beide. Heute zieht er sein Hemd nicht aus, dachte sie enttäuscht. Und er wollte sich offenbar auch nicht mit ihr zusammen hinlegen. Sie verstand – die Versuchung wäre zu groß. Der Austausch von Körperwärme war mit Kleidung nicht so wirkungsvoll wie ohne, aber die Lust war so besser zu beherrschen.

Er hielt sie fest an sich geschmiegt und dämpfte so ihr Zittern. „Ich war mir sicher, dass es diesmal nicht passieren würde", sagte sie und hatte ihren Kopf auf seine Brust gebettet. „Ich war wach. Ich habe gestern Nacht an dem Bild gearbeitet und habe mich gut gefühlt. Also warum ist mir heute Morgen so kalt?"

„Vielleicht geht es darum, wie tief du verwickelt bist oder wie lange du arbeitest."

Typisch Richard, schoss es ihr durch den Sinn, dass er eine vernünftige, logische Erklärung für dieses eigentlich vollkommen unlogische Geschehen parat hat. Wenigstens nahm er sie ernst und dachte nicht, dass sie Panikattacken hatte oder zur Hysterie neigte. Er glaubte ihr etwas, das sie selbst kaum glauben konnte.

Ruhig lag sie eine Weile nur da, spürte seine Hitze durch ihre Haut dringen und fühlte, wie sie schläfrig wurde. Allmählich wurde ihr auch wieder warm. Wenn sie sich auf das hier freuen konnte, waren die Kälteschauer gar nicht so schlimm. Sie erinnerte sich daran, wie er sie beide bis auf die Unterwäsche ausgezogen hatte, und ihre Brustspitzen richteten sich auf. Verlangen breitete sich in ihrem Inneren aus. Vielleicht, überlegte sie verschmitzt, macht er das wieder, wenn ich so lange damit warte, ihn anzurufen, bis mir wirklich kalt ist. Hitze durchflutete sie, als sie sich erinnerte, welche Lust sie empfunden hatte, als sie sich an ihm gerieben hatte. Sie wollte das wieder erleben. Oft.

Was die Versuchung betraf, war es nicht besser, auf seinem Schoß zu sitzen, als neben ihm zu liegen. Sie verspürte eine körperliche Begierde, die sie mit ihrer Heftigkeit erschütterte. Seine Erektion, die gegen ihre Hüfte drückte, war hart, und die bloße Willenskraft allein hinderte sie daran, sich umzudrehen und sich rittlings auf ihn zu setzen. Die Willenskraft ließ allerdings von Tag zu Tag nach und wurde schwächer.

Er strich ihr das Haar aus dem Gesicht und hauchte einen Kuss auf die zarte Haut an ihrer Schläfe. „Gute Neuigkeiten", murmelte er. „Candra hat einen Termin für die Unterzeichnung der Papiere ausgemacht. Morgen ist es so weit. Sie hätte es heute erledigt, jedoch müssen in der Vereinbarung noch einige Dinge hinzugefügt und abgeändert werden. Ich habe schon dafür gesorgt, dass der Antrag nächste Woche vor Gericht kommt."

Sie neigte den Kopf ein bisschen und starrte ihn an. Da sie wusste, wie viel das Zivilgericht in New York zu tun hatte und wie lange so etwas für gewöhnlich dauerte, war sie erstaunt. Er hatte für ein kleines Wunder „gesorgt". „Wie hast du das geschafft?"

„Geld." Er klang ungerührt. „Ich habe es, also tun viele Leute mir Gefallen. Ich habe ein paar davon eingefordert." Die Hand an ihren Hinterkopf gelegt, presste er sie wieder sanft an seine Brust. Seine Lippen fuhren sacht über ihre Schläfe bis zu einem Augenlid. „Ab nächster Woche kann ich dich, wenn dir kalt ist, von innen heraus wärmen."

Oh Gott, das gelang ihm schon jetzt. Ihr Herz klopfte wie wild, und das Blut rauschte durch ihre Adern. „Ach, du machst das ganz gut so", brachte sie atemlos hervor.

„So wie du zitterst und bebst, müsste ich gar nichts machen. Ich müsste dich nur an den Hüften fassen, mich zurücklehnen und den Ritt genießen."

Sie brach in Lachen aus. Ihre Arme steckten unter der Decke fest, die er um sie geschlungen hatte, doch sie boxte ihn mit so viel Kraft, wie sie unter diesen Umständen aufbringen konnte. Grinsend überwältigte er sie, indem er sie einfach küsste.

Ich hatte noch nie so viel Spaß, stellte sie fest, als sie sich entspannt in seine Arme kuschelte und ihren Kopf an seine

Schulter geschmiegt hatte. Trotz der Situation, in der sie sich befand, genoss sie jede Sekunde mit ihm. Es gelang ihr, eine Hand zu befreien, in seinen Nacken zu legen und ihre Finger in seinem Haar zu vergraben. Das Gefühl war wundervoll: Sein seidig weiches Haar war nah an seiner Kopfhaut warm und an den Spitzen kühl.

Sie wollte, dass er den Kuss vertiefte. Sie wollte es. Aber er zog sich mit einem Seufzen zurück. Sein Gesicht wirkte angespannt. Sie wusste, dass seine Selbstbeherrschung genauso wankte wie ihre. Seine dunklen Augen spiegelten wider, wie mühsam er sich zusammenriss, und eine zarte Röte war auf seinen Wangen zu erkennen. „Wenn es so weitergeht, kann ich dich nicht einmal mehr küssen", murmelte er schroff.

„Wenn es so weitergeht oder weiter*steht*?" Sie wollte ihn ärgern, doch ihre Stimme klang dazu viel zu rau.

Der Laut, den er ausstieß, war eher ein Knurren als ein Lachen. „Beides." Er atmete durch die Nase aus. „Sprich mit mir. Lenk mich ab."

„Worüber möchtest du reden?" Sie war ein bisschen benommen und wusste nicht, ob sie zu einer ernsthaften Unterhaltung in der Lage wäre.

„Egal. Bist du tatsächlich in Italien geboren?"

„Tatsächlich. In Florenz, um genau zu sein. Meine Mutter verspürte den Drang, eine Art Pilgerreise zu unternehmen – für ihre Kunst. Ich kam zwei Wochen zu früh. Das hat ihre Reiseplanung offensichtlich vermasselt. Ich konnte den Muttermilchersatz nicht bei mir behalten und verlor immer mehr Gewicht. Also blieb ich im Krankenhaus, während sie versuchte, so viel von ihrer ursprünglichen Reise zu retten, wie möglich war. Zähe Frau, meine Mutter. Zwei Tage nach meiner Geburt war sie wieder unterwegs. Als sie dann bereit war, den Heimweg anzutreten, schaute sie im Krankenhaus vorbei, um mich abzuholen. Doch bei der Ausreise gab es Probleme – sie hatte keine vollständigen Papiere. Und so blieb ich noch eine Woche, bis endlich alles geklärt war."

Sie erzählte es in einem belustigten Tonfall, weil sie sich längst damit abgefunden hatte, dass die Sorge ihrer Mutter für ihre Kinder sich in Grenzen hielt – und das galt nicht nur für Sweeney, sondern auch für ihren Bruder. Richard lachte allerdings nicht. Er lächelte nicht einmal. Sein Blick war hart. „Willst du damit sagen", brachte er tonlos hervor, „dass deine Mutter ihr krankes Baby im Krankenhaus zurückgelassen hat, damit sie weiter ihre *Ferien* genießen konnte?"

„Ja. Tja, so ist Mom." Sweeney versuchte, die Atmosphäre aufzulockern, indem sie lachte. Es funktionierte nicht.

„Wo war dein Vater?"

„Ich schätze, er hat irgendwo einen Film gedreht. Ich glaube, das haben sie mir nie erzählt."

Fasziniert beobachtete sie, wie er die Lippen aufeinanderpresste. Wenn er sie noch stärker zusammenpresste, würden sie unter dem Druck vermutlich zerbersten. Seine Reaktion überraschte sie. Sie machte sich schon lange keine Gedanken mehr über das Verhalten ihrer Eltern. Sie rechtfertigte es nicht und bemühte sich auch nicht mehr, es zu hinterfragen. „Hey", meinte sie sanft. „Sie haben mich nicht geschlagen oder so. Sie haben uns nur nicht beachtet. Punkt. Es gibt Schlimmeres."

„Uns?"

„Ich habe einen Bruder und einige Halbbrüder und Halbschwestern aus den diversen Ehen meines Vaters. Es ist durchaus möglich, dass noch das eine oder andere Kind hinzugekommen ist, seit ich zuletzt von ihm gehört habe."

„Stehst du deinem Bruder nahe?"

„Nein. Er lebt nach dem Motto: Wenn du sie nicht besiegen kannst, schließe dich ihnen an. Sein Ziel im Leben ist es, high und trendy zu sein. Ich habe seit … ach, bestimmt seit mehr als drei Jahren nicht mehr mit ihm gesprochen."

„Himmel", murmelte er.

„Ich habe allen immer eine Postkarte geschickt, wenn ich umgezogen bin, damit sie meine aktuelle Adresse und Telefonnummer haben. Ich habe jedoch nie eine Antwort darauf erhalten.

Ich weiß nicht einmal, ob ihre Adressen noch stimmen. Was ist mit deiner Familie?"

„Meine nächsten Angehörigen sind tot. Mein Vater starb, als ich drei war, und meine Mutter und ich haben bei meinem Großvater gelebt. Er ist vor acht Jahren gestorben. Meine Mom ist seit fünf Jahren tot. Ich habe zwei Onkel und eine Tante väterlicherseits. Außerdem habe ich Cousinen und Cousins, von denen die meisten in Virginia leben. Für Familienfeste fahre ich nach Hause, manchmal auch zu Weihnachten. Doch Candra hat es gehasst, mit meinen Verwandten zusammen zu sein, also habe ich sie meist allein besucht."

So wie er darüber redete, konnte sie spüren, dass er gern mit seinen Angehörigen zusammen war. Sie versuchte, sich ein großes, lautes Familienfest vorzustellen, bei dem jeder sich freute, den anderen zu sehen. „Entschuldige, aber das übersteigt meine Vorstellungskraft", sagte sie. „Ein Familienfest wäre in *meiner* Familie schlicht ausgeschlossen."

„Was machst du an Thanksgiving und Weihnachten?"

„Nichts." Sie zuckte mit den Schultern. „Arbeiten. Wir kommen auch nicht zu Feiertagen zusammen."

„Dann verbringen wir die nächsten Feiertage in Virginia", beschloss er.

Überrascht setzte sie sich auf. „Du meinst, du willst mich mitnehmen?"

„Tja, ich habe ganz sicher nicht vor, dich hier alleinzulassen."

Jetzt war sie mehr als erstaunt; sie war sprachlos. Über ihre gemeinsame Zukunft hatte sie noch nicht nachgedacht. Eine Beziehung zu haben war so neu und ungewohnt für sie, dass sie nicht wusste, was von ihr erwartet wurde. Und sie hatte sich sicherlich noch keine Gedanken darüber gemacht, wo sie die Feiertage verleben würde.

„Meinst du, wir werden dann noch immer … Du weißt schon …", meinte sie zögerlich.

„Oh ja." Sein Ton war so überzeugt wie ihrer unsicher.

„Tja." Sie rieb sich über die Nase. „Okay."

Er lächelte. „Überwältige mich nicht mit deiner Begeisterung.“ Er warf einen Blick auf die Uhr. „Ich habe einen Termin, den ich absagen muss, wenn ...“

„Nein, geh nur“, unterbrach sie ihn und richtete sich auf. „Mir ist wundervoll warm. Ich habe es nur genossen, hier noch ein bisschen zu sitzen.“

Er betrachtete sie und prüfte ihre Hautfarbe. Dann nahm er ihre Hand und fühlte, ob ihre Finger kalt waren. Sie waren warm, und er hauchte schnell einen Kuss auf ihre Hand. „Gut. Du kannst mich jederzeit erreichen, wenn du mich brauchst. Ich muss heute und morgen Abend zu einem Geschäftsessen. Den Rest der Woche habe ich dann frei.“ Er zwinkerte ihr zu. „Ich glaube, es ist Zeit für ein zweites Date.“

In dieser Nacht kehrte Candra um halb zwölf in ihr Apartment zurück. Für gewöhnlich liebte sie Partys, doch die Feier heute hatte sie nicht genießen können, auch wenn viele ihrer Freunde dort gewesen waren. Unaufhörlich musste sie an den nächsten Tag denken. Dann würde sie die Scheidungspapiere unterschreiben. Ihr ging der Gedanke nicht aus dem Kopf, dass damit die beste Zeit ihres Leben vorüber war. Wahrscheinlich würde sie Richard nie wiedersehen. Vielleicht würde sie eines Tages einen Mann treffen, der ihm das Wasser reichen konnte, aber eigentlich glaubte sie nicht daran.

Er hatte gewonnen. Wenn es einen Sieger gab, musste es auch einen Verlierer geben. Und das war in diesem Fall sie. Sie hatte gegen ihn verloren, denn ihr Fehler war es gewesen, ihn überhaupt herauszufordern. Wenn sie ihm ganz unkompliziert seine Freiheit geschenkt und versucht hätte, ihre Würde zu wahren, wäre er bestimmt großzügiger gewesen. Richard ließ sich nicht zwingen – so einfach war das.

Sie fühlte sich unsäglich müde. Obwohl sie keinen Zweifel daran hatte, dass Carson ihr das Geld überweisen würde, konnte sie im Moment nicht mit besonders viel Begeisterung der Zukunft entgegensehen.

Sie hatte das Licht im Wohnzimmer und im Flur brennen lassen, weil sie nicht gern in eine dunkle Wohnung kam. Früher hatte sie sich darüber keine Gedanken gemacht, denn da war Richard bei ihr gewesen. Manchmal, wenn sie es nicht hatte ertragen können, allein zu sein, hatte sie Kai gebeten, die Nacht mit ihr zu verbringen. Heute Nacht allerdings wollte sie lieber allein sein als mit ihm zusammen. Es schien ihn zu freuen, dass Richard über sie triumphiert hatte. Ich werde ihn auf jeden Fall rausschmeißen, beschloss sie im Stillen. Sein Aussehen war ohne Zweifel ein Vorteil für die Galerie, doch es gab viele gut aussehende junge Männer in New York, die darauf hofften, eine Eintrittskarte in die Kunstszene zu erhalten, und eine Seitentür war manchmal genauso gut wie die Vordertür.

Sie ließ das antike perlenbesetzte Täschchen auf den Tisch im Flur fallen und sperrte ab. Ihre Absätze klapperten auf den unechten Marmorfliesen, während sie durch den Flur lief. Schließlich trat sie auf den feinen hellbeigen Berberteppich im Wohnzimmer. Aus dem Augenwinkel nahm sie eine Bewegung wahr und wirbelte herum. Die Angst raubte ihr für einen Moment die Sprache. Die Hand auf die Brust gepresst, als könnte sie so ihr hämmerndes Herz beruhigen, sagte sie: „Wie, zur Hölle, bist du ins Haus gekommen?“

„Ich besitze einen Schlüssel. Praktisch, nicht wahr?“

„Einen Schlüssel? Das glaube ich nicht. Wie solltest du einen Schlüssel zu meinem Apartment gekriegt haben?“

„Du kennst das alte Sprichwort: Es ist nicht wichtig, was du weißt, sondern wen du kennst.“

„Mir ist egal, wen du kennst. Niemand hat einen Schlüssel zu meiner Wohnung außer mir.“

„Offensichtlich irrst du dich da, meine Liebe.“

Die Selbstgefälligkeit zehrte an Candras Nerven. Sie ließ ihren Blick nach unten wandern und stieß mit einem Hauch Verachtung hervor: „Gehst du noch zu einer Kostümparty, oder warst du fälschlicherweise der Meinung, dass heute schon Halloween ist?“

„Ich habe keinen Fehler gemacht. Du hast einen gemacht.“

Es hatte keinen Sinn, so zu tun, als würde sie nicht verstehen. Candra war sowieso zu müde und zu wütend, um es zu versuchen. „Es geht ums Geld. Es ist nichts Persönliches. Ich brauche Geld – und zwar viel –, und das ist der einzige Weg, es zu bekommen. Es ist eine einmalige Sache.“

Ihre Versicherung schien ungehört zu verhallen. „Hast du wirklich geglaubt, ich würde mir alles, wofür ich hart gearbeitet habe, von dir zerstören lassen?“

„Dir war von Anfang an klar, worauf du dich einlässt, also spiel nicht das Opfer.“

„Ich weiß nur eines mit Sicherheit: Wenn es ein Opfer gibt, dann bin das nicht ich.“ Die Worte klangen sanft, beinahe gelassen. Seine Körperhaltung beim Näherkommen war allerdings alles andere als das.

Plötzlich beunruhigt, wich Candra zurück. „Geh weg! Verschwinde aus meiner Wohnung.“

„Du erteilst hier nicht die Befehle, Darling.“ Er hob eine Hand, die in einem Handschuh steckte. Darin blitzte ein langes Küchenmesser auf.

Candra traf sekundenschnell eine Entscheidung. Sie täuschte an, nach links zur Tür zu rennen. Doch tatsächlich sprang sie nach rechts und lief zum Telefon. Es war kein schnurloser Apparat. Für sie war der Stil wichtiger gewesen als die Zweckmäßigkeit, und sie hatte ein verziertes europäisches Schreibtischmodell gewählt. Ihr blieb gerade noch genug Zeit, um die erste Zahl des Notrufs einzutippen, ehe die Klinge nach unten zischte und sie am Arm erwischte. Sie schrie auf und warf sich zurück. Der rechte Absatz verhedderte sich am Bein des Telefontischchens, und im nächsten Moment lag sie ausgestreckt auf dem Rücken. Noch immer schreiend, rollte sie herum und schaffte es, auf die Beine zu kommen, bevor das Messer unbarmherzig in ihren Rücken drang. Ein Schmerz, der zugleich eiskalt und brennend heiß war, durchzuckte sie. Sie hatte das Gefühl, ohnmächtig zu werden.

Verzweifelt, mit verschwommenem Blick, stürzte Candra nach vorn, weg von der Klinge. „Nein, nein, nein", hörte sie sich selbst stammeln. Sie taumelte zur Seite und wollte sich über die Rückenlehne des Sofas werfen, damit sie etwas Zeit gewann, doch sie war vor Schreck zu fahrig. Mit dem eleganten Schuh blieb sie im Teppich hängen. Ihr Knöchel knickte um. Ein fürchterlicher Schmerz, der den Schmerz in ihrem Rücken fast noch übertraf, durchfuhr ihr Bein. Sie verlor den Schuh und landete auf Händen und Knien. Wieder verspürte sie, wie kaltes Feuer sie durchdrang, diesmal unter ihrem rechten Schulterblatt. Und noch einmal, etwas tiefer in ihrer Seite.

Sie krümmte sich vor Schmerzen zusammen, und ihr gesamter Körper verkrampfte sich im Todeskampf. Sie konnte nicht einmal schreien. Ihr Mund stand offen, und sie rang stumm nach Luft, aber ihre Lunge schien ihr den Dienst zu versagen. Irgendwie drehte sie sich wieder auf die Seite, gelangte auf Hände und Knie und kroch los. Die Kraftanstrengung war übermenschlich, trotzdem wusste sie, dass es nicht reichte. Sie wusste es.

Sie brach auf dem flauschigen Teppich zusammen und landete auf dem Rücken. Wie durch dunklen Nebel sah sie die Klinge auf sich zukommen. Sie schaffte es, den linken Arm zu heben. Sie spürte die Erschütterung durch den Stoß, allerdings keinen Schmerz. Dann gab es noch einen dumpfen Schlag, dieses Mal in ihre Brust. Ihre Rippen schienen unter der Wucht des Stoßes nachzugeben. Noch ein Stich, in das weiche Fleisch ihres Bauches.

Sie keuchte und wand sich auf dem Teppich wie ein Fisch auf dem Trockenen. Mit einem Mal schien alles in Zeitlupe abzulaufen. Oder vielleicht wirkte es auch nur so, als wäre eine ganze Weile vergangen. Der fürchterliche Schmerz ließ nach und wurde von einer wachsenden Mattigkeit ersetzt. Irgendetwas war offenbar mit den Lampen passiert, denn sie konnte nur noch ein schwaches Leuchten in der Dunkelheit erkennen. Sie musste sich bewegen ... Das Messer ... Doch das Messer war nicht mehr da. Sie konnte nur daliegen in der Dunkelheit und fühlen, wie eine seltsame Kälte sich in ihrem Körper ausbreitete, wie ihr Herz langsamer schlug ... langsamer ... langsamer ... Stopp.

Der Angreifer beobachtete den Moment des Todes. Das widerliche Entleeren von Blase und Darm war irgendwie erfreulich. Die Schlampe verdiente es nicht anders, als in ihren eigenen peinlichen Ausscheidungen gefunden zu werden.

Der Rest war schon vorbereitet worden. Die Wohnung war gründlich durchsucht worden, aber leider nicht sehr erfolgreich. Das war ein Problem. Und zwar ein großes. Es war gut, dass sie klug genug gewesen waren, um Vorkehrungen zu treffen.

Glücklicherweise war ein Anruf gekommen, dass Candra die Party früher verlassen hatte und auf dem Weg nach Hause war, denn sonst wäre alles ganz anders gekommen. Das Geld, das Candra in ihrer Wohnung aufbewahrt hatte, und ihr Schmuck waren eingesammelt worden. Die Kühlschranktür stand offen, damit es so aussah, als ob Candra einen Einbrecher in der Küche überrascht hatte. Das würde auch erklären, warum eines der Messer aus dem teuren Set benutzt worden war, das Candra neben dem Küchenbrett stehen hatte: eine Gelegenheitswaffe.

Die behandschuhte Hand öffnete sich, und das Messer fiel auf den Boden neben der Leiche. Die Mordwaffe gehörte hierher und ließ keine Rückschlüsse auf den Täter zu.

Ein Schraubenzieher wurde aus einer Gesäßtasche gezogen. Nachdem das Türschloss ein paar Minuten mit dem Werkzeug bearbeitet worden war, wirkte es so, als hätte sich jemand gewaltsam Zutritt verschafft. Es war allerdings kein großer Schaden. Er war nicht so auffällig, dass eine Frau, die nach einer Party nach Hause kam und in den schwach beleuchteten Flur trat, ihn bemerkt hätte. Doch die Polizei würde sofort auf ihn aufmerksam werden. Wenn das Eindringen nicht gewaltsam erzwungen worden wäre, hätte das bedeutet, dass Candra die Person gekannt hätte oder dass ein Schlüssel benutzt worden wäre. Ein aufgebrochenes Türschloss wies dagegen eindeutig auf einen Fremden hin.

Das Geld und der Schmuck – mehr Schmuck als Bargeld – befanden sich in einer kleinen schwarzen Tasche. Diese Tasche würde an einem sehr, sehr sicheren Ort versteckt werden – für den Fall, dass sie jemals gebraucht werden würde.

15. KAPITEL

Sweeney kroch um kurz nach drei Uhr morgens aus ihrem Bett. Sie ging den Weg durch das dunkle Apartment, ohne zu stolpern oder zu zögern. Ihre Miene war ruhig und kühl. Sie blinzelte kaum. Ihr Herz schlug langsam und regelmäßig.

Als sie das unfertige Bild erreichte, das noch immer auf der Staffelei stand, verharrte sie eine ganze Weile, den Kopf leicht schräg gelegt, davor, als würde sie einer Stimme lauschen, die nur sie hören konnte.

Ihre Bewegungen waren bedächtig, wie in Trance, sowie sie dunkelbraune Farbe aus der Tube drückte und mit Schwarz abtönte. Nachdem sie ein dunkles glänzendes Nerzbraun angemischt hatte, begann sie zu malen. Ihre präzisen Pinselstriche erschufen einen Fächer von dunklen Haaren, unordentlich ausgebreitet auf einem hellbeigen Teppich.

Das Gesicht war schwieriger hinzubekommen. Einen solchen Ausdruck hatte sie noch nie gesehen. Der Spätsommertag zog allmählich herauf, während sie sorgfältig das Gesicht auf die Leinwand brachte. Die Haut war aschfahl, die dunklen Augen geöffnet und verschleiert im Tod, der Mund mit dem Lippenstift schlaff. Tageslicht erfüllte das Atelier, während sie schließlich die Pinsel in einen Becher mit Terpentin stellte, die Farbtuben zuschraubte und so leise ins Bett zurückkehrte, wie sie gekommen war.

Die Sonne strahlte hell durch das Fenster, als Sweeney aufwachte. Unbewusst hatte sie sich zusammengekauert und die Arme um sich geschlungen, damit sie die Wärme speichern konnte. Das Kältegefühl war unglaublich – kälter und tiefer als jemals zuvor. Sie zitterte so heftig, dass das Bett zu beben schien.

Richard. Sie brauchte Richard.

Wimmernd gelang es ihr, zur Bettkante zu krabbeln. Die rot leuchtenden Ziffern auf der Digitaluhr wurden durch die

Helligkeit abgeschwächt, doch es waren ohne Zweifel eine Eins, eine Null, eine Drei und eine Vier. Zehn Uhr vierunddreißig.

Warum hatte Richard nicht angerufen?

Er hätte anrufen sollen. Wenn sie ihn nicht anrief, dann meldete er sich bei ihr. Wie schnell dieser Ablauf zu einem festen Bestandteil ihres Alltags geworden war! Und noch schneller hatte sie sich auf ihn verlassen. Sein Versäumnis erschütterte sie, und das neu gewonnene Vertrauen geriet ins Wanken.

„Richard", flüsterte sie, als könnte sie ihn herbeirufen. Ihre Stimme war dünn und schwach.

Keine Panik, keine Panik, dachte sie. Sie würde es schaffen. Ich werde nicht sterben, versicherte sie sich selbst, ich glaube es nur. Was auch immer für seltsame Regeln für diese übersinnliche Sache galten, sie hatte noch nie gehört, dass es denjenigen umbrachte, der diese Fähigkeiten einsetzte. Nicht, dass sie Zeit gehabt hätte, sich über Hellsichtigkeit oder so etwas zu informieren; sie hatte sich auf die Geister konzentriert. Vielleicht hatte ein Hellseher auch nur einen Versuch – genau wie das Männchen bei den Gottesanbetern.

Richard anrufen. Vielleicht hatte er verschlafen. Wahrscheinlich war es am Abend zuvor beim Geschäftsessen etwas später geworden.

Sie griff nach dem Telefon auf dem Nachttisch. Plötzlich erfasste eine fürchterliche Gewissheit sie. Das Bild. Sie fing an, einen Trend zu erkennen: Je mehr sie vom Gemälde fertigstellte, desto kälter war ihr. So kalt war ihr noch nie gewesen.

In dieser Nacht hatte sie dem Opfer ein Gesicht gegeben.

Eilig kam sie auf die Beine. Sie stolperte ins Atelier. Ihre Bewegungen waren langsam und unbeholfen. Sie musste es wissen, musste es *jetzt* wissen. Jede Sekunde konnte zählen. Richard ging zwar davon aus, dass sie erst nach dem Mord malte, doch tief in ihrem Inneren war sie sich nicht sicher. Und diese Unsicherheit zwang ihre Beine dazu, sich zu bewegen, auch wenn sie sich anfühlten, als würden sie nicht zu ihr gehören, und auch wenn sie ihr nicht hundertprozentig gehorchten. Sie schwankte durch den Raum. Die Kraft, die es kostete, vorwärts zu kommen, war unglaublich. Ihr Körper schmerzte.

Dann erreichte sie das Bild – und wünschte sich, sie hätte es nicht geschafft. Sie stand vor dem Gemälde, Blut rauschte in ihren Ohren, und sie zitterte so stark, dass sie die Zähne zusammenbiss, damit sie nicht so klapperten, dass ihr Kiefer wehtat.

Candra.

Sie starrte die Leinwand an, bis ihr die Augen brannten. Die ganze Zeit über hoffte sie, dass die Züge sich irgendwie verändern, sich neu anordnen und das Gesicht von jemand anders zeigen würden. Sie irrte sich. Sie *musste* sich irren. Sie sah einfach nur eine oberflächliche Ähnlichkeit, und weil Candra zurzeit in ihrem Leben eine so große Rolle spielte, zog sie selbstverständlich den Schluss, dass sie die Frau auf dem Bild sein musste.

Aber das Gesicht war unheimlich genau gemalt, mit der fotografischen Qualität eines Werkes von Gerhard Richter. Und Sweeney wusste, dass sie sehr, sehr gut darin war, Porträts zu malen.

Candra.

Oh Gott, oh Gott.

Sie kannte Candras Nummer nicht. Sie würde sie auch nicht in einem Telefonbuch finden, denn Candra hatte einmal gesagt, dass sie ihre Privatnummer nicht jedermann zugänglich machen wolle. Die Galerie. Sie sollte in der Galerie sein, und dort konnte sie anrufen.

Sie schaffte es bis ins Wohnzimmer und zum schnurlosen Telefon. Doch es ertönte wieder und wieder das Freizeichen, bis schließlich der Anrufbeantworter ansprang. Entmutigt legte Sweeney auf. Ihre Hände zitterten so sehr, dass ihr der Hörer aus der Hand fiel. Als sie ihn aufheben wollte, schien auch ihre letzte Kraftreserve verbraucht, und Sweeney stürzte zu Boden.

Sie landete auf dem Telefon. Der harte Hörer bohrte sich in ihre Rippen. Stöhnend gelang es ihr, sich aufzurichten. Das Telefon auf dem Schoß, tippte sie Richards Nummer ein.

Eine seiner Mitarbeiterinnen meldete sich. Ihre Stimme klang seltsam verhalten.

„Hier ist S…sweeney. Ist Richard da?"

„Tut mir leid, Ms Sweeney, aber er wird heute nicht ins Büro kommen." Sie zögerte und sagte dann: „Mrs Worth – Candra – ist ermordet worden."

„Nein", stöhnte Sweeney und war den Tränen nahe.

„Die Haushälterin hat die … die Leiche gefunden, als sie heute Morgen zur Arbeit gekommen ist. Mr Worth spricht gerade mit der Polizei."

Sweeney merkte, dass ihr Tränen über die Wangen liefen. Sie schluckte und brachte mit erstickter Stimme hervor: „Sagen Sie Richard, dass ich a…angerufen habe."

„Sobald ich kann, Ms Sweeney, werde ich es ihm ausrichten."

Also hatte Richard recht gehabt: Sie konnte nicht helfen, konnte nichts verhindern. Schluchzend legte Sweeney den Kopf auf ihre angezogenen Knie. Was hatte diese Fähigkeit für einen Sinn, wenn sie nichts an den grauenvollen Taten ändern konnte, die sie malte? Warum erlitt sie diese unerträglichen Kälteschocks, wenn es keine Chance gab, die schrecklichen Geschehnisse zu verhindern? Es sollte eine Entschädigung geben, etwas, das diesen Schmerz lohnenswert machte.

Plötzlich begannen ihre Beinmuskeln, gegen die Anspannung zu protestieren, und verkrampften sich so stark, dass sie aufschrie. Keuchend, weinend presste sie die Handballen gegen ihre Schenkel und massierte sie. Sie versuchte, die Muskeln zu kneten, damit sie sich lockerten. Weiter und weiter drückte sie auf die Verhärtungen, doch ihre Muskeln schienen sich immer wieder zu verkrampfen, sobald sie darüber hinweggestrichen hatte.

Einmal hatte sie beobachtet, wie ein Trainer einem Footballspieler einen Krampf wegmassiert hatte. Er hatte beide Hände benutzt und vor und zurück gerieben. Sie hielt den Atem an, um sich zu beruhigen, und legte dann beide Hände auf einen Oberschenkel. Sie konnte den verkrampften Muskel unter ihren Händen spüren. Ein Schmerzensschrei entwich ihr, als sie mit der Bewegung begann, doch Sekunden später ließ der Schmerz tatsächlich ein bisschen nach – zumindest in dem Bein.

Nachdem die Muskeln in dem Schenkel sich endlich ein wenig entspannt hatten, widmete sie sich dem rechten Oberschenkel. Der Krampf war hartnäckiger und kehrte sofort zurück, sobald sie mit der Massage aufhörte. Fünf Minuten lang knetete sie ihr Bein, bis der Krampf sich schließlich löste. Ihr gesamter Körper fühlte sich an wie ein Luftballon mit einem kleinen Loch: Sie sackte in sich zusammen, wurde schlaff. Sie konnte nicht mehr die Kraft aufbringen, aufrecht zu sitzen.

Wärme. Sie brauchte Wärme. Richard würde nicht kommen. Er war noch immer Candras Ehemann. Also würde er der Polizei Rede und Antwort stehen, Dokumente ausfüllen, Candras Leiche identifizieren, Maßnahmen treffen müssen. Sweeney hatte seine Handynummer, doch ihn anzurufen war ausgeschlossen. Sie musste allein damit fertigwerden.

Die Heizdecke würde nichts ausrichten. Heißer Kaffee half ein wenig, allerdings nicht genug. Körperwärme war feuchte Hitze, denn der menschliche Körper bestand zum größten Teil aus Wasser. Das war es, was sie brauchte: feuchte Hitze. Die Dusche reichte nicht. Sie musste in heißes Wasser tauchen.

Sie kroch ins Bad, schleppte sich wie ein verwundetes Tier Meter um Meter vorwärts. Ihre Arme und Beine gehorchten ihr kaum noch, und sie konnte spüren, wie auch ihr Verstand langsamer arbeitete.

Sie nahm fast nie ein Bad in der Wanne; sie duschte immer. Eine Weile starrte sie den Hebel an, der betätigt werden musste, um den Abfluss zu schließen. Angestrengt dachte sie darüber nach, wie er funktionierte, obwohl sie es eigentlich wusste. Die Kälte lähmte sie auch geistig.

Sie drehte das heiße Wasser voll auf und sah zu, wie Dampf in die Luft stieg. Ein Rest von gesundem Menschenverstand schaltete sich ein, und sie betätigte auch den Kaltwasserhahn. Wenn das Wasser zu heiß wäre, würde sie sich verbrühen. Und selbst wenn es nicht heiß genug wäre, um sie zu verbrühen, so könnte es sie dennoch umbringen – immer wieder starben Menschen an einem Herzinfarkt, weil sie zu lange in zu heißem Wasser gebadet hatten. Sie musste vorsichtig sein.

Sie streckte die Hand aus und hielt sie unter den Wasserstrahl. Wundervolle Wärme strömte über ihre Finger. Es fühlte sich so gut an, dass sie das Wasser auch über die andere Hand fließen ließ. Schlapp lag sie auf dem Wannenrand, denn sie hatte nicht die Energie, sich aufzusetzen.

Nachdem die Wanne voll war, stellte sie den Wasserhahn ab und kletterte hinein. Sie machte sich nicht die Mühe, ihren Pyjama auszuziehen. Beinahe hätte sie aufgeheult, als sie in das heiße Wasser sank. Die Hitze war unglaublich intensiv. Ihre Zehen pochten. Durch das klare Wasser hindurch blickte sie ihre nackten Füße an; sie waren bläulich weiß vor Kälte.

Sie glitt tiefer in die Wanne, bis ihr Kinn die Wasseroberfläche berührte. Haarsträhnen trieben um ihre Schultern. Durch ihr Zittern entstanden kleine Wellen auf dem Wasser. „Bitte, bitte, bitte“, hörte sie sich selbst immer wieder murmeln. *Bitte mach, dass es funktioniert.* Wenn es nicht klappte, würde sie den Notruf wählen müssen. Vielleicht hätte sie es schon längst tun sollen, doch ein Teil von ihr konnte nicht glauben, dass das Kältegefühl so ernst war.

Allmählich wurde ihr warm. Es ging langsam, Stück für Stück. Die Wärme des Wassers durchdrang nach und nach ihre Haut. Das Bibbern wurde schwächer, sodass es nicht mehr unaufhörlich andauerte. Zwischen den Attacken hatte sie Zeit, sich zu erholen. Erschöpft legte sie am abgeschrägten Ende der Wanne den Kopf auf den Rand. Zuvor war sie immer müde geworden, sobald ihr warm gewesen war. Und je kälter ihr vorher gewesen war, desto schläfriger war sie auch gewesen. Sie musste darauf achten, nicht in der Wanne einzuschlafen.

Nach einer Weile kühlte das Wasser ab. Ihre Finger und Zehen waren rosa und schrumpelig. Sie ließ ein bisschen Wasser ab- und dann heißes Wasser nachlaufen. Sie zwang sich, aufrecht sitzen zu bleiben. Die Gefahr, einzuschlafen, war nicht zu unterschätzen. Genauso wie zu lange im Wasser zu bleiben. Nur noch ein paar Minuten, versprach sie sich selbst.

Irgendwann im Laufe der paar Minuten begann sie zu weinen. Wie die meisten Menschen war Candra weder durchweg gut noch ganz und gar schlecht gewesen. Bis sie Sweeney und Richard zusammen gesehen hatte, war sie warmherzig und freundlich gewesen. Candra hatte viel für Sweeneys Karriere getan.

Sweeney bereute die Art, wie sie auseinandergegangen waren. Allerdings bereute sie ihre Beziehung zu Richard nicht. Sie konnte es nicht bereuen. Auch wenn das Timing hätte besser sein können. Wenn die Scheidung rechtskräftig gewesen wäre, wenn Candra wegen der Trennung nicht so verbittert gewesen wäre … Es gab so viele Wenns und Abers. Doch nichts davon war zu ändern.

Sie wagte es nicht, länger in der Wanne zu bleiben. Sie öffnete den Abfluss und stemmte sich zitternd hoch, um auf die Beine zu kommen. Ihre Muskeln fühlten sich weich an. Sie zog ihren triefnassen Pyjama aus und hängte ihn über die Stange des Duschvorhangs. Sich abzutrocknen bedeutete eine unglaubliche Anstrengung. Schließlich musste sie sich auf den Toilettendeckel hocken, damit sie es schaffte, ihre Beine und Füße abzureiben.

Ihre Haare rubbelte sie auch trocken. Sie musste zurück ins Bett, zumindest für eine Weile, allerdings wollte sie sich nicht mit nassen Haaren hinlegen. Das würde nur ein neues Kältegefühl auslösen. Ihre Lider wurden schwer, und sie sackte zur Seite. Im letzten Moment gelang es ihr, sich abzustützen. Sie konnte sich nicht länger um ihre Haare kümmern. *Vielleicht sollte ich sie abschneiden.* Doch als ihr gesunder Menschenverstand wieder einsetzte, schüttelte sie den Kopf über diese Idee. Von einem Stapel frischer Handtücher nahm sie eines herunter und schlang es sich um den Kopf. Alle nassen Strähnen verschwanden unter dem Frotteestoff. Mehr konnte sie nicht tun.

Sie wankte zurück ins Bett. Die Heizdecke war noch an. Nackt kroch sie unter die warme Decke und war eingeschlafen, sobald sich ihre Muskeln entspannt hatten.

Detective Joseph Aquino war ein kräftiger Mann mit klugen Augen und einem vielleicht nicht gut aussehenden, aber freundlich wirkenden Gesicht, das Vertrauen weckte. Detective H. E. Ritenour war schlank und wirkte kämpferischer als sein Kollege. Sein blondes Haar trug er sehr kurz, und er hatte die Angewohnheit, seinen stechenden Blick auf einen Verdächtigen zu richten und nicht zu blinzeln, bis der andere ins Schwitzen kam.

Richard spielte keine Spielchen. Er war nicht unruhig oder nervös, und er wollte wetten, dass er mit der Disziplin, die man ihm beigebracht hatte, dem Detective die Stirn bieten konnte.

Als sie am Morgen bei ihm zu Hause aufgetaucht waren, um ihm mitzuteilen, dass Candra tot war, hatte er sofort gewusst, dass er auf ihrer Liste der Verdächtigen ganz oben stand.

Er verhielt sich zurückhaltend und versuchte in jeder Hinsicht, sich kooperativ zu zeigen. Trotz des Entsetzens, das seinen Verstand lähmte, bemühte er sich, zu funktionieren und mit den Detectives zusammenzuarbeiten.

Er liebte Candra schon lange nicht mehr, und im letzten Jahr hatte er sie sogar gehasst, doch er hatte sich nie ihren Tod gewünscht. Er hatte nur gewollt, dass sie aus seinem Leben verschwand. Jetzt war sie aus seinem Leben verschwunden – und zwar endgültig. Der Tod eines Menschen, den man kannte, war immer ein Schock. Die Welt veränderte sich, und für eine Weile hatte man mit dem jähen Umbruch zu kämpfen.

Weil ihre Scheidung noch nicht rechtskräftig war, trug er immer noch die Verantwortung für alles Organisatorische. Er identifizierte ihre Leiche. Und obwohl er schon Leichen gesehen hatte, waren das Tote aus Militäraktionen gewesen, aus Kriegshandlungen. Damals hatten sie sich mit dem Wissen in diese Situationen begeben, dass es mögliche Opfer geben würde, und sie hatten das Risiko akzeptiert und es getan. Das hier war etwas anderes. Das hier war die Frau, mit der er zehn Jahre lang sein Leben geteilt hatte – wenn auch nur oberflächlich. Er hatte mit ihr in einem Bett gelegen, hatte mit ihr geschlafen und sie, am Anfang zumindest, auch geliebt. Jetzt verspürte er nur noch Bedauern; aber das war echt.

Er rief ihre Eltern an, die aus Manhattan fortgezogen waren, nachdem ihr Vater beinahe jeden Penny, den er besessen hatte, in riskanten Aktiengeschäften verloren hatte. Inzwischen lebten Charles und Helene Maxson außerhalb von Ithaca. Ihre Wohnverhältnisse waren so einfach, dass Candra sie immer in die Stadt eingeladen hatte, statt auch nur eine Nacht in dem, wie sie es genannt hatte, „Schuppen“ ihrer Eltern zu verbringen. Richard hingegen hielt das Ranchhaus aus Ziegelsteinen für gehobene Mittelklasse und um einiges besser als das, was viele andere Menschen besaßen. Doch Candra war in Reichtum aufgewachsen, während Richard wegen seiner eigenen Erfahrungen alles aus einem anderen Blickwinkel wahrnahm.

Wegen der Umstände erklärte Richard Charles, er würde mit den wichtigen Entscheidungen auf ihn und Helene warten. Candra war ihre Tochter gewesen; sie empfanden eine große Trauer. Es lag bei ihnen, über den Ort für die Beerdigung und die Art und Weise, wie die Feierlichkeiten begangen werden sollten, zu entscheiden. Und auch der Gottesdienst würde von ihnen gestaltet werden.

Bei jedem seiner Schritte war sich Richard der Detectives bewusst, die ihn nicht aus den Augen ließen. Einer von beiden war immer in Hörweite, wenn er ein Telefonat führte. All den Unmut, den er darüber verspürte, behielt er für sich. Immerhin erledigten sie nur ihre Arbeit, und die Statistiken über Mordfälle zeigten, dass bei einem Mord an einer Frau sehr oft der Ehemann oder der Freund der Schuldige war. Weil er und Candra mitten in der Scheidung gesteckt hatten, sprach noch einiges mehr gegen ihn. Also blieb er ruhig, selbst als die Detectives ihn schließlich mit aufs Präsidium nahmen und sich mit ihm in ein Verhörzimmer setzten. Es war ein düsterer, quadratischer kleiner Raum, in dem drei Stühle und ein abgenutzter wackeliger Tisch standen.

Ihm wurden seine Rechte vorgelesen. Dann wurde er gefragt, ob er seinen Anwalt anrufen wolle. „Nein“, erwiderte er und überraschte mit dieser Antwort beide Cops.

„Möchten Sie eine Tasse Kaffee oder ein Wasser?“, fragte Ritenour.

„Nein, danke“, entgegnete Richard. Er konnte sich ein kleines belustigtes Lächeln gerade noch verkneifen. Das war ein typischer Trick: Man bot dem Verdächtigen alles an, was er trinken wollte, schenkte ihm immer wieder nach, und schon bald wand er sich, weil er zur Toilette musste. Doch das gestattete man ihm nicht. Es wurden die immer gleichen Fragen gestellt, wieder und wieder, vielleicht mal mit anderen Worten, während die Blase des Verdächtigen mehr und mehr drückte.

Er machte es sich auf dem Stuhl, den sie ihm zugewiesen hatten, so bequem wie möglich. Unwillkürlich fragte er sich, ob die vorderen beiden Beine ein wenig gekürzt worden waren, sodass er nach vorn rutschen würde, wenn er versuchte, sich zu entspannen. Also stellte er beide Füße fest auf den Boden.

Detective Ritenour fing an. „Die Haushälterin sagte, dass Sie und Mrs Worth kurz vor der Scheidung standen.“

„Das stimmt.“ Richard antwortete so sachlich wie möglich. „Wir lebten seit einem Jahr getrennt.“

„Scheidungen sind meistens schmutzig. Ich habe selbst zwei hinter mir.“

„Sie sind nicht gerade angenehm, nein.“

„Die Leute sind dann sehr aufgewühlt. Das ist nur zu verständlich. Sie haben eine Menge zu verlieren, oder, Mr Worth?“

„Inwiefern?“

„Kommen Sie, Sie sind ziemlich wohlhabend. Eine Frau kann einen Mann bis aufs Hemd ausziehen und ihm alles nehmen, wofür er gearbeitet hat. Es sei denn, er war klug genug, sich von Anfang an zu schützen. Sie hatten damals bei ihrer Heirat mit Mrs Worth nicht viel Geld, stimmt's?“

„Das ist richtig.“

„Also gab es damals noch keinen Anlass, einen Ehevertrag aufzusetzen.“

„Meine Herren.“ Richard sprach in ruhigem Ton, denn er mochte die beiden. Er wollte, dass sie den Mörder erwischten.

„Wenn Sie wissen wollen, ob ich kurz davorstand, die Hälfte meines Vermögens zu verlieren, lautet die Antwort: nein. Als wir geheiratet haben, war die Familie meiner Frau sehr reich. Ihr Vater bestand auf einem Ehevertrag. Seine Absicht war es, im Falle einer Scheidung sein Vermögen vor mir zu schützen. Der Vertrag sicherte allerdings beide Seiten ab. Sie sollte behalten, was ihr gehörte; ich sollte behalten, was mir gehörte. Candra hatte keinen Anspruch auf mein Vermögen."

Ihm fiel der schnelle Blick auf, den die beiden wechselten. Eines ihrer Motive hatte sich soeben in Luft aufgelöst.

„Sie haben selbstverständlich eine Kopie dieses Ehevertrages."

„Mein Anwalt hat sie. Gavin Welles. Candras Anwältin Olivia Yu ist ebenfalls im Besitz einer Kopie."

Sie notierten sich die Namen.

„Die Haushälterin sagte, dass Sie und Mrs Worth einige Schwierigkeiten hatten, sich auf eine Scheidungsvereinbarung und die Höhe der Abfindung zu einigen."

Die Haushälterin hat vieles gesagt, dachte Richard. „Candra war unzufrieden mit der Vereinbarung. Sie wollte mehr. Wir stritten öfter darüber, doch sie hatte sich entschlossen, die Papiere endlich zu unterzeichnen. Wir hatten heute um ein Uhr einen Termin mit unseren Anwälten." Ganz automatisch warf Richard einen Blick auf die Uhr und sah, dass es schon nach zwei war. Er hatte Gavin nicht angerufen, um den Termin zu canceln. Aber vermutlich wusste sein Anwalt bereits von dem Mord. Irgendjemand hatte ihn sicher informiert. Wahrscheinlich Olivia. Eine von Candras Freundinnen hatte Olivia bestimmt direkt angerufen – unter dem Vorwand, die Neuigkeit zu übermitteln, in Wahrheit jedoch nur, um mehr zu erfahren.

Dass Candra eingewilligt hatte zu unterschreiben, nahm den Detectives noch ein weiteres Motiv. Die beiden wirkten nachdenklich.

„Hatten Sie einen Schlüssel zu ihrem neuen Apartment?", fragte Detective Aquino. Es war das erste Mal, dass er gesprochen hatte, seit sie den Verhörraum betreten hatten.

Richard schüttelte den Kopf. „Nein. Sicherlich nicht. Ich war niemals in ihrer neuen Wohnung."

„Nie?"

„Nie." *Nie* klang ziemlich endgültig und war schwierig zu belegen. Da er wusste, dass sie jetzt an die Suche nach Fasern in den Wohnungen dachten, fügte er hinzu: „Sie kam ein paarmal zu mir nach Hause, um zu reden und um ihre Habseligkeiten zu holen, doch ich war nie bei ihr."

Sie versteckten ihre Enttäuschung gut. Für jede Kreuzkontamination von Fasern in den beiden Wohnungen gab es nun eine Erklärung. Alles, was Richard erzählt hatte, ließ sich leicht überprüfen, und das war ihnen klar.

„Mrs Worth war eine gesellschaftlich aktive Frau. Waren Sie eifersüchtig auf ihre männlichen Freunde?"

Richard konnten nicht anders – er lachte. Es war kein besonders fröhliches Lachen. „Nein."

„Als sie die Scheidung eingereicht hat ..."

„Sie war das nicht. Ich habe die Scheidung beantragt."

„Sie?" Wieder tauschten die beiden schnell einen Blick aus. „Warum?"

Richard hatte niemals mit einem anderen Menschen darüber gesprochen, warum seine Trennung von Candra so abrupt und so endgültig gewesen war. Sweeney kannte den Grund, doch nur, weil sie während der letzten Auseinandersetzung dabei gewesen war. Er wollte nichts Negatives über Candra sagen – vor allen Dingen nichts, das ihren Eltern vielleicht später zu Ohren kommen könnte.

„Ich will nicht, dass ihre Familie davon erfährt", erklärte er schließlich. „Es würde sie nur verletzen."

„Sie wollen nicht, dass sie was wissen, Mr Worth?"

„Ich habe erfahren, dass sie vor zwei Jahren eine Abtreibung hatte. Sie hat mir nicht erzählt, dass sie schwanger war."

Beide Männer lehnten sich finster dreinschauend zurück.

„Ich schätze, Sie waren darüber sehr aufgebracht", meinte Detective Aquino.

Richard sah ihn ungläubig an. „Ein bisschen." Er konnte sich den spitzen Unterton nicht verkneifen. „Unsere Ehe war in dem Moment vorbei. Ich wollte nichts mehr mit ihr zu tun haben. Ich habe sie rausgeschmissen, die Schlösser am Haus austauschen lassen und am nächsten Tag die Scheidung eingereicht."

„Waren Sie noch immer wütend auf sie?"

„Bitter. Voller Bedauern."

„Wo waren Sie letzte Nacht, Mr Worth?"

„Ich hatte ein Geschäftsessen im *Four Seasons*."

„Wann sind Sie gegangen?"

„Um halb elf."

„Wohin sind Sie gegangen?"

„Nach Hause."

„Waren Sie allein?"

„Ja."

„Haben Sie telefoniert oder mit jemandem gesprochen?"

„Nein. Ich habe Aktienauswertungen an meinem Computer gemacht, habe mein E-Mail-Postfach sortiert, solche Dinge. Die Zeit lässt sich im Rechnerprotokoll nachprüfen."

„Wann haben Sie Feierabend gemacht?"

„Nach Mitternacht. Gegen eins, schätze ich." Er hatte keine Ahnung, um wie viel Uhr Candra ermordet worden war, obwohl er jemanden hatte sagen hören, dass sie noch immer das Kleid trug, das sie auf der Party angehabt hatte. Das bedeutete, dass der Zeitpunkt ihres Todes logischerweise kurz nach ihrer Ankunft zu Hause liegen musste. Candra war bekannt dafür gewesen, auf Partys immer einer der letzten Gäste gewesen zu sein – ob die Party nun um Mitternacht oder erst im Morgengrauen geendet hatte.

„Was haben Sie dann getan?"

„Ich bin ins Bett gegangen."

„Allein?"

„Ja."

Detective Aquino seufzte. Detective Ritenour sah müde aus. Richard wusste, dass er ihr einziger Verdächtiger war, und er hatte alle ihre Motive entkräftet. Was wahrscheinlich im ersten Moment wie ein leicht zu lösender Fall gewirkt hatte, war mit einem Mal sehr kompliziert.

„Wir möchten, dass Sie hierbleiben, während wir einige Ihrer Angaben überprüfen“, meinte Detective Ritenour.

„Ich verstehe.“ Richard warf ihnen einen ruhigen Blick zu. Einen Blick, der vermittelte, dass er verstand, was los war. „Und ich nehme Ihr Angebot für einen Kaffee jetzt gern an – wenn ich dann auch die Toilette benutzen darf.“

Die beiden lächelten verschmitzt. Doch im nächsten Moment war das Lächeln schon wieder verschwunden. „Sicher. Wie möchten Sie ihn?“

„Schwarz.“

„Keine gute Wahl“, sagte Aquino, während er zur Tür stampfte. „Dieses Zeug muss mit irgendetwas gestreckt werden – und wenn es Farbverdünner ist.“

„Ich gehe das Risiko ein.“ Er dachte an Sweeney und fragte sich beklommen, wie sie die Nacht überstanden haben mochte. Das Bild, das sie gemalt hatte, war von Candra – da war er sich nun sicher. Hatte sie es letzte Nacht zu Ende gemalt? Stand sie unter Schock? Brauchte sie ihn?

Er wollte sie anrufen. Der Drang war so mächtig, dass er sich kaum dagegen wehren konnte, doch er rang ihn nieder. Sie in den Fokus der Ermittlungen zu bringen würde sie nur in diese ganze Angelegenheit hineinziehen. Er war nicht am Tatort gewesen, aber wenn Sweeneys Gemälde halbwegs genau war, würde jeder Cop das verdächtig finden. Und er überlegte, ob an der Stelle des anderen Gesichts – des Gesichts des Mörders – noch immer eine weiße Fläche war.

„Darf ich in meinem Büro anrufen?“, wollte er wissen. Sweeney hätte versucht, ihn dort zu erreichen, falls sie ihn gebraucht hätte.

„Sicher. Benutzen Sie das Telefon auf meinem Schreibtisch“, bot Ritenour an. So konnte er jedes Wort verstehen, das Richard sagen würde. Ihr Verdacht war erst einmal entkräftet, allerdings noch nicht vollkommen ausgeräumt. Erst wenn alles, was Richard ihnen erzählt hatte, überprüft worden war, würden sie ihn von der Liste der Verdächtigen streichen.

Richard stand neben dem Schreibtisch und wählte die Nummer seines Büros. Tabitha Hamrick, ein aufstrebendes Finanzgenie, meldete sich. „Tab, hier ist Richard. Irgendwelche Nachrichten für mich?"

„Tausende." Sie seufzte. „Richard, es tut mir so leid. Kann ich irgendetwas für dich tun?"

„Nein, ich habe ihre Familie benachrichtigt, und ich überlasse ihnen die Entscheidungen. Sie sollten bald hier sein. Ach verflucht, ich habe vergessen, ihnen Hotelzimmer zu buchen. Würdest du das für mich erledigen? Im *Plaza*. Ich übernehme die Rechnung."

„Klar. Ach, Ms Sweeney hat heute Morgen angerufen. Ich habe ihr versprochen, es dir auszurichten."

„Danke." Er wollte fragen, wie Sweeney sich angehört hatte, doch er konnte es nicht. „Um wie viel Uhr war das?"

„Ich glaube, es war ungefähr gegen elf Uhr. Ich habe es mir notiert ... Da ist es ja. Zehn Uhr siebenundfünfzig."

Ziemlich spät am Vormittag. Es sollte bei ihr also alles in Ordnung sein. Er atmete erleichtert durch. „Gut. Danke."

„Kommst du heute Nachmittag ins Büro?"

Richard schaute hinüber zu Ritenour. „Hier wird es noch ein paar Stunden dauern, oder?"

„Ja." Ritenour zuckte entschuldigend mit den Schultern. Er war nicht annähernd so angriffslustig, wie er vor der Befragung gewirkt hatte.

„Nein, das schaffe ich nicht mehr. Wir sehen uns morgen früh."

Er legte auf und rollte erschöpft die Schultern, um sie zu lockern. Aquino tauchte mit drei Bechern Kaffee wieder auf. Richard nahm den schwarzen Kaffee entgegen. Aquino und Ritenour tranken ihren Kaffee mit so viel Milch, dass er kaum noch braun war. Nach dem ersten Schluck ahnte Richard den Grund.

Allerdings hatte er sich bei der Army angewöhnt, starken Kaffee zu trinken. Der Koffeinkick tat ihm gut.

Wieder musste er an Sweeney denken und daran, wie sehr sie einen Kaffee am Morgen brauchte. Und er brauchte sie, wie er nie zuvor in seinem Leben jemanden gebraucht hatte. Im Augenblick wagte er es jedoch nicht, in ihre Nähe zu kommen.

16. KAPITEL

Richard behielt die Nerven, als sich der Nachmittag in die Länge zog. Er wurde nicht unruhig, er protestierte nicht, er drohte nicht. Die Cops erledigten nur ihren Job, und es war nicht ihre Schuld, dass die Informationen, die er ihnen gegeben hatte, nicht so schnell zu überprüfen waren wie gedacht. Offiziell war er nicht verhaftet. Den Detectives war anzumerken, dass sie ihn nicht länger verdächtigten. Zumindest war er nicht mehr ihr Hauptverdächtiger. Er hätte gehen können. Doch sie kamen immer wieder mit Fragen zu ihm, die ihnen helfen sollten, das Puzzle zusammenzusetzen. Vor allem waren es Fragen über Candras Angewohnheiten und ihre Freunde. Obwohl er und Candra seit einem Jahr getrennt lebten, hatten sie zuvor zehn Jahre lang unter einem Dach verbracht, und er kannte sie besser, als selbst ihre Eltern es taten.

Tabitha hatte alle seine Termine gecancelt. Candras Eltern waren eingetroffen und im *Plaza* untergekommen. Er hatte kurz mit ihnen telefoniert – während Detective Ritenour zugehört hatte – und sich entschuldigt, dass er sie am Abend nicht würde treffen können. Die Maxsons waren nicht allein: Im Hintergrund hatte er verschiedene Stimmen wahrgenommen und gewusst, dass sie direkt nach der Ankunft im Hotel einige alte Freunde angerufen hatten.

Der Drang, mit Sweeney zu sprechen, wurde immer stärker. Und diesem Drang musste er widerstehen. Im ersten Schock nach Candras Tod hatte er sein Handy zu Hause liegen lassen. Er hatte also keine Ahnung, ob Sweeney versucht hatte, ihn auf seinem Mobiltelefon zu erreichen. Das Gefühl, keinen Kontakt zu ihr zu haben, quälte ihn. Es war, als würde ein Teil von ihm fehlen. Er brauchte sie, musste ihre frische Art, ihre einzigartige Persönlichkeit spüren, musste die Ehrlichkeit in ihrem Blick sehen. Es war ungerecht von ihm, Candra und Sweeney zu vergleichen, nachdem Candra nun tot war. Allerdings konnte er nicht anders. Candra war in eine wohlhabende Familie hineingeboren worden. Sie war immer umsorgt, immer vergöttert worden, jeder ihrer Launen war entsprochen worden, und sie hatte sich sicher sein können, geliebt zu werden. Sie hatte sich zu einer selbstsüchtigen Frau entwickelt, die unfähig gewesen war, mit Situationen zurechtzukommen, in denen sie nicht ihren Willen durchsetzen konnte. Ohne Zweifel war sie charmant und freundlich gewesen – Gott, es war schwer, von ihr in der Vergangenheit zu denken! –, also hatte es nicht oft solche Situationen gegeben. Doch wenn es passiert war, war sie in die Luft gegangen.

Anhand der wenigen Dinge, die Sweeney ihm erzählt hatte, wurde sie von ihren Eltern größtenteils nicht beachtet. Die mangelnden Gefühle ihrer Mutter für ihre Kinder waren erschreckend. Er kannte Sweeneys Mutter, auch wenn er sie nie persönlich getroffen hatte – er kannte diesen Typ Mensch. Weil sie Künstlerin war, glaubte sie, dass sie das von jeglichem verantwortungsvollen Handeln entband. Wahrscheinlich hatte sie sich wahllos Drogen und Sex gegönnt und ihre Kinder Gott weiß was ausgesetzt.

Sweeney war ohne Liebe aufgewachsen und hatte sich vor dem Schmerz geschützt, indem sie keine Bindungen eingegangen war. Richard vermutete, dass er ihr nicht so schnell so nahegekommen wäre, hätte er sie nicht zu diesem Zeitpunkt getroffen, als der Schreck über die übersinnlichen Ereignisse sie in eine Art Schockzustand versetzt hatte. Andernfalls hätte sie ihn sicher monatelang auf Abstand gehalten. Aber trotz des Beispiels ihrer Eltern – oder vielleicht gerade deswegen – lehnte sie deren Lebensstil ab und war eine Frau mit starken moralischen Werten.

Er wollte nicht, dass sie noch weiter in die Angelegenheit hineingezogen wurde als unbedingt notwendig. Durch das Bild war sie schon genug in alles verstrickt. Falls sie das Gesicht des Mannes gemalt hatte, der über Candras Leiche gebeugt stand – und es gab eigentlich keinen Grund, daran zu zweifeln, dass sie das Gemälde vollenden würde –, dann mussten die Detectives es erfahren. Es war kein Beweis; das Bild würde unter keinen Umständen von einem Gericht als Beweismittel anerkannt werden.

Doch wenn die Detectives der Geschichte Glauben schenkten, würde sie das zumindest auf die richtige Spur führen. Es könnte ihnen helfen, die notwendigen Hinweise zu finden. Vielleicht konnte er sie auch in diese Richtung lenken, ohne das Gemälde zu erwähnen, und Sweeney aus den Mordermittlungen raushalten.

„Hatte Mrs Worth ein Testament?“, fragte Detective Aquino unvermittelt.

„Ich weiß es nicht“, erwiderte Richard, schob die Gedanken an Sweeney zur Seite und konzentrierte sich wieder auf die beiden Cops. „Wir hatten ein Testament, als wir noch zusammen waren. Aber nachdem wir uns getrennt hatten, habe ich sofort ein neues aufsetzen lassen. Sie hatte nicht viel Vermögen. Die Galerie gehört mir, und meinem Wissen nach hat sie im letzten Jahr ziemlich hohe Schulden angehäuft. Ich hatte mich einverstanden erklärt, ihr als Abfindung die Galerie zu überlassen. Doch das steht mit Sicherheit nicht in ihrem neuen Testament, wenn es denn eines geben sollte.“

„Warum?“, hakte Aquino neugierig nach. „Wieso wollten Sie ihr die Galerie überschreiben? Laut Ehevertrag hätten Sie ihr überhaupt nichts geben müssen.“

Richard zuckte mit den Schultern und entgegnete: „Damit sie ihren Lebensunterhalt bestreiten kann.“

„Mr Worth …“ Ritenour trommelte mit seinem Stift auf den Schreibtisch. Er runzelte die Stirn, während er über die richtige Formulierung für seine nächste Frage nachdachte. „Ich weiß, dass Sie und Ihre Frau schon seit Langem getrennt sind, aber kennen Sie irgendeinen der Männer, mit denen sie in der letzten Zeit zusammen war? Die Haushälterin konnte uns keinen Namen nennen. Sie sagte, wenn Mrs Worth Gesellschaft hatte, habe sie versucht, sich zurückzuziehen und ihre Arbeit so leise wie möglich zu verrichten.“

Richard machte keine Bemerkung über Candras sexuelle Gewohnheiten. „Wie weit zurück wollen Sie da gehen?“

Sie schauten einander an. Aquino zuckte die Achseln. „Seit Sie sich getrennt haben.“

„Mein Anwalt hat eine Liste." Sowie er den überraschten Gesichtsausdruck seines Gegenübers bemerkte, fügte er hinzu: „Mir war es wichtig, darüber im Bilde zu sein, falls diese Informationen noch einmal von Bedeutung sein sollten."

Die Detectives wurden munter. „Haben Sie sie beschatten lassen?" Der Bericht eines Privatdetektivs wäre eine große Hilfe gewesen. Sie hätten dann nachvollziehen können, wo sie sich aufgehalten hatte, wann sie dort gewesen war und mit wem sie sich getroffen hatte.

„Ja. Ich glaube allerdings nicht, dass es Ihnen viel nützen wird. Es gab keinen Mann, den sie öfter gesehen hätte als die anderen. Candra hatte keine längeren Beziehungen. Sie bevorzugte kurze Affären. Und es ging ihr dabei auch eher um die Befriedigung ihrer eigenen Bedürfnisse als um die ihres Liebhabers. Kai, ihr Assistent in der Galerie, war wahrscheinlich der konstanteste Partner – das jedoch auch nur, weil es praktisch war."

Wieder wurden die Detectives hellhörig. „Könnten Sie den Namen buchstabieren?", bat Ritenour.

„K-a-i. Der Nachname lautet Stengel, wie bei Casey Stengel, dem Baseballspieler."

„War er verliebt in sie? Was glauben Sie?"

„Kai liebt niemanden außer sich selbst. Doch ich kann mir nicht vorstellen, dass er sie umbringen würde. Das wäre einfach nicht in seinem Interesse. Ich habe Candra mit der Galerie freie Hand gelassen, und sie hat eingestellt, wen sie wollte. Aber da sie gestorben ist, bevor die Scheidung rechtskräftig wurde, gehört die Galerie weiterhin mir. Und Kai wusste, dass er mit mir als Besitzer mit der Kündigung zu rechnen hatte."

„Wegen seiner Affäre mit Ihrer Frau?"

Richard schüttelte den Kopf. „Weil er ein durch und durch verkommener Typ ist."

„Entschuldigen Sie die Frage, Mr Worth", begann Detective Aquino, „doch ein Mann wie Sie … Wie haben Sie es ertragen, zu wissen, dass Ihre Frau all diese Affären hatte?"

Richards Blick wurde kalt. „Nachdem sie mich zum ersten Mal betrogen hatte, war es mir egal, was sie getrieben hat."

„Dennoch sind Sie mit ihr verheiratet geblieben."

„Ich habe ein Versprechen gegeben." Und er hatte es ernst genommen. Er wäre auch immer noch bei ihr geblieben und hätte das Beste aus einer schlimmen Situation gemacht, wenn sie nicht die Abtreibung gehabt hätte. Er hatte geschworen, sie in guten wie in schlechten Zeiten zu lieben und zu ehren, doch die schlechten Zeiten hatten bestimmt nicht beinhaltet, sein Kind abtreiben zu lassen.

Er rief Gavin an und bat ihn, den Bericht des Privatdetektivs an das Polizeipräsidium zu faxen. Gavin bot an, vorbeizukommen, falls Richard seine juristische Unterstützung bräuchte, aber Richard erklärte ihm, dass es dazu keinen Anlass gäbe. Er hatte bei seinem Börsenmakler eine elektronische Kauforder eingereicht, bevor er vergangene Nacht seinen Rechner ausgestellt hatte. Außerdem konnte sein Provider die Zeit, in der er online gewesen war, leicht bestätigen. Also hatte er ein Alibi, wenn die Detectives noch immer Zweifel haben sollten. Er hatte weder ein Motiv noch die Möglichkeit gehabt, und er hatte in vollem Umfang mit den Detectives zusammengearbeitet.

Als er wieder einen Blick auf die Uhr warf, war es bereits nach halb acht. Er war müde und hungrig, nachdem er das Angebot, fade Kekse oder Cracker mit Erdnussbutter aus einem Automaten zu bekommen, dankend abgelehnt hatte. Die Detectives wirkten noch müder, als er sich fühlte, trotzdem hielten sie verbissen durch. Er schätzte ihre Hartnäckigkeit, aber der Drang, sich zu vergewissern, dass es Sweeney gut ging, wuchs von Minute zu Minute.

Er hatte seine Gefühle den ganzen Tag über eisern unter Kontrolle gehalten. Mittlerweile fühlte er sich, als müsste er explodieren. Der Mord an Candra hatte eine Welle unterschiedlichster Gefühle in ihm ausgelöst. Zuerst war er über den vollkommen unerwarteten gewaltsamen Tod schockiert gewesen. Dann hatte er kalte Wut verspürt; die Empfindung war so stark gewesen, dass er geglaubt hatte, etwas unternehmen zu müssen. Zwar war ihm Gewalt nicht fremd – doch die Militäraktionen, an denen er beteiligt gewesen war, hatten sich gegen terroristische Gruppierungen gerichtet. Es waren Menschen gewesen, die sich in dem Wissen über die Gefahren zum Kampf verpflichtet hatten. Sie waren bewaffnet und bereit gewesen, ihn zu töten, sobald sie die Gelegenheit bekommen hätten. Candra war keine Kämpferin gewesen, sie hatte keine Waffe besessen, war nicht darauf vorbereitet oder für solche Fälle ausgebildet gewesen, und sie war völlig ahnungslos gewesen. Sie hatte nicht die geringste Chance gehabt, und die Ungerechtigkeit dieses Angriffs machte ihn unsagbar wütend.

Er ärgerte sich nicht darüber, befragt zu werden. Vielmehr ärgerte er sich darüber, Sweeney nicht sehen oder zumindest Kontakt mit ihr aufnehmen zu können. Zwar war es seine Entscheidung – ein Versuch, sie vor dem Verdacht und denselben Fragen zu schützen –, doch das machte ihn nicht weniger wütend darüber, diese Entscheidung überhaupt treffen zu müssen. Wenn die Detectives das Bild zu Gesicht bekämen, würden sie sie vermutlich verhaften. Also würde er tun, was er konnte, um das zu verhindern.

Weil er sich immer mehr danach sehnte, sie zu sehen, verbarg er seine Emotionen, so gut es ging. Wenn er auch nur den geringsten Hinweis darauf gab, wie es in ihm aussah oder was er dachte, würde das den Verdacht der Detectives nur wieder befeuern, und die ganze Angelegenheit würde sich weiter in die Länge ziehen.

Endlich, um kurz nach acht Uhr, streckte Detective Aquino sich müde und sagte: „Sie waren uns eine große Hilfe, Mr Worth. Vielen Dank für Ihre Geduld. Die meisten Leute hätten sich aufgeregt, aber wir mussten Ihnen all die Fragen stellen."

„Ich kenne die Statistiken", entgegnete Richard. „Ich verstehe das. Dann bin ich, nehme ich an, nicht länger Ihr Verdächtiger?"

„Alles, was Sie uns erzählt haben, ist überprüft worden. Ihr Internetprovider hat bestätigt, dass Sie vergangene Nacht zur fraglichen Zeit online waren. Danke noch mal, dass Sie ihm die

Erlaubnis gegeben haben, uns diese Informationen ohne richterliche Anordnung zur Verfügung zu stellen. Das hat uns eine Menge Zeit erspart."

„Sie hat nicht verdient, was passiert ist", meinte Richard. „Egal, welche Differenzen wir hatten – das hat sie nicht verdient." Er erhob sich und reckte sich, um seine Rückenmuskeln zu lockern. „Ich bin zu Hause, wenn Sie noch Fragen haben sollten."

„Ein Wachtmeister wird Sie nach Hause bringen", bot Detective Ritenour an.

„Danke, das ist nicht nötig. Ich nehme mir ein Taxi." Edward anzurufen, damit er ihn abholte, wäre wenig sinnvoll – in der Zeit, die Edward bis zum Polizeirevier brauchen würde, wäre er längst daheim.

Er verließ das Revier und ging zur Straßenecke, um sich ein Taxi heranzuwinken. Aber da hier nicht viel Verkehr war, lief er zwei Blocks weiter, wo eine belebtere Straße war. Seine Anspannung wuchs. Zu Hause. In weniger als dreißig Minuten wäre er zu Hause. Er würde mit Sweeney reden. Er spielte mit dem Gedanken, mit dem Taxi direkt zu ihr zu fahren, allerdings hielt ihn die Vorsicht davon ab. Das würde nur die Aufmerksamkeit auf sie lenken. Die Detectives würden wahrscheinlich sowieso irgendwann auf sie kommen – abhängig davon, wem Candra davon erzählt hatte, Richard und sie zusammen gesehen zu haben. Aber jede Sekunde, die Richard das Unvermeidliche hinauszögern konnte, war wertvoll. Vielleicht malte sie heute Nacht das Gesicht des Mörders. Dann hätte er den Hinweis und könnte die Detectives auf die richtige Spur bringen.

Eigentlich musste er duschen, sich rasieren und zum *Plaza*. Denn Respekt und Höflichkeit geboten, dass er sich mit Helene und Charles traf. Allerdings war er sich nicht sicher, ob er im Moment noch einen Rest von Höflichkeit in sich hatte. Er war müde, und das Verhältnis zwischen ihm und Candras Eltern war durch die Scheidung ziemlich beeinträchtigt. Trauernde Menschen schlugen manchmal um sich. Sie versuchten, ihren

Schmerz dadurch zu lindern, dass sie einem anderen oder etwas anderem die Schuld gaben. Er konnte sich gut vorstellen, dass Helene ihm unter Tränen vorwerfen würde, dass Candra noch immer leben könnte und dass das alles nicht passiert wäre, wenn Candra und er noch immer zusammen gewesen wären, denn dann wäre sie niemals allein nach Hause gekommen. Er hatte nicht die Geduld, um sich dem im Augenblick zu stellen. Er würde sie anrufen, nachdem er mit Sweeney gesprochen hätte, und ihnen sagen, dass er gleich am nächsten Morgen zu ihnen kommen würde.

Doch Sweeney war jetzt wichtiger. Bis er sich nicht sicher war, dass es ihr gut ging, konnte er an nichts anderes denken.

„Verdammte Scheiße", stieß Detective Joseph Aquino hervor, klappte müde die Akte zu und lehnte sich auf seinem Stuhl zurück. Im Grunde war er der ungeduldigere, härtere der beiden Detectives, jedoch brachte sein Aussehen die Leute dazu, eher ihm zu vertrauen, also spielte Ritenour für gewöhnlich den „bösen" Cop. „In neun von zehn Fällen ist es der Noch-Ehemann, der die Frau umbringt. Es wirkte auf den ersten Blick so logisch. Und was haben wir?"

„Wir haben überhaupt nichts – das haben wir." Ritenour zählte noch einmal die Fakten auf. Zwar kannten sie beide die Tatsachen, doch sie noch einmal auszusprechen half immer. „Worth ist derjenige, der die Scheidung wollte. Er hat einen Ehevertrag, der sein Vermögen schützt, also muss er sich darüber keine Gedanken machen. Sie hat sich wegen der Scheidung quergestellt, hatte heute allerdings einen Termin, um die Papiere zu unterschreiben. Das war also kein Problem mehr. Er hat gestern Nacht, als sie vermutlich von der Party nach Hause gekommen ist, am Computer gearbeitet. Der Gerichtsmediziner meinte, dass sie um die Zeit auch ermordet worden sein muss. Weißt du, was das Erste ist, was eine Frau tut, nachdem sie die Wohnung betreten hat? Sie zieht sich die High Heels aus. Mrs Worth hatte ihre Schuhe noch immer an."

„Hast du jemals einen Verdächtigen erlebt, der so ungerührt wirkte?“ Aquino rieb sich die Augen. Er hatte den Anruf wegen des Mordes an Mrs Worth um kurz vor sieben am Morgen erhalten. Seitdem hatte er ohne Pause gearbeitet. „Er scheint vollkommen unbeeindruckt zu sein. Er hat uns an Emotionen nur gezeigt, was wir sehen sollten.“

„Joey“, entgegnete Ritenour. „Er hat es nicht getan.“

„An dem Szenario stimmt etwas nicht. Es wirkt so, als hätte sie einen Einbrecher überrascht, aber …“

„Aber es scheint, als wollte jemand genau diesen Eindruck erwecken.“

„Ja. Die Wohnung sah nicht verwüstet genug aus. Und das Schloss ist allem Anschein nach nachträglich zerkratzt worden. Auf jeden Fall sind es keine Einbruchsspuren.“

„Noch ein Punkt zugunsten von Mr Worth“, meinte Ritenour. „Versteh mich nicht falsch – ich will jetzt nicht sagen, dass er es nicht getan haben könnte. Ich glaube nur, wenn er gewollt hätte, dass etwas nach einem Raubüberfall aussieht, dann hätte es auch nach einem verdammten Raubüberfall ausgesehen.“

„Ja, ich weiß. Doch wer auch immer es war, er kannte sie und war verflucht wütend auf Mrs Worth. Ein Einbrecher hätte sie nicht so zugerichtet.“ Aquino zog den vorläufigen Bericht zu sich heran. „Der Täter hat ihr dreimal in den Rücken gestochen, also ist sie vor ihm weggelaufen. Sie hat Abwehrverletzungen am Arm; sie hat versucht, sich zu verteidigen. Und als sie am Boden lag, hat er ihr wieder und wider das Messer in den Körper gerammt.“

„Keine Anzeichen eines sexuellen Übergriffs. Die Unterwäsche war nicht zerrissen oder dergleichen. Erste Untersuchungen zeigen kein Sperma. Ihre Bekannten meinten, sie hätte die Party am gestrigen Abend ungewöhnlich früh verlassen, demnach war der Mord nicht geplant gewesen. Sie ist allein gegangen.“ Ritenour gähnte. Mit trüben Augen starrte er auf seine Notizen. „Das Messer stammt aus dem Set in der Küche und ist am Tatort zurückgelassen worden. Keine Fingerabdrücke.

Wir haben viele verwischte Spuren auf dem Türgriff, einen Teil des rechten Daumenabdrucks von Mrs Worth und einige Fingerabdrücke der Haushälterin."

„Sieht nicht nach einem verärgerten Liebhaber aus. Sie hat sich ja nicht auf einen festgelegt. Es gab ein paar Männer, aber niemand Speziellen."

„Doch vielleicht wollte einer der Geliebten mehr. Du weißt schon – Neid und Missgunst. Wenn ich dich nicht haben kann, bla, bla, bla. Ist irgendjemand auf der Liste, der sie regelmäßig getroffen hat und dann plötzlich *nicht* mehr?" Ritenour kritzelte auf seinem Notizblock herum. Wie viele Ermittler warfen er und Joe sich die Bälle gegenseitig zu und gelangten so zu neuen Einsichten.

„In letzter Zeit niemand." Aquino machte eine Pause. „Senator McMillans Name auf der Liste ist interessant. Er wollte sicher nicht, dass seine Frau es erfährt, allerdings glaube ich kaum, dass er getötet hat, um die Affäre geheim zu halten."

„Ganz zu schweigen davon, dass er nicht ahnt, dass diese Liste überhaupt existiert."

„Ganz zu schweigen davon. Hat die Versicherung inzwischen die Aufstellung der Schmuckstücke geschickt, die sie hat versichern lassen, damit wir abgleichen können, was fehlt?"

„Noch nicht. Sie sollten sie heute Morgen faxen."

„Lass es uns noch einmal durchgehen."

„Wir sind es schon zweimal durchgegangen, Joe."

„Trotzdem." Aquino lehnte sich zurück und verschränkte die Hände hinter dem Kopf. „Ein Typ bricht ein. Er hat den Schmuck bereits. Vielleicht will er noch den Fernseher und die Stereoanlage mitnehmen – aber er ist allein, also bezweifle ich das. Er ist in der Küche und wirft einen Blick in den Kühlschrank. Viele Leute verstecken Wertgegenstände im Kühlschrank oder in der Gefriertruhe; sie halten es für ein originelles Versteck. Ein guter Dieb sieht also immer auch im Kühlschrank nach."

Ritenour spann den Faden weiter. „Als sie hereinkommt, ihn überrascht, gerät er in Panik. Er nimmt sich eines der Messer.

Andererseits hat er schon den Schmuck, und er ist stärker als sie. Er hätte jederzeit verschwinden können, wenn er gewollt hätte. Es gab keinen Grund, sie zu töten – außer sie kannte ihn."

„Wie ein Bekannter, der so versucht, seine Drogensucht zu finanzieren? Das wäre möglich, wenn er nicht mehrmals zugestochen hätte. Der Dreckskerl hat es genossen. Das bringt mich wieder dazu, dass der Mord geplant war und der Rest nur der Vertuschung dienen soll. Ich bin davon überzeugt, dass gar kein Einbruch stattgefunden hat."

„Dann sind die Kerle im Bericht des Privatdetektivs unsere heißeste Spur." Säuerlich las Ritenour die Namen noch einmal durch. „Himmel, die Frau war ganz schön aktiv. Das Problem ist nur, dass keiner der Namen auf der Liste des Portiers steht."

„Meinst du, der Kerl, der einen Mord geplant hat, trägt sich unten beim Portier mit seinem richtigen Namen ein?"

„Wie ist er sonst hineingekommen? *Irgendjemand* muss seine Erlaubnis gegeben haben, sonst hätte der Portier demjenigen niemals Zutritt gewährt. Also muss er seinen richtigen Namen benutzt haben."

„Oder jemand im Haus kannte ihn."

Mürrisch schauten sie einander an. Die Verschwörungstheorie war weit hergeholt, und das wussten sie. Der Mord war zu persönlich gewesen. Sie mussten also das Rätsel lösen, wie der Mörder in ein Apartmenthaus mit Rund-um-die-Uhr-Bewachung gekommen sein konnte. Sie starrten sich an. Ritenour zog die Augenbrauen hoch. „Wir brauchen eine Liste der aktuellen Mieter."

„Ja, die brauchen wir."

„Der Name ist wahrscheinlich nicht richtig, doch wir suchen nach einem Mann, höchstwahrscheinlich alleinstehend. Wenn wir Fotos aller Kerle dieser Aufstellung kriegen, stehen die Chancen hoch, dass der Portier einen von ihnen dem neuen Mieter zuordnen kann."

Plötzlich waren sie wieder hellwach und begannen zu telefonieren. Aber es war schon spät. Im Büro des Apartmenthauses war niemand mehr, der ihnen die Namen der neuesten Bewerber für freie Wohnungen hätte geben können. Fotos der Männer auf der Liste zu bekommen würde ebenfalls Zeit in Anspruch nehmen; die Bilder derjenigen, die einen Führerschein hatten, würden sie von der Zulassungsbehörde bekommen, doch viele Menschen, die in der Stadt wohnten, hatten keinen Führerschein, weil ein Auto hier nichts als Ärger bedeutete. Außerdem hätte der Kerl auch auf der anderen Seite des Flusses in New Jersey leben können. Oder in Connecticut. Viele Pendler wohnten dort.

„Mann", murmelte Aquino und betrachtete die Liste mit den Liebhabern von Mrs Worth. „Das wird vermutlich den Rest des Jahres dauern. Hast du mal gezählt, wie viele Männer hier stehen? Die Frau muss ziemlich unvernünftig und dumm gewesen sein, wenn man mal über Geschlechtskrankheiten und solche Sachen nachdenkt. Sieh dir das an. Ich zähle dreiundzwanzig *neue* Kerle im vergangenen Jahr. Und dazu die Wiederholungstäter. Sie war mindestens zweimal pro Woche mit einem Kerl im Bett – durchschnittlich."

„Mein Liebesleben sollte mal so aktiv sein", erwiderte Ritenour voller Bedauern.

„Der Druck würde dich umbringen. Ach, heute Abend kommen wir nicht mehr weiter." Aquino stand auf und streckte sich. „Ich gehe nach Hause. Bis morgen früh dann."

„Nach Hause zu gehen ist die beste Idee, die du heute hattest." Ritenour folgte ihm und schnappte sich seinen Mantel. „Hast du Lust auf ein paar Biere?"

„Nein, ohne mich. Ich bin kaputt." Beide waren geschieden, und alles, was daheim auf die beiden wartete, war die Schmutzwäsche. Die Biere klangen verlockend. Aber irgendetwas nagte an Aquino, und er kam nicht darauf, was es war. Es hatte etwas mit Richard Worth zu tun. Nicht, dass er Worth für den Killer hielt – der Mann hatte kein Motiv und keine Möglichkeit. Doch er war zu beherrscht gewesen. Er hatte weder gezittert, noch war er nervös gewesen, und er hatte seine Gefühle vollkommen unter Kontrolle gehabt. Nicht einmal bei der Identifizierung der Leiche seiner Frau hatte er Emotionen gezeigt. Gut, sie war seine zukünftige Exfrau, und wenn man die Abtreibung und all die Affären bedachte, konnte er verstehen, warum es Worth kaltließ. Trotzdem – er hatte die ganze Zeit über seine Empfindungen im Griff gehabt. Er war geduldig und hilfsbereit gewesen und hatte ihnen Zugang zu seinen Unterlagen gewährt, sodass sie die Informationen, die sie interessiert hatten, schneller gekriegt hatten, als wenn sie sie auf legalem Weg hätten besorgen müssen. Aquino wusste, dass er keinen Grund hatte, Worth zu verdächtigen. Und das hatte er auch nicht. Jedenfalls nicht wirklich. Es war nur so ein Gefühl, dass der Mann etwas zu verbergen versuchte und dass es ein paar Dinge gab, die noch geklärt werden mussten.

Er winkte Ritenour zum Abschied knapp zu. Dann zwängte er sich hinter das Steuer eines unauffälligen braunen Wagens, den die Stadt ihm zur Verfügung stellte. Aus einem Impuls heraus beschloss er, an Richard Worths Haus vorbeizufahren, um zu schauen, ob er vielleicht etwas Ungewöhnliches entdecken konnte. Vielleicht suchte er sich sogar einen Parkplatz und beschattete das Wohngebäude eine Zeit lang. Eine gesunde Portion Neugierde konnte einem Detective nicht schaden.

Richard gab dem Taxifahrer einen Zwanziger und wartete nicht auf das Wechselgeld. Eilig sprang er die Treppe zu seinem Haus hinauf.

Als er das Souterrain zu Büroräumen hatte umbauen lassen, hatte er einen zweiten Eingang errichten lassen. Der Büroeingang befand sich unter der Treppe, die hinauf zum Hauptteil des Hauses führte. Die Büros waren halb unter der Erde, mit Fenstern auf Straßenhöhe, die mit Gittern gesichert waren.

Er betrat den Eingangsbereich des Wohnhauses, der neun Quadratmeter groß und mit importierten Schieferfliesen ausgelegt war. Der bunte Teppich, der auf den Fliesen lag, war ein zweihundert Jahre alter türkischer Teppich, der so eng gewebt war, dass er unter seinen Schritten nicht nachgab, während er nun darüberlief.

Er sah nach, ob jemand auf dem Anrufbeantworter in seinem Arbeitszimmer eine Nachricht hinterlassen hatte. Elf Nachrichten warteten. Ungeduldig hörte er sie ab und drückte schnell weiter, sobald er die Stimme des Anrufers erkannt hatte. Sweeneys Stimme war nicht dabei. Er wählte ihre Nummer und lauschte dem Klingeln. Stumm zählte er mit. Nach dem sechsten Klingeln sprang ihre Mailbox an. Ihre Stimme nannte die Nummer, dann folgte ein knappes: „Hinterlassen Sie eine Nachricht." Normalerweise hätte er darüber gelächelt. Aber jetzt war er krank vor Sorge. Verdammt, wo steckte sie?

Sweeney hatte nicht so weit laufen wollen. Nach dem Kälteschock vom Morgen hatte sie sich verwirrt und benommen gefühlt – selbst nachdem sie aus einem dreistündigen todesähnlichen Schlaf erwacht war. Stundenlang war sie unruhig durch die Wohnung getigert. Zwar hatte sie nicht damit gerechnet, dass Richard sich melden würde, doch sie war trotzdem geblieben, falls er es dennoch getan hätte. Er war wahrscheinlich so sehr damit beschäftigt, Vorbereitungen zu treffen und alles Nötige zu organisieren, dass sie bestimmt erst wieder in einigen Tagen von ihm hören würde.

Als der Tag sich dem Ende zugeneigt hatte und die Sonne allmählich untergegangen war, hatte sie das Gefühl gehabt, es nicht länger in der Wohnung aushalten zu können. Das Denken war ihr schwergefallen – es hatte sich angefühlt, als wäre sie unter Drogen gesetzt worden. Sie hatte geglaubt, dass ein bisschen frische Luft ihr helfen würde, wieder einen klaren Kopf zu bekommen. Die muntere Wetteransagerin hatte zwar gemeint, dass es achtzehn Grad werden sollten, aber Sweeney hatte trotzdem ihre Jeansjacke angezogen und war hinausgegangen.

Sie hatte kein Ziel gehabt, war einfach losgelaufen. Sie lebte am Rande der Lower East Side. Es war eine farbenfrohe Gegend. Vor allen Dingen die unterschiedlichsten Menschen, die hier wohnten, machten dieses Stadtviertel aus. Die vergleichsweise günstigen Mieten lockten unzählige Künstler und Studenten.

Schauspieler und Musiker zog es meistens nach Greenwich Village, doch einige von ihnen landeten auch in der Lower East Side. Die Gesichter waren unglaublich faszinierend – egal ob jung oder alt. Ein junges Pärchen unternahm einen Spaziergang. Die beiden schoben ihr Baby im Kinderwagen vor sich her, und Stolz und Freude spiegelten sich auf ihren Gesichtern. Sie erhaschte einen Blick auf das winzige Gesichtchen des Babys und seine klitzekleinen Hände, mit denen es die Decke umklammert hielt. Sie verspürte den Drang, dem Kind über den Flaum auf dem Köpfchen zu streicheln.

Ein Teenager ging mit einem wirren Knäuel aus Hunden Gassi. Die Hunde waren unterschiedlich groß und gehörten verschiedenen Rassen an – vom englischen Hirtenhund, der durch seine wilde Mähne hindurchäugte, bis hin zum Dackel, der doppelt so viele Schritte machen musste, um mitzuhalten. Ein breites Grinsen erstrahlte auf dem Gesicht des Jungen, während er buchstäblich die Straße entlanggezogen wurde: Er hatte Inlineskates an den Füßen.

Allmählich veränderte sich die Gegend. Sweeney betrachtete Schaufensterauslagen, betrat eine kleine Bäckerei, weil sie sich eine Zimtschnecke mit einer dicken Glasur kaufen wollte, und musste sich anschließend einen Kaffee holen, um das süße Gebäck hinunterzuspülen. Die Hände in den Jackentaschen, schlenderte sie den Fußweg entlang. Eine leichte Brise spielte mit ihren Locken.

Sie versuchte, nicht an Candra zu denken. Bewusst verscheuchte sie das Bild des Gemäldes, das vor ihrem inneren Auge aufsteigen wollte. Sie bemühte sich abzuschalten und ging nur weiter und weiter.

Trotzdem war es keine Überraschung, als sie sich umsah und die luxuriösen Stadthäuser und mehrstöckigen Wohnhäuser der Upper East Side erkannte. Sie war mindestens zwei, wenn nicht mehr Kilometer gelaufen; sie wusste nicht, aus wie vielen Blocks ein Kilometer bestand. Richard lebte hier in einem Haus in der Nähe der Park Avenue. Candra hatte auch irgendwo in der

Gegend gewohnt. Sweeney erinnerte sich daran, dass Kai ihr einmal erzählt hatte, dass Candras Apartment sich hier befand; sie hatte vergessen, wo genau.

Sweeney hatte sich die Nachrichten nicht angeschaut, sondern nur die Wettervorhersage verfolgt. Die Lokalnachrichten berichteten sicher in aller Ausführlichkeit über den Mord. So etwas passierte in dieser Gegend schließlich nicht jeden Tag. Außerdem war Candra gesellschaftlich keine Unbekannte gewesen, was ihren Tod für die Öffentlichkeit noch bedeutsamer machte. Sweeney hatte nichts darüber sehen und auch keine Mutmaßungen hören wollen.

Sie wollte nur zu Richard.

Sie marschierte weiter und betrachtete eine Weile das Stadthaus. Schon einmal war sie dort gewesen. Es war drei oder vier Jahre her. Damals war sie neu in der Stadt gewesen und hatte auf Candras Einladung hin auf einer Party vorbeigeschaut. Sie war nur kurz geblieben, hatte so getan, als hätte sie an einem Glas Champagner genippt, hatte Candra begrüßt und war dann geflüchtet.

Licht fiel durch das verzierte Fenster oberhalb der Tür. Sie starrte das Fenster an und fragte sich, ob Richard zu Hause sein mochte oder ob das Licht nur an war, damit man dachte, jemand wäre daheim.

Das hier war keine gute Idee. Falls er da war, war er bestimmt nicht allein. Freunde würden ihm ihr Beileid aussprechen – oder vielleicht auch nicht, wenn man die Umstände bedachte. Aber sie würden mit Sicherheit versuchen, alle schmutzigen Details zu erfahren, den neuesten Klatsch, den sie am nächsten Tag mit anderen Freunden bei einer Tasse Kaffee teilen konnten.

Sie müsste nicht hineingehen. Sie würde nur an der Tür klingeln und ihm sagen … Sie würde ihm etwas Vernünftiges sagen, wie zum Beispiel, dass sie an ihn gedacht hätte. Und sie würde ihm ihr Mitgefühl ausdrücken. So etwas in der Art. Vielleicht hatte er Angestellte und kam gar nicht selbst an die Tür. In dem Fall würde sie eine Nachricht hinterlassen. Er würde wissen, dass sie da gewesen war, und das war das, was zählte.

Sie stieg die Treppe hinauf und drückte die Klingel. Dann schob sie die Hände zurück in die Jackentaschen. Mit gesenktem Kopf wartete sie darauf, dass die Tür geöffnet wurde, während die Abendbrise an ihren Locken zerrte.

Die Haustür wurde so unvermittelt aufgerissen, dass Sweeney erschrocken zusammenzuckte.

Richard stand vor ihr und funkelte sie an. „Wo, zur Hölle, hast du gesteckt?“, stieß er knurrend aus.

Sie blinzelte. „Ich war spazieren.“

„Spazieren“, wiederholte er ungläubig. „Von deiner Wohnung bis hierher?“

„Ja. Ich habe nur einen Spaziergang gemacht und ... war irgendwann hier.“

Er starrte sie an. Seine Miene war ausdruckslos, doch in seinen Augen sah sie eine Emotion, die sie allerdings nicht deuten konnte. „Komm rein“, sagte er und trat einen Schritt zurück, damit sie an ihm vorbeigehen konnte. Nach einem kurzen Zögern folgte sie seiner Aufforderung.

Dreißig Meter weiter die Straße hinunter zog Detective Aquino die Augenbrauen hoch und notierte sich die Ankunftszeit der Frau. Es gab keinen besonderen Grund dazu. Es war nur die typische Neugierde eines Cops.

Sie hatten sich nicht berührt, dennoch hatte man spüren können, dass zwischen ihnen eine besondere Verbindung bestand. Also hatte Worth eine Freundin – das war nicht verboten. Nachdem er seit einem Jahr getrennt lebte, hätte der Mann ein Heiliger sein müssen, wenn er Single wäre.

Was Aquino verwirrte, war nur Folgendes: Warum war bei all den Fragen, die den Tag über gestellt worden waren, nie der Name dieser anderen Frau gefallen? Worth war ein diskreter Mensch – so viel hatte Aquino inzwischen mitbekommen. Doch als das Thema angeschnitten wurde, hatte er sogar von der Abtreibung erzählt, die seine Frau hatte vornehmen lassen.

Eine Freundin zu haben war weit weniger heikel als das Thema. Genau genommen hätte es ihn sogar entlastet, mit einer anderen Frau zusammen zu sein, weil es gezeigt hätte, dass ihm wirklich egal war, was seine Ehefrau tat.

Doch Worth hatte seine Freundin nicht erwähnt, und das fand Aquino höchst interessant.

17. KAPITEL

Der Fußboden im Eingangsbereich war mit dunkelgrauen Fliesen ausgelegt. Darauf lag ein dicker Teppich in den leuchtendsten Farben, die Sweeney je gesehen hatte. Sie wäre kurz stehen geblieben, aber Richard streckte seinen Arm aus und bedeutete ihr vorauszugehen. Zwar fühlte sie sich unbehaglich dabei, doch sie entsprach seinem Wunsch. Seine Miene war versteinert, als würde er nicht wollen, dass sie dort war, und wäre nur zu höflich, es ihr zu sagen. Sie schob die Hände tiefer in die Jackentaschen und kam sich wie ein Eindringling vor.

Als sie zum ersten Mal dort gewesen war, hatte sie sich auch so gefühlt. Natürlich hatte sie damals unter dem Druck gestanden, Kontakte knüpfen zu müssen, aber dieses Mal war es auch nicht angenehmer. Luxus machte sie nervös. Als Kind war sie immer diejenige gewesen, die die klebrige Limonade auf dem unersetzlichen Tischtuch aus Spitze verschüttet hatte oder die unbeabsichtigt Farbe auf eine Seidenbluse geschmiert hatte oder die auf einen heruntergefallenen Füller getreten war, der zerbrochen war und seinen Inhalt auf den unfassbar teuren Teppich ergossen hatte. Ihre Mutter hatte immer mit dramatischem Unterton in der Stimme erklärt, dass die Welt sicherer wäre, wenn sie Paris nur im Käfig halten würde. Anschließend hatte sie sich übermäßig für die Ungeschicklichkeit ihrer Tochter entschuldigt. Eine Zeit lang hatte Sweeney Angst gehabt, dass ihre Mutter sie tatsächlich in einen Käfig sperren würde.

Die Angst hatte sich gelegt, dennoch war es eine Tatsache, dass sie wirklich zu Unfällen neigte. Irgendetwas an exklusiven, teuren Gegenständen weckte den Tollpatsch in ihr. Also ging sie lieber in der Mitte des Flures und hielt sich von der schönen Lampe fern.

Das weitläufige Wohnzimmer befand sich zu ihrer Rechten. Sie betrat es, und Richard folgte ihr stumm. Es kam ihr vor, als würde sie hineingetrieben werden. Sie sollte nicht hier sein:

Sie war nicht nur fehl am Platz, es war auch nicht der richtige Zeitpunkt. Sie hatte zu viel in ihre Beziehung hineininterpretiert, die viel zu frisch war, um irgendetwas anzunehmen oder darin zu sehen.

Trotz ihrer Unsicherheit war sich Sweeney wie immer sofort der Farben bewusst, die sie umgaben. Ihr fiel auf, dass das Zimmer umgestaltet worden war seit ihrem ersten Besuch. Candra hatte helle, neutrale Farben bevorzugt. Inzwischen war alles viel bunter, viel kräftiger. Trotzdem sah alles noch genauso exklusiv aus wie die Stücke, die vorher im Raum gestanden hatten.

Sie war mitten im Zimmer und verlagerte ihr Gewicht unbehaglich von einem Fuß auf den anderen. „Setz dich“, meinte Richard.

„Ich kann nicht bleiben.“ Verdammt, höfliche kleine Notlügen beherrschte sie noch immer nicht. Sie merkte selbst, wie falsch und gekünstelt sie sich anhörte. „Ich weiß, dass ich nicht hier sein sollte. Es ist eine schwere, ganz persönliche Zeit, und ich dringe hier ein …“

„Setz dich“, wiederholte er. Dieses Mal klangen die Worte allerdings, als würde er sie knurren.

Sie wählte einen großen Ohrensessel aus Leder und hockte sich auf den Rand des Polsters. Auf dem Tisch neben dem Sessel stand eine Figur. Automatisch klemmte sie beide Hände zwischen die Knie, damit sie die Statue nicht versehentlich umstieß.

Es war kein schönes Gefühl, in Richards Nähe so unsicher zu sein. In ihrer eigenen Wohnung oder auf neutralem Boden ging sie ganz ungezwungen mit ihm um. Hier war sie sich zum ersten Mal der riesigen finanziellen Kluft zwischen ihnen bewusst. Er hatte nie hochnäsig oder eingebildet gewirkt, also fand dieser Vergleich zwischen ihnen beiden von ganz allein in ihrem Inneren statt. Und umgekehrte Standesdünkel waren genauso absurd.

„Ich habe zwar keine Ahnung, was du denkst, doch mir gefällt dein Gesichtsausdruck nicht.“ Zumindest war der knurrende

Unterton aus seiner Stimme verschwunden. Er stand noch immer und musterte sie mit undurchdringlicher Miene.

„Ich denke, ich gehöre nicht hierher." Das war die ungeschminkte Wahrheit, ob sie ihm nun gefiel oder nicht. Sie schaute sich das Blumengesteck an und betrachtete die Farben. Das beruhigte sie.

Er zuckte mit den Schultern. „Ich auch nicht."

Überrascht sah sie ihn an. „Aber das ist dein Haus."

„In meinem Herzen bin ich ein Junge vom Land. Ich will hier eigentlich nicht sein. Es ist nur eine Wohnung."

Sie konnte den Blick nicht von ihm wenden. Seine dunklen Augen wirkten im schummrigen Licht der Lampen fast schwarz. Auch er schaute sie unentwegt an. Mit einem Mal war sie sich seiner Nähe bewusst. Verlangen durchströmte sie, und sie konnte dieses Gefühl wie immer, wenn sie bei ihm war, nicht verbergen. Sofort versuchte sie, es zu unterdrücken – jetzt war nicht der richtige Zeitpunkt.

„Ich war den ganzen Tag bei der Polizei", sagte er leise und beherrscht. „Ich habe mir fürchterliche Sorgen um dich gemacht, doch ich konnte dich nicht anrufen."

„Ich verstehe", entgegnete sie schnell. „Ich habe auch nicht damit gerechnet, dass du dich melden würdest. Mir geht es gut. Ich habe herausgefunden, dass ich mich in eine heiße Wanne legen und warten muss, bis das Kältegefühl weg ist."

„Ich hätte es lieber, wenn du dich mit mir in ein Bett legen würdest, wann auch immer dir kalt ist und du aufgewärmt werden musst."

Das erotische Knistern zwischen ihnen war fast greifbar. Sie spürte, wie sich ihr Innerstes ruckartig zusammenzog, als hätte sie tatsächlich einen Schlag bekommen. Plötzlich war es ihr klar: Er sah sie nicht an und dachte, sie sollte nicht hier sein; er betrachtete sie mit dem durchdringenden Blick eines Mannes, der mit ihr schlafen wollte. Hier. Jetzt.

Wie in Trance erhob sie sich, angezogen von einer Spannung, die beinahe schmerzhaft war. Nervosität und Verlangen kämpften in ihr. Seine Bemerkung allein hatte gereicht, und sie war erregt. Ihr Körper schien für ihn bereit zu sein. Ihre Brüste sehnten sich nach seinen Liebkosungen. Ohne den Blick zu senken, wusste sie, dass ihre Brustwarzen sich aufgerichtet hatten. Flüssige Hitze, süß und lodernd, sammelte sich zwischen ihren Schenkeln. Sie spannte ihre inneren Muskeln gegen die Begierde an und bemerkte, dass sie es damit nur noch schlimmer machte.

Mittlerweile hatte sie sich eingestanden, wie sehr sie ihn begehrte, und genoss es. Sie liebte die leidenschaftlichen Küsse, die mehr versprachen, die verlockende Berührung nackter Haut, den berauschenden Gefühlsmix aus Gefahr und Sicherheit, den sie in seinen Armen verspürte. Sosehr sie es sich wünschte, endlich mit ihm zu schlafen, war seine Zurückhaltung auch tröstlich und beruhigend gewesen. Eine Bindung einzugehen war nicht leicht für sie, und was er nun von ihr wollte, war die wesentlichste Bindung, die Menschen eingehen konnten. Woran sie in der Theorie Gefallen gefunden hatte, ängstigte sie in Wirklichkeit sehr.

„Ich glaube, ich sollte dann mal aufbrechen", platzte sie heraus und wollte auf dem Absatz kehrtmachen.

Mit den Händen umschloss er ihre Taille und hielt Sweeney fest, ehe sie auch nur einen Schritt machen konnte. „Und ich glaube, du solltest bleiben." Er presste sie an sich, Hüfte an Hüfte, Schenkel an Schenkel, und drückte seine harte Erektion gegen ihren Bauch. „Willst du mich nicht?", murmelte er und neigte den Kopf, um ihre Schläfe zu küssen und dann die Vertiefung unter ihrem Ohr mit der Zunge zu streicheln.

Ihr stockte der Atem. Ob sie ihn wollte? Sie wollte ihn mehr, als sie je irgendetwas oder irgendjemanden in ihrem Leben gewollt hatte. Ihr wurde erst allmählich klar, wie sehr sie ihn begehrte – und das nicht nur in körperlicher Hinsicht. Das war das Furchterregende an der Sache: Sie musste sich selbst eingestehen, wie wichtig er auch in emotionaler Hinsicht für sie war. Als Kind hatte sie ihre Familie geliebt und sich verzweifelt gewünscht, diese Liebe würde erwidert werden. Sie hatte diese Zuneigung jedoch nie bekommen. Seitdem hatte sie sich nicht mehr erlaubt, so verletzlich zu sein.

Aber es ist zu spät, ich muss die Vorsicht über Bord werfen, dachte sie. Ich *liebe* ihn. Ihr Körper schien dahinzuschmelzen, schob sich in seine Nähe, verzehrte sich nach der aufregenden Lust, die er ihr schon einmal geschenkt hatte.

Sie konnte ihm das Eingeständnis, um das er sie gebeten hatte, nicht geben. Zumindest nicht mit Worten. Panik und Aufregung vermischten sich und schnürten ihr die Kehle zu. Also strich sie mit den Fingern seine Brust hinauf und verschränkte sie in seinem Nacken. Dann stellte sie sich auf die Zehenspitzen, sodass seine Härte sich zwischen ihre Beine schmiegte. Und das war das Eingeständnis, auf das er gewartet hatte.

Mit den Armen umfing er sie und presste seine Lippen zu einem festen, gierigen Kuss auf die ihren. Seine Zunge erforschte ihren Mund und nahm sie. Sie erkannte, dass er sich bisher die ganze Zeit über zurückgehalten hatte. Jetzt hielt er sich nicht mehr zurück. Sweeney hatte das Gefühl, verschlungen zu werden, auch wenn er ihr nicht wehtat. Der einzige Schmerz, den sie empfand, war der Schmerz darüber, ihn nicht in sich zu spüren.

Er streifte ihr die Jacke über die Arme herunter und ließ sie auf den Boden fallen. Dann schob er die Hände unter ihre Bluse und legte sie auf ihre Brüste. Seine Handflächen fühlten sich auf ihrer Haut und den harten Spitzen heiß und rau an. Sie bog sich ihm entgegen, wollte mehr von seinen Berührungen und hörte, wie sie leise stöhnte. Alles schien außer Kontrolle zu geraten. Es ging viel zu schnell. „Richard“, brachte sie hervor. Ein schwacher Schrei oder eine Bitte – sie wusste es nicht.

Er zog ihr die Bluse aus, und im nächsten Moment fand sie sich auf dem Rücken ausgestreckt auf der großen Couch wieder. Zehn Sekunden später war sie nackt. Ihre Schuhe und Strümpfe waren fort, von ihrer Jeans und ihrem Slip hatte er sie befreit. Jetzt fuhr er mit den Fingern über ihre Oberschenkel und spreizte sie sanft.

Benommen sah sie ihn an, während er sich zwischen ihre Beine kniete. Ein Knie hatte er aufs Sofa gestützt, der Fuß stand auf dem Boden. Rasch öffnete er seinen Gürtel und seine Hose. Es kam ihr vor, als würde ihr gesamter Körper vor freudiger Erwartung vibrieren. Das Blut rauschte heiß und wild durch ihre Adern und sammelte sich in ihrer Mitte. Richard beugte sich über sie, sie stützte die Hände gegen seine Brust. Sie spürte sein Herz unter ihrer rechten Hand pochen. Ihre Augen waren geweitet, seine waren zu Schlitzen verengt, als ihre Blicke sich trafen. Ihr in die Augen schauend, drang er in sie ein und stieß tief in sie.

Der Schmerz erschreckte sie. Er war scharf und brennend, als wäre sie wieder Jungfrau. Unterdrückt schrie sie auf und war einen Moment lang unter ihm angespannt. Er murmelte einen undeutlichen Fluch, während er ein Stück aus ihr glitt und dann langsam und vorsichtig wieder in sie eintauchte. Der Schmerz dauerte nur einen Augenblick. Es war die Reaktion ihres Körpers auf das ungewohnte Eindringen. Sowie er sich erneut in ihr bewegte, schrie sie wieder auf – diesmal jedoch vor Lust.

„Gott“, keuchte er. Seine Stimme klang erstickt, er verharrte, und sein Oberkörper war aufgerichtet. Fast schien es, als könne er sich bei einem weiteren Stoß nicht mehr beherrschen und weitermachen, bis er kam.

Sweeney schlang ihre Beine um seine Taille und reckte sich ihm entgegen, damit sie ihn noch tiefer in sich aufnehmen konnte. Ihr Atem ging schnell und stoßweise. Er fühlte sich so hart und groß an, dass sie glaubte, es nicht auszuhalten, wenn er sich bewegte. Andererseits dachte sie auch, dass sie explodieren würde, wenn er es nicht tat. Ihr war heiß, sie glühte, und die Hitze durchströmte sie. Sie schloss ihre inneren Muskeln um ihn und wollte ihn noch intensiver spüren. Sein Körper spannte sich an. Mit einem kehligen Laut drang er so heftig in sie ein, dass sie beinahe wieder aufgeschrien hätte. Dann hielt er erneut still. Sie richtete sich so weit wie möglich auf und krallte die Finger in seine Brust. „Zur Hölle mit dir“, presste sie hervor. „Tu es!“

Er ergriff ihre Handgelenke, löste ihre Hände von seinem Oberkörper und legte sie über ihrem Kopf auf das Sofa, wo er sie festhielt. Ein leichter Schweißfilm schimmerte auf seinem Gesicht, während er sich über sie beugte, und in seinen dunklen Augen sah sie, wie er sich in seiner Lust verlor.

Kraftvoll glitt er in sie und ließ sie erbeben. Mit jeder seiner Bewegungen wuchsen die Hitze und die Spannung in ihr, und ihre Hüften kreisten wie von selbst, um alles zu nehmen, was er zu geben hatte. Ihr Höhepunkt kam schnell und gewaltig. Sie schrie auf und schluchzte. Erbarmungslos reizte er sie weiter, bis der nächste Orgasmus sie durchflutete, kaum dass der erste vorüber war. Plötzlich erstarrte sein gesamter Körper über ihr, ehe Richard erschauerte, zuckte und von der Stärke seines eigenen Höhepunktes mitgerissen wurde.

In der Stille danach lauschte sie ihrer eigenen Atmung, die schnell und abgehackt ging. Ihr Herz hämmerte wild gegen ihre Rippen. Jeder Muskel in ihr fühlte sich weich und schwach an. Er war auf sie gesunken und drückte sie wundervoll schwer in die Polster der Couch. Sie hätte für immer so unter ihm liegen können. Die Lust, die sie zuvor mit ihm erlebt hatte, war nichts im Vergleich dazu, tatsächlich mit ihm zu schlafen. Sie fühlte sich beschwingt und erschöpft, als könnte sie Berge versetzen, wenn sie auch nur einen Finger hätte rühren können. Doch im Moment wollte sie einfach nur hier liegen, Richards Gewicht auf sich, wollte das Zittern seiner Muskeln spüren und wissen, dass sie ihm gereicht hatte und dass er vollkommen befriedigt war.

Das, wurde ihr klar, empfanden Frauen bei Männern, die sie liebten. Und dieses Gefühl war süßer, als sie es sich in den kurzen, seltenen Momenten vorgestellt hatte, wenn sie sich den Gedanken erlaubt hatte, dass in ihrem einsamen Leben etwas fehlte.

Richard hob den Kopf. Sein dunkles Haar glänzte schweißnass, und er wirkte triumphierend, besitzergreifend und sehr zufrieden. „Geht es dir gut?“ Seine Stimme klang leise und rau.

Sie schluckte. „Sag du es mir“, brachte sie hervor. „Ich habe nicht viel Erfahrung.“

Ein kleines Lächeln umspielte seine Lippen. „Ich würde sagen, es müsste dir verdammt fantastisch gehen." Er ließ ihre Handgelenke los und stützte sich auf seine Ellbogen. Mit den Händen umschloss er ihr Gesicht und küsste sie zärtlich und bedächtig. Seine Zunge bewegte sich in demselben sanften Rhythmus wie er – noch immer in ihr. Sie erschauerte unter ihm. Ihr Innerstes war noch zu aufgewühlt und empfindlich, um selbst diese winzigen Reize aushalten zu können.

Er wusste es und zog sich so sacht aus ihr zurück, dass sie weinen wollte. Dann kniete er sich hin und richtete seine Hose, bevor er aufstand und Sweeney hochhob. Sie lag wie eine nackte Göttin in seinen Armen und hielt sich an ihm fest, während er sie aus dem Wohnzimmer und die Treppe hinauftrug. „Ich hoffe, du kannst über Nacht bleiben", murmelte er, „denn ich bin noch lange nicht fertig mit dir."

„Nein ... Candras Bett ..."

„Sie hat nie in diesem Bett geschlafen", versicherte er flüsternd, aber ernst. „Und sie war nie in diesem Zimmer. Ich habe das Haus nach ihrem Auszug renovieren und umgestalten lassen." Mit der Schulter stieß er eine Doppeltür auf und ging mit Sweeney auf dem Arm über den glänzenden Holzfußboden, auf dem einige kleinere bunte Teppiche verstreut lagen. Er brachte sie zu einem Bett, das so groß aussah, als hätten sechs Personen darin Platz. Behutsam setzte er ihre Beine ab, sodass sie stand, und hielt sie weiter fest an sich gedrückt, während er die Decke zurückschlug.

Ihre Knie waren weich. „Ich muss mich waschen", meinte sie. Sie brauchte einen Bademantel oder ein Handtuch oder nur ein paar Waschlappen, um damit strategische Stellen abzudecken. Noch nie war sie sich so nackt vorgekommen oder war sich ihres Körpers so bewusst gewesen wie in diesem Moment.

Er erstarrte. „Verflucht noch mal", sagte er leise. „Ich habe kein Kondom benutzt."

Sie schauten einander an, und Sweeney spürte die Feuchte zwischen ihren Beinen. Eilig rechnete sie nach. „Ich glaube, wir sind auf der sicheren Seite. Meine letzte Periode ist drei Wochen her." Es gab einen kurzen unvernünftigen Augenblick, einen Hauch von Bedauern, dass das Timing nicht besser gewesen war – oder schlechter. Im Moment war sie sich nicht sicher, was davon zutraf.

Er machte eine Schublade im Nachttisch auf, holte eine Schachtel mit Präservativen heraus und stellte sie auf den Tisch. Eines nahm er heraus. „Wir brauchen beide eine Dusche. Zum Badezimmer bitte hier entlang." Er drehte sie um und zeigte auf zwei weiße Jalousietüren.

Selbstverständlich hatte er vor, mit ihr gemeinsam zu duschen. Genau genommen hatte er noch mehr vor, wenn man das Kondom bedachte, das er in der Hand hielt. Sweeneys Herz schlug schneller, während sie so gelassen wie möglich aufs Bad zusteuerte, auch wenn sie merkte, dass ihr die Hitze in die Wangen stieg. Als sie beide das Badezimmer erreichten, hatte er sich bis auf die Hose und Boxershorts ausgezogen und die Sachen unterwegs achtlos auf den Boden geworfen.

In der Tür blieb sie stehen. Sein Bad war größer als ihr Schlafzimmer. Ein viereckiger Whirlpool befand sich direkt vor ihr. Auf einem Vorsprung entdeckte sie flauschige weiße Handtücher, und daneben stand ein Glasbehälter mit kleinen runden Seifenstücken in allen erdenklichen Farben. Auf der rechten Seite führte eine Glastür in eine riesige Dusche. Der Boden war mit glänzenden Kacheln in einem angenehmen Braunton gefliest, der unter dem hellen Licht der Lampen zu glühen schien. Auf der linken Seite war ein abgetrennter Bereich mit der Toilette und daneben ein langer Waschtisch mit zwei Waschbecken in einem dunklen Braun. Goldene Wasserhähne bogen sich über die Becken. Dicke weiche Läufer lagen vor der Dusche und der Wanne.

„Das ist dekadent", erklärte sie.

Eine große warme Hand strich über ihre nackten Pobacken. „Freut mich, dass es dir gefällt."

Es gefiel ihr nicht nur, sie liebte es. Die Farben waren wundervoll. Ein langweiliges Braun wäre fürchterlich gewesen, doch diese Farbe war so dunkel und satt, dass es ihr vorkam, als könne sie darin versinken. Das Gold der Wasserhähne schien die goldenen Sprenkel in der Oberfläche des Waschtisches aufzugreifen und zum Strahlen zu bringen.

Sie machte die Tür zur Dusche auf und warf einen Blick hinein. „Wow." Die Duschkabine war mindestens eineinhalb mal zweieinhalb Meter groß und in Marmor mit braunem und rosafarbenem Muster gehalten. An beiden Enden der Kabine war jeweils ein Duschkopf angebracht, sodass man von vorn und von hinten fließendes Wasser abbekam.

Die Hand auf ihrem Po wurde drängender und schob sie in die Dusche. Sie drehte sich um und stand einem nackten Mann gegenüber. Ihr stockte der Atem. Zwar hatte sie ihn schon fast nackt gesehen und sich ausgemalt, wie er ganz nackt aussehen würde, aber die Wirklichkeit war viel besser als die Vorstellung. Er war in ausgesprochen guter Form. Doch es war mehr als das: Er entsprach genau ihrem Bild von einem Mann – reif und muskulös und begierig. Aus einem Impuls heraus streckte sie den Arm aus und schloss ihre Hand um seine harte Erektion. Sie hörte Richards lustvolles Raunen kaum, das er unbewusst ausstieß, und konzentrierte sich stattdessen darauf, wie der dicke Schaft sich anfühlte.

„Wenn du nicht vorsichtig bist, wird das erst einmal nichts mit der Dusche", sagte er keuchend.

„Ist das wichtig?", murmelte sie.

„Ich versuche, aufmerksam und romantisch zu sein."

Sie neigte den Kopf und hob neugierig die Augenbrauen. „Romantisch?"

„Ich habe eine Woche lang über das hier nachgedacht und mir ausgemalt, was ich tun würde."

Mit der einen Hand verwöhnte sie ihn immer noch, mit der anderen streichelte sie seine behaarte Brust. Ihr Atem drang zwischen ihren leicht geöffneten Lippen hervor. „Was für romantische Pläne hast du denn geschmiedet?"

„Tja, eigentlich habe ich nur einen Plan."

„Einen? Und wie sieht der aus?"

„Mit dir vögeln, bis der Arzt kommt", erwiderte er sachlich. Als sie den Kopf in den Nacken warf und laut lachte, löste er ihre Finger von seinem Glied. Er nutzte ihre momentane Unaufmerksamkeit, dirigierte sie ganz in die Duschkabine und stellte das Wasser an.

Er hat schon mal mit einer Frau geduscht, erkannte sie. Er richtete die Duschköpfe so ein, dass das heiße Wasser auf ihren Bauch traf und ihre Haare trocken blieben. Als ein paar Minuten später seine seifigen Hände über ihren Körper fuhren, war sie sich sicher, dass er auch einiges darüber wusste, wie man eine Frau wusch. Und noch einen Moment später, ein Kondom übergestreift, zeigte er ihr, was er über Sex unter der Dusche alles wusste. Es war eine schnelle, hungrige Vereinigung. Sweeney stand an die Wand aus Marmor gelehnt, während er tief und heftig in sie stieß. Sie kam schnell, wand sich wild in seinen Armen. Anschließend konnte sie sich kaum auf den Beinen halten, und er ließ sie nicht los, als er sie beide abtrocknete. Er war noch immer hart, hatte sich den Höhepunkt versagt. Ihr wurde klar, dass er beim zweiten Mal nicht so schnell kommen würde und dass sie sich auf einen ausgedehnten Liebesakt freuen konnte. Sie hatte keine Ahnung, ob sie jubeln oder um Gnade flehen sollte.

Er trug sie ins Bett, und der Gedanke daran, um Gnade zu flehen, war wie weggewischt. Eine ganze Zeit lang küsste er sie vom Kopf bis zu den Zehen. Er saugte an ihren Brustwarzen, bis sie vor Lust und Frustration beinahe aufgeschluchzt hätte. Mit den Fingern streichelte er sie zwischen den Oberschenkeln. Dann ersetzte er seine Finger durch seine Zunge und führte sie erneut zum Gipfel. Die Empfindungen waren so stark, so heftig, dass sie aufschrie. Er ließ sie eine Weile ausruhen, bevor er sie sanft auf den Bauch drehte und von hinten in sie glitt. Sie hatte das Gefühl, dass sie ihn kaum aufnehmen konnte, und war sich jedes Zentimeters von ihm bewusst, der sie erfüllte. Durch seine bedächtigen Bewegungen wurde sie gegen das Laken und gegen seine Hand gepresst, die er unter sie geschoben hatte, sodass sie seinen Fingern ausgeliefert war.

Als sie zum vierten Mal kam, wurde auch er von seinem Orgasmus mitgerissen. Danach lagen sie eng umschlungen nebeneinander. Sie hatte ihren Kopf an seine Schulter geschmiegt. Versonnen strich er über ihren Po, ihre Brüste und ihre Hüften bis hinunter zu ihrem Bauch, als könne er nicht genug von ihr kriegen. Die Augen geschlossen, lauschte sie seinem und ihrem Herzschlag, die sich beide allmählich verlangsamten und schließlich wieder normal gingen – zwei Herzen, ein Rhythmus.

„Willst du lieber schlafen?", murmelte er viel später und legte sich auf sie.

Sie spürte, wie er seine Spitze zwischen ihre Schenkel drängte, jedoch nicht in sie tauchte. Ihr war klar, dass er nichts tun würde, wenn sie ihm sagte, sie wäre müde. „Nein", flüsterte sie, schlang ihre Arme um seinen Rücken und bog sich ihm entgegen, sodass ein paar verlockende Zentimeter in sie glitten. „Lass mich heute Nacht nicht schlafen." Sie hatte genug von Morden und Bildern und dem Gefühl, dass ihr Leben den Launen einer unsichtbaren, unbekannten Macht ausgeliefert war. Sie wollte ihre Sinne mit Richard berauschen, wollte sich in körperlicher Lust verlieren.

Er machte genau das, worum sie ihn bat. Ein paarmal glaubte sie, fast eingenickt zu sein, aber vielleicht irrte sie sich auch und war nur benommen von all den wohligen Empfindungen. Eine Ewigkeit lang liebte er sie, und selbst während sie sich schließlich ausruhten, war er noch immer in ihr. Nach einer Weile stieß er wieder tief in sie, und heiser schrie sie auf, weil sie dachte, es nicht mehr ertragen zu können, doch sie konnte es. Die ganze Nacht lang hielt er die Kälte von ihr fern …

Still lagen sie nebeneinander, als der Tag anbrach. Er schob ihr das Haar aus dem Gesicht. Seine Berührung war unsagbar zärtlich. „Erzähl mir von dem Gemälde."

Sie erstarrte und wehrte sich einen Moment dagegen, dass das hässliche Bild in ihr Glück eindrang. Aber dann seufzte sie und akzeptierte, dass die Wirklichkeit sie wiederhatte. „Ich habe ihr Gesicht gemalt." Sie bemerkte, dass sie schlucken musste. „Nachdem ich aufgewacht bin und es gesehen habe, versuchte ich, sie in der Galerie zu erreichen, doch es hat sich niemand gemeldet. Ich hatte ihre Privatnummer nicht, also habe ich bei dir angerufen und ... und habe erfahren, dass es zu spät war."

„Mach dir keine Vorwürfe", meinte er bestimmt, umschloss ihr Kinn mit der Hand und hob ihr Gesicht an. „Die Detectives glauben, dass sie um Mitternacht ermordet wurde. Als du ihr Gesicht zu Ende gemalt hattest, war es schon zu spät."

„Ich ..." Ihre Kehle war wie zugeschnürt. Sie wusste, dass er recht hatte. Wenn sie bedachte, um wie viel Uhr sie ins Bett gegangen war und wie viel Zeit sie gebraucht hatte, um das Gesicht zu malen, war Candra schon tot gewesen, bevor sie ihr Werk vollendet hatte. Der Künstlerin in ihr war das klar. Die Frau, der Mensch, fühlte sich dagegen, als hätte es irgendetwas geben müssen, das sie hätte tun können.

Sie konnte seine Anspannung spüren, die in seinen Muskeln vibrierte und sich ihr durch seine Hände mitteilte. „Gott, ich war so besorgt um dich", presste er hervor und zog sie an sich.

„Mir geht es gut." Sie hauchte einen Kuss auf sein Schlüsselbein. Wie wundervoll es war, sich in Sicherheit zu wissen, nicht zu frieren, glücklich und zufrieden zu sein. Liebe erfüllte sie, und ihr ging das Herz auf. Sie zwang sich, wieder auf das Thema zurückzukommen. „Ich will dir nichts vormachen: Es war ziemlich hart für mich, doch ich habe es überstanden. Du musst dir keine Gedanken machen. Dieser Morgen hat mir bewiesen, dass ich es allein in den Griff bekommen kann."

Seine dunklen Augen funkelten. „Du hättest gar nicht in der Situation sein sollen, es allein in den Griff bekommen zu müssen. Ich hätte da sein müssen."

„Du konntest nicht da sein. Du musstest ... du musstest dich um Candra kümmern." Wieder hatte sie einen Kloß im Hals. „Sie war zehn Jahre lang die Frau an deiner Seite. Du musst durcheinander sein ..."

Er gab einen schroffen Laut von sich, ließ sie los und rollte sich auf den Rücken. Nachdenklich starrte er an die Decke. „Ich trauere nicht um sie, wenn es das ist, was du wissen willst. Ich bin kein Heuchler, und ich täusche keine Trauer vor, wo keine ist. Vielleicht glauben einige Leute, ich sollte es, doch ich werde für die anderen nicht so tun als ob."

Sweeney bemerkte die Anspannung und die enttäuschte Wut in ihm und versuchte, ihn so zu trösten, wie er sie getröstet hatte. Liebevoll schlang sie die Arme um ihn und fuhr zärtlich mit den Fingerspitzen über sein Gesicht, seine Brust. „Natürlich nicht. Das wäre falsch und unehrlich."

Er schaute sie an. „Hast du auch das Gesicht des Mannes gemalt?"

Sie schüttelte den Kopf. Sie wollte locker und lässig wirken, doch in ihren Augen stand die Furcht vor dem, was noch kommen würde. Und erkannte, dass der Kälteschock vom vergangenen Morgen bisher der schlimmste gewesen war.

Jetzt streichelte er sie. „Ich wollte dich anrufen", flüsterte er. „Ich war den ganzen Tag über auf dem Revier."

„Ich weiß. Mir war auch klar, dass du damit beschäftigt sein würdest, Dinge für die Beerdigung zu regeln …"

„Ganz zu schweigen davon, dass ich der Hauptverdächtige war."

Ihre Pupillen weiteten sich. „*Was?*" Sie wäre vermutlich aus dem Bett gesprungen, doch er hielt sie fest, sodass sie sich nicht rühren konnte.

„Es war die logischste Annahme. Wenn eine Frau ermordet wird, ist für gewöhnlich der Ehemann oder der Freund der Täter. Wir steckten gerade mitten in der Scheidung. Sie mussten mich als Verdächtigen ausschließen."

„Und bist du das? Als Verdächtiger ausgeschlossen, meine ich?"

„Ja. Ich bin ausgeschlossen." Er lächelte schief. „Ich hatte kein Motiv, und ich konnte beweisen, dass ich zur fraglichen Zeit hier war."

„Wie das?"

„Der Computer. Ich war online, und mein Provider konnte per Protokoll die Zeiten bestätigen."

Erleichtert schloss Sweeney die Augen. Sie legte ihren Kopf schräg und rieb mit der Wange über seine Brust. „Ich muss los", murmelte sie. „Du hast heute sicher noch unzählige Sachen zu erledigen. Und ... sollte ich das Gemälde nicht zur Polizei bringen?"

„Nein", erwiderte er entschieden. „Versprich mir, dass du das nicht tun wirst."

„Warum?", fragte sie verwirrt.

„Denkst du wirklich, dass sie dir glauben werden, dass du es im Schlaf gemalt hast? Honey, *du* wirst dann sofort ihre Hauptverdächtige – zumindest eine Weile lang. Ich will nicht, dass du das durchmachen musst. Außerdem vergeuden sie, wenn sie sich auf dich konzentrieren, wertvolle Zeit, die sie für die Suche nach dem echten Killer brauchen. Wenn du das Bild fertiggestellt hast und wir erkennen können, wen du gemalt hast, denke ich mir etwas aus, um die Cops auf die richtige Spur zu lenken." Mit dem Daumen strich er unter ihrem Kinn entlang. „Versprich es mir."

„Gut." Ihr Lächeln war zittrig. „Das Ganze ist vermutlich ein bisschen seltsam, oder?"

„Nicht seltsamer als deine anderen *Twilight-Zone*-Erlebnisse."

Ihr Lächeln wurde breiter, echter. „So schlimm?"

„So schlimm. Wenn du das Gesicht des Mörders zeichnest, überlege ich mir, wie ich die Cops in die richtige Richtung stoße. Aber ansonsten möchte ich nicht, dass du weiter in die Sache hineingezogen wirst."

Draußen in seinem Auto gähnte Detective Aquino und streckte sich. Müde kämpfte er gegen den Schlaf an. Er musste dringend pinkeln, und er brauchte dringend einen Kaffee. Heute wach zu bleiben würde die Hölle werden. Er hätte besser nach Hause fahren sollen, was ihm durchaus klar war. Dass Worth eine Freundin hatte, war nicht von Belang.

Doch Neugierde war sein Laster, und er wollte mehr Informationen über die Frau sammeln. Er wollte wissen, wer sie war und wo sie wohnte. Und warum sie zu Fuß gekommen war – offensichtlich unerwartet – und dann die ganze Nacht geblieben war.

Vielleicht hatte es nichts zu bedeuten, aber andererseits hatte ihm seine Ahnung schon oft Erfolge beschert. Er hatte vor, herauszufinden, ob es in diesem Fall auch so sein würde.

18. KAPITEL

Richard schickte sie in einem Taxi nach Hause. Sweeney war darauf vorbereitet gewesen, zurückzulaufen, denn sie hatte beim Spaziergang gestern keine Handtasche mitgenommen. Alles, was sie in der Hosentasche hatte, waren zwei Dollar und etwas Kleingeld, doch das hätte gereicht, um den Bus zu nehmen, falls sie nicht mehr gekonnt hätte. Richard sah sie allerdings nur an, während er ein Taxi rief, und damit war das Thema vom Tisch. Er bezahlte den Fahrer, gab ihr einen Kuss und half ihr in den Wagen, als wäre sie eine Königin.

Es war schön, dass sie nicht hatte zu Fuß gehen müssen, gestand sie sich selbst ein, als sie kurz darauf ihre Wohnungstür aufschloss. Ihre Knie waren gefährlich wackelig. Sweeney überlegte, ein Nickerchen zu machen, aber die Angst hielt sie wach. Sie konnte nicht noch einmal im Schlaf malen und die eisige Kälte ertragen, die sie anschließend ergriff. Nicht jetzt. Weder körperlich noch emotional war sie dieser Anstrengung im Augenblick gewachsen. Ihre Gedanken wanderten zu dem Bild mit der großen leeren Stelle, wo sich der Kopf des Mörders befand. Ein stechender Schmerz fuhr durch ihre Schläfen. Sie konnte nicht im Atelier an anderen Bildern arbeiten, weil sie dann das Gemälde des Mordes sehen würde. Und sie wollte nicht an die tote Candra denken oder sich die Angst vorstellen, die sie in den letzten grauenvollen Minuten ihres Lebens empfunden haben musste. Sie sehnte sich nach ein bisschen Ruhe und Frieden, um Kraft für den Moment zu sammeln, wenn sie das Gemälde vollenden würde. Sie hatte vor, nur an Richard zu denken, sich daran zu erinnern, wie sie miteinander geschlafen hatten, und sich die unglaubliche Nacht ins Gedächtnis zu rufen, die sie gerade zusammen verbracht hatten.

Sie wollte das Wunder ihrer Liebe genießen und bestaunen. Sie *liebte* – von ganzem Herzen –, obwohl sie nie damit gerechnet hätte, das jemals zu tun. Sie war so stolz auf ihre Fähigkeit gewesen, sich komplett auf ihre Arbeit zu konzentrieren, und war sich sicher gewesen, dass sie gegen den gefühlsmäßigen Aufruhr, den man Liebe nannte, immun war. Ha! Sie war nicht nur *nicht* immun, sie war, was Richard betraf, sogar absolut *leicht* zu haben.

Nicht nur das – sie wünschte sich eine weitere Gelegenheit, damit sie ihm noch einmal zeigen konnte, wie leicht sie zu haben war.

Doch für den Augenblick lag ein Tag vor ihr, an dem sie nichts oder zumindest nicht viel tun konnte. Sie wagte es nicht, zu schlafen, und sie konnte nicht arbeiten. Sie war zu müde, um hinauszugehen und Skizzen anzufertigen. Übrig blieb also nur, fernzusehen, zu lesen oder die Wäsche zu machen. Sie tendierte dazu, ein Buch zu lesen, aber ihr schlechtes Gewissen regte sich, weil es dringend mal wieder Zeit für die Wäsche war. Also nahm sie sich vor, zu waschen, nachdem sie ein Stündchen gelesen hatte. Sie setzte Kaffee auf und legte sich mit einem großformatigen Buch über den Gebrauch von Acrylfarben auf die Couch.

Die Türklingel riss sie aus ihrer Betrachtung leuchtender Farben. Ihr war klar, dass es nicht Richard sein konnte und dass es deshalb nichts als eine Störung war. Unterdrückt fluchend ging sie zur Tür und sah durch den Spion. Zwei Männer in Anzügen standen im Flur. „Wer ist da?“, fragte sie und schaute weiter durch den Spion.

„Detective Aquino und Detective Ritenour vom New York Police Department.“ Der kräftige Mann, der am nächsten bei der Tür war, antwortete. Beide Männer hielten ihre Dienstmarken hoch. Als könnte sie die Ausweise durch die verzerrende Linse des Spions hindurch erkennen.

Sweeney runzelte die Stirn. Die Polizei konnte unmöglich von dem Bild erfahren haben, weil nur sie und Richard wussten, dass sie daran malte. Doch offensichtlich hatte irgendjemand sie informiert, dass sie mit Richard zusammen war. Seufzend öffnete sie die Tür. Sie machten nur ihre Arbeit und überprüften alle Möglichkeiten. Dennoch war die Situation ihr unangenehm.

„Ms Paris Sweeney?“, sagte der stämmige Polizist.

Sofort zog sie die Brauen zusammen und schaute die beiden finster an. „Nur Sweeney", erwiderte sie.

Eine winzige Sekunde wirkte er ein bisschen überrascht, aber im nächsten Moment war seine Miene wieder undurchdringlich. „Dürfen wir hereinkommen?"

Er sah erschöpfter aus, als sie sich fühlte. Dunkle Schatten lagen unter seinen Augen, und seine Haut schimmerte gräulich. Zwar war er frisch rasiert, und auch sein Haar war noch ein bisschen feucht – er hatte also offenbar geduscht und sich vermutlich umgezogen –, allerdings konnte das seine Erschöpfung nicht verbergen. Der andere Detective, schlank und blond, wirkte viel ausgeruhter, jedoch nicht annähernd so freundlich.

Als die beiden Platz genommen hatten, sah sie den bulligen Cop an, der augenscheinlich einen Koffeinkick vertragen konnte. „Möchten Sie eine Kanne Kaffee?" Sie räusperte sich. „Ich meine natürlich eine Tasse Kaffee ..."

Der blonde Detective hüstelte und schien mit einem Mal betont ernst, die Augen geweitet. Anscheinend bemühte er sich mit aller Macht, ein Lachen zu unterdrücken. Detective Aquino warf ihm einen bösen Blick zu. „Das wäre sehr nett. Zucker und Kaffeesahne. Viel von beidem."

„Für mich dasselbe, bitte", sagte Detective Ritenour.

Sie schenkte sich selbst nach und bereitete zwei Tassen Kaffee vor. Sie gab so viel Zucker hinein, dass ein durchschnittliches Kind davon ungefähr zehn Stunden lang aufgekratzt herumgesprungen wäre, und rührte genug Milch hinein, dass der Cholesterinwert der beiden Polizisten mit Sicherheit um einige Punkte steigen würde. Sie trinken vermutlich sehr viel schlechten Kaffee, dachte sie, denn beide versuchten auf die Art, den Geschmack zu überdecken.

Schließlich stellte sie die Tassen auf ein kleines Tablett und trug es ins Wohnzimmer, wo sie es auf dem Couchtisch absetzte. Sie redete sich ein, dass es keinen Grund gab, nervös zu sein, nahm Platz und nippte an ihrer Tasse. Wie lief so eine Befragung ab? Sollte sie sie auffordern anzufangen?

Der kräftige Polizist begann nach einem Schluck Kaffee von allein mit der Befragung. „Ms Sweeney, kennen Sie Richard Worth?"

Ungläubig starrte sie ihn an. „Na ja, selbstverständlich kenne ich ihn, sonst wären Sie ja nicht hier."

Er hustete. „Sie wissen, dass seine Ehefrau, von der er getrennt lebte, vorletzte Nacht ermordet wurde." Das war eine Feststellung, keine Frage.

„Ja."

„Kannten Sie Mrs Worth ebenfalls?"

Sweeneys Augen verdunkelten sich. „Ja", wiederholte sie leise. „Ich kannte sie seit Jahren. Meine Werke wurden in ihrer Galerie ausgestellt und verkauft."

„Ach, dann sind Sie Künstlerin?"

„Ja."

„Tatsächlich." Er betrachtete ein großformatiges Landschaftsgemälde an der Wand. „Ist das von Ihnen?"

„Nein." Sie hängte sich keine eigenen Bilder auf. Wenn sie sich entspannte, sah sie lieber etwas, das jemand anders gemalt hatte.

Nachdem dieser Gesprächseinstieg erschöpft war, kehrte der Detective zum eigentlichen Thema zurück. „Mrs Worth war nicht gerade glücklich über Ihr Verhältnis zu Mr Worth, oder?"

Der Portier, schoss es Sweeney durch den Kopf. Die Szene in der Eingangshalle ihres Hauses. „Sie hat mir gesagt, es wäre ihr egal. Als sie mich und Richard eines Morgens allerdings zusammen gesehen hat, war sie außer sich." Sie war zufrieden mit dieser gekonnten Untertreibung.

„Wann war das?"

Das wisst ihr doch schon, dachte sie. Sie hatten bereits mit dem Hausmeister gesprochen. Sie stellten Fragen, auf die sie die Antworten schon längst hatten, um zu prüfen, ob sie die Wahrheit sagen würde. „Vor ein paar Tagen."

„Wie lange sind Sie und Mr Worth schon ein Paar?"

Sie blinzelte und war über die Frage verblüffter, als viele

andere Menschen es gewesen wären. „Ich weiß nicht. Welcher Tag ist heute?"
Die Polizisten wechselten einen flüchtigen Blick. „Donnerstag", meinte Detective Ritenour.
„Dann seit einer Woche. Glaube ich. Manchmal verliere ich das Zeitgefühl."
„Seit einer Woche", wiederholte Detective Aquino. Er machte sich auf seinem kleinen Block eine Notiz. „Sie haben die gestrige Nacht bei Mr Worth zu Hause verbracht."
Sweeney wurde rot. Großartig. Jetzt haben sie herausgefunden, wie leicht sie zu haben war. „Ja."
„Wo waren Sie in der Nacht davor, Ms Sweeney?"
Ah ja, jetzt kamen sie allmählich auf den Punkt. Sweeney fühlte sich unbehaglich. Sie war allein hier gewesen – keine Anrufe, keine Zeugen, kein Alibi. „Hier."
„Allein?"
„Ja."
„Die ganze Nacht?"
„Ja."
„Sind Sie vielleicht frische Luft schnappen gewesen oder haben einen Spaziergang unternommen, ehe Sie ins Bett gegangen sind? So etwas?"
„Nein, ich habe die Wohnung nicht verlassen."
Ritenour massierte sich die Nasenwurzel. „Haben Sie telefoniert? Haben Sie mit jemandem gesprochen?"
„Nein."
„Waren Sie je in Mrs Worths Apartment?"
„Nein. Ich weiß nicht einmal genau, wo sie gewohnt hat."
„Hatten Sie nach der Begegnung vor ein paar Tagen noch einmal Kontakt mit Mrs Worth? Wenn sie so außer sich war, hat sie Sie vielleicht noch einmal angerufen und Ihnen gedroht? So etwas tun Menschen manchmal, wenn es um Herzensangelegenheiten geht."
Seine Ausdrucksweise war reizend. Einen Moment lang verlor sie sich in der Verwirrung darüber, dass ein Cop tatsächlich den Ausdruck „Herzensangelegenheiten" benutzte. Dann

schüttelte sie sich innerlich selbst. „Nein. Das war das letzte Mal, dass ich sie gesehen oder von ihr gehört habe."

„Ist Ihnen jemand bekannt, der, sagen wir mal, einen Groll gegen Mrs Worth gehegt hätte?"

Nur Richard, wollte sie erwidern. Glücklicherweise hatte er den Verdacht gegen sich entkräftet. „Nein. Candra und ich waren Geschäftspartner, keine Freundinnen. Doch ich mochte sie", antwortete sie leise und senkte den Blick. „Bis auf die Szene neulich habe ich sie nur höflich und freundlich erlebt."

Die beiden Detectives lächelten sie an. „Ich wäre dann fertig", erklärte Detective Aquino und klappte seinen kleinen Notizblock zu. „Danke für Ihre Zeit, Ms Sweeney."

„Gern geschehen." Sie begleitete sie zur Tür.

Sie waren gerade auf dem Weg nach draußen, da blieb Aquino noch einmal stehen und drehte sich um. „Haben Sie vor zu verreisen, Ms Sweeney? Nur für den Fall, dass wir noch Fragen haben sollten."

„Nein", entgegnete sie. „Ich bleibe hier."

Sobald sie verschwunden waren, nahm Sweeney den Telefonhörer in die Hand, um Richard anzurufen. Doch dann legte sie wieder auf, ohne seine Nummer gewählt zu haben. Es war zwecklos, ihn jetzt damit zu beunruhigen. Die Detectives hatten ihr ein paar Fragen gestellt; das war alles. Zugegeben, sie hatte keine Möglichkeit, zu beweisen, dass sie ihre Wohnung die ganze Nacht lang nicht verlassen hatte. Aber sie war nie in Candras Apartment gewesen, also konnte es keine Beweise geben, die sie mit dem Mord in Verbindung brachten. Sie musste sich keine Sorgen machen.

Obwohl Sweeney sich vorgenommen hatte, nicht ins Atelier zu gehen, begann sie nach dem Mittagessen und der Wäsche doch, über das Bild nachzudenken. Am Tag zuvor hatte sie es sich nicht genauer angesehen, sondern es nur lange genug betrachtet, um Candra zu erkennen. Zwar wollte sie es nicht noch einmal anschauen, aber sie wusste, dass sie es tun musste. Sie musste es zu Ende bringen. Die Cops schienen keine heiße Spur zu haben, sonst hätten sie sie nicht befragt. Wenn sie das Bild also nicht vollendete, würde der Killer mit dem Mord wahrscheinlich durchkommen.

Neulich – war es vor zwei Tagen gewesen oder vor drei? – hatte sie an dem Bild gemalt, während sie wach gewesen war. Wenn ihr das wieder gelingen würde, wäre der Schock für ihren Körper nicht so heftig, und das Kältegefühl wäre nicht so schlimm. Auch wenn sie inzwischen eine Methode gefunden hatte, wie sie allein gegen die Kälte ankämpfen konnte, wollte sie nicht noch einmal etwas wie den gestrigen Morgen erleben müssen.

Nachdem sie das Atelier betreten hatte, konnte sie sich nicht überwinden, sich dem Bild zu nähern. Sie lief durch den Raum, betrachtete andere halb fertige Gemälde und studierte Werke, die sie geschaffen hatte. Bei jedem Stück dachte sie darüber nach, was beim Malen so schwierig oder faszinierend gewesen war. Ihre Arbeiten anzusehen war für sie so, wie für andere Menschen alte Fotoalben durchzublättern. Jedes Mal weckte dies Erinnerungen an vergangene Zeiten in ihr.

Doch irgendwann kam sie zu dem unfertigen Gemälde. Wie angewurzelt blieb sie stehen, berührt von der schonungslosen Kraft des Bildes. Das Grauen von Candras letzten Minuten schien dem Betrachter aus der Leinwand entgegenzuspringen – genau wie das Nichts, wie die Leere des Todes. Und die Bedrohung war zu spüren, die sich in der Haltung des Mannes ausdrückte, der über ihr stand. Die schadenfrohe Befriedigung war schwer zu ertragen.

Sie starrte auf den leeren Fleck, wo der Kopf des Mannes sein sollte, und spürte plötzlich etwas. Es war schwach, dennoch deutlich wahrnehmbar. Ihr Blickfeld schien sich mit einem Mal einzuschränken, und ihr Fokus lag auf der Leinwand.

Das Schrillen der Türklingel holte sie aus ihrer Trance, und sie zuckte zusammen. Das Gefühl, das sie empfunden hatte, war verschwunden, genau wie der Eindruck, etwas zu sehen, das noch keine Gestalt angenommen hatte. Brummelnd ging sie zur Tür.

Ihr unerwarteter Gast war Kai, der mit einem Armvoll eingeschlagener Bilder vor ihr stand. „Hi“, begrüßte er sie, als Sweeney die Tür öffnete. „Ich bringe dir die Bilder vorbei. Der Rahmenmacher wollte sie in die Galerie liefern, doch die ist natürlich geschlossen. Also hat er mich angerufen. Candra hat mir aufgetragen, sie zu dir zurückzuschicken, aber ich dachte mir: Verdammt, warum erledige ich das nicht lieber persönlich? Wer weiß, ob oder wann die Galerie wieder öffnet …“

Er blickte sie an, als erwartete er, dass sie ihm von Richards Plänen hinsichtlich der Galerie erzählen würde. Doch da sie keine Ahnung hatte, zuckte sie nur mit den Schultern.

„Hier entlang“, meinte sie und führte ihn in ihr Atelier.

„Ach übrigens: Dein letztes Bild ist verkauft.“

„Das ist schön.“ Sie räumte ein paar Utensilien zur Seite, damit sie die gerahmten Bilder an die Wand lehnen konnte. „Stell sie hier ab.“

Er setzte die Leinwände an dem Platz ab, den sie ihm zeigte, und schaute sich die anderen Bilder an, die sie gemalt hatte. „Hey, die sind toll. Du wirst ein Vermögen damit verdienen. Wart’s nur ab.“

„Das hoffe ich“, entgegnete sie und lächelte ihn an.

„Das Licht in diesem Raum ist fantastisch.“ Er trat an die bodentiefen Fenster und sah auf die Straße unter sich. Als er sich umdrehte, fiel ihm das Bild ins Auge.

Schlagartig wich alle Farbe aus seinem Gesicht. Mit offenem Mund und entsetzt starrte er die Leinwand an. „Mein Gott“, platzte er heraus.

„Sprich mit niemandem darüber.“ Unbehaglich wechselte sie von einem Bein aufs andere. Sie mied seinen Blick.

„Wann hast du … Hast du das alles in eineinhalb Tagen gemalt?“

Innerlich zuckte sie zusammen. Sie musste sich eine logische Erklärung für das Bild überlegen. Doch sie hatte keine Ahnung, was sie sagen sollte. „Nein, ich arbeite schon seit einigen Tagen an dem Gemälde.“

„Was? Wie?“

„Ich ...“ Ihr Kopf war wie leer gefegt. Wütend auf sich selbst, weil sie nicht lügen konnte, meinte sie: „Ich schwöre bei Gott, Kai, wenn du das hier ausplauderst, reiße ich dir jedes Haar einzeln aus.“

„Ausplaudern?“ Sein Blick wanderte zwischen ihr und dem Bild hin und her, als könne er nicht glauben, was er sah.

„Ich bin irgendwie ... hellsichtig“, stieß sie hervor.

„Irgendwie ...“

„Ich male Dinge, die noch nicht geschehen sind. Wenn ich das Bild vollende, wird derjenige zu erkennen sein, der sie umgebracht hat.“ Sie funkelte ihn an. „Und ich will nicht, dass du mit irgendjemandem über das hier sprichst.“

Er wich vor ihr zurück. Stück für Stück näherte er sich der Tür. „Das werde ich nicht.“

„Das ist mein Ernst, Kai. Ich will nicht, dass die Polizei davon erfährt – zumindest jetzt noch nicht.“

Er holte tief Luft. „Ich verstehe“, erwiderte er. „Ich werde es der Polizei nicht erzählen. Versprochen.“ Dann lachte er, allerdings klang es zittrig. „Verdammte Scheiße“, brachte er hervor. „Wer hätte das gedacht.“

19. KAPITEL

„Ich schwöre dir, ich habe es gesehen.“

„Das ist unmöglich. Du musst dich irren.“

„In diesem Fall kann ich mich nicht irren“, erwiderte Kai verärgert.

„Es gibt keine hellsichtigen Menschen. Das sind alles nur Spielchen. Sie muss das Bild schon halb fertig gehabt haben. Und nachdem sie von Candra gehört hat, hat sie einfach nur noch ihr Gesicht eingefügt.“

„Dann erkläre mir, woher Sweeney wusste, was Candra trug. Ich habe Candra auf der Party getroffen, schon vergessen? Sweeney hat das Kleid, die Schuhe, den Schmuck, alles ganz genau gemalt.“

„Das gibt es nicht. Sie muss es auf einem anderen Weg herausgefunden haben.“

„Es gibt keine andere Möglichkeit“, beharrte Kai. „Es ist mir egal, ob du glaubst, dass es echte Hellseher gibt, oder nicht. Das Gemälde *ist* echt – ich habe es *gesehen*. Und du musst dir jetzt überlegen, was du zu unternehmen gedenkst.“

„Zu unternehmen? Was sollte ich denn unternehmen? *Ich* habe doch gar keine Ahnung, was überhaupt los ist. *Du* dagegen wirst deine Bürgerpflicht erfüllen und der Polizei von dem interessanten Bild erzählen, das Sweeney da hat – das Bild, das es nur geben kann, wenn sie den Mord gesehen oder ihn begangen hat. Sie werden ihr auf jeden Fall das Gemälde abnehmen, sodass sie es nicht fertigstellen kann.“

„Glaubst du nicht, dass die Cops ein Interesse daran haben, sie das Gesicht malen zu lassen?“

„Warum sollten sie das tun?“

Kai fühlte sich, als würde er mit dem Kopf gegen eine Steinmauer rennen. Er fing an, noch einmal die Fakten zusammenzufassen. „Zuerst einmal werden die Cops denken, dass sie es getan hat, aber leider gibt es bis auf das Bild überhaupt keine Beweise, die sie mit dem Mord in Verbindung bringen könnten.

Dann wird sie ihnen zeigen, wie sie das Bild angefertigt hat, und sobald sie ihr glauben, werden sie jeden Pinselstrich überwachen, den sie macht.“

„Das wird vor Gericht niemals als Beweis anerkannt werden.“

„Nein. Wenn sie allerdings wissen, wo sie nachforschen müssen, werden sie irgendeinen Beweis finden, um dich dranzukriegen. Meinst du nicht?“

„Nein, das denke ich nicht. Alles, was sie in die Hände bekommen werden, weist auf jemand anders hin. Und das ist dir auch klar.“

„Und was ist mit dem verfluchten Gesicht?“, presste er zwischen zusammengebissenen Zähnen hervor. „Sobald sie es haben, werden sie es mit Sicherheit dem Portier zeigen. Und was passiert dann?“

Endlich schien seinem Gegenüber das Risiko bewusst zu werden. Schweigend starrten sie einander an. „Gut, wir müssen Schadensbegrenzung betreiben. Ich glaube immer noch, dass du zur Polizei gehen solltest. Das wird dich von jeglichem Verdacht befreien. Und sie werden ihr nicht gestatten, weiter an dem Bild zu malen. Denn wenn sie das tun, ist es bei einer möglichen Mordanklage als Beweis gegen sie unzulässig, und das Risiko werden sie nicht eingehen.“

„Und wenn sie es ihr doch erlauben?“

„Dann sind wir immer noch abgesichert. Mit den handfesten Beweisen und dem Tonband liefern wir den Cops ein verdammt gutes Motiv, und sie werden diesem verrückten Bild wohl kaum glauben. Er wird natürlich sterben müssen und einen Abschiedsbrief hinterlassen, in dem er alles erklärt. Ein Jammer.“

Kai entspannte sich. Die Logik des Plans war beruhigend. Zum ersten Mal, seit er das Gemälde in Sweeneys Apartment gesehen hatte, hatte er wieder das Gefühl, irgendwie aus dieser Falle entwischen zu können.

„Und dann gibt es ja auch noch die naheliegendste Lösung von allen.“

„Die da wäre?“, entgegnete er.

„Na, Sweeney umzubringen selbstverständlich. *Bevor* sie das Bild vollendet.“

Noch am selben Nachmittag öffnete Sweeney Detective Aquino und Detective Ritenour erneut die Tür. Als sie die kühlen Blicke und die undurchdringlichen Mienen bemerkte, zog sich ihr Innerstes zusammen. Ihr war klar, was Kai getan hatte. „Dieser miese Verräter“, murmelte sie.

„Ms Sweeney“, begrüßte Detective Aquino sie. „Mit Ihrer Erlaubnis würden wir gern Ihre Wohnung durchsuchen. Wenn Sie darauf bestehen, können wir in einer Stunde auch einen Durchsuchungsbeschluss vorlegen, aber es wird alles schneller und unkomplizierter gehen, wenn Sie mitarbeiten.“ Schneller und unkomplizierter für die Polizei, wollte er damit sagen. Schnell und unkompliziert kam ihm im Moment bestimmt gerade recht – er wirkte nicht so, als hätte er heute Nacht besonders viel Schlaf bekommen.

Sie seufzte. „Das Bild ist im Atelier. Ich hole es.“

„Wenn Sie nichts dagegen haben, begleiten wir Sie“, erwiderte Ritenour sofort, und die beiden Cops folgten ihr.

Sie war so müde, dass es ihr egal war. Zumindest war es ihr so gut wie egal. Den ganzen Tag über hatte sie gegen den Schlaf angekämpft und gehofft, die Nacht mit Richard verbringen zu können, damit er sie vor dem beschützte, was passierte, wenn sie schlief. Wenn sie bei ihm zu Hause war, konnte sie nicht an dem Bild arbeiten, nicht wahr? Doch ihr schlechtes Gewissen regte sich, sobald sie mit dem Gedanken spielte, das Gemälde einfach nicht fertigzustellen. Dann fühlte sie sich schuldig, als ob sie dem Mörder dabei half, ungeschoren davonzukommen. Sie *musste* das Bild zu Ende malen. Allerdings hätte sie es besser gefunden, wenn Richard an ihrer Seite gewesen wäre, um ihr beizustehen. Das hätte bedeutet, dass er bei ihr hätte übernachten müssen.

Aber im Augenblick war es überflüssig, darüber nachzudenken, wo sie heute Nacht schlafen würde. Denn es schien ganz so, dass sie in nächster Zeit sowieso keinen Schlaf bekommen würde. Sofern ihr nächstes Bett in einer Gefängniszelle stand.

„Hier", sagte sie und trat auf das Bild zu. Die beiden Detectives flankierten sie, falls sie etwas Dummes versuchen sollte wie wegzulaufen. Sie schaute die beiden nicht an, während sie das Bild betrachteten. Sie wusste genau, was sie sahen und was sie dachten.

„Ms Sweeney." Detective Ritenours Stimme klang ruhig. „Möchten Sie uns erzählen, woher Sie die Details des Tatorts kannten?"

„Sie würden es mir nicht glauben", entgegnete sie hilflos.

„Versuchen Sie es einfach."

„Ich kannte die Details nicht." Sie verharrte so reglos wie ein Tier, das Auge in Auge einem hungrigen Wolf gegenüberstand. „Ich habe es im Schlaf gemalt."

Sie konnte deutlich sehen, wie die beiden kurz dachten: *Ja, klar.*

„Wir möchten, dass Sie uns aufs Präsidium begleiten. Dieses Gemälde nehmen wir als Beweis mit ..." Aquino sprach weiter, allerdings hörte Sweeney ihm nicht mehr zu. Sie probierte, die Panik zu unterdrücken, die sie zu ersticken drohte. Sie konnten nicht beweisen, dass sie Candra getötet hatte, weil sie es nicht getan hatte. An diesen Gedanken klammerte sie sich.

„Ich habe es im Schlaf gemalt", wiederholte sie stur. „Ich bin Schlafwandlerin, und wenn ich manchmal aufwache, entdecke ich, dass ich etwas gemalt habe. Warten Sie, es gibt noch ein Bild. Es zeigt einen Hotdogverkäufer, der vor einigen Tagen ermordet worden ist. Sein Name war Elijah Stokes. Es gab eine Zeugin, die beobachtet hat, wie ein Mann weggelaufen ist, also kann ich mit dem Mord auf keinen Fall etwas zu tun haben." Eilig lief sie zum Schrank und holte das Gemälde heraus. Sie achtete darauf, nicht das Gesicht anzuschauen, auf dem immer der freundlichste Ausdruck gestrahlt hatte, den Gott je einem Menschen geschenkt hatte. Jetzt würde sie diesen Ausdruck nie wieder sehen.

Ritenour nahm die Leinwand entgegen und betrachtete sie grimmig. „Mir ist der Fall nicht bekannt", sagte er. „Wir werden das überprüfen."

Sie glaubten ihr kein Wort. Zu spät wurde ihr klar, dass sie unter Umständen als Mittäterin im Mord an Elijah Stokes beschuldigt werden könnte, wenn sie nichts unternahm. Den ganzen Tag über war ihr warm gewesen, doch jetzt jagte ihr ein kalter Schauer über den Rücken. Unbewusst schlang sie die Arme um sich und rieb sie.

„Es passieren noch andere seltsame Dinge …", begann sie.

Doch die beiden Detectives ignorierten ihre Worte. Sie wollten nur die eine logische Erklärung von ihr hören: Sie war an den Tatorten gewesen. Panik erfasste sie und schnürte ihr die Kehle zu.

„Bitte holen Sie Ihre Schuhe und Ihre Handtasche", bat Detective Aquino sie.

Sie griff sich ihre Sachen und einen Mantel, den sie über ihren Pullover zog, auch wenn die beiden Cops sie ungläubig anstarrten. Die Höchsttemperatur an diesem Tag hatte bei sechsundzwanzig Grad gelegen, und auch am späten Nachmittag war es noch sehr warm. Sie konnte allerdings keine Wärme in sich spüren, sondern nur die sich immer weiter ausbreitende Kälte des Schreckens. Sie versuchte, sie zu kontrollieren, versuchte, ruhig zu bleiben, denn das war das Einzige, was sie machen konnte.

Aquino nahm ihre Tasche und durchsuchte sie, bevor er sie ihr zurückgab. Er fasste sie am Arm.

„Hören Sie mir zu", meinte sie so ruhig, wie es ihr möglich war. „Wenn wir zum Revier fahren, achten Sie auf die Ampeln."

„Das tun wir doch immer", erwiderte Ritenour ironisch, während die beiden Männer sie aus der Wohnung geleiteten.

„Nein, ich meine, achten Sie darauf, was passiert." Inzwischen zitterte sie wie Espenlaub, und ihr Atem ging keuchend und stoßweise. „Sie werden nicht ein einziges Mal an einer roten Ampel anhalten müssen. Die Ampeln springen auf Grün, sobald wir uns nähern. Das tun sie immer für mich. Und Sie werden sofort einen freien Parkplatz ergattern." Es kam ihr vor, als würde sie plappern, aber sie konnte nicht aufhören.

„Wenn das stimmt", erwiderte Aquino höflich, „würden viele Leute Ihnen eine Menge Geld zahlen, damit Sie in ihrem Auto mitfahren."

Sie setzten sie auf die Rückbank eines unauffälligen Wagens. Ihr fiel auf, dass es hinten keine Türgriffe gab, doch zumindest war der hintere Teil des Autos nicht durch ein Drahtgitter vom vorderen Teil abgetrennt. Die Bilder wurden in den Kofferraum gepackt. Sie zwang sich dazu, ruhig zu bleiben – so versuchte sie, die Welt, die um sie herum im Chaos zu versinken schien, zumindest ein Stück weit unter Kontrolle zu behalten. War sie offiziell festgenommen? Oder brachten sie sie nur zu einer Befragung? Sie kannte die Vorgehensweise nicht und hatte keine Ahnung, was sie als Nächstes erwartete. Vielleicht sollte ich einen Anwalt anrufen, überlegte sie. Aber eigentlich wollte sie vor allen Dingen Richard anrufen. Sie brauchte ihn. Doch die Detectives hatten ihn bereits verhört, und so würde sie ihn nur wieder in die Sache hineinziehen, wenn sie sich jetzt bei ihm meldete.

Die Ampel an der Ecke sprang auf Grün. „Haben Sie das gesehen?", fragte sie. „Es ist grün."

„Ja, das passiert ab und an", entgegnete Aquino spöttisch.

Die nächste Ampel sprang ebenfalls auf Grün. Und die darauf folgende auch. Sweeney saß still da und wies nicht mehr auf das Offensichtliche hin. Ihnen würde von jetzt an jede Ampel auffallen.

Die Straße vor ihnen war seltsamerweise so gut wie frei. Autos wechselten die Spuren, wenn sie sich näherten, oder sie bogen ab. Der Wagen war kein einziges Mal gezwungen, langsamer zu werden, sondern fuhr mit gleichbleibender Geschwindigkeit die Straße entlang. Als die siebte Ampel auf Grün umschaltete, drehte Ritenour sich auf seinem Sitz um und warf ihr einen undurchdringlichen Blick zu. Aber weder er noch Aquino ließen eine Bemerkung über das seltsame Phänomen fallen.

Als sie beim Revier eintrafen, scherte ein Auto direkt vor dem Gebäude aus einer Parklücke aus. Sie glaubte, Aquino ein unterdrücktes „Scheiße!“ murmeln zu hören, doch sie war sich nicht sicher.

Auf der Polizeiwache herrschte Hektik. Abblätternde grüne Farbe, Schreibtische und Aktenschränke aus Metall, Rufe und Flüche und Lachen, bewaffnete Männer und Frauen in blauen Uniformen: Sweeneys Eindruck von alldem war verschwommen. Kurz darauf hockte sie auf einem sehr unbequemen Stuhl in einem düsteren kleinen Raum. Die Gedanken überschlugen sich in ihrem Kopf, aber es kam keine gute Idee dabei heraus, wie sie ihre Unschuld beweisen sollte.

Kälteschauer liefen über ihren Rücken, und sie hatte eine Gänsehaut. Sie begann zu zittern. Sie zog ihren Mantel enger um sich und kuschelte sich hinein. Also war es ein Schock, wie Richard angenommen hatte. Es war die Reaktion ihres Körpers auf etwas Verstörendes. Wahrscheinlich wurde sie beim Malen zumindest ein Stück weit durch den Schlaf geschützt, doch wenn sie aufwachte, traf der Schock sie mit aller Macht.

„Ms Sweeney, wo waren Sie vorgestern Nacht?“ Ritenour starrte sie an. Seine blassen Augen wirkten hart, sein Tonfall war kühl.

„Zu Hause.“ Ihre Zähne klapperten. „Die seltsamen Geschehnisse haben vor einem Jahr begonnen. Es waren Kleinigkeiten. Ampeln sprangen um, Parkplätze wurden frei, solche Dinge. Zuerst habe ich es gar nicht bemerkt. Wie Sie schon sagten: Ampeln schalten öfter um. Jeder erwischt mal eine grüne Welle. Und meine Blumen blühten mehrmals im Jahr.“

„Ms Sweeney.“ Ritenours Stimme war nun so hart wie der Ausdruck in seinen Augen. „Sehe ich aus, als würden mich Ihre Pflanzen interessieren?“

Nein, er machte eher den Eindruck, als hätte er noch ein passendes Adjektiv vor die „Pflanzen“ setzen wollen.

Sie öffnete den Mund, um ihm von den Geistern zu erzählen. Aber dann schloss sie ihn wieder. Das würde ihr in diesem Fall überhaupt nicht helfen. „Ich fing vor einigen Tagen mit dem Bild an. Ich weiß nicht mehr genau, wann es war. Ich verliere manchmal den Überblick über die Tage. Nach dem Aufwachen bemerkte ich, dass ich Schuhe gemalt hatte. Zwei Schuhe – einen Herrenschuh und einen Damenschuh. Jeden Morgen stellte ich fest, dass ich e…etwas Neues hinzugefügt hatte." Sie presste die Kiefer aufeinander, damit ihre Zähne nicht mehr klapperten.

„Möchten Sie eine Tasse Kaffee?", fragte Aquino, und sie nickte dankbar. Er verließ den kleinen Raum. Sweeney schaute Ritenour an.

„Nach ein p…paar Tagen wusste ich, d…dass es sich um eine Mordszene handelte. Ich hatte allerdings keine Ahnung, wen ich da malte … Zu den G…gesichtern war ich noch nicht gekommen. Gestern M…morgen, als ich aufstand, erkannte ich, dass ich C…candra gemalt hatte. Ich versuchte, sie anzu…anzurufen, sie zu warnen. In der Galerie. Doch niemand nahm ab. Ihre Privatnummer steht nicht im Telefonbuch. A…also rief ich in Richards Büro an, um ihre Nummer herauszufinden, und seine Assistentin erzählte mir, dass C…candra tot sei." Sie zitterte heftig, und ihre Zähne klapperten unkontrollierbar. Ihre Knochen und Muskeln schmerzten. Ihre Hände, die auf dem Tisch lagen, wurden bläulich weiß, als wäre kein Blut mehr in ihrem Körper.

„Wenn das alles so stimmt, warum haben Sie uns das heute Morgen nicht erzählt?" Obwohl er es nicht wollte, war Ritenour neugierig. Es gab immer wieder Menschen, die behaupteten, besondere Fähigkeiten zu besitzen und Verbrechen schon vorher zu „sehen". Sie nannten sich hellsichtig. Eigentlich wollten sie aber nur, dass ihr Name in den Medien genannt wurde. Seiner Erfahrung nach waren sie für gewöhnlich selbst die Täter. Menschen konnten seltsam sein.

„Mir war klar, dass Sie mir nicht g…glauben würden."

Was Sie nicht sagen, wollte er erwidern, doch er riss sich zusammen. Was, zur Hölle, war los mit ihr? Sie verhielt sich, als säße sie in einem Kühlschrank, und kuschelte sich in den Mantel, obwohl im Zimmer mindestens dreiundzwanzig Grad herrschten. Augenscheinlich simulierte sie allerdings nicht – selbst ihre Lippen waren blau.

Er runzelte die Stirn und ging ohne ein Wort aus dem Zimmer. Aquino kehrte gerade mit dem Kaffee zurück. „Irgendetwas stimmt mit ihr nicht", sagte Ritenour zu seinem Partner. „Ihr ist ganz offensichtlich eiskalt. Vielleicht sollten wir einen Arzt holen, der sie wegen Unterkühlung behandelt." Das war nur zum Teil als Scherz gemeint.

„Verdammt." Das würde das Ende der Befragung bedeuten. Natürlich hätte sie nur darum bitten müssen, ihren Anwalt sprechen zu dürfen, und sie hätten ihr keine Fragen mehr stellen können, bis der Anwalt aufgetaucht wäre. Aber aus irgendeinem Grund hatte sie das nicht getan. „Vielleicht wärmt der Kaffee sie auf."

Sie betraten wieder den Raum. Sie saß noch genauso da, wie Ritenour sie zurückgelassen hatte. Aquino stellte den Becher mit dem dampfenden Kaffee vor sie. Sie versuchte, den Becher anzuheben, doch ihre Hände zitterten so heftig, dass die heiße Flüssigkeit über ihre Finger schwappte.

„Haben wir Strohhalme hier?", murmelte Ritenour. Aquino zuckte mit den Schultern. Sie beobachteten, wie sie ihre Hände um den Plastikbecher schlang, sich vorbeugte und unsicher probierte, einen Schluck aus dem Becher zu trinken, ohne ihn hochheben zu müssen. Aquino war ein harter Kerl, doch als Ritenour seinen Partner ansah, bemerkte er, dass selbst er ein bisschen beunruhigt wirkte.

Der Kaffee schien etwas zu helfen. Nach ein paar Schlucken konnte sie den Becher an den Mund führen, ohne Kaffee zu verschütten.

Ritenour setzte die Befragung fort. „Ms Sweeney, wussten Sie, dass Mr und Mrs Worth einen Ehevertrag unterschrieben hatten?"

„Nein", erwiderte sie verwirrt. „Woher auch?"

„Sie haben ein Verhältnis mit Mr Worth. Die finanzielle Situation eines Mannes ist für eine Frau normalerweise von

Interesse – vor allem wenn sie denkt, dass er kurz davorsteht, im Zuge einer Scheidung die Hälfte seines Vermögens zu verlieren."

„Ich ... Wir ...", stammelte Sweeney. „Wir haben doch gerade erst zueinandergefunden. Wir haben nicht ..."

„Ihre Beziehung geht schon so weit, dass Sie die vergangene Nacht bei ihm verbracht haben", sagte Aquino. „Geld ist der Grund für viele Dinge, die Menschen machen."

„Aber Candra hat eingewilligt, die Papiere zu unterzeichnen." Sweeney schaute die beiden an. „Ich hatte mitbekommen, dass sie nicht glücklich über die Vereinbarung war, weil sie wollte, dass ich mit Richard rede, damit er eine höhere Abfindung zahlt. Also, auch wenn ich den genauen Betrag nicht kenne, h...hätte es nicht die Hälfte von allem gewesen sein können, was er besitzt."

Das war logisch. Sie sah den Detectives an, dass sie sich diesem Argument nicht versperren konnten.

Ritenour fuhr sich übers Kinn. Er trug eine interessante Armbanduhr. Außer dass man darauf zum Beispiel die Zeit in Timbuktu ablesen konnte, hatte sie noch unzählige weitere Knöpfe und Sonderfunktionen. Sweeney starrte auf die Uhr. Plötzlich schoss ihr eine Idee durch den Kopf.

„Wie spät ist es?"

Ritenour blickte auf die Uhr. „Sechs Uhr dreiundvierzig."

„Ich kann beweisen, dass ich ..." Sie konnte das Wort „hellsichtig" nicht aussprechen. Sie schreckte vor dem Ausdruck zurück, und sie konnte in ihren Gesichtern lesen, dass sie ganz automatisch alles zurückweisen würden, was mit dem Wort in Verbindung gebracht werden konnte. „Sie haben gesehen, was mit den Ampeln passiert ist. Sie haben es *gesehen.* Und es geschieht jedes Mal. Es gibt allerdings noch einen anderen Weg, wie ich Ihnen zeigen kann, dass ich etwas ... weiß, bevor es passiert."

„Ja? Wie?" Sie wirkten skeptisch, doch zumindest hatten sie ihren Vorschlag nicht direkt abgelehnt.

„Gibt es hier einen Fernseher? Jeopardy läuft gleich."

„Und?", hakte Aquino nach.

„Es ist keine Wiederholung. Es ist ausgeschlossen, dass ich diese Folge schon kenne. Stimmen Sie mir zu?"

Ritenour zuckte die Achseln. „Ja."

„Was wäre, wenn ich Ihnen im Voraus sagen kann, was in der Show geschieht, noch ehe es so weit ist?" Sie trank den Rest ihres Kaffees. Zwar zitterte sie noch immer, doch zumindest hatten ihre Zähne aufgehört zu klappern. „Würden Sie dann zugeben, dass wenigstens die Möglichkeit besteht, dass ich das Bild gemalt haben könnte, ohne am Tatort gewesen zu sein?"

„Sie wollen Ihre ‚hellseherischen Fähigkeiten' demonstrieren, oder?"

Wut kochte in ihr hoch. Ihr war kalt, sie war müde, krank vor Sorge und so gut wie am Ende ihrer Kräfte. „Nein, das möchte ich nicht", erwiderte sie gereizt. „Eigentlich will ich nach Hause und ins Bett. Allerdings habe ich Angst davor, vielleicht im Schlaf aufzustehen und wieder irgendetwas zu malen. Ich bin es leid, mich damit auseinanderzusetzen. Wenn Sie herausfinden möchten, wer Candra umgebracht hat, geben Sie mir das verdammte Bild zurück und lassen es mich zu Ende bringen – vielleicht schon heute Nacht."

Schweigend schauten sie sie an. Trotzig erwiderte sie ihre Blicke. Dann wies Aquino mit einem Kopfnicken auf die Tür, und die beiden Detectives verschwanden. Sweeney stützte den Kopf in die Hände und fragte sich, wie lange sie noch durchhalten würde.

Aquino und Ritenour standen derweil vor der Tür. „Was meinst du?", fragte Aquino.

„Was kann es schaden? Lass uns Jeopardy gucken."

„Was soll das beweisen? Dass sie gut raten kann?"

„Wie sie schon meinte, wird es zeigen, ob zumindest die Möglichkeit besteht, dass sie übersinnliche Fähigkeiten besitzt. Ich will damit nicht sagen, dass ich von diesem Unsinn überzeugt bin. Ich will damit sagen … ich will damit sagen, dass es interessant werden könnte. Wir müssen nicht alles glauben, was sie erzählt, aber wir müssen es überprüfen. Das Bild ist nicht alles, was wir haben: Im Labor werden gerade die Fasern untersucht, und sobald uns das Ergebnis vorliegt, wissen wir mit Sicherheit, ob einige der Fasern aus ihrem Apartment stammen."

„Du willst also sagen, dass du Fan von Jeopardy bist und die Show gern sehen möchtest."

Ritenour zuckte mit den Schultern. „Ich will nur sagen, dass es niemandem wehtut, ihr zu erlauben, die Sendung anzugucken. Lass uns schauen, was sie draufhat."

20. KAPITEL

Die drei Kandidaten kamen der Reihe nach heraus und nahmen ihre Plätze ein. Eine Stimme aus dem Off nannte ihre Namen und den Wohnort. Alex Trebek trat auf und verkündete, dass alle drei Teilnehmer neu wären, weil der fünfmalige Champion in der Show vom Vortag aufgehört hatte. „Nummer drei", sagte Sweeney, während sie sich einen weiteren Becher Kaffee unter die Nase hielt und den Dampf einatmete. „Sie wird gewinnen."

Die beiden Detectives sahen sie nur an. Sie saßen auf heruntergekommenen Bürostühlen, aus deren kaputten Vinylsitzflächen der Schaumstoff quoll, in einem kleinen, unaufgeräumten düsteren Raum, in dem sich Plastikbecher und Getränkedosen türmten. Ein Kaffee-, ein Süßigkeiten- und ein Getränkeautomat engten den Raum sehr ein und erfüllten ihn mit ihrem unaufhörlichen Summen.

Der Fernseher hatte nur eine Bildschirmdiagonale von dreiunddreißig Zentimetern und eine Zimmerantenne, doch das Bild und der Ton waren trotzdem klar.

Die drei waren nicht die Einzigen im Raum. Einige Cops – von Natur aus neugierig – hatten eine Entschuldigung gefunden, um auch da zu sein und zu sehen, was los war. Drei Polizisten in Uniform und zwei in Zivil hatten sich zu ihnen gesellt. Als Aquino knurrte, dass es kein verfluchter Zirkus wäre, zuckte einer der Cops nur mit den Schultern. „Hey, wir mögen Jeopardy auch."

Alex las die Kategorien vor. „*Erfinder.*"

„Cyrus McCormick", sagte Sweeney.

„,*Kleine*' *Filme.* Die Anführungszeichen bedeuten, dass in jedem Filmtitel irgendwie das Wort ,klein' vorkommt."

„Little Women – Betty und ihre Schwestern", meinte Sweeney.

„Das hätte ich auch erraten", warf einer der uniformierten Polizisten ein.

„Warum hast du es dann nicht gesagt?", fragte ein anderer.

„Ruhe!", fuhr Aquino die beiden an.

„*Colleges und Universitäten.*"

„Tulane", sagte Sweeney. Sie umklammerte ihren Becher ein bisschen fester. Es zu Hause zu machen war etwas anderes, als hier und jetzt die richtigen Antworten zu nennen – denn hier und jetzt zählte es. Vielleicht hatte sie ja tatsächlich immer nur gut geraten.

„*Unternehmen und Industrie.*"

„Three-M."

„*Mathematik.*"

„Primzahlen."

„Und schließlich: *Hauptstraßen und Seitenwege.*"

„Interstate 10 und Interstate 90", sagte Sweeney und wartete gespannt auf die Wahl der ersten Kandidatin.

„Mathematik, einhundert", begann Kandidatin Nummer eins.

Alex las den Hinweis vor: „Diese Zahlen sind nur durch eins und sich selbst teilbar."

Nummer drei war schnell am Drücker und an der Reihe, obwohl die anderen beiden Kandidaten hektisch ihre Buzzer drückten. „Was sind Primzahlen?", lautete ihre Antwort.

Auf dem Polizeirevier, in dem düsteren kleinen Raum, herrschte Schweigen. Die Kandidaten wählten ein Gebiet nach dem anderen, und Sweeney gab auch für alle weiteren Felder der einzelnen Kategorien die korrekte Antwort. Manchmal blieb ihr kaum Zeit, die Antwort zu nennen, ehe der Hinweis auf dem Bildschirm auftauchte, aber sie schaffte es immer. Kandidatin Nummer drei hatte eine Glückssträhne. Selbst wenn sie den Buzzer nicht schnell genug drückte, war sie immer bereit, wenn einer der anderen Kandidaten ins Straucheln geriet. Als die erste Werbeunterbrechung lief, hatte sie doppelt so viel Geld erspielt wie die beiden anderen Kandidaten zusammen.

„Ich denke, wir haben genug gesehen", erklärte Aquino und erhob sich.

„Vielleicht habt ihr das", meinte einer der anderen Cops. „Ich will den Rest der Show jedenfalls auch noch gucken."

Zitternd stand Sweeney auf und verließ mit Aquino den Raum. Ritenour folgte den beiden.

„Also gut“, stieß Aquino knurrend aus, nachdem sie wieder im Verhörzimmer waren. „Das können Sie offenbar. Und diese Sache mit den Ampeln auch. Ich bin beeindruckt, allerdings nicht überzeugt. Überzeugen Sie mich.“

Hilflos schaute sie ihn an. „Wie soll ich Sie überzeugen? Ich kann es selbst kaum glauben, und mir passiert es. Ich kann Ihnen nicht vorhersagen, was morgen geschehen wird, und ich kann Ihre Gedanken nicht lesen. Ich male im Schlaf, und ich sehe Geister ... Oh verdammt!“, fluchte sie leise. Ihr fielen die Blicke auf, die sie ihr zuwarfen. Die Geister hatte sie nicht erwähnen wollen. Es gab keine Möglichkeit, ihnen zu beweisen, dass sie Geister sah, denn sie war die Einzige, die sie sehen konnte. Wenn sie nicht so müde gewesen wäre, hätte sie sich besser unter Kontrolle gehabt.

„Geister“, wiederholte Ritenour.

„Vergessen Sie, dass ich das gesagt habe.“

„Ja, klar. Und ich vergesse für die nächste Woche zu essen.“

Sie wünschte, er hätte das Essen nicht erwähnt. Die ganze Zeit über hatte sie versucht, den Hunger nicht zu beachten, der neben Kälte und Erschöpfung nur eine weitere Unannehmlichkeit darstellte. Sie winkte ab. „Sonst kann niemand sie wahrnehmen, also ist es egal. Sie stören niemanden. Meistens grüßen sie nicht einmal. Obwohl Elijah Stokes mir die Namen seiner Söhne genannt hat, damit ich ihnen eine Zeichnung schicken konnte, die ich gemacht habe.“

„Elijah Stokes.“

„Der Hotdogverkäufer, der ermordet worden ist. Das andere Gemälde. Haben Sie das schon überprüft?“

„Mal schauen, was ich dazu finden kann. Wahrscheinlich kümmert sich ein anderes Revier darum. Wo ist er getötet worden?“, fragte Ritenour.

„Keine Ahnung. Doch einer seiner Söhne kann es Ihnen sagen. Ihre Namen waren ...“ Sie dachte nach. „Daniel ... nein, David. David und Jacob Stokes. Sie sind Anwälte.“

Ritenour verließ den Raum. Sie lehnte sich auf ihrem unbequemen Stuhl zurück und schloss die Augen. Müde strich sie sich über die Stirn, hinter der sich Kopfschmerzen bemerkbar machten.

„Weiß sonst noch irgendjemand von dem Bild?", erkundigte Aquino sich. Sie öffnete die Augen und bemerkte seinen klugen Blick, der auf ihr ruhte. „Außer Mr Stengel."

„Ste… ach, Kai." Sie hatte seinen Nachnamen nur wenige Male gehört, und meistens entfiel er ihr wieder.

„Was ist mit Mr Worth? Er war in Ihrem Apartment. Hat er das Gemälde gesehen?"

Richard nicht zu erwähnen war eine Sache, einen Polizisten anzulügen war etwas ganz anderes.

„Ja", antwortete sie. Ihre Stimme klang so matt, dass Sweeney kaum zu verstehen war. „Er hat von Anfang an davon gewusst."

Aquino zog die Augenbrauen hoch. „Von Anfang an … Also seit ein paar Tagen?"

„Genau."

„Ich frage mich, warum er es nicht für angebracht hielt, uns gestern davon zu erzählen."

„Er wollte mich nicht in die Sache hineinziehen. Er hat geahnt, dass so etwas passieren würde", flüsterte sie. „Er meinte, wenn ich das Bild vollendet hätte und wir den Mörder kennen würden oder zumindest eine Beschreibung hätten, würde er Sie irgendwie zu dem Täter führen."

„Nett von ihm", erwiderte Aquino wütend. „Mir gefällt es nicht, wenn Zivilpersonen für mich entscheiden, wie ich meinen Job zu erledigen habe."

Sweeney schlug mit der flachen Hand auf den Tisch. Mit einem Mal war sie genauso zornig wie er. „Wie hätten Sie reagiert, Detective, wenn Richard gesagt hätte: ‚Ach übrigens: Die Frau, mit der ich zusammen bin, besitzt übersinnliche Fähigkeiten und malt gerade ein Bild von dem Mord.' Hätten Sie ihm mehr geglaubt als mir?"

Er stützte sich mit beiden Händen auf dem Tisch ab und

beugte sich zu ihr vor. Angriffslust strömte aus jeder Pore seines bulligen Körpers. „Es ist nicht meine Aufgabe, alles zu glauben, was man mir erzählt."

„Nein, doch es ist Ihr Job, die Wahrheit zu erkennen, wenn sie direkt vor Ihnen steht!" Sie beugte sich ebenfalls vor und kam mit der Nase so dicht an ihn heran, wie es ging.

Zu ihrer Überraschung hob er nur wieder die Brauen. „Was das betrifft", erklärte er sanft, „bin ich geneigt, Ihnen zu glauben."

Stichwort: dem anderen den Wind aus den Segeln nehmen. Sweeney lehnte sich zurück und spürte, wie viel Kraft sie dieser Sturm der Entrüstung gekostet hatte. „Tatsächlich?"

„Sie haben mir bewiesen, dass die Möglichkeit besteht", entgegnete er. „Ich hätte nicht gedacht, dass Sie es schaffen, aber Sie haben alles bewiesen, was Sie behauptet haben. Ampeln sind auf Grün gesprungen, Parkplätze frei geworden, und Sie könnten jede Menge Geld verdienen, wenn Sie bei Jeopardy mitspielen würden. Was Sie können, geht schon weit über die normalen Fähigkeiten hinaus. Also, wenn Sie all das können ...", er zuckte die Achseln, „dann ist auch die Sache mit dem Bild denkbar."

Ihr fiel nichts ein, was sie darauf hätte erwidern können. Eine Sekunde lang glaubte sie, in Tränen ausbrechen zu müssen, aber der Drang verflog wieder. Sie war selbst zu erschöpft, um zu weinen.

„Sagen Sie mir eines: Warum haben Sie keinen Anwalt angerufen?"

„Das hätte ich getan, wenn Sie mich verhaftet hätten. Ich war doch nicht verhaftet, oder?"

„Nein. Allerdings, wenn die Sache mit Jeopardy nicht gewesen wäre, dann vielleicht ..."

„Trotzdem würde ich gern jemanden anrufen."

„Sie wollen jetzt einen Anwalt?"

„Nein", erwiderte sie. „Ich möchte mit Richard sprechen."

„Das werde ich für Sie übernehmen", sagte er.

Während sie kurz darauf auf Richard warteten, kehrte Ritenour mit einer Kopie der Ermittlungsakte im Mordfall Elijah

Stokes zurück. Eine grafische Darstellung des Tatorts lag der Akte bei. Die Beschreibung der Kleidung glich Sweeneys Bild, genau wie die Kopfverletzung und der Fundort sowie die Position der Leiche. Ein neunzehnjähriger Teenager war verhaftet worden. Blutspritzer derselben Blutgruppe, die Elijah Stokes gehabt hatte, waren auf einem Shirt unter dem Bett des Jugendlichen entdeckt worden.

Das Gemälde war seltsam genau, und es gab keine Erklärung, wie Sweeney diese Details hatte wissen können, außer der, die Sweeney ihnen gegeben hatte.

Als Richard schließlich eintraf, wirkte er nicht wütend und stellte auch nicht lautstark Forderungen. Er tauchte auch nicht mit einem hochkarätigen Anwalt auf, obwohl Sweeney sich sicher war, dass im Handumdrehen ein Anwalt aufs Revier gekommen wäre. Er trug Anzug und Krawatte. Angesichts der Uhrzeit war er vermutlich mit Candras Eltern zusammen gewesen und hatte die letzten Vorbereitungen für die Beerdigung getroffen oder Freunde empfangen, die ihr Beileid hatten ausdrücken wollen.

Er schüttelte beiden Detectives die Hand, ohne Sweeney dabei aus den Augen zu lassen. Und nachdem er bemerkt hatte, wie sie sich in ihren Mantel gekuschelt hatte, versuchte er nicht, seine Besorgnis zu verbergen. Sie war aufgestanden, sobald sie ihn erblickt hatte, und nun trat er zu ihr und machte unauffällig sein Jackett auf. Kaum dass er sie in seine Arme geschlossen hatte, wurde sie von der Wärme des Stoffes umhüllt. Sie schob ihre kalten Händen unter sein Jackett und umfasste seinen Rücken. Dann schmiegte sie ihr Gesicht in seine Halsbeuge. Sie war so erleichtert, seine Wärme und seine Anwesenheit zu spüren, zu wissen, dass sie nicht länger allein war, dass sie beinahe gegen ihn gesunken wäre.

„Du hättest anrufen sollen“, murmelte er.

„Und Sie hätten uns schon gestern von dem Bild erzählen sollen“, meldete Aquino sich zu Wort.

„Das hätte ich getan, wenn ich hätte sicher sein können, dass ihr diese Situation erspart geblieben wäre."

„Können Sie bestätigen, dass Sie, schon Tage bevor Mrs Worth ermordet worden ist, gesehen haben, wie sie das Bild gemalt hat?"

„Ja. Ich habe das Gemälde schon zu Gesicht bekommen, da hatte sie erst zwei Schuhe gemalt." Er schaute die Detectives an. „Ich war nicht am Tatort, und die Polizei hat noch immer die Kleidung, die Candra in jener Nacht getragen hat, also müssen Sie mir sagen, ob das, was Sweeney gemalt hat, richtig war. Das Kleid war schwarz, weit ausgestellt, und die Schuhe waren High Heels mit kleinen goldenen Kugeln, die in die Absätze eingelassen waren. Stimmt das?"

„Das stimmt."

Er hatte gerade alles bestätigt, was sie ihnen erzählt hatte, wurde Sweeney klar. Seit Candras Tod war er nicht mehr in ihrem Apartment gewesen, also konnte er das Bild nach dem Mord nicht mehr gesehen haben. Was er gerade beschrieben hatte, musste also vor dem Mord entstanden sein. Sie wussten, dass er nirgendwo anders die Gelegenheit gehabt hatte, einen Blick auf die Kleidung zu werfen,

„Also gut, also gut", meinte Aquino und rieb sich die blutunterlaufenen Augen. „Sofern Sie beide nicht gemeinsam den Mord geplant und ausgeführt haben – aus welchen Gründen auch immer, denn wir konnten bei Ihnen kein Motiv erkennen –, ist Ms Sweeneys Unschuld hiermit bewiesen."

„Was ist mit dem Gemälde?", hakte Richard nach. „Möchten Sie, dass sie es vollendet?" Sie spürte, wie er sie fester umarmte, als er die Frage stellte. Sie merkte, dass er sich um sie sorgte, jedoch keine andere Möglichkeit sah.

„Auf jeden Fall", erwiderte Ritenour nach einem zustimmenden Nicken von Aquino. „Das Bild wird unter keinen Umständen als Beweis zugelassen werden, doch wir haben Spurenmaterial, das den Hinweis unterstützen würde, wenn wir den Kerl identifizieren können."

„Was ist, wenn keiner von uns ihn schon mal gesehen hat?“, wollte Sweeney wissen.

„Mit einer guten Beschreibung sollten wir in der Lage sein, den Täter auf dem Überwachungsvideo, das auch das Datum und die Zeit anzeigt, finden zu können. Wenn wir die Zeit mit der Besucherliste des Portiers abgleichen, haben wir ihn.“

Richard wirkte nachdenklich. „Ich könnte vielleicht jemanden auf dem Band erkennen.“

„Wir haben niemanden erkannt“, erwiderte Aquino. „Wir haben Fotos von den meisten der Männer auf der Liste bekommen …“

„Was für eine Liste?“, fragte Sweeney verwundert.

Sie beachteten sie nicht. „… aber der Portier hat keinen von ihnen wiedererkannt, und wir konnten auch keinen von ihnen auf dem Band entdecken. Wir machen im Augenblick noch immer die Leute ausfindig, die sich als Besucher gemeldet haben, doch bis jetzt waren sie aller sauber – und damit sind sie raus.“

„Das Bild ist im Moment unsere heißeste Spur“, erklärte Ritenour.

Richard nickte. „Ich bleibe heute Nacht bei ihr. Ich will nicht, dass sie allein ist. Kai hat die Sache mit dem Gemälde vermutlich schon in der ganzen Stadt herumerzählt, und wer auch immer Candra umgebracht hat, weiß möglicherweise schon Bescheid. Nicht nur das, ich kann Sie auch sofort benachrichtigen, wenn sie das Gesicht gemalt hat.“

Etwas in Richards Stimme hatte die Detectives offenbar beunruhigt. „Mr Worth“, sagte Aquino. „Falls Sie vorhaben, den Helden zu spielen, muss ich Ihnen sagen, dass ich das für keine gute Idee halte. Wenn Ms Sweeney in Gefahr sein sollte, sollten Sie sich darauf konzentrieren, sie in Sicherheit zu bringen, und den Rest uns überlassen.“

„Ihre Sicherheit steht für mich an erster Stelle“, entgegnete Richard, und Sweeney fragte sich, ob den Detectives aufgefallen war, dass er nicht zwangsläufig zugestimmt hatte.

Edward saß am Steuer.

„Wir bringen Ms Sweeney nach Hause“, sagte Richard.

„Sehr wohl, Sir.“

Die Detectives hatten ihr beide Bilder zurückgegeben, und Edward hatte sie auf den Beifahrersitz gelegt. Die Gemälde hatten ihn einen Moment lang überrascht, sodass er kurz sprachlos gewesen war. Doch dann hatte seine Miene sich wieder entspannt, und er hatte die Werke so sachlich betrachtet, als hätten sie Landschaften gezeigt.

Als sie auf der Rückbank saßen, ergriff Richard Sweeneys Hand und verschlang ihre Finger miteinander. „Dir ist kalt“, stellte er fest.

„Ich hatte Angst.“ Sie drückte seine Hand. „Es war nicht so schlimm wie bei den letzten Malen. Solange sie mich mit Kaffee versorgt haben, ging es.“

„Wenn du mich sofort angerufen hättest, wäre dir vieles erspart geblieben.“

„Andererseits waren sie, nachdem sie mit mir zusammen Jeopardy geschaut haben, eher geneigt, mir zu glauben.“

Verwirrt blickte er sie an. *„Jeopardy?“*

„Eine meiner neuen Fähigkeiten. Das führe ich dir irgendwann mal vor.“

Ihre verschränkten Hände lagen auf ihrem rechten Bein. Mit den Fingerknöcheln strich er sacht vor und zurück. „Candras Eltern und einige ihrer Freunde sind noch bei mir zu Hause“, meinte er. „Wir haben die Einzelheiten des Begräbnisses besprochen – sie möchten sie in der Nähe ihres Heimatortes beerdigen lassen. Jetzt wollen sie zurück ins Hotel. Edward wird sie fahren. Ich springe schnell hinein, hole Kleidung zum Wechseln, und dann nehme ich mir ein Taxi zu dir.“

Wenn ich nett und uneigennützig wäre, dachte sie, würde ich ihm sagen, dass ich weiß, wie viel er zu tun hat, und dass ich ganz gut allein zurechtkomme. Offenbar war sie alles andere als nett und uneigennützig, denn sie hatte es satt, nachts allein zu sein, und wollte ihn bei sich haben.

Außerdem schwirrte Richards Bemerkung, dass Candras Killer vielleicht von dem Bild gehört hatte, in ihrem Kopf herum. Ein Teil von ihr konnte nicht glauben, dass sie in Gefahr schweben sollte, aber der vernünftige Teil von ihr war der Meinung, dass es klüger wäre, keine unnötigen Risiken einzugehen. Sie hatte einen tiefen Schlaf. Möglicherweise bekam sie also nicht mit, wenn jemand in ihre Wohnung einbrach – es sei denn, derjenige sprang wie im Film direkt neben ihrem Bett durch ein geschlossenes Fenster. Doch nachdem sie in der vergangenen Nacht kein Auge zugetan hatte, war sie so erschöpft, dass sie eventuell nicht einmal das hören würde.

Als hätte er wie so oft ihre Gedanken erraten, sagte Richard: „Hast du heute ein bisschen Schlaf nachholen können?"

„Nein? Du?"

„Nach dem Mittagessen konnte ich mich zwei Stunden hinlegen."

Sie beneidete ihn um das Nickerchen und um sein Durchhaltevermögen; er wirkte überhaupt nicht müde und so wachsam wie immer.

„Heute Nacht kannst du schlafen", versicherte er ihr leise.

Sie drückte seine Hand und sprach so leise, dass Edward sie nicht hören konnte. „Hoffentlich nicht die ganze Nacht."

„Das allerdings kann ich dir nicht versprechen." Er erwiderte ihren Händedruck, und während der restlichen Fahrt schwieg Sweeney zufrieden.

Das kleine italienische Restaurant befand sich einige Türen von Sweeneys Haus entfernt auf der gegenüberliegenden Straßenseite. Das Restaurant war in der Gegend bekannt und beliebt. Viele der ansässigen Bewohner holten sich dort gern eine Kleinigkeit zum Mitnehmen. Kai gelang es, einen Tisch am Fenster zu ergattern. Er setzte sich so hin, dass er jeden sehen konnte, der das Apartmentgebäude betrat, in dem sich Sweeneys Wohnung befand.

Sich in den Plan verwickeln zu lassen, Candra umzubringen, war zum Teil aus einem Impuls heraus passiert. In der letzten

Zeit war sie unausstehlich gewesen und hatte sowieso vorgehabt, ihn zu entlassen. Was ihn am meisten gelockt hatte, war das Geld gewesen. Einhunderttausend Dollar waren für einige Menschen nicht viel. Und es war viel weniger als die Million, die Candra bei ihrer Erpressung gefordert hatte. Aber das Geld würde ihm ersparen, noch länger schlecht bezahlte Jobs anzunehmen und sein Einkommen durch Modelaufträge für Unterwäsche aufbessern zu müssen. Solche Aufträge beinhalteten meistens, mit einer knochendürren alten Hexe schlafen zu müssen, die sich für heiß hielt, weil sie Macht über die jungen Männer hatte, die die Jobs brauchten, die sie anzubieten hatte.

Mit einhunderttausend Dollar allerdings konnte er aufhören, zu arbeiten, sein Kunststudium beenden und sich mit seinen Bildern endlich selbst einen Namen machen. Kai hatte keinen Zweifel daran, begabt zu sein. Er wusste, dass seine Werke besser waren als der meiste Schrott, den er in der Galerie verkauft hatte. Und jetzt wurde er von jemandem sehr Einflussreichen unterstützt, der es ihm ermöglichen würde, seine Bilder in den angesehensten Galerien der Stadt auszustellen. Er hatte nicht vor, als kleiner Künstler anzufangen und die Preise für seine Kunst langsam zu steigern – er wollte von Beginn an ein kleines Vermögen für die Bilder fordern. Es gab eine Menge reicher Idioten, die die teuren Werke kaufen würden, weil ihnen die Vorstellung gefiel, dass nicht jeder sie sich leisten konnte.

Alles wäre perfekt, wenn es da nicht dieses verfluchte Gemälde von Sweeney gäbe.

Er bedauerte es. Er mochte Sweeney. Sie war lustig und ehrlich, und sie hatte ihn nie so angesehen, als wäre er nichts weiter als ein Stück Fleisch. Außerdem war sie wirklich talentiert. Sie hatte ein Händchen für Realismus, der jedes Porträt, das sie malte, zu einer unglaublich naturgetreuen Wiedergabe des Motivs machte. Ein Jammer, dass sich herausgestellt hatte, dass sie auch noch hellsichtig war.

Also wartete er und hielt Ausschau nach ihr, falls sie nach Hause kam. Im Gegensatz zu einer anderen Person hielt er es für äußerst unwahrscheinlich, dass die Polizei Sweeney wegen des Bildes verhaften würde. Die Cops waren schließlich nicht dumm: Ohne eindeutige Beweise am Tatort, die den Verdacht unterstützten, würde es ihnen wohl kaum gelingen, den Staatsanwalt dazu zu überreden, die Sache vor Gericht zu bringen. Falls es Sweeney andererseits schaffte, die Cops davon zu überzeugen, ihr zu glauben, würden sie jeden Tag nachsehen, ob sie das verdammte Bild vollendet hätte. Das Gemälde loszuwerden würde nicht ausreichen. Es spielte keine Rolle, ob es dieses Bild nun gab oder nicht. Was allerdings sehr wohl eine Rolle spielte, war die Frage, wann das Gesicht des Mörders offenbart werden würde. Natürlich würde Sweeney es sofort wiedererkennen – und dann würde die Hölle los sein.

Das durfte nicht passieren.

In das Apartmentgebäude reinzukommen war ein Kinderspiel gewesen. Er hatte das Haus beobachtet, bis die Cops aufgetaucht waren. Nachdem sie Sweeney mitgenommen hatten, hatte er nur noch auf eine günstige Gelegenheit warten müssen und hatte dann mit einer Gruppe von Leuten, die gerade von der Arbeit nach Hause zurückgekehrt waren, einfach das Gebäude betreten. Der blöde Portier war damit beschäftigt gewesen, irgendeine blöde Gameshow zu gucken, und hatte nur ab und an mal hochgeschaut.

In aller Ruhe hatte er sich ganz genau das Gebäude angesehen. Zwar gab es in Sweeneys Stockwerk kein Flurfenster, das zur Feuerleiter führte, doch in der Etage darüber und darunter. Nachdem er das festgestellt hatte, stieg er in den Lift und fuhr in das Stockwerk über Sweeneys Wohnung – nur für den Fall, dass jemand bemerkte, wo er den Fahrstuhl verließ. Dann stieg er die Treppe zu ihrer Etage herunter.

In ihre Wohnung einzudringen war dann nicht mehr so einfach, denn sie hatte an der Tür zwei zusätzliche Schlösser angebracht. Er lauschte an der Tür des Nachbarn. Da er im Apartment keine Geräusche hören konnte, klingelte er. Nichts. Diese Leute hatten sich nicht die Mühe gemacht, ihre Wohnung mit zusätzlichen Schlössern zu sichern, und vertrauten allein auf das Türschloss. Nach ungefähr zehn Sekunden hatte er es geknackt.

Er schlüpfte in das Apartment und blieb einen Moment lang im Flur stehen. Angestrengt horchte er, ob nicht doch jemand unter der Dusche war. Nachdem er hundertprozentig wusste, dass die Wohnung zumindest für den Augenblick leer war, verriegelte er das einfache Türschloss wieder. Das machte er, falls der Mieter zurückkehrte, ehe er erledigt hatte, was er erledigen wollte.

Er ging in das winzige Schlafzimmer, das an Sweeneys Apartment grenzte, und kletterte aus dem Fenster auf die Feuerleiter. Vor einem der bodentiefen Fenster ihres Ateliers hockend, benutzte er einen Glasschneider, um neben dem Fenstergriff ein Loch in die Scheibe zu machen. Nur für den Fall, dass er irgendjemandem auffiel, tat er so, als hätte er etwas an der Feuerleiter zu tun, und prüfte die Übergangsstellen und so etwas.

Das Schloss am Fenster war verklemmt. Mit seinem Messer hebelte er es auf. Dann ließ er die Feuerleiter bis zum nächsten Stockwerk herunter. Irgendjemand würde es vermutlich bemerken, doch da die Leiter nicht bis zur Straße reichte, würde es niemanden beunruhigen.

Nachdem er alles vorbereitet hatte, war er zurück in die Nachbarwohnung gekehrt und hatte dann so unbemerkt, wie er gekommen war, das Apartmentgebäude verlassen.

Nun musste er nur noch auf Sweeneys Rückkehr warten.

Er flirtete mit der Kellnerin in dem kleinen Restaurant, gab vor, Zeitung zu lesen, aß gemächlich einen Teller Pasta und bestellte sich ein Dessert und Kaffee. Seine Geduld wurde um kurz nach neun belohnt, als Richard Worths Mercedes vor dem Apartmentgebäude hielt und Sweeney und Richard ausstiegen. Richard holte zwei Leinwände vom Beifahrersitz und ging mit Sweeney hinein. Ein paar Minuten später kam er allein und ohne die Bilder wieder heraus.

Kai bezahlte seine Rechnung und verabschiedete sich von der Kellnerin – mit einem großzügigen Trinkgeld und einem sexy

Lächeln, das mehr für ihr Selbstbewusstsein tat als ein neuer Haarschnitt. Er überquerte die Straße und lief um den Block herum, bis er die großen Eckfenster von Sweeneys Atelier sehen konnte. Das Licht wurde eingeschaltet, allerdings war sein Standort zu ungünstig, und so konnte er nicht erkennen, was sie machte. Kurz darauf erlosch das Licht wieder. Sie arbeitete also nicht an dem Bild. Das war gut.

Es war noch immer zu früh für sie, um ins Bett zu gehen, aber er beschloss, sich schon mal ins Apartmentgebäude zu schleichen, sobald sich die Gelegenheit dazu ergab. Er musste zwanzig Minuten ausharren, ehe ein junges Paar das Haus betrat. Bevor die Tür wieder ins Schloss fiel, war er ins Haus geschlüpft. Der Portier schaute hoch. Doch als er das junge Paar erblickte, wandte er seine Aufmerksamkeit wieder dem Fernseher zu, ohne Kai zu bemerken.

Alles klappte. Er stieg über die Feuerleiter zum Dach hinauf und wartet wieder geduldig. Versonnen betrachtete er die Lichter und den Verkehr, hörte Autos hupen und Sirenen heulen und ferne Stimmen, die zu ihm hinaufgeweht wurden. Die Stadt schlief nie, war niemals still. Er liebte diese Energie. Je länger er ausharrte, desto weniger wahrscheinlich wurde es, dass er in Schwierigkeiten geriet. Die Leute würden irgendwann in ihren Betten liegen und schlafen, friedlich und sicher. Und falls irgendjemand aufwachen würde, wenn er die Feuerleiter Stockwerk um Stockwerk hinablassen würde, damit er zur Straße gelänge, würde er zu spät am Fenster sein, um ihn zu sehen.

Und ganz sicher würde er zu spät kommen, um Sweeney zu helfen.

21. KAPITEL

Sweeney war so müde, dass sie kaum einen klaren Gedanken fassen konnte. Eine heiße Dusche belebte sie gerade genug, damit sie sich etwas zu essen machen konnte. Nach einer Suppe und einem halben Erdnussbutter-Sandwich fühlte sie sich schon fast wieder wie ein Mensch – fast. Nur die Tatsache, dass sie auf Richards Rückkehr wartete, hielt sie wach. Sie dachte darüber nach, sich auf der Couch zu entspannen, bis er zurückkam, aber sie wusste, dass sie dann vermutlich im Handumdrehen einschlafen und wahrscheinlich nicht einmal die Türklingel hören würde.

Sie ging ins Atelier, ohne das Licht einzuschalten. Dank der riesigen Fenster fiel genug Licht von den Straßenlaternen, Neonreklamen und anderen Häusern in den Raum, um nicht über herumliegende Sachen zu stolpern. Sie lief im Atelier auf und ab, blieb vor Leinwänden stehen und berührte andere – wie eine Mutter, die ihre Kinder abends ins Bett brachte. Sie verharrte vor dem Gemälde von Candra, das sie auf eine Staffelei gestellt hatte, und starrte es eine ganze Zeit lang an. Sie versuchte, ein Gefühl für den Killer zu bekommen. Was war ihm durch den Kopf gegangen, während er so über Candra gebeugt dagestanden hatte? Was für ein Mensch war er, dass er sich am gewaltsamen Tod einer Frau weidete?

Sie hatte beim Malen intuitiv Dinge gewusst – zum Beispiel, wie die Schuhe auszusehen hatten. Doch wenn sie das Wesen des Mörders fassen wollte, fühlte sie sich, als würde sie gegen eine Steinmauer rennen. Irgendetwas war auf der anderen Seite dieser Mauer, doch sie konnte es nicht greifen.

Vielleicht schaffe ich es nie, das Bild zu vollenden, überlegte sie. Vielleicht konnte sie im Schlaf nur Menschen malen, die sie kannte und deren Gesichter sich bereits in ihr Gedächtnis eingebrannt hatten. Wenn der Mörder ein Fremder war, war es denkbar, dass er es auch für immer blieb.

Eine gute Stunde später traf Richard ein. Er ließ eine kleine Tasche auf den Boden fallen und drehte sich um, weil er die Tür abschließen wollte. Reglos stand Sweeney da und musterte ihn. Er hatte sich umgezogen. Statt des Anzugs trug er nun Jeans und ein schwarzes T-Shirt. Als Sweeney jedes Detail in sich aufnahm, war ihre Müdigkeit mit einem Mal wie weggeblasen. *So* hatte sie ihn immer vor ihrem inneren Auge gesehen – ohne den teuren Anzug als Verkleidung. Die engen kurzen Ärmel schmiegten sich an seine muskulösen Arme, ein Bartschatten war auf seinem Kinn zu erkennen, und er war der anziehendste Mann, den sie je gesehen hatte.

„Das ist es", murmelte sie ein wenig abwesend, während sie die Skizze in ihrem Kopf schon anfertigte. „Genau so muss ich dich malen."

Sie sah sich um, als würde sie den Zeichenblock suchen. Zwei Schritte hatte sie Richtung Atelier gemacht, da schlang er von hinten einen Arm um sie, hob sie hoch und zog sie an sich. „Heute Nacht nicht mehr, Sweetie. Für dich ist es Zeit, ins Bett zu gehen." Damit trug er sie zum Schlafzimmer.

Vielleicht lag es daran, dass sein Mund so dicht an ihrem Ohr war. Vielleicht strengten sich ihre grauen Zellen endlich richtig an. Sie neigte den Kopf, um ihn anzuschauen. „Du hast mich ‚Sweetie' genannt", sagte sie anklagend.

Er zog die Augenbrauen hoch. „Natürlich. Was dachtest du denn, wie ich dich nenne?"

„Ich dachte, du nennst mich bei meinem Namen. Sweeney."

Er hauchte einen Kuss auf ihren Schmollmund. „Ich habe dir schon erklärt, dass ich eine Frau, mit der ich schlafe, auf keinen Fall mit ihrem Nachnamen anspreche. Das gilt umso mehr für die Frau, die ich liebe. Wenn dir ‚Sweetie' nicht gefällt, denken wir uns etwas anderes aus."

Er sagte es so ruhig, und sie war so müde, dass es ihr beinahe entgangen wäre. „Ich schätze, ‚Sweetie' ist in Ordnung", murmelte sie, ehe sie mit einem Mal in seinen Armen ganz starr wurde. Er hätte sie fast fallen lassen. Er blieb stehen, setzte sie ab und drehte sie zu sich um. Dann schlang er beide Arme um sie und hob sie wieder hoch.

Sie legte ihre Hände auf seine Schultern, damit sie sich abstützen konnte. „Hast du gerade gesagt, dass du mich liebst, oder habe ich mich da verhört?"

„Nein, das habe ich gesagt."

Das war ein entscheidender Moment in ihrem Leben. Nach einunddreißig Jahren hatte sie sich endlich verliebt. Und das nicht in irgendeinen Kerl. Nein, sie hatte sich Hals über Kopf in einen starken, sexy, reichen Mann verliebt, und er hatte ihr gerade seine Liebe gestanden. Noch nie hatte ihr das jemand gesagt. Sie hatte das Gefühl, als müssten sie jetzt etwas Romantisches, Dramatisches tun wie zum Beispiel Champagner trinken und ein Feuerwerk entzünden, um den Augenblick unvergesslich zu machen.

„Oh", meinte sie und blinzelte ihn schläfrig an. „Ich liebe dich auch."

„Ich weiß", entgegnete er und küsste sie zärtlich. Er stellte sie neben dem Bett auf die Beine und zog sie liebevoll aus. Sie wünschte sich, sie hätte ein sexy Nachthemd, in das sie für ihn schlüpfen könnte, allerdings besaß sie ausschließlich Flanellpyjamas. Wenn sie sich jedoch im Bett an ihn kuschelte, brauchte sie keinen Schlafanzug, der sie warm hielt.

Er half ihr, sich hinzulegen und zuzudecken. Dann streifte er seine Kleidung ab und kroch zu ihr unter die Decke. Hätte ich doch nur ein breiteres Bett, dachte sie, damit er bequemer liegen könnte. Zwar war ihr Bett nicht sehr schmal, aber sie fürchtete, dass seine Füße rausragten.

Wie magisch voneinander angezogen, wandten sie sich einander zu. Die Anziehungskraft war unwiderstehlich. Er strich mit den Händen über ihre Brüste, brachte ihre Spitzen zum Kribbeln und ließ ihr den Atem stocken. „Du musst schlafen", flüsterte er, auch wenn er sichtlich erregt war.

Sie schloss ihre Finger um seine Erektion und streichelte ihn mit derselben bedächtigen Zärtlichkeit, mit der er ihre Brüste verwöhnte. „Dich brauche ich noch mehr als ein paar Stunden Schlaf", erwiderte sie.

Er rollte sich ein Kondom über und schob sich behutsam auf sie. Sweeney öffnete die Beine und nahm ihn zwischen ihre Oberschenkel. Mit seinem heißen Schaft tauchte er ein winziges Stück in sie ein.

Sweeney wartete nicht. Sie konnte es nicht. Sie schlang ihre Beine um seine und hob ihre Hüften an, sodass er in sie glitt.

Lust strömte durch ihren Körper. Doch anders als in der Nacht zuvor war die Begierde nicht brennend, nicht drängend. Langsam und tief stieß er in sie, als wollte er jeden Zentimeter von ihr genießen, das Gefühl auskosten. Schnell fanden sie einen gemeinsamen Rhythmus. Und obwohl sie es beide diesmal nicht besonders eilig hatten, schien es dennoch nur wenige Momente zu dauern, bis die Hitze und die Reibung so stark wurden, dass sie es nicht mehr aushalten konnte. Sie klammerte sich an ihn und krallte die Finger in seinen Rücken. Bei jeder Bewegung lösten sich heisere Schreie aus ihrer Kehle. Er hakte ihre Beine unter, beugte sich über sie und stützte sich mit den Händen neben ihr ab. Vorsichtig spreizte er ihre Schenkel weiter, sodass er noch tiefer in sie eindringen konnte. In dieser Stellung konnte sie weder die Geschwindigkeit noch die Härte seiner Stöße beeinflussen. Sie sah ihn an und fühlte sich, als würde er bis in ihr Herz dringen. Beim dritten Stoß kam sie. Kurz darauf hielt er inne und erschauerte heftig, da ihn sein eigener Höhepunkt mitriss.

Sweeney schloss erschöpft die Augen. Als er sich vorsichtig aus ihr zurückzog und aus dem Bett stieg, schaute sie ihn an.

„Wohin gehst du?“, murmelte sie schläfrig und streckte den Arm aus, um seinen Rücken zu berühren.

„Ins Bad, meine Tasche holen und das Licht ausschalten“, erwiderte er. Die Antwort war so nüchtern, dass sie leise lachen musste. Sie drehte den Kopf und kuschelte sich in ihr Kissen, da die Mattigkeit sie wieder erfasste.

Nachdem er zurückgekehrt war, war sie allerdings immer noch war. Sie schmiegte sich in seine Arme und zitterte ein bisschen, sowie sie den kalten Lufthauch an ihren nackten Schultern spürte. Der Rest von ihr war jedoch wohlig warm. „Gib mir bitte dein T-Shirt", sagte sie schlaftrunken. Er beugte sich über die Bettkante und hob es vom Boden auf.

Müde setzte sie sich auf und schlüpfte hinein, bevor sie sich wieder an ihn kuschelte. „Gut, jetzt kann ich schlafen."

„Das wird aber auch Zeit", erwiderte er brummend, doch sie hörte die Belustigung und Zufriedenheit in seiner Stimme. Mit dem Gefühl, so geborgen zu sein wie nie zuvor in ihrem bisherigen Leben, schlief sie ein ...

Mit einem Ruck schreckte sie auf. Ihr Herz hämmerte, und jeder Muskel war angespannt.

Lange konnte sie nicht geschlafen haben. Sie spürte, dass nicht viel Zeit vergangen war. Vielleicht eine Stunde. Irgendetwas hatte sie geweckt, etwas, das ihr einen Schauer über die Haut jagte. Wenn sie vor Tausenden von Jahren in einer Höhle geschlafen hätte, vor deren Eingang ein Säbelzahntiger gelauert hätte, wäre ihre Reaktion sicher die gleiche gewesen. Konzentriert lauschte sie und fragte sich, ob ihr Vergleich passend war. War jemand in der Wohnung?

Wieder hörte sie dieses unbestimmte, fremde Geräusch. Sie hatte es sich nicht eingebildet. Es war nicht laut gewesen, eher ein Rascheln. Wie ein Schritt. Wie ein Fenster, das aufgemacht wurde. Entweder oder. Oder beides. Es war aus dem Atelier gekommen.

Sie schüttelte Richard und merkte, dass er mit einem Schlag in Alarmbereitschaft war. „Da ist jemand", flüsterte sie.

Er bewegte sich leise und rollte sich nackt und praktisch geräuschlos aus dem Bett. Während er sich bückte, gab er ihr ein Zeichen, ihm zu folgen. Er presste den Finger an seine Lippen, um ihr zu bedeuten, still zu sein. Beide Gesten waren in dem schummrigen Licht, das durch das Fenster fiel, deutlich zu erkennen.

Sie versuchte, seine Bewegungen nachzuahmen und genauso wenig Lärm zu verursachen. Sie stieg aus dem Bett, ohne dass die Matratze verräterisch quietschte. Nur das Knistern der Decke verriet, dass sie das Bett verlassen hatte. Sein T-Shirt, das im

Schlaf hochgerutscht war, glitt über ihre Hüften, aber es konnte sie nicht vor der kalten Nachtluft schützen, die ihr um die nackten Beine strich. Obwohl sie die Kälte wahrnahm, achtete sie schon im nächsten Moment nicht mehr auf sie. Sie konzentrierte sich vollkommen auf die offene Schlafzimmertür. Jede Sekunde rechnete sie damit, eine dunkle bedrohliche Silhouette zu sehen, die durch die Tür trat.

Richard bückte sich nach der kleinen Tasche, die er mitgebracht hatte. Ohne den Blick von der Tür zu wenden, griff er hinein. Als er sich aufrichtete, hatte er eine große Waffe in seiner rechten Hand. Das fahle Licht schimmerte auf dem Metall. Mit der linken Hand schob er Sweeney hinter sich.

Um sicherzugehen, dass sie bei ihm und hinter ihm blieb, fasste er sie am Handgelenk. Zusammen mit ihr schlich er hinter die Tür. Er hielt so viel Abstand zur Tür, dass er nicht von ihr getroffen werden würde, falls jemand sie ganz aufstieß. Dann warteten sie.

Sie konnte ihn nicht atmen hören. Ihr eigenes Atmen schien dagegen laut in ihren Ohren widerzuhallen, und ihr Herz schlug mit Sicherheit so heftig, dass man es hören konnte. Vorsichtig holte sie durch den Mund Luft, um bloß kein lautes Geräusch zu machen. Und sie lauschte.

Sie nahm das Ticken der Uhr im Wohnzimmer wahr. In der Ferne heulte eine Sirene. Das raschelnde Geräusch hörte sie jedoch nicht noch einmal.

Aber Richard entspannte sich nicht, und er rührte sich auch nicht. Er war näher an der Tür. Mit dem Körper schirmte er sie ab. Bemerkte er etwas, das ihr entging?

Dann fühlte sie, spürte sie jemanden, der sich auf der anderen Seite der Tür befand und ins Schlafzimmer schaute, es jedoch nicht betrat.

Die Tür öffnete sich zu der Wand hin, an der das Bett stand. Deswegen konnte der Eindringling nicht das ganze Bett sehen, sondern nur das Fußende. Es sei denn, er machte ein paar Schritte nach vorn. Das Bett war leer. Würde er es erkennen und wissen, dass sie ihn gehört hatten und nun irgendwo im Apartment waren? Oder würde er annehmen, dass niemand zu Hause war und sie einfach nur nicht das Bett gemacht hatte? Würde er ins Schlafzimmer kommen oder ...

Die Tür knallte gegen die Wand. Das Geräusch zerriss die Stille.

Richard war schon runter in die Knie gegangen und hatte sie am Handgelenk mit sich gezogen, bevor die Tür gegen die Wand gekracht war. Eine Explosion betäubte sie, blendete sie. Eine weitere Explosion folgte der ersten so schnell, dass die Geräusche fast ineinander übergingen. Eine seltsame Erschütterung traf sie, und sie spürte eine kleine Druckwelle auf ihrer Haut.

Schüsse.

Sofort wurde ihr das klar. Doch ansonsten nahm sie nur noch das blecherne Klingen in ihren Ohren wahr und den stechenden Geruch des Schießpulvers, der in ihrer Nase brannte.

Ihr Hör- und Sehvermögen kehrten allmählich wieder zurück. Sie konnte den Fremden jetzt sehen, wie er in der Türöffnung auf den Boden sackte. Sie hörte ihn, hörte das kehlige, unmenschliche Stöhnen. Die Luft wich aus seiner Lunge. Dann roch sie ihn.

Sie würgte, drängte jedoch die Galle zurück, die ihr hochgekommen war. „Geht es dir gut?", wollte Richard wissen. Seine Stimme klang schroff, angespannt, während er sich umdrehte und sie musterte.

„Ja", brachte sie krächzend hervor. Er richtete sich auf, ging zum Bett und schaltete die Nachttischlampe ein.

Sie blinzelte geblendet. Noch bevor ihre Augen sich an das Licht gewöhnt hatten, war Richard schon am Telefon. Sein Blick war auf den Körper gerichtet, der ausgestreckt in der Türöffnung lag. „Hier spricht Richard Worth", sagte er ruhig zu demjenigen, der am anderen Ende der Leitung war. „Kai Stengel ist gerade in Sweeneys Apartment eingedrungen und hat versucht, uns umzubringen."

Oh Gott! Kai?

Fassungslos blinzelte Sweeney erneut ein paarmal und betrachtete die Leiche. Im selben Moment wünschte sie sich, sie hätte es nicht getan. Kai lag bäuchlings in der Tür zum Schlafzimmer. Sein Kopf war ihr zugewandt, und in seinen offenen Augen stand die Leere des Todes. Sie sah eine kleine, beinahe schöne, ordentliche Blutlache unter ihm. Der Türrahmen und die Wand hinter ihm waren allerdings mit Blut bespritzt.

„Nicht nötig", meinte Richard. „Ich habe ihn erschossen. Er ist tot."

Während er auflegte, kam Sweeney zitternd auf die Beine und wandte sich ihm zu. Instinktiv wollte sie ihn umarmen. Aber sie erstarrte. Dunkelrote Rinnsale strömten seinen Arm und seine Brust hinab und von seiner linken Schulter herunter.

„Oh mein Gott. Du bist angeschossen worden!"

Er warf einen Blick auf seine Schulter. „Nur ein bisschen", entgegnete er ruhig und schloss sie in seine Arme, als sie auf ihn zuging.

Sie löste sich aus seiner Umarmung und schob ihn zurück, bis er auf der Bettkante saß. „Man kann nicht nur ‚ein bisschen' angeschossen sein. Das ist, als wäre man ein bisschen schwanger – das geht auch nicht. Entweder man ist es, oder man ist es nicht. Bleib hier."

Sie drehte sich um und rannte los. Ihr Erste-Hilfe-Kasten war im Badezimmer unter dem Waschbecken. Sie musste beim Verlassen des Zimmers über Kais Leiche hinwegsteigen, doch sie zögerte nur einen winzigen Moment. Richard blutete, und der Impuls, ihm zu helfen, überwand alles andere. Sie achtete darauf, wohin sie trat, aber sie wurde nicht langsamer.

Bei ihrer Rückkehr hatte sie den Erste-Hilfe-Kasten, ein Handtuch und einen Waschlappen dabei. Richard hatte in der Zwischenzeit seine Jeans angezogen und schlüpfte gerade in seine Schuhe. „Ich habe dir gesagt, dass du dich hinsetzen sollst!", sagte sie laut.

„Nein, das hast du nicht. Du hast mir befohlen hierzubleiben. Und ich bin hier."

Sein ruhiger Tonfall machte sie wütend. Allerdings hockte er sich wieder auf die Bettkante und ließ zu, dass sie eine Wundauflage auf seine Schulter presste. „Es ist nur ein Streifschuss. Es muss nicht einmal genäht werden."

Er klang so nüchtern, dass sie ihm einen scharfen Blick zuwarf. Seine Miene war undurchdringlich, und seine Augen waren kühl und wachsam, als er Kai betrachtete. Sie erinnerte sich, dass er in der Army gewesen war. Plötzlich wusste sie, dass er zuvor schon Menschen getötet hatte, dass er sich in einem Feuergefecht so verhalten hatte.

Nach einer Weile nahm sie die Wundauflage ab und erkannte, dass er recht hatte. Die Verletzung an seiner Schulter war nicht tief, obwohl daraus träge Blut quoll. Sirenen heulten, und das Geräusch kam näher und näher. Sie klangen, als wären sie direkt vor ihrem Haus. Dann brach der Lärm unvermittelt ab. Sweeney griff sich den feuchten Waschlappen und begann, die Wunde zu reinigen. Aber Richard fasste nach dem Lappen. „Ich mache das", sagte er und ließ seine freie Hand unter ihr T-Shirt gleiten, um ihren nackten Po zu tätscheln. „Du solltest dir besser etwas anziehen, wenn du nicht unbedingt möchtest, dass die Cops deinen hübschen Hintern zu sehen bekommen."

Finster funkelte sie ihn an, ging jedoch zum Schrank und holte eine Jeans heraus. Sie machte sich nicht die Mühe, in Unterwäsche zu schlüpfen. Gerade noch rechtzeitig hatte sie die Hose an; die ersten Cops brauchten nur eine Minute, um ins Gebäude zu gelangen und zu ihrer Wohnung zu kommen. Richard verschwand schon einmal, während sie den Reißverschluss schloss und an Kai vorbei zur Eingangstür lief, die unter dem donnernden Klopfen der Polizisten zu zersplittern drohte.

Vier uniformierte Polizisten stürmten in die Wohnung. Sweeney erhaschte einen flüchtigen Blick auf die begierigen Mienen ihrer Nachbarn, die sich auf dem Flur vor ihrem Apartment versammelten hatten. Unvermittelt zog Richard sie hinter sich her in die Küche. Sie standen besser nicht im Weg herum, wenn die Polizisten ihren Job erledigten.

In den nächsten Stunden herrschte reges Treiben. Detective Ritenour tauchte kurz nach den uniformierten Cops auf und war sogar noch ein paar Minuten früher vor Ort als der Notarzt. Er trug zwar einen Anzug, allerdings war sein Hemd zerknittert, und seine Krawatte hing schief. Richard hatte die Detectives angerufen und nicht den Notruf gewählt. Es fielen noch weitere Polizisten in ihre Wohnung ein, außerdem das Rettungsteam und Detective Aquino. Im Handumdrehen war das Apartment voller Menschen. Funksprechgeräte knackten. Noch mehr Leute kamen.

Richard blieb mit Sweeney in der Küche und hatte sie mit dem Rücken zur Tür platziert, damit sie nicht sah, was hinter ihr vor sich ging. Zwei der Sanitäter untersuchten seine Schulter, verteilten eine antibiotische Salbe auf der Verletzung und verbanden sie. An der Spüle machte er sich anschließend sauber, rieb das restliche Blut mit einem feuchten Papiertuch weg und lehnte jede weitere medizinische Betreuung ab.

Aquino und Ritenour nahmen ihre Aussagen auf. Sie fanden das Fenster im Atelier, durch das Kai in die Wohnung eingestiegen war. Es gab keinen Zweifel daran, dass Richard in Notwehr geschossen hatte.

„Ich denke, wir werden herausfinden, dass er Mrs Worth umgebracht hat“, meinte Aquino. „Als er das Bild entdeckte, an dem Ms Sweeney gearbeitet hat, muss das ein Riesenschock für ihn gewesen sein. Es hat ihn überrascht, denn sonst hätte er wahrscheinlich damals schon versucht, Sie zu beseitigen“, fügte er hinzu und schaute Sweeney an. „Vermutlich dachte er, er könnte Ihnen die ganze Sache anhängen, indem er uns von dem Gemälde erzählte.“

„Aber woher wusste er, dass Sie mich nicht festgenommen haben?“, fragte sie verwirrt.

Aquino zuckte mit den Schultern. Ritenour antwortete: „Er hat vielleicht im Revier angerufen, oder er hat Sie beobachtet. Es spielt keine Rolle mehr. Er ist offensichtlich heute Nacht hierhergekommen, weil er Sie töten wollte. Doch Sie haben gehört, wie er das Fenster aufgemacht hat, und Sie waren nicht allein.“

Aquino wandte sich an Richard: „Es ist verboten, in New York eine Handfeuerwaffe zu besitzen, ohne einen Waffenschein zu haben.“

Richard zuckte die Achseln, ohne sich die Schmerzen in seiner Schulter anmerken zu lassen. „Ich habe einen Waffenschein“, erklärte er.

Aquino wirkte noch mürrischer. „Das passt. Sie haben einen verdammt guten Job gemacht. Der Schuss ging direkt ins Herz. Sie sind dementsprechend ausgebildet worden, oder?“

„Ich war beim Militär“, bestätigte Richard. „In der Army.“

„Ja?“, entgegnete Ritenour. „In welcher Einheit? Ich war auch in der Army.“

„Bei den Rangers.“

Sweeney bemerkte, wie sich die Mienen veränderten. Die Detectives lehnten sich auf ihren Stühlen zurück.

„Der Mistkerl hatte nicht den Hauch einer Chance“, stellte Ritenour leise fest.

22. KAPITEL

„Du bist am Ende deiner Kräfte“, sagte Richard rau und hob mit einem Finger ihr Kinn, damit er ihr ins Gesicht schauen konnte. Sie war kreidebleich – sowohl von der Müdigkeit als auch vom Stress und vom Schock. Ihre Augen wirkten trübe. Dunkle Schatten lagen darunter. „Hol dir Kleidung zum Wechseln. Ich nehme dich mit zu mir nach Hause.“

Aquino stand auf. „Ich werde mich darum kümmern. Sie will ganz sicher nicht ins Schlafzimmer gehen. Soll ich etwas Bestimmtes einpacken?“

Sie schüttelte den Kopf. Für gewöhnlich hätte sie es keinem Fremden gestattet, in ihren Sachen herumzuwühlen, aber im Moment war es ihr vollkommen egal. Er hatte recht: Sie wollte nicht zurück ins Schlafzimmer. Es war sogar denkbar, dass sie das Zimmer nie wieder betreten würde. „Im obersten Fach im Schrank ist eine Tasche. Werfen Sie einfach ein paar Dinge hinein.“

„Sie müssen noch Ihre Aussage unterschreiben“, meinte Ritenour zu Richard. „Das kann allerdings noch ein paar Stunden warten. Schlafen Sie ein bisschen, wenn Sie können.“ Er hielt kurz inne. „Ihnen ist klar, dass die Medien sich auf diese Geschichte stürzen werden, oder?“

„Ja, ich weiß.“ Richard rieb sich über das Kinn. „Gibt es eine Möglichkeit, die Sache mit dem Gemälde vor den Medien geheim zu halten?“

Damit Sweeney nicht von der Klatschpresse verfolgt wurde, wollte er damit sagen.

„Vielleicht. Ich sehe keine Veranlassung, den Medien gegenüber dieses Detail zu erwähnen. Die Reporter werden sich vermutlich auf die Geschichte um den Liebhaber stürzen und es so darstellen, als wäre es ein Streit unter Geliebten gewesen.“

Candras Eltern hatten durch den Tod ihrer Tochter schon genug gelitten. Jetzt würde die Sensationsgier sich noch einmal steigern, und Candras Verhältnis mit Kai würde in aller Öffentlichkeit auseinandergenommen und analysiert werden. „Ich frage mich, warum er sie ermordet hat“, sagte Ritenour wie zu sich selbst. „Wir werden es vielleicht niemals erfahren.“

„*Wenn* er es war“, meinte Sweeney, benommen vor lauter Erschöpfung.

Beide Männer sahen sie eindringlich an. Richards Blick war noch länger auf sie gerichtet. „Wie kommen Sie darauf?“, fragte der Detective. „Wenn er Mrs Worth nicht umgebracht hat, hätte er keinen Grund gehabt, sich wegen des Gemäldes Sorgen zu machen. Und dann hätte er auch nicht versuchen müssen, Sie umzubringen.“

Sie zuckte mit den Schultern. Sie hatte keine Ahnung, warum sie diese Bemerkung hatte fallen lassen. Die ganze Zeit schon strengte sie sich an, sich Kais Gesicht auf dem Gemälde vorzustellen, doch die Mauer war noch immer da und verhinderte, dass das Bild sich formen konnte.

Ein paar Minuten später kehrte Aquino mit der Tasche zurück. „Eine der Polizistinnen hat sie gepackt“, sagte er, als wollte er ihr mitteilen, dass er nicht in ihrer Unterwäsche herumgewühlt hatte. „Ich dachte, eine Frau würde besser wissen, was eine andere Frau so braucht.“

„Danke“, erwiderte sie. Sie wollte die Tasche greifen, aber Richard kam ihr zuvor. Wenn das Gewicht der Sachen ihm Schmerzen in der Schulter bereitete, so ließ er es sich nicht anmerken.

„Es ist nicht nötig, ein Taxi zu rufen. Einer der Polizisten kann Sie bei Ihrem Haus absetzen.“

Richard nickte und fasste Sweeney am Ellbogen. „Ich werde Sie dann später anrufen.“

„Lassen Sie sich Zeit“, entgegnete Aquino und gähnte. „Ich will versuchen, etwas Schlaf zu bekommen. Mein Rat an Sie ist, das Telefon auszustellen und sich auszuruhen.“

„Ich brauche das Bild“, sagte Sweeney, während Richard sie sanft Richtung Tür schob.

„Süße, es gibt keinen Grund …"

„Ich brauche das Bild", wiederholte sie, blieb stehen und zwang auch ihn dazu, anzuhalten. Sie konnte keinen klaren Gedanken fassen. Sie schwankte, aber sie wollte das Gemälde nicht zurücklassen.

„Draußen sind Reporter …"

„Ich schlage es in ein Stück Stoff ein." Sie löste sich aus seinem Griff, schleppte sich in ihr Atelier und nahm das Bild von der Staffelei. Sie hatte immer Leinenstoff da – als Putztuch und um Gemälde darin einzuwickeln. Nun schlang sie eine breite Stoffbahn um die Leinwand. Richard war die ganze Zeit an ihrer Seite und beobachtete sie besorgt, allerdings war sie zu müde, um ihn zu beruhigen. Ihre Kraft schien gerade noch auszureichen, damit sie das tun konnte, was nötig war – und das Bild mitzunehmen war nötig.

Ein Polizist begleitete sie durch die Menge an Schaulustigen und Reportern hindurch, die im Flur standen. Blitzlichter blendeten sie, und eine Unmenge an Fragen wurde ihnen zugebrüllt, doch sie machte sich nicht die Mühe, die einzelnen Worte zu verstehen. Richard antwortete auch nicht darauf. Er wurde sofort erkannt; jemand sprach ihn mit seinem Namen an. Aber er reagierte nicht, sondern achtete nur darauf, sie sicher aus dem Haus zu bringen. Gedämpft fluchte er, doch sie war die Einzige, die es hörte.

Dem Polizisten gelang es, die Reporter, die versuchten, ihnen zu folgen, auf der Fahrt abzuhängen. Schließlich setzte er Richard und Sweeney ohne weitere Zwischenfälle bei Richard zu Hause ab. Sie umklammerte das Bild und starrte auf die Treppe, als würde sie sich fragen, wie sie sie bewältigen sollte – ganz zu schweigen von den vielen Stufen im Haus.

„Komm, Sweetie." Richards Stimme klang liebevoll, sanft und lockend.

„Ich bin kein Baby", erwiderte sie und funkelte ihn aufgebracht an. „Mir geht es gut."

„Natürlich tut es das."

Jetzt beruhigte er sie. Und sie hasste es. Sie war sich ziemlich sicher, dass sie es auch ohne seine Hilfe die Treppe hinaufgeschafft hätte. Allerdings wollte sie auch nicht undankbar erscheinen, also lehnte sie sich an ihn und stieg mit ihm zusammen die Stufen nach oben.

Er schloss die Tür auf und ließ sie beide ins Haus, ehe er die Alarmanlage wieder aktivierte. „Lass das Bild einfach hier stehen."

„Nein, ich will, dass es bei mir ist."

Offenbar kam er zu dem Entschluss, dass es mehr Zeit kosten würde, mit ihr zu diskutieren, als ihr ihren Willen zu lassen. Er ließ die Tasche am Fuß der Treppe auf den Boden fallen und hob Sweeney mit dem Bild in den Händen hoch.

„Deine Schulter!", protestierte sie und versuchte, sich aus seinen Armen zu winden.

„Halt still, ehe du mir noch wehtust."

Sie erstarrte, schaute ihn mit großen Augen an und rührte sich nicht, während er sie die Treppe hinauftrug. Wenn sie nicht so unglaublich erschöpft ausgesehen hätte, hätte er gelacht.

Auf dem Bett setzte er sie ab. Noch bevor er ihr die Schuhe ausgezogen hatte, war sie schon eingeschlafen.

Er streifte ihr die Jeans ab, aber nicht sein T-Shirt. Nachdem er selbst seine Kleidung abgelegt und Sweeney zugedeckt hatte, war er ebenfalls vollkommen fertig. Er schleppte sich auf die andere Seite des Bettes, ließ sich hineinfallen und drückte sie eng an sich. Den Schmerz in seiner linken Schulter ignorierte er und freute sich stattdessen, dass Sweeney lebendig und wohlbehalten in seinen Armen und in seinem Bett lag.

Die Sonne war schon aufgegangen und strahlte hell, als Sweeney ihn mit ihren Bewegungen weckte. Er machte ein Auge auf und schaute auf den Wecker. Es war halb acht. „Schlaf weiter", murmelte er. Sie antwortete nicht, sondern warf weiter den Kopf hin und her und zerrte an der Bettdecke. Ein Schauer rieselte ihm über den Rücken, denn ihm wurde klar, dass sie *schlief*.

Sie stieg aus dem Bett und bewegte sich so ruhig und geschmeidig, dass sie außer Reichweite war, bevor er reagieren konnte. Still stand sie neben dem Bett. Ihre Augen waren zwar offen, wirkten allerdings seltsam leer. Sie schien verwirrt zu sein, so als wollte sie irgendwohin, wüsste jedoch nicht mehr, wie sie dorthin kommen sollte.

Richard erhob sich ebenfalls, schlang die Arme um sie und schüttelte sie sanft, um sie aufzuwecken. „Sweetie. Wach auf, Süße. Du musst heute nicht malen. Komm zurück ins Bett."

Es dauerte lange, ehe sie eine Reaktion zeigte. Sie blinzelte und sah ihn dann mit trüben Augen an. „Was?", murmelte sie.

„Du bist schlafgewandelt." Er sprach sanft und legte sich wieder mit ihr ins Bett. Sofort war sie wieder tief und fest eingeschlafen und lag still in seinen Armen. Er erlaubte es sich, ein bisschen zu dösen. Trotzdem blieb er wachsam. Sie war an einem Ort, der ihr nicht vertraut war. Es war möglich, dass sie die Treppe herunterstürzte, sobald sie anfing schlafzuwandeln. Jedes Mal, wenn sie sich umdrehte, wachte er auf. Dann zog er sie wieder enger an sich und passte auf sie auf.

Weil er sie nicht allein im Bett lassen wollte, weckte er sie um halb elf auf. Es gelang ihr, ihn mit einem Auge, das sie öffnete, missmutig anzufunkeln. Doch zu seiner Erleichterung war sie hellwach. „Du hast besser eine gute Entschuldigung, mich beim Schlafen zu stören. Zum Beispiel Sex. Ansonsten wäre es nämlich unentschuldbar", erwiderte sie mürrisch.

Seine Augen verdunkelten sich. Das war die einzige Warnung, die sie bekam, ehe er sie eine halbe Sekunde später auf den Rücken drehte und sich auf sie schob. „Ich habe nur Spaß gem…", begann sie. In der nächsten Sekunde keuchte sie auf, da er mit einem Stoß tief in sie eindrang. Sie schrie heiser auf, und ihre Nippel richteten sich auf. Ihre prompte Reaktion auf ihn erregte ihn nur noch mehr, und seine Erektion war so hart, dass es beinahe schmerzte.

„Himmel", brachte er mit so rauer Stimme hervor, dass sie kaum zu verstehen war. Noch ein paarmal stieß er in sie, dann kam er. Sein Körper bog sich durch, und er erschauerte. Lustvoll stöhnte sie, und ihre inneren Muskeln schlossen sich um ihn, sowie ihr eigener Höhepunkt sie erbeben ließ.

Danach fühlte er sich vollkommen ausgelaugt und erschöpft. Ausgestreckt lag er auf dem Rücken und konnte sich nicht bewegen. Er konnte sich nicht daran erinnern, jemals einen so heftigen Orgasmus erlebt zu haben. Nicht mal als Jugendlicher, als er Sex noch als eine Art Wettlauf betrachtet hatte, bei dem es darauf ankam, als Erster das Ziel zu erreichen. Sie regte sich, ehe er es tat, strich sich eine zerzauste Locke aus dem Gesicht und setzte sich auf.

„Das war ungerecht", klagte sie, aber ihre Stimme war heiser vor befriedigter Lust. „Tu es noch einmal, und tu es diesmal richtig."

„In deinen Träumen", erwiderte er, und sie musste lachen. „Na gut, vielleicht heute Abend."

„Dann haben wir ein Date." Sie sprang aus dem Bett und brachte ihn dazu, mürrisch festzustellen, dass er derjenige gewesen war, der die ganze Arbeit gemacht hatte. Sie streifte sich sein T-Shirt ab und ging ins Badezimmer. Der Anblick ihres wohlgeformten Pos reichte aus, um ihn ebenfalls aus dem Bett zu treiben. Voller Vorfreude folgte er ihr unter die Dusche.

Richard zog einen Anzug an und band sich eine Krawatte um, denn ihm war klar, dass er auf dem Polizeirevier auf eine Unmenge von Reportern treffen würde. Bisher waren sie nicht belästigt worden, weil seine Privatnummer nicht im Telefonbuch stand, doch er schätzte, dass irgendein besonders eifriger Journalist sie bald schon herausfinden würde. Wahrscheinlich klingelte das Telefon im Büro ununterbrochen.

Er rief Tabitha an und erfuhr, dass er mit seiner Vermutung absolut recht gehabt hatte. „Sag ihnen, dass ich in zwei Stunden im Präsidium eine Erklärung abgeben werde und dass du auch nicht mehr weißt."

„Das tue ich ja auch nicht", erwiderte sie verstimmt.

„Und nimm dir eine lange Mittagspause“, fügte er hinzu.

„Das hört sich schon besser an.“

Er bat Edward, mit dem Wagen vorbeizukommen. Dann küsste er Sweeney, die wie üblich Jeans und ein Sweatshirt trug, im Schneidersitz auf dem Bett hockte und ihn beobachtete. „Ich habe mein Handy dabei.“

„Die Nummer habe ich zu Hause.“

Er schrieb ihr die Nummer noch einmal auf. „Wenn das Telefon klingelt, geh nicht ran. Wenn ich anrufe, lasse ich es einmal klingeln, lege dann auf und rufe gleich anschließend noch einmal an.“

„Verstanden.“

„Ich hoffe, es dauert nicht zu lange. Ich bin so schnell wie möglich wieder da.“

„Warum machst du dir solche Sorgen?“, wollte sie wissen. „Kai ist tot.“ Sie konnte es allerdings immer noch nicht fassen. Der Schrecken der Nacht fühlte sich an, als wäre er jemand anders widerfahren.

Er sah sie lange forschend an. „Vielleicht liegt es an deiner Bemerkung, dass er möglicherweise gar nicht der Täter war. Ich will kein Risiko eingehen, bis die Ergebnisse des Kriminallabors da sind.“

Sie dachte an die Mauer in ihrem Kopf und an den weißen Fleck in dem Gemälde, wo eigentlich der Kopf des Mörders sein sollte, falls sie das Bild jemals vollendete. „Ich passe auf mich auf“, versprach sie.

Richard war fast eine Stunde weg, da meldete sich seine Assistentin über die Gegensprechanlage. „Wir gehen in die Mittagspause. Soll ich Ihnen etwas zu essen mitbringen?“

„Nein, ich mache mir etwas in der Küche“, antwortete Sweeney.

„So ein Pech, dass Richard Violet heute freigegeben hat. Sie bereitet einem das beste Omelett zu, das Sie je gekostet haben. Aber er sollte heute eigentlich gar nicht in der Stadt sein, und sie hatte schon geplant, ihren Sohn in Chicago zu besuchen. Als dann all das passiert ist und er den Geschäftstermin abgesagt hat, wollte er, dass sie trotzdem fährt."

„Ich finde schon eine Kleinigkeit zu essen", sagte Sweeney. Den Großteil ihres Lebens hatte sie schließlich für sich selbst gesorgt.

Sie machte sich Toast und Rührei. Zwar dauerte es in der unbekannten Küche alles etwas länger, doch sie schaffte es. Sie musste nach allem suchen – inklusive des Toasters und der Kaffeemaschine, die nicht wie meistens üblich auf der Anrichte standen.

Irgendwann hatte sie alle Utensilien, die sie brauchte, beisammen. Nach dem Essen wusste sie erst einmal nichts mit sich anzufangen. Wenn sie zu Hause gewesen wäre, hätte sie arbeiten können, hier allerdings hatte sie nichts zu tun. Also erkundete sie das Haus, steckte den Kopf in jedes Zimmer und landete am Ende wieder im Schlafzimmer. Sie fühlte sich besser als am Tag zuvor, doch sie war noch längst nicht ausgeruht. Gerade spielte sie mit dem Gedanken, sich kurz hinzulegen, da fiel ihr Blick auf das eingewickelte Bild, das auf einem Sessel abgestellt worden war.

Nach allem, was passiert war, zögerte sie, es auszupacken. Eigentlich wollte sie diese gewalttätige Szene nicht noch einmal betrachten. Aber ein nicht greifbarer Drang zwang sie dazu, und sie zog den Stoff herunter, mit dem das Gemälde umhüllt war.

Nichts hatte sich verändert. Der leere Fleck schien sie noch immer zu verspotten, weil sie nicht in der Lage war, das Bild zu vollenden. Sie hatte immer ein paar Kohlestifte bei sich. Also nahm sie einen Stift aus ihrer Tasche und fing an, erste Striche auf die Leinwand zu bringen, um Kais Kopf in das Bild einzufügen. Ihre Finger fühlten sich ungeschickt an, und die Linien wirkten irgendwie falsch. Kais Haar war dicht und glänzend und leicht gewellt gewesen. Sie versuchte, es genau so auf die Leinwand zu bringen, doch die Linien, die sie zeichnete, waren zu glatt, der Stil war nicht richtig …

Sie machte einen Schritt nach hinten und starrte das Gemälde an. Die Linien, die sie mit dem Kohlestift gemacht hatte, wirkten im Vergleich mit der feinen Präzision des Ölbildes grob, dennoch war das Ergebnis deutlich zu erkennen. Die Haare waren glatt und hell. Es war ein modischer Bob. Irgendetwas an der Frisur kam ihr bekannt vor, irgendetwas nagte an ihr, aber sie konnte es nicht greifen.

Mit einem Mal erstarrte sie und blickte auf die Leinwand. Eilig drehte sie sich um und rannte zum Telefon. Mit fliegenden Fingern tippte sie Richards Nummer ein.

Er meldete sich sofort. Im Hintergrund war viel Lärm, und sie fragte sich, ob sie während der Pressekonferenz anrief. „Es ist eine Frau", sagte sie mit zitternder Stimme.

„*Was?*", stieß er ungläubig hervor.

„Es ist eine Frau. Ich habe gerade die Haare gemalt – es ist nicht mehr als eine grobe Skizze, doch ich kann es erkennen. Und ... ich habe den Kopf mit dieser Frisur schon einmal gesehen."

„Verflucht", erwiderte er fast knurrend. „Ich hätte nie gedacht ... Ich muss es Aquino sagen. Er hat auf dem Überwachungsvideo nur auf die Männer geachtet. Lass niemanden herein, bis ich da bin."

„Das werde ich nicht", versprach sie. Plötzlich glaubte sie, etwas gehört zu haben. Erschrocken fuhr sie zusammen und verstummte.

„Sweeney!"

„Da war gerade ein Geräusch" flüsterte sie. „Unten."

„Sind die Türen verschlossen?"

„Ja, natürlich."

„Wo sind Tabitha und Martin?"

„Sie machen gerade Mittagspause."

„Verdammte Scheiße", stieß er hervor. „Süße, verriegele die Schlafzimmertür. Schieb ein paar Möbel davor. Alles, was dir ein bisschen Zeit verschafft. Hast du mich verstanden?"

„Ja."

„Und leg nicht auf, damit ich dich hören kann. Ich bin schon unterwegs."

Sie packte den Hörer zur Seite und ging zur Tür. Plötzlich war sie sich nicht mehr sicher, etwas gehört zu haben. Sie hätte sich wie eine Idiotin gefühlt, wenn das Haus leer gewesen wäre oder wenn es bloß Tabitha und Martin gewesen wären, die von der Mittagspause ins Büro zurückkehrten. Sie konnte niemanden sehen. Der Flur war leer, und von der Stelle aus, an der sie stand, konnte sie erkennen, dass sich auch niemand auf der Treppe befand.

Auf Zehenspitzen schlich sie zum Treppengeländer und warf einen Blick in den Eingangsbereich. Nichts.

Dann vernahm sie wieder ein schwaches, zischendes Geräusch. Es kam von unten, vielleicht aus der Küche.

Sie stellte sich das Messer in der behandschuhten Hand vor, stellte sich den Menschen vor, der sich über Candra beugte. Und in dem Moment wusste sie ohne Zweifel, was für ein Geräusch sie gehört hatte: Eines der großen Messer war aus dem Messerblock in der Küche gezogen worden.

Unter ihr wurde ein blonder Schopf sichtbar.

Es war Margo McMillan.

Sweeney zuckte zurück. Der Schock schien sie bis in die Zehenspitzen zu lähmen. Unsicher stolperte sie zur Schlafzimmertür. Es war ihr egal, wie viel Lärm sie machte. Hastig warf sie die Tür ins Schloss und verriegelte sie. Dann schnappte sie sich einen Stuhl, dessen Lehne sie unter den Türknauf klemmte. Doch die Konstruktion wirkte wackelig, und sie war sich nicht sicher, wie lange der Stuhl der Wucht eines Angriffs standhalten würde. Wie viel Kraft konnte Margo aufbringen? Sie war zierlich, doch vielleicht war sie stärker, als sie aussah, und die Türen im Inneren des Hauses waren nicht so widerstandsfähig wie Außentüren.

„Verdammt, verdammt, verdammt", stieß sie keuchend hervor und lief zum Telefon. „Richard!"

„Ich bin hier." Er klang atemlos, und Sirenengeheul übertönte beinahe seine Stimme. Er ist in einem Polizeiauto, dachte sie. Hoffte sie.

„Es ist Margo." Mit einem Mal erfasste ein Kältegefühl sie, und ihre Zähne fingen an, unkontrollierbar zu klappern. „M… margo McMillan. Sie ist hier."

„Sie ist im Haus?", fragte er scharf.

„Ja. Sie hat eines der Küchenmesser. Die Tür ist abgeschlossen, aber ..."

„Wenn es nötig ist, versteck dich im Badezimmer, und schließ auch die Tür ab. Nimm dir Handtücher, und wickele sie um deine Arme. Nimm alles, was du in die Finger kriegen kannst, um dich zu verteidigen. Wirf Handtücher nach ihr und versuche, sie um das Messer zu schlingen, damit sie es nicht einsetzen kann. Sprüh ihr Deo in die Augen. Es gibt Waffen im Bad, Baby – du musst sie nur nutzen."

„Ich verstehe", flüsterte sie. Sie konnte nicht lauter sprechen, obwohl er sie wegen der Sirene vermutlich nicht verstehen konnte.

Margo rüttelte an der Tür. Sweeney zuckte zusammen und legte das Telefon zur Seite, damit sie sich neben die Badezimmertür stellen konnte.

Irgendetwas kratzte am Schloss. Margo stocherte mit dem Messer darin herum.

Das Schloss der Badezimmertür würde auch nicht viel mehr Widerstand bieten. Sweeney rannte ins Bad und griff sich einen Armvoll Handtücher und eine Deodose. Wie Richard es ihr gesagt hatte, schlang sie sich ein dickes Handtuch um jeden Unterarm. Sie kannte den Grund dafür: Sie sollte ihre verbundenen Arme benutzen, um die scharfe Messerklinge abzuwehren. Ihr fielen die Wunden an Candras Armen wieder ein.

Die Tür flog auf, und der Stuhl fiel um. Margo sagte nichts, stürmte nur ins Zimmer. Das Messer blitzte in ihrer Hand.

Sweeney nahm ein dickes Handtuch und warf sich mit aller Kraft der Frau entgegen, damit sie sie zu Boden schmeißen konnte. Margo schrie, als sich das Handtuch um ihren Arm wickelte, doch sie stach trotzdem zu. Die Klinge schnitt sich durch den flauschigen Stoff. Sweeney spürte ein scharfes Brennen auf ihrem linken Trizeps.

Sie wusste nicht, wie sie kämpfen sollte. Noch nie in ihrem Leben hatte sie sich körperlich gegen jemanden verteidigen müssen. Aber sie wirbelte herum und brachte sich durch diese Bewegung so dicht an das Messer, das noch immer im Stoff des Handtuchs steckte, dass Margo nicht viel damit ausrichten konnte. Mit voller Wucht schlug sie Margo mit der Faust auf die Nase. Blut spritzte, und sie sah den Schock in Margos zornig funkelnden Augen. Offenbar konnte sie nicht glauben, dass jemand es wagte, sich ihr zu widersetzen. Wieder und wieder schlug Sweeney zu. Mit aller Kraft stemmte sie sich im dicken Teppich gegen Margo und nutzte ihr ganzes Gewicht, um die andere Frau zurückzudrängen.

„Schlampe!“, kreischte Margo und versuchte, das Messer zu befreien.

Sweeney bemerkte das Geländer hinter Margo und stieß sie härter, stieß sie weiter vor sich her. Hin zur Kante. Das Messer durchdrang das Handtuch, das sie um ihren linken Arm geschlungen hatte. Sengender Schmerz löste einen Feuersturm des Zorns in ihr aus. Sie hörte sich selbst schreien, wieder und wieder, und sie schlug und schob fester. Für einen winzigen Moment huschte ein überraschter Ausdruck über Margos blutiges Gesicht. Dann gab Margos Widerstand, gab ihr Körper unter Sweeneys Angriffen nach. Margo taumelte rückwärts gegen das Geländer, verlor das Gleichgewicht und krachte auf die Fliesen unter ihr.

Keuchend ließ Sweeney sich neben dem Treppengeländer auf Hände und Knie fallen. Ihr Herz hämmerte, und einen Moment lang fürchtete sie, ohnmächtig zu werden. Blut rann in einem kleinen Rinnsal ihren linken Arm hinab und tränkte das Handtuch. Ich muss genäht werden, dachte sie, und die Vorstellung machte sie wütend. Noch nie hatte sie genäht werden müssen. Wahrscheinlich würde es wehtun. Bei dem Gedanken fing ihre Unterlippe an zu beben.

Das kleine Zittern zeigte ihr, dass sie kurz davor war, einen hysterischen Anfall zu kriegen. Sie atmete ein paarmal tief durch und versuchte, sich zu konzentrieren, obwohl es unglaublich schwierig war, einen klaren Gedanken zu fassen. Das tiefe Durchatmen half, und sie setzte sich auf den Boden. Trotzdem konnte sie sich nicht überwinden, über das Geländer zu schauen. Margo war mit einem grauenvollen klatschenden Geräusch auf dem Boden aufgeschlagen. Granitfliesen waren erbarmungslos, was Knochen und Fleisch anging.

Richard. Sein Name schoss ihr durch den Kopf, rüttelte sie wach, brachte sie dazu, zu handeln. Plötzlich verspürte sie wieder Kraft in den Beinen. Mühsam kam sie auf die Füße und lief los – stolperte los, um genau zu sein. Im Schlafzimmer riss sie den Telefonhörer an sich.

Hektisch hob sie ihn zum Ohr und schlug ihn sich dabei versehentlich an die Wange. „Verdammt", murmelte sie, und obwohl sie ihn noch immer nicht am Ohr hatte, konnte sie Richards Stimme hören.

„Sweeney!"

„Mir geht es gut", sagte sie hastig. „Na ja, so gut wie. Margo ist über das Treppengeländer gestürzt. Ich habe noch nicht nachgeschaut."

„Dann tu es auch nicht", entgegnete er, und seine Stimme klang erstickt. „Mein Gott …" Er unterbrach sich, und selbst über das Heulen der Sirenen hinweg, das durch sein Handy drang, nahm sie sein angestrengtes Atmen wahr. „Wir sind in ungefähr fünf Minuten da. Andere Streifenwagen sind auch schon unterwegs. Bist du verletzt?"

„Nicht schlimm. Ein paar Schnitte am Arm. Nichts Ernstes." *Glaube ich jedenfalls.* Sie hatte sich den Schnitt an ihrem Trizeps und die tiefere Wunde an ihrem Unterarm, wo das Messer durch das Handtuch gedrungen war, noch nicht angeschaut. Allerdings hatte sie auch nicht vor, das Handtuch abzuwickeln. Sie wollte nicht sehen, wie schwer die Verletzungen waren, die Margo ihr zugefügt hatte. Sie wusste, dass sie verletzt war und dass es schmerzte, und das reichte ihr. „Ich lege jetzt auf, ja? Ich glaube, ich muss mich übergeben." Sie wartete seine Antwort nicht mehr ab, sondern nahm den Kopf zwischen die Knie, atmete tief durch und kämpfte gegen die Übelkeit an, die sie zu überwältigen drohte.

Das Geräusch war so leise, dass sie sich nicht sicher war, ob sie es überhaupt gehört hatte. Sie hob den Kopf, und Blut schoss durch ihre Adern, als sie sich darauf vorbereitete, sich wieder wehren zu müssen. Aber es war niemand zu sehen. Verwirrt blinzelte sie. Da hörte sie es wieder: Es war ein leises Stöhnen, das von unten kam.

Vorsichtig schlich Sweeney aus dem Schlafzimmer zur Treppe und schaute über das Geländer. Margo lag auf dem Bauch. Ihr linkes Bein war seltsam verdreht, und Knochen hatten sich durch das Fleisch gebohrt. Ihre Arme … Oh Gott, sie musste probiert haben, den Sturz abzufangen. Margo bewegte sich leicht, versuchte, sich umzudrehen, und wieder drang ein Stöhnen durchs Haus.

Mit zitternden Beinen stieg Sweeney die Treppe hinunter. Auf jeden Fall konnte sie Margo nicht so liegen lassen, ohne ihr Hilfe anzubieten, auch wenn sie keine Ahnung hatte, wie sie ihr bei diesen grauenhaften Verletzungen helfen sollte.

Sie kniete sich neben Margo, und zu ihrem Entsetzen richtete die Frau ihren benommenen Blick auf sie. „Ich bin gefallen", röchelte Margo.

„Nicht sprechen. Hilfe ist unterwegs …"

„Ich will es … Ihnen erzählen. Damit jemand Bescheid weiß." Sie hustete, und Blut tropfte aus ihrem Mund auf den Boden. „Candra … Candra hat … Carson erpresst. Ich … ich musste sie aufhalten. Kai hatte einen … Schlüssel … zu ihrem Apartment. Ich … habe eine Wohnung in dem Haus angemietet und auf sie gewartet." Sie zuckte zusammen und hustete wieder. „Konnte … das Band nicht … finden. Auch keine Bilder. Ich trug Carsons Kleider … sodass er … beschuldigt worden wäre, wenn ein Verdacht bestanden hätte. Ihr Blut … auf seinen Schuhen. Dann haben Sie … gemalt …"

Sweeney verstand. „Kai hat das Bild gesehen und es Ihnen erzählt."

„Er war so … hübsch", flüsterte Margo. Ihr Blick wurde trüb, schweifte in die Ferne. „Ich habe … ihn geliebt. Dumm. War alt genug, um ... seine Mutter zu sein. Wegen Carson ... ist er tot. Erzählen Sie ihnen ... erzählen Sie ihnen von Carson. Finden Sie ... die Fotos." Sie verzog die Lippen zu einem grässlichen, bitteren Lächeln. „Nageln Sie das Schwein fest."

„Sie können es ihnen selbst erzählen", erwiderte Sweeney eindringlich. Doch Margos Blick ging ins Nichts, der Ausdruck auf ihrem Gesicht wurde starr, und der letzte Atemzug wich rasselnd und endgültig aus ihrer Lunge.

Eine Sirene wurde lauter und lauter, während sie näher kam. Benommen stand Sweeney auf und öffnete die Tür, da hielten zwei Streifenwagen mit quietschenden Reifen vor dem Haus.

Sweeney saß auf der untersten Treppenstufe, als Richard, Detective Aquino und Detective Ritenour ein paar Minuten später hereinstürmten. Richards Gesicht war kreidebleich und seine Miene angespannt. Ohne auch nur einen Blick auf Margo zu werfen, sah er sofort zu ihr. Steif und beherrscht ging er durch den Eingangsbereich zur Treppe, beugte sich wortlos herunter und hob sie hoch. Eine ganze Weile schloss er sie fest in seine Arme.

„Ich bringe sie ins Krankenhaus", sagte er rau. Er zitterte am ganzen Körper.

„Die Sanitäter sind sofort hier ...", wandte Aquino ein.

Richard beachtete ihn gar nicht und trug Sweeney nach draußen. Sie blinzelte verwirrt. Offenbar war Edward dem Wagen der Detectives dicht gefolgt, denn der Mercedes stand direkt dahinter. Richard stieg mit Sweeney zusammen auf den Rücksitz, nahm sie auf den Schoß und gab Edward knapp seine Anweisungen.

Mit zitternder Stimme begann Sweeney, ihm zu erzählen, was Margo ihr vor ihrem Tod gesagt hatte. Sanft legte er zwei Finger auf ihren Mund und brachte sie damit zum Schweigen. „Es ist mir egal", stieß er heftig hervor. „Sei ... sei einfach still, und lass mich dich nur halten. Gott, ich hatte solche Angst ..." Seine Stimme erstarb, und er vergrub sein Gesicht in ihrem Haar.

Er blieb, während ihr Arm genäht wurde, ununterbrochen an ihrer Seite. Der Schnitt an ihrem Unterarm war der schlimmste.

Es waren sechsundzwanzig Stiche nötig. Glücklicherweise war keiner der Schnitte so tief, dass Nerven oder Sehnen verletzt worden wären. „Wegen der Handtücher“, meinte sie zu ihm. Ihre Augen waren geweitet, und ihre Lippen zitterten, weil der Schock über die Ereignisse sie inzwischen fest im Griff hatte. „Wenn du mir nicht gesagt hättest, dass ich die Handtücher um meine Arme wickeln soll …“

„Ich schreibe Ihnen ein Schmerzmittel auf“, sagte die Ärztin und erhob sich von ihrem Stuhl. Sie lächelte Sweeney zu. „Gehen Sie in einer Woche zu Ihrem Hausarzt, und lassen Sie die Fäden ziehen.“ Dann kümmerte sie sich um ihren nächsten Patienten, und Richard hob Sweeney wieder auf seinen Schoß.

„Ich liebe dich“, erklärte er und klang noch immer aufgewühlt. „Ich hatte solche Angst, dich zu verlieren. Willst du mich heiraten?“

Diese Frage erschütterte sie beinahe genauso heftig wie Margos Angriff. „H…heiraten?“

„Heiraten.“ Er umfasste ihr Gesicht mit beiden Händen und sah sie eindringlich an. Der Ausdruck in seinen dunklen Augen war ernst, aufrichtig und voller Emotionen, die sie darin lesen konnte. „Ich weiß, dass du vorsichtig bist. Ich verstehe das. Aber ich würde nie versuchen, mich zwischen dich und deine Malerei zu drängen. Du bist viel zu begabt. Niemand sollte versuchen, dein Talent einzuengen. Ich habe ein paar erste, unverbindliche Pläne gemacht, meine Geschäfte abzuwickeln, mich vom Markt zurückzuziehen und irgendwo eine Ranch zu kaufen, doch wenn du …“

„Wo?“, unterbrach sie ihn.

„Darüber habe ich noch nicht so genau nachgedacht. Entweder im Süden oder im Südwesten vielleicht. Wie schon gesagt: Wenn du lieber in der Stadt leben möchtest, vergesse ich die Sache mit der Ranch und …“

„Solange es an einem wärmeren Ort ist, ist es mir egal“, unterbrach sie ihn erneut. „Obwohl die eine oder andere Palme schön wäre.“

Er erstarrte und sah sie an.
Sie erwiderte seinen Blick und sagte: „Tick, tick, tick."
„Was ist das?"
„Das ist meine biologische Uhr. Ich glaube, sie steht kurz davor, Alarm zu schlagen."
Seine Miene veränderte sich, und für einen Moment spiegelte sich eine so intensive Leidenschaft darin wider, dass sie schon fürchtete, er würde gleich hier und jetzt im Krankenhaus mit ihr schlafen. „Bist du dir sicher?", fragte er und klang wieder aufgewühlt.
„Ich habe Angst", gestand sie, und auch ihre Stimme zitterte, nachdem sie einen Augenblick über ihre vorherigen Worte nachgedacht hatte. „Ich meine, vielleicht bin ich eine genauso lausige Mutter, wie meine Mom es war. Aber ich will …" Sie schluckte. „Ich will dich, und ich will deine Kinder."
Er lachte leise. „Dann, Sweetie, gehören wir voll und ganz dir."

EPILOG

Ein Jahr später

Richard schaute von dem Buch auf, in dem er las. „Um wie viel Uhr bist du eigentlich geboren?“, fragte er neugierig.

Überrascht sah sie ihn an. „Was liest du da?“, wollte sie misstrauisch wissen.

„Beantworte einfach meine Frage.“

„Keine Ahnung. Ich glaube, Mom hat mir einmal erzählt, dass es kurz nach Sonnenuntergang gewesen ist – um wie viel Uhr auch immer das gewesen sein mag. Warum?“

Er lächelte und hielt das Buch hoch. Sie las den Titel: *Geister und andere Seelen.*

„Na und?“

Er betrachtete die Seite und las leise vor: „*Und es gibt diejenigen, die in der Dämmerung bestimmter Tage geboren sind. Sie sind mit Magie gesegnet und besitzen die Fähigkeit, Geister zu sehen.*“

– ENDE –

Band-Nr. 25674
8,99 € (D)
ISBN: 978-3-86278-734-0
480 Seiten

Lisa Jackson
Verräterische Gefühle/
Der Feind der mich liebte

Verräterische Gefühle: Warrens Kuss vor zehn Jahren war Brennas schönstes Geburtstagsgeschenk. Doch geheiratet hat er ihre Schwester Honor, die vor Kurzem tödlich verunglückt ist. Aus beruflichen Gründen kehrt Brenna in ihre Heimat zurück. Warren und sie sind jetzt ungebunden und frei. Wirklich? Brenna beginnt sich nämlich zu fragen, ob Honors Tod tatsächlich ein Unfall war …

Der Feind, der mich liebte: Ihre Familien sind seit Jahren verfeindet. Das hielt Ashley Stephens und Trevor Daniels jedoch nicht von einer heißen Affäre ab. Bis sie merkte, dass Trevor vor allem von Rache getrieben wurde. Entsprechend kühl gibt sie sich beim Wiedersehen. Auch wenn die Funken nur so sprühen. Aber noch immer steht ein böser Verdacht zwischen ihnen: Hat Ashleys Vater den Patriarchen der Daniels getötet?

Suzanne Brockmann
Mit jedem Herzschlag

Es war wirklich keine gute Idee, sie in den Kofferraum zu sperren. Das ist Felipe Salazar absolut klar, als er Carrie Brooks im Nobelrestaurant wiedertrifft. Letzten Sommer hatte der Undercover-Polizist die blonde Schönheit bei einem Einsatz kennengelernt und zu ihrem eigenen Schutz eingesperrt. Jetzt ist Felipe wieder undercover, und in ihrer Wut lässt Carrie, ohne es zu wissen, seine Tarnung auffliegen! Auch mit heißen Küssen kann Felipe sie nicht zum Schweigen bringen. Deshalb packt er sie kurzerhand und flieht mit ihr …

Band-Nr. 25657
8,99 € (D)
ISBN: 978-3-86278-706-7
eBook: 978-3-86278-759-3
304 Seiten

Virna DePaul
Hauchnah

Klick – noch ein Schnappschuss von der bunten Marktplatzszene. Dann wird die Welt um Natalie Jones dunkel. Die junge Fotografin erblindet plötzlich und zieht sich völlig zurück. Bis sie wegen ihres letzten Fotos, dem Schlüssel in einem grausamen Verbrechen, ins Visier des Mörders gerät. Special Agent Liam McKenzie soll sie beschützen. In seiner Nähe spürt sie ein erotisches Knistern. Obwohl sie fühlt, dass auch er sie begehrt, geht Natalie auf Distanz. Aus Angst, dass Liam nur Mitleid für sie empfindet … Sie kommen einander keinen Schritt näher – bis der Killer erneut zuschlägt.

Band-Nr. 25680
7,99 € (D)
ISBN: 978-3-86278-742-5
eBook: 978-3-86278-786-9
320 Seiten

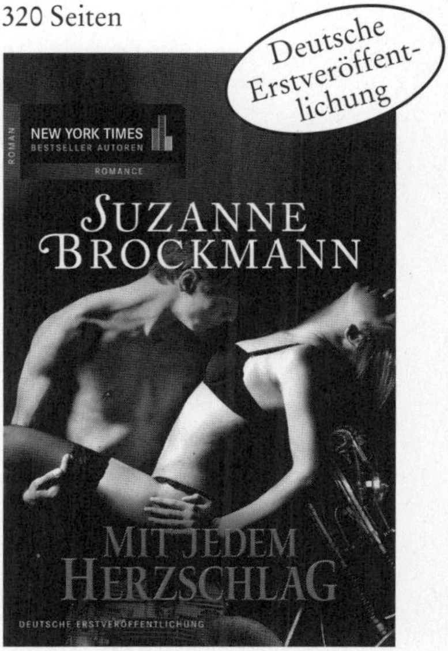

Deutsche Erstveröffentlichung

Linda Castillo
Kälter als dein Grab

Band-Nr. 25685
8,99 € (D)
ISBN: 978-3-86278-748-7
eBook: 978-3-86278-790-6
304 Seiten

Vor sechs Jahren hat Leigh Michaels einen Waffenhändler geliebt – und dann verraten. Jetzt ist Ian Rasmussen aus dem Gefängnis ausgebrochen, getrieben von dem Wunsch, sich an Leigh zu rächen. Das Zeugenschutzprogramm greift nicht mehr, ihre neue Identität ist aufgeflogen, sie muss fliehen! Was Special Agent Jake Vanderpol erneut auf den Plan ruft. Dabei ist er der letzte Mann, dem Leigh vertraut. Damals hat er erst ihr Herz erobert und sie dann als Lockvogel eingesetzt, um Rasmussen zu überführen. Aber sie weiß auch, dass Jake der Einzige ist, der sie retten kann. Eine atemlose Flucht durch eine eisige Winterlandschaft beginnt. Bedroht von Killern und Kälte haben sie nichts – außer ihrer heißen Gefühle füreinander.